LES SIRÈNES NOIRES

DU MÊME AUTEUR

Le Magicien, Fleuve Éditions, 2008 ; Pocket, 2009
Le vent t'emportera, Fleuve Éditions, 2010 ; Pocket, 2015
Les rotules en os de mort, 12-21

JEAN-MARC SOUVIRA

LES SIRÈNES NOIRES

fleuvenoir

ISBN 978-2-265-09930-2

Seigneur, donne à chacun sa propre mort,
Qui soit vraiment issue de cette vie,
Où il trouva l'amour, un sens et sa détresse.

Rainer Maria Rilke,
Livre d'heures

À mon père

QUELQUES SEMAINES
AVANT QUE TOUT NE SE DÉCLENCHE

Ludovic Mistral, appuyé contre le chambranle de la fenêtre ouverte de son bureau du 36 quai des Orfèvres, écoutait les bruits qui traversaient le silence relatif de Paris, la nuit. Le chef de la brigade criminelle de la police judiciaire parisienne était attentif aux vibrations de la ville, un peu comme s'il prenait le pouls d'un être vivant. Un bref coup d'œil à sa montre lui indiqua qu'il était 3 h 20. Sans doute le moment le plus calme dans le centre de Paris. Un mélange lointain de circulation, une moto qui démarrait, une porte qui claquait. La nuit amplifiait chaque bruit. Malgré tout, un grondement permanent, sorte de bruit de fond, couvrait cette tranquillité apparente. Dans moins d'une heure, progressivement, la capitale se réveillerait. Mistral regardait sans la voir cette carte postale touristique : la Seine, les ponts, les quais de ce quartier historique qui s'étalait devant lui. La ville dormait d'un sommeil agité, à la façon d'un corps humain qui ne trouve pas sa position dans un lit.

En ce premier jour de septembre, le temps restait chaud et le ciel dégagé laissait entrevoir les étoiles. La pollution lumineuse de Paris empêchait Mistral de se laisser aller à une contemplation plus paisible, comme il aimait tant s'y adonner, allongé au détour d'un sentier de la montagne Sainte-Victoire près d'Aix-en-Provence, sa ville natale, le regard perdu dans le ciel profond.

Mistral ne luttait plus contre ses insomnies. Après avoir testé à peu près tout ce qui se fabriquait en matière de somnifères et autres drogues licites pour réussir à dormir au-delà de 4 ou 5 heures, avec pour seuls résultats des matinées cotonneuses, il s'était résolu à ne plus rien prendre. De la nuit au lendemain. Le sevrage dura quelques mois, pendant lesquels il fut d'une humeur massacrante pour son entourage familial et professionnel. Mistral acceptait désormais ce déficit de sommeil qui ne le fatiguait plus. Fataliste, il s'était fait une raison, parvenant à se convaincre qu'il profitait davantage des trop rares moments que lui réservait sa vie privée.

Sur son bureau traînaient deux documents. Le premier, une photocopie des plans du nouvel immeuble où tous les services de la police judiciaire de Paris se regrouperaient en 2017 dans le 17e arrondissement, dans le quartier des Batignolles. Si rien n'entravait le projet. Fin du mythique 36 quai des Orfèvres. Nostalgie en perspective avec comme point culminant, sans doute très médiatisé, le départ du dernier policier qui quitterait le bâtiment historique. Le Quai des Orfèvres avait fait les beaux jours des cinéastes et des romanciers. D'ailleurs, une photo de Georges Simenon, en bonne place dans l'antichambre du bureau du directeur de la PJ, était le symbole écrasant de cette époque révolue. Mistral souriait en pensant au nombre incalculable de plaques signalétiques du Quai des Orfèvres dérobées par des aficionados. Au quartier des Batignolles de relever prochainement le défi. Il faudra du temps Fin d'un cycle crépusculaire. Cela laissait complètement froid Mistral, qui estimait, peut-être à tort, le « 36 » plus du tout adapté à la modernisation de la PJ, même si des efforts financiers constants tentaient d'aménager les lieux en fonction des nouvelles obligations de sécurité, de technicité, etc. Le choix entre romantisme et réalité s'était vite imposé. Non sans grincements de dents.

Mistral relut pour la énième fois le second document. Un rapport pas encore daté, mais signé, dans lequel il demandait sa mise en disponibilité. Autrement dit une, deux, voire trois années sabbatiques, loin de la police. Mistral ressentait le besoin de souffler, de mettre à distance son métier, de se consacrer à autre chose. Plusieurs points demeuraient en suspens. Il ignorait vers quoi se tourner, et surtout il ne l'avait évoqué que brièvement avec son épouse. Il réfléchissait depuis quelques semaines à la façon d'aborder le sujet. Il rangea le rapport dans son tiroir.

Mistral déverrouilla la porte de son armoire blindée en composant le code à l'aide des quatre molettes crantées. Il y enferma des documents confidentiels rédigés par la section antiterroriste de son service, qui appelaient de sa part une réaction rapide. Au moment où il s'apprêtait à refermer la lourde porte, son regard se bloqua sur une petite mallette de cuir marron qu'il n'avait pas ouverte depuis bien des années. Presque instinctivement, il s'en saisit, l'observa, songeur, se retenant de l'ouvrir par crainte de libérer de vieux démons. Il se fit la réflexion qu'il devrait tout détruire un jour. Difficile d'expliquer sa présence si une inspection avait lieu. Supprimer l'objet et le souvenir. Il la remit en place et verrouilla l'armoire forte.

Ludovic Mistral éteignit la lumière et déposa au secrétariat les volumineuses procédures qui atterriraient dans la matinée sur les bureaux des magistrats. Il salua le planton de l'accueil et descendit les escaliers marqués par les pas de générations de flics, d'assassins et de trafiquants en tous genres. Ces escaliers, pensa-t-il, devraient pouvoir raconter l'histoire du Quai des Orfèvres en plusieurs tomes. *Au moins, aux Batignolles, il y aura des ascenseurs*, songea Mistral en souriant.

Il conduisit lentement, vitre baissée, pendant la traversée de Paris vers La Celle-Saint-Cloud, banlieue résidentielle de l'Ouest parisien, où il habitait. Il n'était pas pressé de rentrer chez lui. Chaque soir, chaque nuit, Mistral essayait de regarder la ville comme s'il ne l'avait jamais vue. Quand il y parvenait, il s'émerveillait en silence, tel un touriste, de la beauté des bâtiments chargés d'histoire.

Alors qu'il dépassait l'ancienne gare d'Orsay, l'esprit égaré dans des notes de blues, plusieurs meurtres se préparaient. Deux dans le 18ᵉ arrondissement, et un dans le 16ᵉ.

Il écoutait en sourdine TSF Jazz et reconnut le duo Miles Davis et Chet Baker dans le thème mythique *'Round Midnight*. Ce qui contribua à l'apaiser. Il avait envie de fermer les yeux.

PREMIÈRE PARTIE

1

Région de Lagos – sud-est du Nigeria

Il existe des jours banals où, sans s'en rendre compte, on fait des choix cruciaux. Comme celui de vivre ou de mourir, mais on ne le sait pas. Enfin, pas tout de suite. C'était ce qui se produisait ce jour-là pour la jeune fille qui avançait lentement, morte de peur, vers la cabane, fixant avec anxiété la porte ouverte sur l'obscurité.

Il ne lui restait plus qu'une quinzaine de mètres à parcourir avant que sa vie ne bascule. Si elle choisissait d'entrer. Cette cérémonie la terrifiait. Elle allait sur ses 17 ans, en paraissait plus de 20, et affichait des formes qui rendaient les hommes complètement dingues, d'autant plus qu'elle ne se laissait pas approcher. La crainte devint plus forte qu'elle. Elle marqua un temps d'arrêt et resserra le grand tissu blanc, unique vêtement qui enveloppait son corps.

Ce temps d'arrêt fut immédiatement perçu par les personnes qui la suivaient comme de l'hésitation. Les rythmes des tambours redoublèrent, pressants, vite rejoints par les chants de quelques femmes destinés à l'encourager. La jeune fille reconnut les voix de sa mère et de ses sœurs mêlées à celles des chanteuses. Elle se sentit un peu rassurée. Près de la porte de la maison apparut une grosse femme vêtue d'un boubou bariolé, parée de nombreux bijoux en or, qui ne la quittait pas des yeux. Tout le village admirait la grosse femme, ou du moins sa richesse qu'elle étalait avec plaisir et fausse modestie. Une Mercedes noire, immatriculée à Lagos Nigeria, conduite par un type qui lui servait d'homme à tout faire, l'attendait sur la place du village à une centaine de mètres.

Le chauffeur avait laissé les vitres fermées et le moteur de la voiture tourner pour bénéficier de la clim'. Il écoutait un CD pirate de Snoop Dogg acheté au marché de Bénin City. Snoop Dogg, c'était son idole. Même coiffure de tresses plaquées, même moustache fine avec un bouc qui entourait la bouche, mêmes lunettes de soleil et mêmes fringues. Le seul problème résidait dans le visage. Celui de Snoop Dogg était émacié, tandis que le sien était rond comme une boule de bowling. Il passait son temps à suivre sur Internet la vie du rappeur américain. Résultat : il calquait au millimètre près ses variations de mode. Ça lui coûtait des sommes folles, mais le fric coulait à flots. D'ailleurs, le Nigérian était surnommé « Snoop » par tout le monde : bandits, trafiquants, y compris par les flics qui souvent figuraient aussi dans les deux autres catégories.

Snoop allait sur ses 30 ans, à peu de chose près. L'état civil de la région où il était né ne figurait pas parmi la première des préoccupations des chefs de village. De 12 à 25 ans, il avait fait partie d'une bande composée tout à la fois de pilleurs, de rançonneurs et de tueurs. Des *foot soldiers*, comme ils se désignaient eux-mêmes, sortes de fantassins qui tuaient pour un oui ou pour un non. Ou pour ni l'un ni l'autre.

Enfoncé dans le fauteuil en cuir de la Mercedes, il observait, les yeux mi-clos et avec un certain plaisir, le lent mouvement des fesses de la jeune fille qui avançait d'un pas hésitant. Snoop considéra que le rap nonchalant de Snoop Dogg faisait une bande-son tout à fait acceptable pour cette cérémonie. Il assistait de loin au rituel, parce que la femme pour qui il travaillait n'avait pas voulu que sa belle voiture à cinquante mille dollars roule sur la piste défoncée et détrempée qui menait à la cabane.

Deux gamins d'une dizaine d'années, vêtus de shorts, de T-shirts sales et déchirés, jouaient accroupis au bord du chemin dans de la terre boueuse et rougeâtre. Ils avaient construit une petite route et faisaient rouler des cannettes de bière vides en les poussant avec des bâtons. Leur imagination avait transformé les boîtes rouillées en camions flamboyants qui franchissaient les obstacles les plus périlleux. Depuis moins d'une heure, la pluie diluvienne s'était arrêtée et avait laissé place à une température de 36 °C, mais avec 94 % d'humidité.

En entendant les tambours et les chants, les mômes levèrent la tête et reconnurent Margaret qui marchait avec hésitation, essuyant d'une main la sueur qui lui brûlait les yeux. Les deux enfants parlaient à voix basse en pidgin, du *broken english*, la langue courante du sud-est du Nigeria. Du menton, l'un d'eux désigna la cabane vers laquelle se dirigeait la jeune fille. Ils semblèrent se tasser sur leurs talons, ne bougèrent plus, ralentissant inconsciemment leur respiration comme pour se faire oublier. Ils ne voulaient rien perdre de ce qui allait se produire.

2

Devant la cabane de terre, de planches et de matériaux indéfinis, une grosse femme souriait exagérément à la jeune fille. Elle lui ouvrit grand les bras. L'adolescente, timide, posa ses mains sur celles de la femme. Son regard se porta sur les nombreux colliers et bracelets en or qui bringuebalaient autour des poignets et du cou gras de la dame. Jamais elle n'en avait vu autant, et surtout sur une même personne. Leur vente aurait permis à son village de vivre pendant plus de deux ans. La femme parla d'une voix forte à Margaret, mais en fait elle s'adressait à tous les participants de la cérémonie.

— Entre, Margaret. Je te félicite ! Grâce à toi, bientôt ta famille sera riche, tu vas pouvoir lui faire construire une belle maison et envoyer tes frères et sœurs à l'école.

Elle sut qu'elle avait réussi son effet quand elle entendit les murmures d'approbation s'élevant de la foule. *Ça marche à tous les coups*, pensa-t-elle, *l'argent* !

Mais la grosse femme avait aussi repéré, en une fraction de seconde, la fascination de la jeune fille pour ses bijoux. Elle se dépêcha d'ajouter sur le ton de la confidence uniquement pour Margaret :

— Tu vois ces bijoux ? Eh bien, dans un an tu auras les mêmes, et tout le monde t'enviera.

Margaret écarquilla les yeux, n'osant pas croire à cette promesse de bonheur.

Les mains de la femme s'étaient resserrées comme un étau autour de celles de l'adolescente qui prit ce geste pour de l'affection. Lentement mais fermement, les mains entraînèrent Margaret dans la cabane. La jeune fille n'y était jamais entrée. Elle en avait trop peur. Elle connaissait cette case, ou du moins celui qui l'occupait et sa réputation. Celle du sorcier.

Le sorcier peut te tuer rien qu'en pensant à toi. Il peut t'anéantir, même si tu es loin. Cette phrase, prononcée des dizaines de fois par sa mère, Margaret l'avait entendue depuis l'enfance. Alors aucun risque qu'elle s'en approche. Aujourd'hui, c'était différent.

Les yeux de Margaret, encore éblouis par la luminosité extérieure, avaient du mal à discerner dans la pénombre ce qui l'entourait. Peu à peu, ils s'habituèrent à cette demi-obscurité. Elle réussit à maîtriser un mouvement de recul. La femme ne l'avait pas lâchée. Elle lui parla d'une voix doucereuse.

— Tu es avec moi, Margaret. Ici, nous allons te protéger, tu ne risques plus rien.

La jeune fille, paralysée de peur, se retenait de respirer. Le sorcier se tenait en face d'elle à moins d'un mètre, la dévisageant de ses yeux couleur de boue. Elle n'avait jamais vu d'aussi près cet homme qui ne sortait que la nuit. Il recevait dans sa cabane celles et ceux des villages environnants qui souhaitaient sa protection ou qui désiraient voir mourir ou rendre malade un concurrent ou un ennemi.

Le sorcier avait la peau très sombre et le corps sec. Ses bras et ses jambes ressemblaient aux branches tordues d'un arbre carbonisé. Cette image s'imposa à Margaret à la vue de l'homme. Elle n'osa pas s'attarder sur le visage d'une extrême maigreur, marqué par les cicatrices tribales, qui ressemblait à un masque.

Margaret, impressionnée mais curieuse, détailla la pièce. Sur des étagères étaient alignés des crânes d'animaux séchés : singes, hyènes et félins. Leurs mâchoires laissaient apparaître des rangées de dents meurtrières. Des fétiches rangés sur une planche de bois semblaient prêts à prendre vie sur un simple claquement de doigts du sorcier. Sous forme de petites statuettes anciennes de bois sculpté, ils représentaient des silhouettes humaines. Certaines affublées de cordelettes nouées autour du visage, d'autres traversées de pieux plantés dans le ventre. Recouvertes d'une patine dans laquelle se mélangeait du sang, de la terre et d'autres matières indéfinissables, elles impressionnèrent la jeune Margaret.

Toutes ces statuettes étaient reliées à une personne qui avait sollicité le sorcier, en bien ou en mal. Surtout en mal. Margaret imagina les fonctions de ces fétiches. Et puis des tas d'autres objets, outils, couteaux, récipients, que la jeune fille se refusait à identifier, remplissaient la cabane. Un frisson de frayeur parcourut son dos. D'instinct, elle tenta de croiser les bras autour de sa poitrine, mais son geste fut bloqué par la poigne de la femme.

Margaret commençait à ne plus se sentir très bien. Elle aurait voulu être ailleurs, renoncer à tout ce qui l'attendait : la richesse, les bijoux, la maison, un mari, des enfants, un travail intéressant chez les Blancs. Elle hésitait à fuir, se demandant si ses jambes pouvaient encore courir. Elle sentait les mains de la femme qui la serraient avec affection, certainement une trop grande affection, parce que Margaret ne pouvait s'extraire de cette poigne si forte. En réalité, elle n'y songeait même plus. Sa mère s'était endettée auprès de la plus grande partie du village pour payer les deux cents dollars de la cérémonie. Si elle s'enfuyait, elle serait bannie et la honte retomberait sur sa famille pendant des générations. Margaret devenait prisonnière de la parole et de la dette de sa mère.

Le sorcier se trouvait au centre d'un cercle blanc tracé à la craie qui symbolisait un univers de protection dans lequel il entraînerait la jeune fille. Il tenait dans ses mains décharnées une coupe dans laquelle se consumaient des produits à l'odeur âcre qui donnèrent à Margaret l'envie de tousser. Le sorcier regarda la grosse femme, et d'un signe de tête imperceptible lui désigna les poignets de l'adolescente. Aussitôt, l'étreinte se desserra. Margaret, soulagée de pouvoir à nouveau remuer ses mains et ses bras, les croisa autour de sa poitrine, geste inconscient d'une illusoire défense.

Le sorcier attira Margaret dans le cercle blanc et tourna autour d'elle, sa coupelle en main, psalmodiant des phrases incompréhensibles. Le fait d'être seule avec le sorcier dans ce banal cercle tracé à la craie lui donnait l'impression d'être entourée de murailles. La cérémonie, qui la liait à la vie et à la mort, venait de commencer.

3

Un homme, assis sur un muret, dans une rue du 16e arrondissement de Paris, observait de loin l'entrée d'un parking. Il finissait sa formule *à 8,50 euros tout compris* – sandwich jambon crudités / tartelette framboises / boisson –, achetée dans une boulangerie du quartier. Il ressemblait à un employé de bureau. Comme la quinzaine d'anonymes qui avaient fait la queue avant lui. Personne ne le remarquait. Âge moyen, taille moyenne, corpulence moyenne, vêtements basiques. Derrière des lunettes de soleil légèrement teintées, des yeux très clairs, pas du tout banals, en revanche. Il but d'un trait à la bouteille les cinquante centilitres d'eau minérale qui accompagnaient son sandwich. Dans son sac en bandoulière, une tablette informatique, un carnet et un stylo. Rien de plus. Rien de compromettant. De temps à autre, il photographiait le parking et ses abords avec son smartphone, d'un geste naturel qui laissait à penser qu'il téléphonait.

Une demi-heure plus tard, il quitta son poste d'observation et jeta dans une poubelle le sac qui renfermait la bouteille vide et les serviettes en papier. Il ne put s'empêcher de sourire en pensant que les flics auraient payé cher pour avoir ce sac qui renfermait des centaines de ses traces ADN. Il se dirigea rapidement vers une entrée de métro, dévala quatre à quatre les escaliers, valida son ticket et se précipita vers le quai. Il s'appuya contre un mur, observant les allées et venues des voyageurs. Il laissa passer deux rames de métro, bondit dans la troisième au moment où les portes se refermaient. Il se livrait en permanence à ces mesures de sécurité, alternant déplacements pressés et lents, pour voir si les flics étaient derrière son cul. Tranquillisé, il ressortit à l'opposé d'où il était entré.

L'homme recommença son stratagème devant un autre parking. Il effectua à quatre reprises ses observations et photos à des endroits différents. Les aires de stationnement n'étaient jamais situées dans le même arrondissement, et aucune ligne de métro ou de bus ne les reliait directement. Un impératif absolu. Il savait comment fonctionnaient les flics : tout vouloir connecter, chercher des habitudes, explorer les caméras de surveillance. Du basique. Mais dès l'instant où rien ne pouvait concorder, où aucun fil conducteur n'apparaissait, ils pataugeaient. Et là, il gagnait un temps fou.

À proximité des parkings, il redoublait de prudence et multipliait les mesures de sécurité. Ce n'était pas le moment de tenter le diable, de se montrer trop sûr de soi et de se faire arrêter par un flic plus intelligent que les autres. Il suffisait d'un seul malin, et tout s'écroulerait.

Attablé dans un café sans âme, loin de ses objectifs, il scrutait sur sa tablette les photos synchronisées depuis son smartphone. L'une d'elles représentait l'entrée d'un parking avec sur la gauche une station-service et sur la droite une rampe qui plongeait vers le sous-sol.

Les gardiens paraissaient plus vigilants, parce que son portrait-robot et son mode opératoire se trouvaient sur des centaines d'affiches placardées dans leurs cabines.

La pompe à essence fonctionnait vingt-quatre heures sur vingt-quatre. C'était bien là le problème, puisque le pompiste surveillait aussi l'accès au parking. Mais la plupart du temps, quand il ne remplissait pas le réservoir d'une voiture, ses yeux étaient rivés sur l'écran d'une console de jeux. Donc, pensa l'homme, il ne surveille rien, sauf s'il lève la tête au moment où je rentre.

En examinant les photos des accès des autres parkings souterrains, l'homme sentit le découragement le gagner. Il y avait toujours quelqu'un près de l'entrée. Bien souvent, des clochards passaient leur journée enroulés dans des sacs de couchage, recroquevillés sur des cartons, espérant l'aumône des conducteurs. Autant de complications.

Il faisait nuit quand il rentra chez lui, exténué, agacé après avoir grimpé les étages pour parvenir à sa chambre. Il s'allongea, ferma les yeux quelques minutes pour récupérer. Impatient de découvrir les résultats de ses repérages, il abrégea cependant son repos et s'assit sur son lit. Le dos calé contre le mur, il examina de nouveau sur sa tablette les images prises dans la journée. L'homme scruta chaque vue dans les moindres détails, nota quelques observations et demeura songeur. Il leva les yeux sur une photo épinglée au mur face à lui. Son maître.

Aux alentours de 21 h 30, en perfectionniste, il se changea et repartit vers le parking du 16e arrondissement. Il fredonnait jusqu'à l'obsession une chanson qui possédait une légère teinte de blues, du groupe australien AC/DC, *Night Prowler*.

4

Dans la Mercedes, Snoop regarda l'heure à sa montre, une Rolex Daytona en or rose à plus de quarante mille dollars. En bâillant, il songea que la cérémonie devait se dérouler sans accroc, sinon la fille serait déjà sortie de la cabane en hurlant. Il aimait mieux rester dans la voiture et ne plus assister à ces rituels de magie. Snoop exprimait à haute voix, dans les bars qu'il fréquentait, son incrédulité sur les pouvoirs des sorciers. En privé, il se montrait plus mesuré. *On ne sait jamais*, préférait-il penser, le sorcier en colère pouvait jeter des sorts à tous ceux qui ne lui plaisaient pas. Et Snoop, avec sa dégaine exubérante de rappeur américain, n'emballait pas particulièrement le sorcier.

Le chauffeur se prépara un joint pour plus tard. La patronne interdisait de fumer quoi que ce soit dans sa voiture. Il augmenta un peu le volume de la sono, inclina le siège et se laissa envahir par les paroles syncopées de son idole sur *No Guns allowed* qu'il connaissait par cœur, sans pour autant en comprendre le sens. Sa voix basse se superposait à celle du rappeur, renforcée par la gestuelle de sa main droite, mimant un revolver, qu'il agitait en cadence.

Money makes a man and that's a crime
If we all were rich, we'd spend more time
With our daughters and sons, they're losing their minds
We all feel hurt, here's mine, hear me now.

Margaret, figée, observait le sorcier qui, tenant à la main une lame de rasoir rouillée, se rapprochait d'elle. D'un geste rapide et sûr, tout en murmurant des mots dans une langue inconnue, il lui coupa les ongles des mains et des pieds, puis se redressa et préleva quelques cheveux. Il mit le tout dans une coupelle et tendit la lame à la grosse femme. Le cérémonial répondait à un rituel précis. D'un geste lent, elle écarta le tissu qui enveloppait la jeune fille pendant que le sorcier, dos tourné, poursuivait ses préparations. La femme se baissa, coupa des poils pubiens de Margaret, pétrifiée de honte, puis relâcha l'étoffe. Elle se redressa lourdement et déposa les poils dans la coupelle. Ensuite, la femme ouvrit un sac plastique et remit au sorcier un linge taché de sang séché. Margaret le reconnut : elle l'avait utilisé lors de ses dernières règles, il avait dû être récupéré par sa mère. Elle comprit que le sorcier la possédait et qu'il lui était maintenant impossible de faire machine arrière. Résignée, elle décida de se laisser porter par la cérémonie. Espérer que tout se passe le mieux possible.

Le sorcier enferma dans un petit sac de cuir les prélèvements opérés sur Margaret. Il s'approcha d'elle, tenant dans ses mains la coupelle contenant un liquide rougeâtre, et la lui tendit.

— Ce mélange est l'eau de la chance. Il contient une poudre, le sang d'un petit animal qui vient de naître et l'eau de la rivière qui emportera tes mauvais sorts.

Lave-toi la figure avec. Tu auras de l'argent, du bonheur et des enfants. J'ai fait une prière pour que ton bonheur dure longtemps.

L'homme versa le liquide dans les mains en coupe de Margaret, qui se lava le visage. La grosse femme prit alors la parole, pendant que le sorcier tenait en évidence le sac en cuir.

— Esprits, voici l'offrande de Margaret pour que vous la sauvegardiez. Donnez-lui tout ce qu'elle désire. Vous devez lui apporter de l'argent et la protéger pendant son voyage.

Margaret écarquilla les yeux et se retint de respirer. Elle se dit que son jour de chance venait d'arriver. L'invocation des esprits allait la combler, elle et sa famille.

— Je vais verser au goutte à goutte une partie de cette potion dans la rivière, poursuivit le sorcier de sa voix grêle. L'esprit de la rivière te sauvera, te protégera et t'apportera de l'argent. Il prendra toutes tes difficultés et les évacuera dans les flots. Maintenant, répète après moi : quoi que je fasse je ne nuirai jamais à ma *madam*.

Margaret, émue aux larmes, répéta d'une petite voix :

— Quoi que je fasse, je ne nuirai jamais à ma *madam*.

La grosse femme récita d'une voix plus forte une phrase apprise par cœur.

— Esprits, je prends cette fille pour l'emmener à l'étranger. Si elle rembourse l'argent, elle sera libre de mes mains, elle pourra commencer sa propre vie, construire sa maison et avoir une famille. Si elle travaille dur le jour et la nuit, elle devra me payer avant qui que ce soit. Tous ceux qui sont ici en sont témoins.

La grosse femme et le sorcier regardèrent Margaret, comme s'ils attendaient qu'elle s'exprime. La jeune fille parla d'une voix peu assurée.

— Je remercie ma *madam* de m'avoir choisie. Je sais qu'elle va payer mon voyage et faire en sorte que j'aie un bon métier chez les Blancs. Je travaillerai dur. Je la rembourserai entièrement. Je lui dois tout.

La femme rajusta son boubou bariolé. Le mouvement des mains qui accompagna son geste fit tinter ses bracelets. Elle lança un bref regard au sorcier. Celui-ci, pour enfoncer le clou s'il en était encore besoin, planta ses yeux dans ceux de Margaret. Il désigna le sac contenant les prélèvements et, de sa voix éraillée, prononça la dernière phrase de manière insistante, qui achevait la cérémonie.

— Ceci vient de toi et restera entre mes mains. Je te protégerai à condition que tu respectes tes engagements, sinon tu mourras et j'anéantirai ta famille.

Margaret hocha brièvement la tête, elle le savait déjà. Toujours aussi nerveuse, elle triturait ses longs cheveux tressés.

D'une tape amicale sur les fesses, la grosse femme encouragea Margaret à quitter la cabane.

— Je viendrai te chercher dans quelques jours. Tu peux sortir et rejoindre ta mère et tes sœurs. Ils peuvent être fiers de toi. Ne les fais pas attendre !

Elle se tourna ensuite vers le sorcier qui rangeait le petit sac de cuir à côté de plusieurs autres et suivait du regard ses gestes. Changement de ton. Terminés les phrases incantatoires, mystérieuses, et le recours à la magie. La *madam* embraya sur le business, seul moteur de toutes ses simagrées pseudo-surnaturelles.

— Combien t'as fait de cérémonies « juju » ?

Elle prononçait djoudjou.

— J'sais plus, p'têt une trentaine, avec celle-ci, en moins de trois mois. Toutes les filles proviennent des villages de la vallée.

La *madam* hocha la tête d'un air entendu. Elle ne souhaitait pas montrer combien les offices du sorcier lui rendaient service pour éviter qu'il n'augmente trop rapidement ses tarifs. Une seule solution : en intensifier le nombre pour qu'il soit satisfait.

Elle posa discrètement sur la table vingt billets crasseux de 10 dollars, ceux collectés par la mère de Margaret dans le village. Le sorcier haussa les épaules, donnant l'impression de ne pas être intéressé par l'argent. La *madam*, qui n'était pas dupe, feignit de ne pas remarquer le haussement d'épaules. Avant de quitter la cabane, elle laissa tomber négligemment :

— Je monte un business dans un autre endroit, y a plein de filles. J'te les amènerai.

Le sorcier possédait une grande réputation, celle des gens de mystère, des initiés. Depuis plus de trente ans, il était consulté pour orienter le destin vers le bien ou le mal. Apparenté au précédent sorcier, il n'avait fait que perpétuer la tradition familiale chez les hommes d'un même clan. Au début, pour asseoir sa notoriété, surtout quand il prédisait une mort ou une maladie, il aidait le sort. Avec discrétion, il avait assassiné quelques personnes, avec un poison violent. Une recette transmise entre sorciers. Les convulsions brutales annonçant la mort impressionnaient toujours les villageois. Les incantations magiques du sorcier étaient très vite devenues redoutables, et sa renommée s'était largement étendue. Désormais, lorsqu'il prophétisait une mort ou une maladie, la personne désignée dépérissait à vue d'œil. Avec le temps, sa parole était devenue aussi efficace que lorsqu'elle était aidée par sa pharmacopée. D'autant qu'il savait mettre les formes dans les cérémonies et les invocations mystérieuses, qu'il ne pratiquait que de nuit pour entrer en contact avec les esprits.

Une fois seul, le sorcier s'empressa de compter les dollars et les rangea dans une boîte. Dans quelques nuits, il irait à Bénin City se plonger dans l'anonymat de la grande ville où il connaissait des bordels qui renouvelaient sans cesse les très jeunes filles.

5

Un Africain, très mince, portant d'élégants vêtements noirs buvait un Coca à la bouteille. Face à lui, un jeune couple très nerveux, terrorisé, incapable d'avaler quoi que ce soit. Le contraste était flagrant entre l'homme mince et nonchalant et ses interlocuteurs qui ne maîtrisaient pas du tout leur anxiété. La fille parlait plus vite que le garçon. Volubiles, ils s'interrompaient l'un l'autre, se perdant dans des détails insignifiants. L'homme se montrait attentif, les laissant s'exprimer et évacuer leurs angoisses.

Pour cette première fois, il leur avait proposé de les rencontrer dans un bar de sa connaissance, dans le quartier. Le couple avait refusé tout net, préférant l'anonymat d'un petit square à proximité de leur domicile, offrant plusieurs issues en cas de besoin.

L'homme avait accepté sans réticence ; ce n'était pas le moment de les effrayer. Il s'exprimait d'une voix douce et rassurante. Parfois, il accompagnait ses phrases d'un geste de la main très harmonieux. Des mains aux doigts longs, fins et soignés. Le couple regardait dans toutes les directions, fébrile quand une personne traversait le square, les observant avec insistance ou à la dérobée. Mais pour eux, la signification était la même : ils attiraient le regard.

Le ton qu'employait l'homme, sa patience, son apparente assurance les calmèrent progressivement.

Ils se séparèrent une heure plus tard. L'Africain élégamment vêtu sortit du square d'une démarche souple, comme s'il parcourait une piste de danse, sans se retourner, prenant soin de jeter sa bouteille de Coca dans une corbeille.

L'homme et la femme quittèrent les lieux en marchant très vite. Le jour déclinait, et ils n'aimaient pas ça du tout, même si on les remarquait moins. Sauf s'ils avaient déjà été repérés.

6

La grosse femme, qui répondait au prénom de Justina, s'assit lourdement dans la Mercedes et claqua la porte en soupirant.

— Snoop, démarre, qu'on dégage vite de ce coin affreux ! J't'emmène dîner dans un bon resto. J'ai fait de sacrées affaires, aujourd'hui !

La Mercedes roula au ralenti sur le chemin défoncé en contournant les ornières inondées par les orages. Les villageois saluaient avec respect et envie cette femme riche. Justina agitait en signe d'au revoir ses mains potelées et chargées de bijoux en s'efforçant de maintenir un sourire sur ses lèvres. Mais elle se gardait bien d'ouvrir sa vitre. Snoop accéléra dès que la lourde voiture posa les pneus sur le bitume, et la grosse femme cessa aussitôt ses simagrées, une fois les villageois sortis de son champ de vision.

— Comment ça s'est passé, Justina ?

Snoop n'avait plus à se forcer pour s'exprimer comme le rappeur américain. Il avait à la perfection intégré le phrasé, l'accent et les intonations de son idole.

L'imitation laissait la place au mimétisme. Désormais, Snoop parlait naturellement comme Snoop Dogg.

Justina haussa les épaules et prit soin de recharger ses lèvres en rouge claquant. Avant de répondre, elle baissa le son de l'autoradio. Les mots du rappeur devenaient inaudibles.

— Snoop, tu me fais marrer avec tes questions ! Dès l'instant où tu leur dis qu'ils vont être inondés de billets de banque, tout se passe bien ! Ils n'écoutent même plus la suite. Et pour que mon business continue de marcher, j'expédie de temps en temps un billet de 100 dollars aux mères. Snoop, sans elles, rien n'est possible !

— Cent dollars ? Mais c'est rien, vu c'qu'elles te rapportent !

— C'est les mères qui m'proposent leurs enfants et qui m'les vendent ! Elles disent entre elles : « Ma fille est en Europe, elle m'envoie des sous. Celle qui est à l'école, est-ce qu'elle peut faire la même chose ? Non, et en plus elle coûte de l'argent ! »

— Tu l'as payée cher, la gamine ?

— Cinq cents dollars. J'ai fait une affaire. La mère voulait m'en vendre d'autres, mais j'aime pas acheter dans les mêmes familles. J'lui enverrai du cash dans un mois, c'est bien de les faire attendre. Elle remboursera au village la cérémonie du sorcier et aura l'impression d'être riche avec les trois cents restants.

— T'as raison ! Et les filles c'est pas c'qui manque, ici. Qu'est-ce t'as inventé pour celle-là ?

— Le baratin habituel. Que j'allais lui trouver une place de coiffeuse dans une grande ville chez les Blancs ! Avant, je disais esthéticienne, mais ils ne savent pas ce que c'est. Alors je dis coiffeuse, comme ça, tout le monde est content.

Justina et Snoop s'esclaffèrent.

— J'me demande comment on peut encore avaler des conneries pareilles ! Un sorcier qui garde une partie de toi dans un sac, et si t'obéis pas, il t'envoie du malheur à distance !

— J'm'en tape, Snoop, elles sont persuadées, elles ont peur, et y a qu'ça qui m'intéresse, et ça m'facilite le travail. Moi, je crois en l'argent, c'est tout. Et toi, Snoop, tu crois en quoi ?

— Au fric, Justina, au fric ! Y a qu'ça qui m'branche ! On décolle bientôt ?

— Dans quatre jours, on file en France avec les deux autres que j'ai achetées. Mais y a un problème. Mon contact à Roissy me dit qu'en ce moment les contrôles sont serrés, et que même avec du cash c'est compliqué. Ils ont changé les équipes, c'est des nouveaux. Les anciens s'étaient fait repérer, ils claquaient trop de fric. Mais dès qu'ils compteront les billets, les nouveaux se comporteront comme les anciens. J'espère qu'ils seront plus prudents, après. Il faut être patient.

Snoop avait cessé de rire, soudain songeur.

— Et tu prends le risque de passer ?

— Snoop, tu réfléchis pas assez, c'est ça, ton problème. C'est hors de question que la marchandise soit confisquée. J'ai pas envie de perdre les trente mille dollars d'investissement ni tout ce qu'elles vont très vite rapporter.

— Ça veut dire quoi ?

— Très simple ! Comme on faisait avant de connaître du monde à l'aéroport en France. Moi, je voyage en avion, et toi, avec les trois filles, tu roules jusqu'au Maroc. Tu prends un bateau, et une fois en Espagne, le train pour Paris. Où je t'attendrai. Tu as déjà fait ça plus de vingt fois.

Snoop se mit en colère.

— C'est quoi ce bordel, Justina ? Tu sais c'que ça veut dire de se taper plus de six mille bornes sur des pistes de merde ? De distribuer des bakchichs à la moitié des flics et des douaniers africains pour traverser tous les barrages routiers, toutes les frontières, avec des papiers bidon et d'expliquer aux filles que leur bonheur est en train de naître ?

— Calme-toi, et arrête de te prendre pour ton rappeur en parlant avec tes mains ! Y a pas meilleur que toi pour ce genre de trip, et je te payerai bien pour ça. OK, Snoop ?

Snoop se cala une allumette au coin de la bouche, remonta le son de l'autoradio et ne dit plus un mot. Il se concentrait sur la conduite de la grosse cylindrée qu'il guidait à travers un flot chaotique de piétons, de charrettes, de camions déglingués, d'animaux divaguant et d'autres véhicules indéfinissables surchargés de marchandises. Tous se dirigeaient vers Bénin City. Il réfléchissait surtout à installer rapidement son propre réseau. Pour cela, il devrait avoir un sorcier dans sa manche, aussi efficace que celui de Justina. Là résidait son point faible. Il n'en connaissait pas. Le recours à des intermédiaires qui lui en présenteraient un de fiable et de grande renommée s'avérait indispensable. Un investissement financier important en perspective, mais le trafic de femmes rapportait tellement d'argent que la mise de fonds serait récupérée immédiatement et au centuple. Justina représentait le seul obstacle. Il ne fallait pas qu'elle l'apprenne trop tôt.

7

23 heures. Dans son bureau, Ludovic Mistral finissait de lire le rapport de synthèse rédigé par le procédurier d'un groupe d'enquêtes. Derrière le vocabulaire technique et juridique froid se dessinaient les images de l'anéantissement d'une famille. L'histoire d'un type qui avait massacré cinq personnes pour obtenir la combinaison d'un coffre-fort.

Le tueur avait agi avec méthode. Il avait sélectionné sa cible sur toute une série de critères qui lui avaient paru objectifs. La famille en question occupait une jolie maison d'une banlieue parisienne huppée. Le père se déplaçait dans une voiture allemande à la mode et la mère aussi, mais avec le modèle pour femmes. Le samedi soir, les enfants du couple sortaient. De plus, il n'y avait ni chien ni alarme. Plusieurs samedis de suite, il avait observé les parents payer leurs achats, toujours en espèces, et en avait déduit qu'il allait rafler la mise. Sauf que rien ne s'était passé comme prévu.

Le type était facilement entré dans le jardin, puis dans la maison, d'autant que la porte n'était pas fermée.

Il avait menacé les parents qui regardaient la télé dans le salon de son fusil à canon scié. À partir de là, les événements avaient empêché le plan de se dérouler comme prévu, rendant le braqueur incapable de maîtriser quoi que ce soit. Les enfants, ce samedi-là, n'avaient pas bougé de chez eux. Ils s'étaient précipités vers leur mère dès qu'ils l'avaient entendue hurler. L'homme avait tiré dans le tas en explosant les trois mômes. Dans la foulée, comme il carburait à la coke, il avait pulvérisé la tête de la mère. Puis ce fut le silence absolu. Seule l'émission de variétés avait continué à débiter ses niaiseries. Le père, dont l'esprit n'avait pas réalisé le carnage qui venait de se produire en moins de deux minutes, était resté pétrifié sur son canapé, en état de choc. Puis il avait répondu machinalement à la question du tueur en lui communiquant la combinaison du coffre. Dans la seconde qui avait suivi, le type avait arraché la tête du père d'un coup de chevrotine double zéro. Trois minutes s'étaient écoulées entre l'entrée du tueur dans la maison et le moment où il avait rayé de la carte toute une famille.

Sans trembler, il avait ouvert le coffre. À l'intérieur, mille cinq cents euros en billets et quelques bijoux, dont la valeur atteignait à peine cinq cents euros. Fou de rage, il s'était rué dans tous les endroits où d'expérience il savait que les gens planquaient leur argent. Rien. Cinq morts pour deux mille euros. Quatre cents euros par personne. Le tueur était reparti furieux. Il avait, de surcroît, oublié de demander où se trouvaient les clefs de la belle bagnole du type. Au bout de trois jours, il avait été arrêté. Comme il avait utilisé le téléphone portable d'un des gamins, une géolocalisation l'avait situé très précisément dans Paris. Des assassinats sordides, une enquête facile. D'autant qu'il avait tout raconté en détail.

Le meurtrier, devenu indifférent à ce qui l'entourait, attendait, les poignets menottés dans le dos, sous la garde de trois policiers. La procédure filerait chez le juge d'instruction, le type serait conduit au dépôt du tribunal, et ensuite direction Fleury, Fresnes ou la Santé, une des trois prisons de la région parisienne. Le labyrinthe judiciaire commençait pour lui, avec une issue probable vingt-cinq ans plus tard s'il arrivait au terme de sa peine. En général, le massacre de mômes réduisait fortement la longévité des taulards qui l'avaient commis, même s'ils se retrouvaient à l'isolement. Un jour ou l'autre, il y aurait du relâchement. Et là…

Mistral referma l'album photo qui résumait en une centaine de clichés en couleurs les trois dernières minutes du carnage de la famille, le remit dans la procédure à l'officier de police qui attendait.

Ludovic imagina la scène du jugement. Les jurés de la cour d'assises s'attarderaient sur l'album du massacre en participant aux débats, et la sentence serait déjà inscrite dans leur cerveau quand l'avocat de la défense démarrerait sa plaidoirie, qui sans doute ne serait que poliment écoutée.

23 h 30. Mistral décapsula une cannette de Coca, posa les pieds sur son bureau, et regarda les lumières de Paris depuis ses fenêtres ouvertes, malgré le froid humide de novembre. Il avait besoin d'air. Il avala en deux gorgées la boisson glacée. Son esprit ne s'accrochait à rien. Mistral adorait son métier qu'il vivait comme une passion, mais se sentait impuissant, face à des situations aussi sordides, comme celle qu'il venait de régler. Il évitait de s'enfermer dans la vacuité de cette réflexion. Cela ne changerait rien.

Soit il allait dîner rapidement dans une brasserie, anonyme parmi les anonymes et les solitaires, soit il rentrait chez lui. Il choisit la seconde solution. Avant de quitter son bureau, il redressa une photo encadrée qu'il possédait depuis plusieurs années et qui le suivait partout. Une reproduction d'une épreuve célèbre en noir et blanc d'Helmut Newton de 1998 intitulée *Leaving Las Vegas*. Un beau tirage sombre, qui représentait une route filant vers l'horizon, entourée de végétation désertique, et l'arrière d'une voiture au loin. Le ciel est chargé. La photo est légèrement floue. L'horizon de travers coupe presque en deux parties la vue. Bref, tous les critères, selon l'orthodoxie des écoles de photographie, d'un cliché techniquement raté. Cependant, la photo entraînait Mistral dans un rêve puissant avec l'envie d'être dans la voiture, de partir sur cette route et de tout quitter. Il se perdit une fois de plus dans la contemplation de cette photo.

Son regard glissa ensuite vers une autre photo plus petite qu'il avait prise une trentaine d'années auparavant avec un appareil tout simple, un cadeau de communion. Un Kodak Instamatic. On y voyait trois enfants courir en riant sur un sentier grimpant vers la montagne Sainte-Victoire qui domine la campagne aixoise. Une heure avant le drame. Les couleurs, depuis, étaient quelque peu passées. Cette photo possédait une charge émotionnelle très forte et entretenait en lui un douloureux souvenir toujours intact.

8

Mistral rentra chez lui à La Celle-Saint-Cloud, à une quinzaine de kilomètres de Paris. Conduite en mode relax, circulation très fluide, juste au-dessus de la limitation de vitesse, toujours perdu dans des pensées qu'il ne contrôlait pas. En sourdine, FIP, la station de radio qu'il affectionnait quand son esprit se mettait en roue libre.

Minuit quarante-cinq. Il arrêta le moteur de la voiture et se laissa envahir durant les trente dernières secondes par la trompette de Wynton Marsalis dans *Saint-Louis Blues*. Il ouvrit la porte en silence et traversa le hall d'entrée. Le salon était baigné d'une lumière douce. Musique très basse, du violon, atmosphère paisible. Il fila voir ses deux garçons endormis et rejoignit sa femme, assise dans le salon.

Clara tenait sur ses genoux un agenda et un crayon. Mistral n'y prêta pas attention. Elle sourit à son mari. Il s'installa à côté d'elle, embrassant ses cheveux.

— Dix-huit, dit-elle.

— Dix-huit quoi ?

— Dix-huit sur vingt-cinq. Très exactement.

— Oui ?

— Très simple, mon chéri. Tu viens de rentrer pour la dix-huitième fois en vingt-cinq jours à plus de minuit. Et je ne te parle pas des mois précédents. Si tu es intéressé, tu peux consulter l'agenda et tu te rendras compte très vite que le temps passé avec nous se réduit de plus en plus. Je sais, tu vas me répondre que tu as un travail compliqué, que tu subis l'actualité, etc.

Clara s'était exprimée d'une voix douce et calme, ne cessant de sourire, masquant une colère qu'elle maîtrisait avec difficulté. Ce qui exaspérait Mistral. Il savait qu'elle avait raison, mais surtout il ne voulait pas se lancer dans une discussion stérile, dans laquelle il ne pouvait lui opposer aucun argument valable. Il choisit une réponse neutre.

— C'est fini. Le type est parti au trou. Même si l'enquête s'est avérée relativement facile, c'était vraiment sordide, et il a fallu gérer cinquante choses de front. Bref, les trucs habituels !

— Tant mieux, je suis vraiment très heureuse que tout se soit bien terminé ! Quand arrive la prochaine affaire compliquée ? Celle qui te rendra invisible pour ta famille ? Bref, le truc habituel !

Clara n'avait pas envie d'en rester là. Mistral comprit en deux secondes le message et sut que l'orage allait éclater. Le tout était d'éviter la foudre. Et pour cela une seule méthode, l'esquive, même si ce n'était pas glorieux. Il s'accorda quelques instants de répit en défaisant le nœud de sa cravate et choisit un ton très calme pour répondre.

— Aucune idée ! Le planning « affaire simple » ou « affaire compliquée » n'existe pas encore. Je prends comme ça vient. Reste cool. Les coups de bourre, il faut les gérer. Parfois, c'est la loi des séries, et là tu comptes les points.

— Ludovic, je ne suis pas stupide, tout cela je le sais très bien. Et je n'ai pas envie de me lancer dans un couplet, vieux comme le monde, sur la disponibilité des flics et la passivité ou la compréhension des femmes de flics. Des centaines de films, autant de séries télévisées et mille romans en parlent tous très bien, d'ailleurs. Sauf que moi je le vis. Réalise une seconde que tu n'es réellement avec tes deux enfants que le temps d'un weekend, si tout va bien, le reste de la semaine tu les aperçois quand ils dorment. Exact ou pas ?

— À peu près.

— Je te rappelle qu'Antoine et Mathieu ont 11 et 13 ans, ce sont des préados. Ils entrent dans l'âge ingrat, et on est tous passés par là ! Ça signifie que leur père ne doit pas se résumer à une présence en pointillé pour eux. Tu comprends ? Des assassins, il y en aura toujours, et ce n'est pas toi qui vas régler définitivement cette question. Et je...

Ludovic l'interrompit d'une voix douce.

— D'accord, ces derniers mois je me suis laissé accaparer par mon travail. Une sorte d'enchaînement des affaires, enfin bref, rien de très exceptionnel.

Clara reprit, se forçant à redevenir plus calme :

— La semaine prochaine, je me déplace à Grasse. Je travaille avec mon équipe sur l'élaboration d'un parfum, et nous touchons au but. Je ne pourrai absolument pas annuler mon déplacement. Tu entends ? Absolument pas ! Donc tu fais en sorte de te rendre disponible. Affaire simple ou affaire compliquée, loi des séries ou pas.

— Bien sûr, sois tranquille. Tout va bien.

— Je sais que tout va bien. Simplement, mon job est aussi important que le tien, même si personne n'est emprisonné dans le mien. Dans mon univers, les gens sentent bon et sont heureux, ou du moins ils font semblant de l'être.

Mistral ne répondit rien. Il hocha la tête, écarta les bras et ouvrit les mains en signe d'apaisement. Il n'avait pas du tout, mais alors vraiment pas, envie d'essayer de se lancer dans un argumentaire qu'il savait perdu d'avance. Il repensa un instant à la voiture de la photo d'Helmut Newton, celle qui fonçait vers nulle part, et à tous les mecs qui rêvaient de s'y engouffrer. Il se retint de rire ; le moment était mal choisi.

Il aurait bien voulu invoquer, en silence, le saint des flics, mais, à sa connaissance, il n'y en avait pas. Il savait que sainte Rita était celle des causes perdues, mais sans aucun doute bien trop occupée pour s'intéresser à un cas comme le sien.

9

Deux heures du matin. 18e arrondissement de Paris. Rue Myrha, le quartier de la Goutte-d'Or cher à Émile Zola. Un fourgon Mercedes Vito, noir brillant, neuf, s'arrêta devant un immeuble en ruine maintenu par des étais. Deux Africains en sortirent en silence et refermèrent les portières sans bruit. L'un, très mince, élégant, portait un blouson de cuir noir au col relevé, une chemise noire et un jean noir. À son épaule droite pendait un sac à dos, c'était monsieur Mince. L'autre avait l'allure d'un videur de boîte de nuit. Immense et imposant, vêtu d'un jean et d'un sweater gris. La capuche rabattue sur le front ne laissait rien voir de son visage. Il transportait une grande glacière, c'était monsieur Muscle.

Dans ce petit immeuble de quatre étages, voué à la démolition, seuls les deux appartements du premier étaient occupés. L'un par une très vieille dame qui naviguait dans un monde qui s'était arrêté net en 1950, l'autre squatté depuis peu par deux jeunes gens, un garçon de 18 ans et sa sœur de 20 ans. Les autres taudis avaient été murés. C'est vers ce squat que se dirigèrent les deux Africains. Les marches en bois grincèrent, alertant les jeunes gens.

Petits coups discrets à la porte. Le jeune homme entrebâilla le battant, la main droite maladroitement crispée sur un couteau de poche. Malgré l'absence d'éclairage dans la cage d'escalier et sa mauvaise vue, il reconnut l'Africain mince. Soulagé, il dissimila son couteau et ouvrit la porte en grand. Son regard dévia vers le grand balèze à la glacière.

— Cool, mec, c'est un pote.

M. Mince employait un ton rassurant et fit semblant de ne pas voir le couteau. Dérisoire pour devenir une menace ! Il poursuivit de sa voix calme :

— J'ai trouvé un appart' dans un quartier plus peinard. Ce serait bien si on pouvait dégager cette nuit.

La jeune fille, intriguée par la grande glacière que portait M. Muscle, essaya en vain d'attirer l'attention de son frère.

— D'accord ! Y en a marre de ce squat de merde et ça fait plus d'une semaine qu'on pourrit là-dedans. On ose à peine sortir, et encore quand on se camoufle de la tête aux pieds. La journée, on nous dévisage d'une drôle de façon. Y en a même qui nous ont suivis ! Ce n'est plus possible de rester ici, ça devient trop dangereux !

— Je sais, je sais. C'est pour ça qu'on est là. Calmos, mon frère !

La voix et les gestes de M. Mince se voulaient apaisants.

De la tête, le jeune homme désigna deux minables sacs de voyage posés sur un matelas crasseux.

— Nos bagages. Presque rien, tout est prêt.

— C'est bon, on se tire !

Le frère et la sœur se baissèrent pour prendre leurs affaires. Le grand costaud posa la glacière et les suivit. Une seconde plus tard, M. Muscle tirait de sous son sweater une matraque fabriquée maison, des câbles électriques entourés d'une gaine en caoutchouc. D'un geste rapide et puissant, il explosa la nuque des deux jeunes qui s'écroulèrent en silence, cervicales pulvérisées net.

M. Mince jeta un regard à la fois surpris et impressionné à M. Muscle.

— J't'avais jamais vu cogner aussi fort, j'ai cru que t'allais leur arracher la tête !

M. Muscle glissa sa matraque dans sa ceinture. Il s'accorda quelques secondes avant de répondre et désigna du menton les deux cadavres.

— J'en ai jamais tué des comme ça. J'ai entendu dire que ce sont des êtres sacrés et j'sais pas ce qui pourra m'arriver ensuite ! J'ai pas voulu les louper.

M. Mince le dévisagea, incrédule et narquois.

— Me dis pas que tu crois à ces conneries ! T'as cogné fort parce que t'as peur ? On nous paye pour faire ce taf et le reste, on s'en tape. T'avais qu'à réfléchir avant !

M. Muscle, mal à l'aise, changea de conversation.

— Aide-moi à les désaper. C'est chiant comme tout de déshabiller des morts, ils t'aident pas ! J'sais de quoi j'parle !

M. Mince haussa les épaules et posa son sac à dos sur le plancher avec une moue de dégoût en voyant la crasse accumulée. Les deux hommes enfilèrent des gants en latex, dénudèrent les deux corps et jetèrent leurs vêtements dans un grand sac-poubelle. M. Muscle ne pouvait détacher son regard des corps du jeune couple.

M. Mince fit coulisser la fermeture Éclair du sac et en sortit une mallette de cuir noir, qu'il ouvrit. Elle contenait, bien rangés dans leurs alvéoles, les huit outils traditionnels du boucher. M. Mince savait qu'il n'utiliserait pas la scie, mais uniquement une feuille couperet, sorte de courte hache tranchante, et le couteau à dépecer.

M. Mince et M. Muscle recouvrirent les chaussures de sacs en plastique qu'ils fixèrent autour de leurs chevilles de plusieurs tours d'un large ruban adhésif marron.

M. Muscle s'éloigna de quelques pas, alluma une cigarette et regarda M. Mince tailler rapidement dans les deux corps.

— T'es vraiment un maniaque de l'ordre et de la précision.

M. Mince préféra ne pas répliquer à cette remarque, lancée d'un ton légèrement méprisant. M. Muscle revint à la charge.

— Où t'as appris à découper les gens ?

M. Mince secoua la tête d'un air navré. Il jugea la question idiote. Il hésitait entre envoyer balader M. Muscle, ou lui répondre ironiquement.

— J'ai pas appris. Ce genre de truc, ça s'apprend pas. Les écoles qui t'enseignent à découper les gens n'existent pas encore ! Tu tranches dans les jointures, c'est tout, comme dans les poulets. Ouvre ta glacière, vaut mieux pas traîner ici.

M. Mince parlait d'une voix basse et neutre, comme s'il demandait le prix d'une chemise de marque. M. Muscle avait perçu l'ironie dans la réponse de M. Mince, ce qui le mit dans une rage contenue.

— T'es qu'un gros connard, mec ! Le boss donne l'argent quand ?

M. Muscle, avec sa grosse voix, semblait menacer son interlocuteur dès qu'il parlait.

— Dans une heure ou deux, si tout va bien. Huit mille chacun, si c'est ça qu'tu veux entendre.

— Ben ouais. Mais c'est pas l'entendre que j'veux, c'est les avoir dans la poche. Tu piges la différence ?

M. Mince ne releva pas la dernière remarque de M. Muscle, concentré sur son travail de découpe.

Pendant que M. Mince taillait dans les corps, M. Muscle jeta un coup d'œil circulaire dans la pièce. Vraiment pas terrible. À l'origine, il devait y avoir deux petites pièces. La cloison abattue à coups de masse, sans doute par de précédents squatters, libérait un espace d'une vingtaine de mètres carrés environ. Les murs, recouverts d'une dizaine de couches de papiers peints, qui se décollaient par plaques, comme des affiches publicitaires desséchées. Le parquet, qui disparaissait sous plusieurs épaisseurs de crasse, ne se souvenait plus de l'existence de la cire. Un matelas posé à même le sol, une table de camping bringuebalante et deux chaises pliantes composaient le mobilier.

Deux vitres opacifiée par la saleté subsistaient par miracle sur les montants des fenêtres, les autres avaient été remplacées par des cartons fixés avec des punaises. Les sanitaires, détruits depuis pas mal de temps, ne servaient à rien. Il n'y avait plus d'arrivée d'eau. La lumière provenait d'un câble connecté au compteur électrique de la vieille dame. Une ampoule de vingt watts dispensait un éclairage jaunâtre et faiblard, qui donnait un aspect irréel à l'opération de découpe en cours. M. Mince ne s'en rendait pas compte, pendant que M. Muscle observait les cafards qui couraient le long des plinthes.

— Au lieu de rien foutre, récupère leurs papiers d'identité et regarde s'ils n'ont pas des objets perso.

M. Muscle écrasa sa cigarette entre ses doigts sans ressentir de brûlure, et l'enfouit au fond de la poche de son jean. Les passeports du frère et de la sœur se trouvaient dans le sac de la fille. M. Muscle rafla les vingt euros qui traînaient et jeta le sac à main vide de la fille sur le tas de vêtements.

— C'est pour les clopes.

M. Mince en avait terminé avec le garçon. À genoux, il s'activait à coups de hache précis sur les épaules de la fille. Il ignora la remarque de M. Muscle qui feuilletait les passeports.

— Ils étaient gabonais, tu savais ?

M. Muscle enfonça les passeports dans la poche arrière de son jean.

— Non, et je m'en fous. Tu devrais commencer à descendre la glacière et revenir récupérer le reste. Tu risques plus rien, ils sont en morceaux !

M. Mince riait silencieusement. Pas vraiment un rire, aucune joie ne transparaissait sur son visage, plutôt une ironie mauvaise. M. Muscle s'exécuta, sans relever la façon dont M. Mince lui parlait, même s'il ne le supportait plus. L'homme, imposant, se déplaçait sans bruit et portait la glacière chargée à bout de bras sans effort, ainsi que les sacs renfermant les affaires des deux jeunes gens. Avant de sortir, il resta dans l'ombre de la porte pour observer la rue. Une voiture passa au ralenti, uniquement en veilleuse, avec un type seul au volant. *Un mec qui cherche sans doute des putes blacks*, se dit M. Muscle. *Et ce con n'est même pas au bon endroit.* L'homme maîtrisait à fond les voies de circulation de l'arrondissement. En grand consommateur de prostituées, il connaissait les lieux et, d'un simple coup d'œil sur les trottoirs, savait repérer les nouvelles.

Une fois la voiture disparue, il entra par la porte latérale du fourgon qui coulissa sans bruit, déchargea la glacière des membres découpés dans des bacs qui contenaient de la glace.

Une quinzaine de mètres plus loin, dans l'obscurité, à l'angle de la rue Léon, il devina deux grosses poubelles sur roues à couvercle jaune. Rassuré par l'absence de circulation et de piétons dans la rue, il se dirigea vers un des bacs, en rabattit silencieusement le couvercle. Il était rempli de cartons et de papiers. Il en écarta une bonne moitié et enfouit le sac qui contenait les fringues et les bricoles qui avaient appartenu aux deux jeunes gens. Dans trois ou quatre heures, le ramassage des ordures engloutirait le tout dans la benne. Destination l'incinérateur. Il remonta ensuite tout aussi prudemment dans l'appartement.

M. Mince en avait terminé, les outils étaient nettoyés et rangés. Il se tenait sur le seuil de la porte, ôtant les gants en latex et les sacs plastiques couverts de sang qui protégeaient ses chaussures. M. Mince les jeta dans la glacière, M. Muscle en fit autant, après l'avoir remplie une dernière fois des membres restants.

— Putain, ce qu'y a comme sang ! Au prix qu'il coûte, on aurait pu se faire pas mal de billets. Au moins, doubler la mise. C'est pas tous les jours qu'on a ce type de sang. T'aurais dû le récupérer pour nous.

— Ouais, sauf que le deal le prévoyait pas, et que j'avais pas de récipient. Mais t'as raison, ce sang valait le coup, un sacré paquet de fric.

— Du sang sacré !

— Recommence pas avec tes conneries !

M. Muscle suivait des yeux la flaque rouge qui se répandait sur le plancher.

— Il va passer entre les lattes, traverser le plafond et couler en dessous ! À coup sûr ! Quel gâchis !

— On s'en branle ! Y a personne ! Tout va sécher et ça puera dans quelques jours. Mais avant qu'on trouve ce qui reste des corps, on sera loin !

M. Mince était un pragmatique. On lui commandait un job précis, il l'exécutait et pas un autre. Les hypothèses comme celles formulées par M. Muscle, ce n'était pas son truc.

Une vingtaine de minutes plus tard, le fourgon démarrait lentement. Auparavant, M. Muscle avait pris soin d'effacer les traces éventuelles sur les poignées de portes et la rampe d'escalier. Il n'avait pas non plus oublié d'écraser son deuxième mégot ni de l'enfouir dans sa poche. Les cendres, il s'en foutait. Au mieux, les flics avec leurs microscopes établiraient que c'étaient des blondes. *Avec ça on ne va pas loin.* Il venait de résumer en silence la réflexion à venir des policiers.

— Quand on aura quitté Paris, on pourra remettre en marche nos téléphones, pas avant.

M. Muscle hocha la tête, il connaissait cette précaution, et M. Mince, qui le prenait pour un gros con sans cervelle, le gonflait avec ses ordres. M. Muscle s'appliquait à respecter le code de la route à la lettre. Le fourgon quitta la rue Stephenson et plongea dans le boulevard de la Chapelle. Ceinture de sécurité, clignotant, codes allumés, vitesse maximum 50 km/h. Ce n'était pas le moment de se faire avoir par une BAC en mal d'arrestation en fin de nuit. Ils auraient du mal à expliquer le chargement. Il engagea ensuite le véhicule sur le boulevard périphérique et bloqua le limiteur de vitesse aux 70 km/h réglementaires pour éviter le coup de flash du radar. M. Muscle appréciait la boîte automatique du fourgon neuf. D'expérience, il préférait se déplacer sur le périphérique : aucun risque de contrôle. Détendu, il mit en marche l'autoradio. Aussitôt, M. Mince l'éteignit.

— J'ai pas vu les sacs de fringues. Ils sont où ?

— J'ai tout balancé au fond d'une poubelle à papier. Les ordures seront ramassées et cramées dans pas longtemps. On s'en fout.

— T'es qu'un gros con ! J't'avais dit qu'on embarquait tout ! Tout ! Tu sais ce qu'ça veut dire TOUT ? J'crois qu'tu comprendras jamais rien. Un conseil, t'en parles pas au patron.

M. Mince avait lâché cette phrase de sa voix basse. Elle produisait davantage d'effet que s'il avait hurlé. De colère, M. Muscle balança un coup de poing dans le volant.

— Putain, arrête de faire ton maniaque ! Qui tu vois ramasser des fringues de merde au fond d'une poubelle à quatre heures du mat' ?

M. Mince préféra ne pas répondre. Il avait décidé que c'était la dernière mission qu'il ferait en équipe avec M. Muscle. Malgré son efficacité en tant que tueur. Il en parlerait au boss plus tard. Il appuya sur l'allume-cigare du fourgon. Quinze secondes après, il tirait sur sa cigarette en pensant aux huit mille euros qu'il allait toucher. Les yeux dans le vague, il regardait sans les voir les quatre voies du périphérique parisien pratiquement vides. M. Muscle ralluma l'autoradio. Ni l'un ni l'autre n'écoutaient ce qu'il en sortait. Pourtant la coïncidence entre leur séquence épouvantable dans l'appartement et l'interprétation survoltée d'AC/DC de *Highway to Hell* pendant quatre minutes quarante-cinq dans le *Live at River Plate* rencontrait un écho parfait.

⁂

Sac-à-dos et Trottinette, surnoms d'un couple de SDF qui zonaient dans le 18e, effectuaient leur circuit habituel avant la levée du jour, tenant à la main des cintres métalliques recourbés pour fouiller parmi les détritus. Ils relevèrent bruyamment les couvercles jaunes de deux poubelles sur roues à l'angle des rues Léon et Myrha et y plongèrent leurs crochets de fortune.

10

Snoop conduisait déjà depuis plus d'une trentaine d'heures sur des routes défoncées, tirant une gueule de six pieds de long. Tout son corps, ankylosé, le faisait souffrir. Il avalait des antalgiques et des amphétamines avec de la bière tiède, et balançait les cannettes vides par la fenêtre. Il avait quitté Bénin City, dans le sud-est du Nigeria, avec les trois filles. Il repensait aux simagrées du départ. Justina leur avait témoigné des tonnes d'affection, avec effusions, embrassades, larmes... mieux que des adieux avec les mères ! Ensuite, elle était passée aux choses sérieuses, donnant à chacune des filles un peu d'argent et des passeports avec les visas en bonne et due forme. Il s'agissait de vrais documents, achetés à l'administration locale, mais dont les identités étaient bidon. Margaret s'appelait désormais Stella, et les deux autres filles, venant d'un village voisin, Gina et Grace. Justina avait justifié ces modifications en précisant que leurs nouveaux prénoms passeraient plus facilement chez les Blancs.

Les trois jeunes filles, une fois la surprise passée, avaient vite retrouvé leur enthousiasme. Elles allaient travailler à Paris comme coiffeuses. Les trois savaient tresser des nattes africaines, mais à part ça, zéro. Justina avait balayé d'un revers de main leurs inquiétudes. Elles seraient formées, et puis toutes les femmes blanches adoraient les nattes africaines. « La grande mode à Paris », leur avait-elle dit.

Justina avait pris Snoop à part et lui avait remis un paquet de billets pour le voyage. Il n'était pas très confiant, malgré les dollars, papier vert universel qui valait tous les documents.

— Je vais rouler pendant des milliers de kilomètres et croiser des tas de types qui deviendront fous quand ils verront les trois jeunes culs tout neufs que je trimbale dans la bagnole.

— Snoop, arrête ! C'est pas la première fois que tu embarques des filles. Je t'ai donné bien assez de pognon pour calmer les chaleurs de ceux qui tournent autour. Crois-moi, les billets verts, ça fait réfléchir. Je sais de quoi j'parle !

— J'suis pas si sûr, Justina. En ce moment, c'est le merdier dans toute cette partie de l'Afrique qu'on a l'habitude de traverser. Y a plein d'armes, de drogues, tous les ingrédients pour s'massacrer. Les mecs sont déchaînés, ils se tirent dessus sans savoir pourquoi. C'est peuplé de trafiquants et de terroristes, Justina, j'déconne pas !

— Snoop, j'te connais, tu es en train de faire monter les enchères pour avoir davantage de billets. Arrive à Paris avec les trois filles, et tu auras un bonus. Ça va comme ça ?

Snoop n'avait pas répondu, à court d'arguments. Il ne s'était préoccupé que d'une seule chose : la voiture avec laquelle il partait. Un 4 × 4 Toyota ancien, mais en bon état. L'assurance de pouvoir gagner le Maroc sans trop de pannes. Ensuite, il le revendrait facilement à ceux qui feraient le chemin inverse. Le véhicule en règle limiterait un peu les ardeurs des policiers à quémander des bakchichs aux postes-frontières. En se dirigeant vers le Bénin, il avait dû, pour éviter les embrouilles avec une milice locale, charger dans un village six ou sept personnes dans la voiture avec leurs innombrables sacs. Quatre d'entre elles s'étaient entassées à l'intérieur. Les autres, debout sur le pare-chocs arrière, se relayaient pour s'asseoir sur le toit parmi les bagages. Snoop ne disait pas un mot, les filles dormaient.

Les voyageurs sautèrent du véhicule avant la frontière. Snoop entra au Bénin sans encombre. Il connaissait les gardes-frontières, et les arrosa d'une soixantaine de dollars pour contourner le contrôle assuré par des policiers illettrés. La traversée du Bénin, du sud vers le nord, en direction du Niger, se déroula sans difficulté. Les filles qui n'avaient jamais quitté leur village étaient ravies de découvrir une autre vie. Elles questionnaient sans cesse Snoop sur leur avenir. Snoop préférait inventer.

Il maîtrisait à fond l'itinéraire. Ils s'arrêtèrent deux jours à Niamey, chez un de ses amis, pour se reposer et bricoler un peu le véhicule. Snoop, pendant la traversée du Niger, savait où ils pouvaient prendre leurs repas dans des cantines en bord de route et dormir dans des hôtels discrets, mais sans être trop regardant sur la propreté. Après la frontière avec le Mali, tout se déroula beaucoup moins bien.

À la frontière, il avait déjà dû palabrer pendant une heure, et lâcher pas mal de dollars, plus que d'habitude, pour que les douaniers ne fassent pas descendre les filles des voitures. Les hommes étaient jeunes, très peu payés et camés jusqu'aux oreilles. Les tonnes de cocaïne qui provenaient d'Amérique du Sud se déversaient en Afrique de l'Ouest par bateaux et avions, transitaient par le Maghreb avant de débouler sur les côtes européennes. Elles s'éparpillaient aussi sur les pays africains qu'elles traversaient. L'Afrique consommait maintenant de la cocaïne, et les jeunes douaniers de la frontière en étaient l'exemple. Snoop remonta dans la voiture, démarra lentement en regardant dans le rétroviseur. Une rafale d'arme automatique balancée sans raison, juste pour rire, n'était pas inhabituelle. Il se força à sourire et à plaisanter afin de calmer l'inquiétude des filles.

Un peu avant Gao, au Mali, tout bascula.

11

Snoop arrêta une nouvelle fois la voiture au milieu de la piste pour un contrôle bakchich. Un mât, où pendait un vague drapeau, planté à côté d'une grande tente kaki rafistolée, matérialisait un point de contrôle surgi de nulle part. De grandes lettres blanches peintes avec un pochoir et en partie brûlées par le soleil indiquaient que la grande tente représentait un des dons de l'ONU au pays. Chaleur écrasante, ciel blanc, silence absolu. De très jeunes types positionnés en demi-cercle devant la voiture, armes braquées, empêchaient Snoop de passer. Ce qui n'était pas dans ses intentions. La pseudo-milice débraillée, surarmée, dangereuse, livrée à elle-même, arrêtait tout ce qui traversait la zone et prélevait un droit de passage.

Un des hommes, le moins jeune, le chef sans doute, repéra immédiatement les trois jeunes filles tassées à l'arrière, braqua sa kalachnikov sur la tête de Snoop et hurla aux filles de descendre. Snoop, voyant les pupilles du milicien dilatées et son doigt crispé sur la détente, comprit que palabrer ne servirait à rien. Il leur ordonna de sortir.

Le silence céda la place aux hurlements. Les jeunes filles furent bousculées jusque sous la tente par les types survoltés qui criaient et riaient en même temps. Snoop en profita pour planquer dans la voiture sa Rolex Daytona et ses bijoux en or trop voyants. Il ne garda sur lui que quelques dizaines de dollars, le reste rejoignit les bijoux. Il anticipait une fouille des miliciens. La poignée de dollars qu'il leur abandonnerait de son propre gré devrait les satisfaire et éviter qu'ils ne fouillent le 4 × 4.

Stella, Gina et Grace, qui ne totalisaient pas 50 ans à elles trois, virent leurs vêtements arrachés en quelques secondes. Pendant plus de trois heures, la vingtaine de miliciens viola les trois jeunes filles, sur fond d'un hard rock improbable qui saturait des haut-parleurs bon marché. Snoop, pendant ce temps, assis sur une aile du 4 × 4, fuma un paquet de clopes et avala six bières chaudes avec des comprimés de Temgésic, avec en bruit de fond les suppliques des filles, la musique hystérique et les rires des mecs. Il en vint à se dire que c'était plutôt une bonne chose, pourvu qu'elles ne soient pas trop amochées et que lui s'en tire. Cette séance allait les briser. Toujours ça de gagné, une sorte de mise en condition avant les trottoirs de Paris.

Elles ressortirent de la tente anéanties, souillées, rajustant avec difficulté leurs vêtements. Elles ne parvenaient plus à pleurer et n'aspiraient qu'à rentrer chez elles. Snoop, qui avait anticipé l'action des types, se laissa faire quand les miliciens le fouillèrent de la tête aux pieds. Comme prévu, il se fit délester sans violence des quelques dollars « oubliés » dans la poche de sa chemise, ainsi que de tous les packs de bière entassés sur le siège avant. Ce qui pour le coup, l'agaça profondément. Les filles et les quelques dollars, il s'en foutait. Les soldats satisfaits lui donnèrent de grandes tapes dans le dos pour le remercier, et lâchèrent quelques rafales de kalachnikov en l'air en hurlant de joie. Ils laissèrent enfin repartir la voiture, espérant les mêmes trouvailles au prochain passage.

Snoop se montra bienveillant avec les filles, mais leur fit comprendre qu'elles ne retourneraient pas de sitôt au Nigeria. Progressivement, elles se réfugièrent dans un silence que Snoop n'arriva plus à rompre, mais sans vraiment insister. Son job consistait à les conduire à Paris – et qu'elles y arrivent dans le meilleur état possible –, et à rester en vie.

La traversée du Mali, du Sud algérien, et la remontée du Maroc se déroulèrent à peu près normalement, sauf que Snoop ne possédait plus un seul dollar en poche arrivé à sa destination finale, sur la côte marocaine. Les bakchichs, plus conséquents que d'habitude, et les frais du voyage avaient siphonné le paquet de dollars remis par Justina au départ du Nigeria.

Il rejoignit son contact qui demeurait dans les environs de Ksar Sghir. De l'autre côté de la plage, l'Espagne. La porte d'entrée sur l'Europe ne se trouvait qu'à quelques kilomètres, il suffisait de traverser le détroit de Gibraltar. Plus facile à dire qu'à faire, l'endroit figurant parmi les passages les plus surveillés de la planète. Snoop revendit rapidement la voiture ; la liasse de billets empochée lui redonna le moral.

Il déambulait parmi les clandestins ordinaires, ceux qui déboulaient de toute l'Afrique subsaharienne, croyant encore que l'Europe était synonyme de terre promise. Pour les trafiquants, ils étaient des proies rêvées. Une trentaine de clandestins s'entassaient dans des *pataras*, embarcations de fortune dotées de moteur de faible puissance, pour effectuer le franchissement à haut risque du détroit. Les clandestins, les *harragas* [1], comme on les appelait, claquaient leurs économies, celles de leur famille, parfois celles du village, pour tenter de traverser ce bras de mer de quatorze kilomètres en direction du paradis. Snoop se faisait aborder par les passeurs lui promettant une traversée rapide et sans danger. Il ne prenait pas la peine de leur répondre.

Le plus souvent, les pilotes des *pataras* portaient une cagoule pour ne pas être identifiés par les migrants. Ils se dirigeaient au moyen du GPS qui indiquait la destination d'une plage en Espagne. Les trafiquants risquaient la prison en cas d'arraisonnement par les gardes-côtes espagnols. Quand cela se produisait, la confusion les aidait. Ils jetaient leur cagoule et se mêlaient à la foule des anonymes paniqués. Parfois, certains passeurs, estimant les patrouilleurs espagnols trop nombreux dans la zone, opéraient un brusque demi-tour. Le changement de cap radical des *pataras* surchargées déséquilibrait les passagers et les projetait dans la mer. Tous coulaient à pic en pleine nuit.

Et de nouveau cap sur le Maroc, pour embarquer des migrants qui s'agglutinaient aux portes de l'Europe.

D'autres étaient parfois plus chanceux. Ils restaient en vie grâce aux faux passeurs qui empochaient leur argent puis, au point de rendez-vous pour le grand départ, aucun bateau. Donc pas de noyade. Ce n'était que partie remise. Des centaines de *harragas* tournaient ainsi en rond sur les côtes nord-africaines de la Méditerranée, essayant à tout prix de gagner l'« eldorado » européen.

1. Mot d'origine nord-africaine qui signifie « qui brûlent » les papiers. Ce mot est devenu courant dans le langage des passeurs pour parler des migrants « qui brûlent les frontières ».

Snoop n'avait jamais franchi le détroit de Gibraltar dans ces conditions. L'organisation criminelle nigériane à laquelle appartenaient Justina et Snoop était en cheville avec un pilote de *go fast*, qui acheminait des tonnes de résine de cannabis sur les côtes espagnoles. L'homme possédait un puissant Zodiac propulsé par quatre moteurs de 250 CV, c'est pourquoi le voyage n'avait rien de comparable avec celui des miséreux entassés dans les *pataras*. Snoop paya cinq mille dollars le passage pour tous les quatre. C'était plus cher, plus sûr et beaucoup plus rapide que dans les barques. Une nouvelle fois, Snoop se retrouva à sec : l'argent de la vente de la voiture finançait leur traversée. Mais ce n'était pas un problème. Snoop savait comment se renflouer.

En attendant que le Zodiac soit disponible, les trois filles demeuraient cloîtrées dans la maison, d'où elles ne voulaient pas sortir. Elles vivaient ensemble dans une pièce de neuf mètres carrés avec chacune un petit matelas posé à même le sol. Un simple rideau séparait la pièce du couloir, où se trouvait en permanence un garde de l'équipe de Snoop à moitié allongé sur un canapé défoncé, regardant à longueur de journée et de nuit des feuilletons idiots sur une télé portable. Des hommes, qui savaient que de jeunes Africaines clandestines venaient d'arriver, commencèrent à rôder autour de la maison. Snoop fixa les tarifs qu'il encaissa. Les trois filles, pendant les jours que dura leur attente pour gagner l'Europe, virent défiler des dizaines d'hommes. La première soirée fut très pénible pour elles, mais ensuite elles renoncèrent à lutter. Toutes les trois subissaient les clients dans la même pièce. De nouveau, des paquets de billets remplirent exclusivement les poches de Snoop.

Les trois jeunes filles vécurent leur départ du Maroc comme une sorte de délivrance. Fatalistes, elles étaient persuadées d'abandonner un enfer pour un autre, mais celui de l'Europe ne pouvait être pire que celui qu'elles quittaient.

En attendant, elles se cramponnaient à bord, terrifiées par la vitesse, les embruns qui les éclaboussaient et le bruit strident des 1 000 CV des moteurs du Zodiac qui fonçait sur la mer. Assis à l'avant du bateau, trois jeunes Marocains armés, certainement pas des migrants, ne manifestaient aucune envie de se rapprocher de Snoop et des trois filles. Ils gardèrent leurs cagoules noires rabattues sur leur visage durant tout le trajet. Au centre de l'embarcation, des ballots bien arrimés contenaient cinq cents kilos de résine de cannabis. La traversée était rentable, entre ce que rapportaient les valises marocaines [1] et les clandestines.

Snoop se jura qu'il ne referait plus jamais ce type de voyage. Justina devrait se démerder pour arroser les bons contacts à Roissy pour passer sans encombre, comme auparavant.

En pleine nuit, le pilote aborda la côte espagnole sans couper les moteurs. Il positionna la proue du bateau vers le large, prêt à dégager en cas d'intervention de la police espagnole. Les trois types sautèrent du Zodiac en silence puis traversèrent la plage en courant. D'autres les attendaient, qui déchargèrent les cinq cents kilos de résine en quelques minutes. L'opération terminée, un

1. Les valises marocaines : jargon employé par les policiers, les douaniers et les trafiquants de drogue pour parler des ballots serrés dans des sacs renfermant la résine de cannabis.

4 × 4 pick-up phares éteints quitta la plage, les types armés assis sur le plateau du véhicule rempli de came. Snoop et les trois filles débarquèrent du Zodiac plus lentement, sans un regard pour la livraison de drogue. Le pilote remit les gaz et fonça vers le Maroc.

Snoop ne perdait pas de vue les trois filles serrant contre elles leur petit sac de voyage. Il leur fit rapidement dégager les lieux. Il connaissait à fond l'endroit. Il suffisait de marcher deux ou trois heures en prenant des chemins qui longeaient la route pour éviter les contrôles et arriver sur un parking de camions. De là, ils pourraient être conduits vers une gare.

Snoop échangerait le transport en camion contre des passes. Les chauffeurs de poids lourds profiteraient de la situation. Si l'un refusait, d'autres accepteraient. Pourquoi ne pas s'envoyer de jeunes Africaines gratos ?

Les filles endurèrent sans mot dire. Le parcours de dressage avait eu raison de leur volonté de se rebeller. Au grand soulagement de Snoop.

Puis, ce fut le trajet vers la gare d'une petite ville, ensuite un changement dans une ville moyenne et enfin l'arrivée dans une grande ville. Snoop et les trois filles, épuisées, venaient ainsi de traverser toute l'Espagne du sud au nord. Pour finir, un routier les avait pris en charge à La Jonquera – ville frontalière, célèbre pour tous ses bordels tolérés qui accueillaient massivement une clientèle française – et les avait déposés devant une gare en France.

Ils se trouvaient à présent assis dans le TGV qui filait vers Paris, via Montpellier. Snoop, mort de fatigue, se gavait d'amphétamines pour éviter de s'endormir. Ce n'était pas le moment, si près du but, de laisser les filles se livrer à un ultime coup d'éclat, même si le risque paraissait faible compte tenu de leur degré d'hébétude.

Le paysage défilait sous le regard vide des trois filles. Elles avaient vite compris qu'elles ne tresseraient jamais de nattes aux femmes blanches. Si elles n'étaient pas mortes pendant la traversée du détroit de Gibraltar, elles le devaient aux pouvoirs du sorcier qui les avaient protégées. Elles en étaient persuadées. Tout comme de ne pouvoir s'enfuir. Rompre le pacte signifiait que la malédiction s'abattrait sur leurs familles. Elles devraient rembourser chacune une dette de soixante-dix mille dollars pour se libérer de la *madam*. Snoop avait insisté sur ce point dans le train. Elles n'avaient aucune idée de ce que représentaient soixante-dix mille dollars, pas plus qu'elles n'avaient imaginé posséder une telle somme. Encore moins avoir à la rembourser.

12

Ludovic Mistral s'apprêtait à descendre de sa voiture, dans la cour du Quai des Orfèvres, quand il vit se diriger vers les escaliers, qui conduisaient aux services de la PJ, Sébastien Morin. Le jeune policier dissimulait les efforts qu'il accomplissait pour marcher presque normalement. À la suite d'un accident de moto, il avait eu les deux jambes fracturées en plusieurs endroits et vécu pendant plusieurs mois une rééducation difficile. Après cette longue absence, il avait repris le travail depuis quelques jours. Mistral laissa une quinzaine de mètres d'avance à Morin qui attaquait l'escalier conduisant aux diverses brigades de la police judiciaire. Très vite, il vit le jeune homme qui s'aidait de la rampe. Le Quai des Orfèvres était décidément vétuste.

Morin se retourna et aperçut Mistral qui arrivait derrière lui. Le jeune homme lâcha aussitôt la rampe, s'arrêta et fit mine de chercher un objet dans la sacoche qu'il portait en bandoulière. Mistral comprit qu'il essayait de donner le change et qu'il ne voulait pas que son chef de service remarque la difficulté qu'il éprouvait pour se déplacer dans un escalier.

— Bonjour, Sébastien. Pas trop difficile, la reprise ?

— Non, au contraire, je m'ennuyais. Les séances de kiné représentaient ma seule distraction ! L'inaction me pesait. Maintenant ça va, il faut que je me remette dans le rythme.

— Tant mieux. À l'occasion, passez me voir, on discutera plus longtemps.

Mistral arriva rapidement à son bureau. Il appréciait l'ambiance de la brigade criminelle en traversant les couloirs et en entendant le ton sur lequel les policiers parlaient et plaisantaient. Une légère baisse de tension à peine perceptible, après des semaines d'activité intense, flottait dans l'air. Les journées moins chargées permettaient aux équipes de terminer leurs procédures ou de se concentrer sur des cas non résolus. Mistral accumulait du retard dans la préparation d'une intervention qu'il présenterait devant un parterre de chercheurs et d'universitaires sur le thème des tueurs en série. Un sujet toujours porteur, galvaudé par des multitudes de films et d'écrits, qui attirait un public nombreux. Il souhaitait profiter de cette période de calme relatif pour finaliser son texte.

Vincent Calderone, son adjoint, vint le distraire de son travail pour prendre un café. Rituel traditionnel pendant lequel les policiers échangeaient à bâtons rompus diverses considérations sur le service, les enquêtes, la vie personnelle. Ils étaient cinq ou six à discuter à proximité de la machine à café en tenant leur gobelet en plastique.

Mistral prit à part Calderone.

— J'ai observé Sébastien Morin qui ne m'a pas paru très à l'aise en montant les marches du 36. Je sais qu'il a repris son service dans le groupe d'enquêtes de Dalmate, mais il n'est pas en mesure de maintenir une activité soutenue dans un groupe opérationnel. Je pense que son état physique ne le lui permet pas.

— J'attendais que vous m'en parliez. Dalmate m'en a touché quelques mots hier. Son constat rejoint le vôtre. Morin est venu de lui-même pour anticiper les questions. Il lui a laissé entendre que c'était juste le temps de quelques semaines, qu'il progressait de jour en jour. Donc pas d'inquiétude.

— En le voyant se cramponner à la rampe, je n'ai pas ressenti que son état physique s'améliorait. Il craint que je le change de service ?

— Certainement ! Et pour lui, ce serait catastrophique, avec une dépression assurée si cela se produisait. Il s'est énormément investi dans la brigade, il a ses marques, ses amis, tout le monde l'apprécie, ce serait rude pour lui. C'est un bon flic aussi !

— D'accord, Vincent, mais ai-je vraiment le choix ? Nous sommes dans un service opérationnel, et je ne pense pas qu'il soit en mesure d'effectuer normalement son travail.

— Il a vu le médecin chef pour sa reprise, qui n'a rien souligné de particulier, juste comme obligation de poursuivre la rééducation. Vous pourriez l'affecter à la documentation en attendant qu'il se rétablisse définitivement. Il reste toujours à la Crim et, là, plus aucune difficulté, ce n'est que provisoire.

Mistral souriait en regardant Calderone.

— Vincent, vous auriez fait un bon avocat... C'est entendu. Je règle la question et j'en parle à Morin dans la journée. Vous reprenez un café ?

Calderone jeta un bref coup d'œil à sa montre.

— Avec plaisir. Il est 9 heures. Dalmate et son équipe ne devraient pas tarder à rentrer. À 6 h 30, ils ont interpellé un suspect dans l'affaire des six viols suivis de meurtres dans des parkings parisiens. Un ADN identique découvert sur deux scènes de crime, celui d'un homme déjà connu pour agressions sexuelles. Apparemment, le mec a le bon profil.

Calderone tenait entre ses mains la fiche du tueur qui répondait au nom de Serge Notto. La photo représentait un type souriant, la trentaine, aux cheveux bruns mi-longs ondulés, la peau mate. Des yeux bleu très pâle, fascinants, donnaient au visage un aspect dérangeant. L'homme avait un genre hispanique, avec des pommettes hautes.

— Dalmate m'en a parlé hier soir. Il ne savait pas où se trouvait le gars. Où l'ont-ils arrêté en définitive ?

— Sur son lieu de travail. Il est concierge de nuit dans un hôtel à Beauvais. Dalmate veut le ramener ici, joindre l'avocat, et aller ensuite en perquisition à son domicile. Il démarrera les auditions dans le bois dur au retour. Surtout si la fouille est intéressante. Il en a touché deux mots au juge d'instruction.

— Ça me va. Je file à la messe quotidienne chez le directeur. Quand Dalmate arrive, envoyez-moi un SMS, ça me permettra de l'écourter.

Calderone sourit. Le peu d'enthousiasme que manifestait Mistral pour participer aux réunions qui ponctuaient son travail de chef de service était connu de tous. Mistral essayait de trouver, autant qu'il le pouvait, un prétexte, soit pour arriver en retard, soit pour partir avant la fin.

Mistral entra pour une fois à l'heure chez le directeur de la PJ. Quand vint son tour de prendre la parole, il fit un point bref sur les affaires en cours, signala l'arrestation vraisemblable du tueur des parkings et exprima son regret de ne pouvoir assister jusqu'à la fin à la réunion. Ses collègues eurent un sourire en coin, et le directeur hocha la tête d'un air entendu. Personne n'était dupe, mais l'excuse était valable.

Le SMS arriva trois minutes plus tard. Mistral se leva, l'expression du visage faussement désolée et rejoignit Calderone.

— Dalmate m'a envoyé un message radio. Il arrive dans dix minutes.

Mistral apprécia. Dix minutes de gagnées sur la réunion. Calderone apporta les quelques précisions communiquées par Dalmate.

— Il a découvert des liens identiques à ceux utilisés pour les meurtres, dans le sac de sport du type. Le mec est mal barré !

Sauf coup de théâtre de dernière minute, l'affaire était pliée. Mistral en profita pour passer quelques appels et signer les demandes de congés en souffrance dans le parapheur.

Dalmate et son équipe arrivèrent quelques minutes plus tard. Le meurtrier présumé correspondait bien à la photo que possédaient les policiers : un individu tout en nerfs, mais qui ne souriait pas. Les poignets menottés dans le dos, il avançait tête baissée, résigné. Rien à voir avec le comportement qui devait être le sien au moment des viols et des assassinats. L'homme était, en quelque sorte, désamorcé.

Deux autres événements se déroulèrent en même temps.

Snoop et les trois filles qui avaient débarqué quelques jours auparavant à la gare de Lyon à Paris quittaient un hôtel miteux d'une rue sale d'Aubervilliers. Une pluie froide et régulière tombait depuis quelques jours. Les

Africaines étaient transies. Ils s'engouffrèrent dans une grosse BMW, un modèle vieux de quinze ans. La voiture était conduite par un Nigérian, un type au crâne rasé, tout de noir vêtu qui ne décrocha pas un mot. Ils avaient rendez-vous avec Justina. Snoop n'était pas mécontent d'être arrivé à Paris. Il comptait détailler toutes les complications du voyage et lui faire aligner ses billets. Désormais, les problèmes qui ne manqueraient pas de surgir avec les filles seraient bien plus gérables que ceux qu'il avait dû affronter.

Un employé de mairie, qui recensait les squats du 18e arrondissement, entra dans un immeuble voué à la démolition de la rue Myrha. Il fut stoppé net par une odeur très marquée, qu'il avait déjà rencontrée : celle de la mort. Aussitôt, il prit son téléphone portable et appela le commissariat de police. « Une voiture sur place dans cinq minutes », lui indiqua-t-on au standard. En attendant, il monta au premier étage et s'arrêta immédiatement. L'odeur était très forte. Un mouchoir plaqué sur le nez et la bouche, il avança pas à pas sur l'étroit palier. Du logement de droite provenait le son d'un message publicitaire d'une radio qui résonnait dans toute la cage d'escalier. La porte de l'appartement de gauche était entrebâillée. Il la poussa du pied, mais n'en franchit pas le seuil. Inutile. Deux secondes plus tard, il dévalait les marches en courant, effrayé par la vue de deux troncs humains, décapités et en état de putréfaction.

13

Mistral écoutait les commentaires précis, sans fioriture, que livrait Dalmate sur l'arrestation du tueur des parkings. Dalmate était un capitaine atypique, entré tardivement dans la police. Un cocktail dans lequel on trouvait dix ans passés au séminaire, un certain détachement par rapport à la vie, une grande culture théologique, un calme à toute épreuve, et le visage balafré en diagonale d'un coup de rasoir reçu lors de sa première enquête à la brigade criminelle. De jeunes flics de la brigade de répression du banditisme le surnommaient à son insu Scarface. Mistral appréciait Dalmate.

— A-t-il demandé un avocat ?

— Oui, mais pas celui de permanence. Un qu'il a choisi, m'a dit le gars qui est chargé de la procédure. Le secrétariat a faxé la demande à son cabinet, en précisant qu'on partait en perquisition. Le type refuse un examen médical. Il sera encore temps de lui poser la question au retour. L'avocat devrait être présent quand on démarrera la première audition.

Mistral regagna son bureau, un gobelet de café à la main. Il ouvrit son ordinateur et afficha en soupirant le texte sur les tueurs en série. Un véritable pensum. *Les tueurs en série fascinent, or ils ne représentent qu'une minorité des assassins,* pensa-t-il. *Ils font couler en France plus d'encre que de sang.* Il devait encore rédiger deux ou trois pages, pour achever son exposé d'une trentaine de minutes devant un auditoire d'étudiants en droit et de jeunes avocats déjà acquis au sujet. Réflexion faite, il referma son ordinateur portable et inscrivit dans un carnet quelques mots qui lui serviraient de pense-bête sur lesquels il improviserait.

Il jeta un œil à sa pendule de bureau et composa depuis son téléphone portable le numéro de Clara. Cela faisait partie des petits moments réconfortants pour tous les deux, même si la conversation en elle-même s'avérait plutôt banale. Ludovic tâchait d'apaiser la tension croissante dans le couple. En général, Clara prenait des nouvelles des enfants, ou bien s'inquiétait des horaires de Ludovic, qui s'efforçait de tranquilliser sa femme. Une jeune voisine s'occupait des garçons dès la sortie de l'école et leur préparait les repas quand leur mère s'absentait durant plusieurs jours. Ce qui contribuait à rassurer Clara.

Son téléphone de bureau sonna, « ÉTAT-MAJOR » s'affichait sur l'écran digital. Il promit à Clara de la rappeler le soir même et prit la communication.

Après les politesses d'usage, le ton du chef de permanence de l'état-major redevint impersonnel, professionnel, administratif.

— On vient d'être averti par le 18e de la découverte de deux corps humains démembrés. Au 60 rue Myrha, premier étage. Un immeuble avec un seul occupant, le reste est muré ou squatté. Le requérant est sur place.

— Rien d'autre comme info ?

— Apparemment rien. Identification difficile en perspective. Les membres et les têtes ont été embarqués par le ou les meurtriers, et les corps sont déjà en état de putréfaction, selon les indications fournies par les collègues de l'arrondissement. J'ai envoyé une équipe au complet de la PTS sur les lieux, et passé un coup de fil au magistrat de permanence. Voilà, à vous de jouer, et n'oubliez pas de nous donner quelques précisions. Quand les journalistes vont se manifester, il faudra qu'on leur lâche deux ou trois trucs pour les calmer.

Mistral avait pris des notes succinctes pendant l'appel de l'état-major. Il sortit précipitamment de son bureau et fonça dans celui de Calderone. Il lui passa les quelques éléments qu'on venait de lui fournir.

— Quel est le groupe de permanence ?

— Celui de Dalmate, il est au complet, mais il part en perquisition chez son tueur des parkings. Et les deux autres groupes sont à l'extérieur sur des dossiers qu'ils terminent, et ils gèrent des gardes à vue. Voulez-vous que je les rappelle ?

Mistral réfléchit un instant.

— Non, ce n'est pas nécessaire. Il faudrait que Dalmate et trois de ses gars se fassent remplacer pour la perquisition et qu'ils viennent avec nous démarrer l'enquête sur la découverte des restes humains. D'autant qu'il a des gens compétents dans son équipe qui pourront piloter l'opération chez Notto. Il sera temps ensuite de prendre le type en audition.

— OK, je vois ça.

— Je sais, ce n'est pas orthodoxe comme mode de fonctionnement. Mais je n'ai pas non plus envie de confier l'enquête au groupe de renfort ; sur huit, il n'y en a que trois, les autres sont au fort de Montlignon [1] pour valider leurs séries de tirs annuels.

Un quart d'heure plus tard, Dalmate avait réglé la composition de son groupe et donné à Farias, son adjoint, le soin de piloter l'opération. Sébastien Morin, sourire aux lèvres, enfonçait son arme réglementaire, un Sig Sauer 9 mm, dans son étui, ajustait son gilet pare-balles et partait en perquisition avec ses collègues chez le tueur des parkings.

1. Le fort de Montlignon est un des stands de tir « en situation » de la police dans la banlieue nord de Paris.

14

Les voitures de la brigade criminelle quittèrent le Quai des Orfèvres, traversèrent en trombe le boulevard du Palais et la place du Châtelet et remontèrent le boulevard Sébastopol encombré en empruntant les voies des bus, gyrophares et sirènes en action. Les boulevards de Strasbourg et de Magenta furent avalés dans les mêmes conditions. Mistral appréciait la conduite rapide et sûre des chauffeurs. Malgré les gyrophares et les deux-tons, la circulation devint beaucoup plus compliquée quand les véhicules entrèrent dans le cœur du 18e par le boulevard Barbès et la rue des Poissonniers. Ils devinrent parfaitement inutiles du fait de la densité de population qui déambulait au milieu de la rue. Les chauffeurs prenaient leur mal en patience en roulant au pas. Mistral regardait d'un œil curieux et amusé toute cette foule.

Quartier Château-Rouge, Paris 18e. L'Afrique à Paris. Maliens, Congolais, Sénégalais, Maghrébins, etc. s'y côtoyaient. Les commerces de tissus, de crèmes éclaircissantes, de tresses de cheveux, les coiffeurs, bars, restaurants, boutiques de bagages, téléphonie, alimentation, les poissonneries, boucheries, écrivains publics se succédaient les uns à côté des autres. Des Africaines en boubou coloré et manteau occidental par-dessus marchaient sans se presser au milieu de la rue, tenant à la main des sacs de course. Mistral regarda d'un œil amusé un « sapeur », comme se désignaient entre eux les Africains amoureux de la sape. Costume violet, chemise violette, mocassins vernis violets, cheveux huilés et lunettes de soleil, malgré le temps très couvert, l'homme paraissait décalé par rapport à la population locale. Le sapeur se déplaçait au milieu de la chaussée pour qu'on le remarque, accompagnant ses gestes exagérés de tonitruants « bonjour » qu'il adressait à de parfaits inconnus qui l'applaudissaient. Le samedi, les communautés africaines de toute l'Île-de-France venaient faire leurs courses. Le samedi, la circulation était bloquée. Le samedi, tout le monde hurlait dans les rues, dans toutes les langues que compte l'Afrique.

Les voitures de police avançaient au pas dans une circulation inextricable. Les trottoirs étaient encombrés de cartons contenant des produits alimentaires en tous genres, plus ou moins déballés devant certains commerces. Il ne fallait pas être trop regardant sur la qualité. Les vendeurs à la sauvette et les joueurs de bonneteau pullulaient. Des guetteurs annonçaient l'arrivée des voitures de police, les joueurs se sauvaient en courant par précaution avec leur carton faisant office de table, puis réapparaissaient peu après le passage des policiers. Les piétons s'arrêtaient pour discuter au milieu des embouteillages, insensibles aux coups de klaxon des conducteurs énervés. Les conversations débutaient inexorablement en se tenant la main et par une succession de salutations débitées à toute vitesse. Ensuite, le véritable échange pouvait commencer.

Rue Myrha, enfin. Mistral reconnut les voitures de la police technique et scientifique et celles du commissariat stationnées devant le 60. Une cinquantaine de badauds était massée sur les trottoirs de la petite rue. Une animation inhabituelle qui les tirait de leur quotidien. L'odeur si caractéristique de la mort percuta Mistral dès les premiers mètres dans le couloir de l'immeuble. Les techniciens de scènes de crime arrivés peu après les policiers de l'arrondissement avaient attendu le feu vert des enquêteurs de la brigade criminelle pour démarrer leurs analyses et prélèvements. Les premières photos avaient été prises depuis le seuil de la porte pour, en quelque sorte, figer la scène. Deux troncs humains décapités gisaient sur le parquet, l'un à plat ventre, l'autre sur le dos. Une nuée de mouches bourdonnantes tournoyaient autour des deux cadavres. La présence de larves séchées, issues de différentes variétés de mouches, indiquait que la mort remontait à plusieurs jours.

Mistral, Calderone et Dalmate, figés dans un premier temps par la vision des corps découpés, entrèrent enfin dans le squat.

— Une pièce délabrée, des corps incomplets et putréfiés, les constatations ne seront sans doute pas bien compliquées. Mais qu'est-ce qui a bien pu se passer ici ?

Calderone venait de résumer de manière abrupte la pensée des policiers après un rapide regard circulaire sur la scène de crime.

— Paul, quelle est votre analyse ?

Dalmate regarda furtivement Mistral.

— Je ne crois pas que l'on soit sur le territoire d'un tueur en série. Il ne semble pas y avoir de mise en scène ou de message caché. On dirait que les corps ont été démembrés et laissés dans leur dernière position une fois le découpage terminé. Reste à savoir pourquoi on découpe des gens de la sorte !

Mistral, les yeux dans le vague, hochait la tête.

— Je sais de quoi certains humains sont capables, murmura-t-il, mais en être le témoin direct m'oblige toujours à me poser des questions qui me donnent le vertige.

— En trente ans de Crim, poursuivit Calderone, pragmatique, on n'a eu à connaître que de très rares cas de démembreurs. Souvent, j'ai vu des types auxquels il manquait la tête ou les mains, mais uniquement dans le but de retarder leur identification. Maintenant plus la peine de se fatiguer, avec l'ADN prélevé sur un corps on sait très vite de qui il s'agit, si la personne a déjà été signalisée. Je rejoins Paul : je n'ai pas l'impression d'occuper le terrain d'un tueur en série.

Mistral écoutait en silence les réflexions des deux policiers. Il haussa les épaules, fataliste.

— On aura la réponse dans les prochaines semaines si de nouveaux troncs apparaissent. Mais je suis d'accord, ce que nous voyons ressemble davantage à une scène de crime ordinaire particulièrement ignoble. Rien ne laisse penser que le tueur a délivré un message en abandonnant deux corps démembrés. À moins que ce soit sa manière barbare de communiquer.

Pendant plus d'une heure, les policiers se livrèrent au travail fastidieux des constatations. Photos, film, prélèvements sur les corps, le sol, les murs, la porte, les fenêtres, le rare mobilier en ruine, tout y passa. Les policiers évaluèrent à deux le nombre de tueurs en fonction des traces de pas figées dans le sang coagulé.

Des larves de mouches furent prélevées et enfermées dans des sachets de plastique transparents. Elles contribueraient à la datation de la mort.

Dalmate, rejoint par Ingrid Sainte-Rose, jeune lieutenante de son équipe, travaillait la plupart du temps en binôme avec Sébastien Morin. Elle attendait que son collègue se remette de son accident de moto pour retrouver leurs habitudes d'enquête.

Ingrid Sainte-Rose, mal à l'aise, jetait des coups d'œil inquiets dans toutes les directions. Dalmate s'en aperçut et s'adressa à elle à mi-voix :

— Il y a quelque chose qui ne va pas ?

— Je ne sais pas, je n'aime pas cet endroit infect. Tu te rends compte que ce n'est pas une scène de crime ordinaire, c'est une scène d'horreur ! Voir ces restes humains me révulse.

— Pourtant, tu as l'habitude de voir des morts ! Ce n'est pas ta première enquête criminelle !

Dalmate resta quelques secondes silencieux, observant la jeune femme au visage tourmenté.

— Oui, je sais, mais je n'ai encore rien vu de tel, ni toi d'ailleurs ! Des gens découpés en morceaux, comme des animaux à l'abattoir !

Paul Dalmate n'osait accroître le malaise de sa collègue, en avouant que lui non plus ne s'attarderait pas dans ce squat une fois les opérations terminées. Ingrid, qui avait une totale confiance en Dalmate, n'hésita pas à se livrer davantage :

— Paul, je ressens une sorte d'angoisse que je n'arrive pas à définir. Ce lieu est différent des autres scènes de crime sur lesquelles nous sommes allés. Tu comprends ?

— Pas tellement… Même si je suis d'accord avec toi sur le carnage qui s'est produit ici !

Les deux policiers restèrent quelques instants sans parler, tout en se regardant. Ingrid reprit la parole. Elle cherchait ses mots, hésitante.

— Ce n'est pas qu'une question de carnage ! C'est une scène de… sacrifice… C'est un… rituel en quelque sorte. Tu mesures ce que je veux te dire ? Un RI-TU-EL !

Ingrid Sainte-Rose détacha les trois syllabes pour que Dalmate saisisse toute l'importance qu'elle mettait dans ce mot. Voyant son étonnement et les interrogations dans son regard, elle regretta aussitôt de l'avoir prononcé.

— Bon, oublie ! Ce que je suis en train de te raconter est stupide ! Surréaliste ! Ne dis rien, je t'en prie. Je me suis laissé emporter par ce… carnage et ces lieux sordides.

Dalmate dissimula assez mal sa surprise après la réflexion de la jeune femme. Ce n'était pas tant les mots que le ton angoissé et l'expression tourmentée du visage d'Ingrid qui le frappèrent. Il hocha la tête, montrant qu'il avait compris les raisons d'Ingrid, mais en fait il n'avait rien compris du tout. Il avait seulement cherché à calmer la jeune femme.

— Bien sûr, ne t'inquiète pas pour ça ! Si tu veux, pour les autopsies, j'enverrai quelqu'un d'autre.

Ingrid remercia Dalmate d'un sourire et leva la main en signe d'apaisement.

— Laisse, dès l'instant où je sortirai de ce squat, tout ira mieux. Je pourrai m'en occuper, au contraire ça m'aidera.

La jeune femme balayait l'espace de ses bras, un geste qui englobait à la fois les lieux et les crimes commis.

Mistral, à l'écart, passa un bref appel téléphonique à l'état-major de la PJ pour confirmer la découverte des troncs et ajouter qu'il ne possédait aucun élément permettant leur identification ni aucune idée du mobile. Pendant qu'il rangeait son portable dans une de ses poches, il observa, légèrement amusé, le médecin légiste planté devant le seuil de l'appartement. Un grand échalas embarrassé qui se dandinait d'un pied sur l'autre, sa sacoche pendue au bout de son bras.

— Vous êtes nouveau ? On ne s'est jamais rencontrés. N'hésitez pas, entrez ! Nous vous attendions pour les constatations sur les corps… enfin ce qu'il en reste…

Les deux hommes se serrèrent la main.

— J'ai pris mes fonctions il y a quelques jours. Mes premiers cadavres à Paris.

Il désignait les troncs du doigt.

— Mon collègue, celui que vous connaissez, a obtenu un congé sabbatique. Il est parti explorer la fabrication du whisky dans toutes les régions du monde où on en boit ! Il rédigera une thèse, si son foie le supporte !

Le médecin, un jeune type d'à peine 30 ans, n'osait pas poser sa sacoche sur le sol poisseux de sang séché. Il observait les deux troncs alignés l'un à côté de l'autre.

— Fréquent comme découverte ?

Calderone regarda Mistral et Dalmate, puis répondit au médecin :

— Franchement non, très rare, en fait. Nous nous sommes fait la même réflexion en arrivant. En général, on trouve des cadavres entiers. Assez souvent, ils ont commencé à pourrir. Et les causes de la mort sont innombrables. Si les stats vous intéressent, je peux vous en faire passer. À ce jeu, dans la police, on n'est pas mauvais !

Le médecin prit soin de mettre un masque, enfila une paire de gants en latex et s'accroupit. Il se saisit d'une lampe électrique pour examiner les démembrements. D'un signe, Dalmate fit ouvrir les fenêtres par Ingrid Sainte-Rose. L'air entrant dilua l'odeur, donnant l'illusion qu'elle devenait moins pénible. Mais la clarté soudaine rendait encore plus visible l'état de délabrement et de pourriture du petit appartement.

La jeune femme eut un haut-le-cœur et sortit dans la rue pour respirer quelques instants sous la fine bruine qui commençait à tomber en ces premiers jours de novembre. Elle ne fumait pas et comprenait ceux qui se précipitaient pour allumer une cigarette et avaler de la nicotine. Elle se dit qu'elle devrait essayer. Ingrid en profita pour observer la cinquantaine de badauds, et enregistra une courte séquence vidéo de l'ensemble avec son smartphone. Depuis quelques mois, elle avait pris l'habitude de figer dans le temps ce qu'elle voyait en périphérie de ses enquêtes. Elle tenait en outre un carnet sur lequel elle esquissait des croquis des abords des lieux des crimes : rues, bâtiments, passants, jamais les scènes elles-mêmes qui appartenaient aux enquêtes de police.

Elle rédigeait aussi de longs commentaires sur ses journées qu'elle illustrait de ses photos. D'autres documents, souvent sans lien direct avec les enquêtes, se retrouvaient collés à côté d'une photo panoramique. Quand elle feuilletait ses carnets, elle revoyait des cartes de restaurant, des tickets de métro, de caisse pour l'achat de livres, DVD, vêtements, etc. Autant de petits jalons qui ravivaient sa mémoire et la replongeaient dans l'état d'esprit du moment. Parfois, elle dessinait aussi, et plutôt bien. Des esquisses, qui en quelques coups de crayon figeaient une atmosphère, des expressions sur des visages. Elle avait conscience que ce carnet de voyage *en bordure de l'horreur* comme elle l'intitulait elle-même, relevait de l'exutoire. Personne n'était au courant qu'elle tenait ce journal de bord.

Après quelques minutes d'un examen méticuleux, le médecin enleva ses gants et abaissa son masque sur son menton. Il répondait aux questions que les trois policiers ne lui avaient pas encore posées.

— Nous sommes en présence d'un tronc de sexe masculin et d'un autre de sexe féminin. Les membres et les têtes ont été sectionnés de façon sommaire, mais certainement pas par un chirurgien. Je dirais plutôt par quelqu'un qui a des notions de boucherie et qui taille dans les jointures. Ce qui reste du corps masculin a été également émasculé. C'est tout ce que je peux affirmer à ce stade. Les corps sont assez dégradés.

Silence des policiers qui semblaient attendre la suite. Le médecin désigna du doigt le sang séché qui s'était répandu sur le plancher.

— Ah oui ! La découpe des corps a eu lieu immédiatement après leur mort ou pendant qu'ils étaient encore vivants, compte tenu de la quantité de sang que l'on retrouve sur tout le sol.

Les policiers partageaient l'analyse du médecin.

— Vous pouvez évaluer la date de la mort ?

Le médecin regarda Dalmate avec un sourire en coin.

— Et vous ?

— Eh bien je dirais, ça remonte à dix à quinze jours environ, au vu des différents types de mouches qui se sont succédé.

— Oui, vous avez raison, mais bon, la suite du programme se passera, comme vous vous en doutez, quai de la Rapée [1]. Ma collègue Valérie Mendoze, que vous connaissez, je crois, pratiquera les autopsies.

Mistral confirma d'un bref mouvement de tête.

— D'ores et déjà, vous pouvez éliminer le trafic d'organes. Les corps n'ont pas été ouverts.

— Donc, ce qui se vend en pièces détachées et qui vaut cher, le cœur, les reins, le foie se trouvent toujours à l'intérieur des cadavres. C'est bien ce que nous devons comprendre ?

Le médecin dévisagea Dalmate, surpris par sa phrase abrupte, mais évidente.

— Eh bien, oui…

Progressivement, les policiers quittèrent les lieux. Une équipe des pompes funèbres embarqua les deux troncs dans de grands sacs en caoutchouc épais à fermeture Éclair. Les types balancèrent des remarques cyniques sur le poids des corps, plus léger que d'habitude, et qu'il en était mieux ainsi ; classique traitement de la mort par le mépris ou par un humour acide de ceux qui la côtoient vingt fois par jour.

Ingrid Sainte-Rose et un autre enquêteur renoncèrent à interroger la voisine, une dame âgée. Son état mental ne lui permettait ni de comprendre les phrases simples ni de se situer dans le temps.

Mistral savait qu'il n'apprendrait pas grand-chose de la scène de crime et rien de l'enquête de voisinage. Il ne comptait que faiblement sur l'autopsie pour en savoir davantage. Ce qui restait des corps pouvait fournir une orientation dans les recherches, à condition que l'ADN des cadavres les relie à des personnes déjà connues des services de police. Sans cela, la progression des investigations serait nulle. Mistral n'aimait pas subir les

1. Siège de l'Institut médico-légal.

événements. Aucune référence policière portant sur des corps démembrés de la sorte ne lui vint à l'esprit. Il réfléchissait aux axes qu'il devrait prendre. *Il ne faudrait pas que la presse divulgue trop tôt l'existence du démembreur*, pensa Mistral. *Avec cette histoire hors norme, ils tiennent un paquet de papiers qui risquent de flinguer l'affaire*. Mistral, résigné, n'espérait préserver que quelques jours de confidentialité pour essayer de progresser.

⁂

Les badauds, déçus de ne pas en voir davantage, retournèrent petit à petit à leurs occupations. Une pluie soutenue succéda à la bruine ; elle hâta la dispersion des curieux. Les deux derniers à quitter les lieux furent Sac-à-dos et Trottinette, qui n'avaient rien d'autre à faire. Sac-à-dos portait un gilet jaune ayant appartenu au jeune homme découpé en morceaux, et Trottinette un pull très coloré et une écharpe que portait la jeune fille. Sac-à-dos curait ses ongles cassés et noirs avec le couteau de poche trouvé dans un pantalon. Le couple avait vendu les bagages et les vêtements sur un marché aux puces de miséreux, éparpillé autour de la station de métro Marcadet-Poissonniers, leur secteur dans le quartier Goutte-d'Or et Château-Rouge. Des hardes et des chaussures dépareillées côtoyaient des jouets d'enfants abîmés. Tout s'écoulait, ou à peu près. Sac-à-dos et Trottinette, satisfaits, avaient tout expédié en quelques minutes et empoché un trésor d'une trentaine d'euros.

Les deux clochards restèrent parmi les derniers curieux jusqu'au départ du fourgon des pompes funèbres. Puis, haussant les épaules, ils reprirent leur errance sur les trottoirs détrempés de leur quartier.

15

La perquisition chez Serge Notto, l'assassin des parkings, se déroulait avec méthode. Il habitait passage du Jeu-de-Boules, une petite rue du 11e arrondissement, trait d'union entre la rue Amelot et le boulevard Voltaire. Notto y vivait seul, dans un logement quelconque ordinairement meublé. Le type, menotté serré dans le dos, se tenait tranquille, silencieux, ses étranges yeux bleu pâle éteints. Il observait sans intérêt les policiers qui passaient au tamis double zéro son appartement. Alors que la fouille se concentrait dans le séjour, Morin fit asseoir Notto dans un fauteuil profond. Sans les mains pour prendre appui sur les accoudoirs, se lever s'avérait plus difficile.

Les jambes de Sébastien Morin lui faisaient atrocement mal. Avant de suivre ses collègues, il avait avalé à la hâte des comprimés de morphine dans l'espoir d'atténuer la souffrance. Le quatrième sans ascenseur pour aller chez Notto l'avait achevé. Il serrait les dents et transpirait de douleur. Les trois autres policiers qui montaient devant avec le type n'y avaient pas prêté attention, d'autant que Morin accomplissait des efforts surhumains pour marcher normalement.

Morin, ayant pour mission de surveiller Notto, l'observait enfoncé dans le fauteuil profond. Il en profita pour s'asseoir en face de lui, devant une table basse en verre. Le tueur, tête baissée, affichait une attitude de soumission. Mais chose surprenante, il chantonnait à voix basse. Des paroles en anglais. Morin, étonné, tendit l'oreille, saisit un ou deux mots sans rien comprendre. Notto se tassa encore plus dans le fauteuil, perdu dans sa chanson inaudible. Morin essaya d'allonger sa jambe sans montrer qu'il souffrait. Les deux hommes étaient chacun concentrés sur eux-mêmes.

Un des membres de l'équipe, estimant que ses deux collègues suffiraient pour fouiller le séjour, jeta un coup d'œil rapide et expert dans la chambre et la salle de bains. Il fit basculer la trappe carrelée permettant l'accès à la plomberie de la baignoire avec la pointe d'un couteau. À l'intérieur apparut un sac en plastique, de ceux que l'on donne dans les supermarchés. Il contenait des sous-vêtements de femme, dont certains présentaient des taches de sang. Le policier appela ses collègues sur un ton qui fit aussitôt rappliquer les deux autres policiers.

Il leur fallut environ deux minutes pour extraire avec précaution les sous-vêtements et procéder à un examen sommaire. Leur nombre correspondait à celui des jeunes femmes violées et assassinées.

— Je ne pense pas que ça sera compliqué de relier ces sous-vêtements aux victimes. Un vrai carton pour les comparaisons ADN. C'est terminé pour le mec !

Les policiers, excités par leur découverte, parlaient fort.

— Sébastien, amène le gars dans la salle de bains.

Pas de réponse.

Le lieutenant José Farias, chef du dispositif, retourna dans le séjour. Morin s'était évanoui sous l'effet de la douleur, un angle de la table en verre planté dans une de ses jambes. Serge Notto s'était enfui.

Cavalcade des policiers dans les escaliers, dans la rue, autour de l'immeuble. Rien.

16

Justina affichait avec fierté ce qu'elle était et ne s'en cachait plus. Une mère maquerelle arrogante, dure et hautaine qui négociait des filles dans des villages du sud-est du Nigeria et qui les forçait à se prostituer sur les trottoirs de Paris ou de Milan, ses territoires. Comme Justina, des dizaines de *madam* contrôlaient des milliers de jeunes Africaines offrant l'amour tarifé dans toute l'Europe.

Stella, Grace et Gina, recroquevillées sur de mauvaises chaises face à Justina, debout, immense, sûre de son pouvoir, n'osaient pas lever les yeux sur elle. Rien n'était plus comme au pays. Finies les grandes effusions maternelles, les sourires. Fini le grand numéro. Le premier geste de Justina envers les trois jeunes filles fut de leur prendre leurs passeports. Définitivement. Les trois filles se retrouvaient sans document d'identité, des sans-papiers anonymes.

— Vous voyez les *miss*, je vais coller de nouvelles photos et les passeports serviront à faire entrer d'autres comme vous.

Les trois jeunes filles n'y comprenaient rien, elles se demandaient juste comment retourner chez elles sans passeport.

Justina paradait, arborant un maquillage outrancier. Deux grands traits de crayon mauve remplaçaient des sourcils épilés, et ses lèvres venaient de recevoir une dernière couche de rouge claquant. Pour donner plus de poids à sa fonction, deux jeunes prostituées nigérianes arrogantes encadraient la mère maquerelle. Les deux filles étaient calquées sur le même style. Coiffure tressée rejetée vers l'arrière, sourcils épilés et remplacés par un trait de crayon, lèvres peintes en rouge vif. Elles portaient des T-shirts de deux tailles plus petits, faisant ressortir leurs généreuses poitrines. Pour compléter le tout, l'une portait une minijupe en cuir émeraude, et l'autre, un jean si serré que l'on se demandait comment elle avait pu s'y glisser. Le jean représentait le drapeau américain ; sur une jambe les étoiles, sur l'autre les rayures blanches et rouges. Les talons immenses sur lesquels étaient perchées les filles leur donnaient des démarches de grands échassiers.

Les trois jeunes filles n'osaient plus les regarder. Quatre types parachevaient le tableau voulu par Justina. En les observant, Snoop avait envie de se marrer. De véritables caricatures de rappeurs américains pour clips vidéo de seconde zone. Quatre copies conformes. Des balèzes au crâne rasé sur les côtés et très court sur le dessus, T-shirts noirs, jeans noirs, baskets noires. Montres clinquantes, lunettes noires et ceintures de marque. En une seconde, Snoop vit qu'ils portaient des contrefaçons voyantes et ordinaires. D'énormes chaînes dorées en toc pendaient autour de leur cou. Seuls leurs muscles n'étaient pas bidon, c'est pour ça que Justina les payait.

Snoop bénéficiait du statut respecté de bras droit de la *madam*. Appuyé contre un mur, il écoutait son habituel baratin. Justina parlait fort, ponctuant ses phrases en tapant dans ses mains.

— Vous allez donner du plaisir aux hommes ! Au lieu de le faire gratuitement chez vous, ici, ils vont vous payer. Quand vous m'aurez remboursé tout l'argent que j'ai dépensé pour vous, alors vous serez libres. Soixante-dix mille dollars ! Et pour ça, faudra faire *quick money* !

Les filles et les types hurlèrent de rire, excepté Stella, Grace et Gina, qui refusaient de croire ce qu'elles entendaient, même si elles ne se faisaient plus beaucoup d'illusions.

— Dans combien de temps on aura soixante-dix mille dollars ? demanda Gina.

— Travaille tous les jours, ma fille ! Donne-moi l'argent, c'est moi qui te dirai quand y aura le compte. Et ne négligez pas le serment passé avec le sorcier. Pour celles qui l'oublieraient, vous savez ce qui arrivera. Vous deviendrez folle et votre famille mourra. Le sorcier a le contrôle sur vous trois, même de loin, parce qu'il a gardé un peu de chacune de vous dans un sachet. Quand j'serai payée, le sorcier vous libérera.

Les trois jeunes filles observèrent à la dérobée les deux prostituées dont l'expression s'était modifiée en entendant Justina évoquer les pouvoirs du sorcier. Elles aussi étaient tenues par ce serment.

— Snoop vous conduira dans des endroits où vous allez gagner de l'argent facilement. Avant, j'vais vous donner de nouveaux vêtements, vous pouvez pas rester comme ça ! Ces habits, c'est moi qui les paye pour que vous gagniez de l'argent. Il faudra me les rembourser aussi.

Justina échangea quelques mots avec les deux prostituées qui emmenèrent les trois jeunes filles dans une chambre.

— Snoop, tu conduis Stella dans le quartier de Château-Rouge dans le 18e, là où tu connais. Les deux autres dans un foyer de travailleurs à Stains. Il faut qu'elles rapportent du cash, et vite.

— OK, Justina. Pour la première sortie, j'le fais, c'est mon job. Mais tu demanderas ensuite à ton équipe de gros bras de jouer les taxis et les surveillants.

— Snoop, calme-toi. Je sais que la traversée a été difficile et que tu es encore en colère. Tu me l'as raconté dix fois, ce voyage en Afrique. Les filles sont en bon état, de quoi tu t'plains ? D'ailleurs, j'exige même pas de partager le paquet de fric que t'as gagné avec elles au Maroc. Considère que c'est ton bonus, on est quittes !

Snoop ne releva pas l'allusion de Justina qui venait de ponctuer sa phrase d'un claquement de langue pour bien montrer qu'elle pilotait le réseau. Son contact au Maroc l'avait balancé. À l'occasion, Snoop irait lui dire quelques mots en tête à tête.

La grosse femme joua l'apaisement, elle avait vraiment besoin de Snoop.

— Dans quelque temps, tu ramèneras de nouvelles filles, cette fois en avion. Mais on attend que ça s'calme à Roissy. À l'heure où j'te parle, j'sais pas encore qui j'dois arroser pour qu'on passe sans problème. J'le saurai bientôt.

Snoop acquiesça d'un simple signe de tête.

— Je veux que tu prennes en main les trois nouvelles et qu'on n'ait pas d'histoires. Tant mieux si la remontée de l'Afrique a été difficile pour elles. Elles se sont assouplies et elles vont rapporter plus vite. Après quelques mois d'abattage dans le foyer et dans la rue, on pourra les changer d'endroit. Mais avant il faut qu'elles soient complètement soumises.

Justina ponctua sa phrase d'un geste sec avec les deux poings serrés qui semblaient briser un objet imaginaire. Snoop approuva.

Une heure plus tard, les trois jeunes filles ressortirent de la pièce métamorphosées. Elles étaient devenues les *clones* des deux jeunes prostituées, vêtements, chaussures et maquillage compris. Stella, silencieuse, paraissait anéantie. Elle maintenait ses bras croisés sur sa poitrine enserrée dans un court T-shirt pour tenter de dissimuler l'absence de soutien-gorge. Gina et Grace alternaient crise de larmes et fou rire nerveux. Snoop songea qu'il devrait surveiller Stella.

Une heure plus tard, Snoop coupa le moteur de la BMW devant un bâtiment délabré de six étages dans les environs de Stains, une banlieue au nord de Paris. Il s'agissait du foyer de travailleurs africains dans lequel Gina et Grace étaient attendues. Snoop échangea quelques mots, à l'écart des filles, avec le chef de la communauté, un Malien, qui les prit en charge. Avant de les installer dans une chambre où elles *travailleraient* toutes les nuits, il décida de les *tester* gratuitement. Cela lui revenait de droit en sa qualité de chef du foyer.

Stella avait vu partir ses deux amies, sans savoir si elles se retrouveraient. Elle se tenait recroquevillée sur le siège avant de la voiture, morte de honte dans son accoutrement. Elle observait Snoop dont le regard était masqué par d'énormes lunettes de soleil, qui conduisait sans hésitation dans Paris. Dans sa tête s'entrechoquaient le montant de la dette à rembourser, des idées de fuite, le serment qui la liait au sorcier et l'envie de mourir.

La voiture avançait au pas, engluée dans le trafic dense d'une fin de journée parisienne. Stella saisit au vol le mot « PARIS » sur un panneau de signalisation. Tout l'émerveillement qu'elle espérait en pensant découvrir cette ville et y travailler comme coiffeuse s'était mué en profond désespoir. Snoop emmena Stella dîner dans un bar de la rue Dejean. Il se sentait à l'aise dans le quartier de Château-Rouge, où il retrouvait toujours des compatriotes qui le hélaient.

L'activité de proxénète et la réputation de Snoop étaient connues. Les hommes l'interpellaient amicalement dans la rue pour savoir s'il avait amené *des fraîches*. Snoop répondait d'un sourire entendu, les hommes riaient fort et applaudissaient. Comme prévu, il fit sensation avec la jeune fille. Très vite, l'arrivée de la belle prostituée se répandit dans tout le quartier. Ce que souhaitait Snoop. Il prenait un pourcentage sur les gains des filles, alors autant qu'elles rapportent très vite de l'argent.

Dans le bar, Snoop fut rejoint par l'un de ses compatriotes, une sorte d'homme de confiance, un Nigérian répondant au prénom d'Eliott. Tout était déjà à peu près arrangé. Stella partagerait un minuscule logement dans un immeuble vieillot avec trois autres prostituées africaines. Les filles tapinaient de 22 heures à 6 heures le long du boulevard Barbès et ramenaient les clients dans l'appartement, à une cinquantaine de mètres. Tarif : de vingt à quarante euros, tout dépendait de la prestation. La jeune fille ne décrochait pas un mot, écoutant les deux hommes parler. Ils réglaient les détails concernant l'usage et les bénéfices d'une marchandise. Organisation basique et efficace, d'autant que la marchandise en question avait pour nom Stella.

Snoop, s'apercevant que Stella écoutait leur discussion, s'éloigna avec Eliott.

— Eliott, j'veux que tu la surveilles. Elle me paraît pas aussi soumise que les autres. T'as qu'à rester dans l'appartement en permanence, le temps de bien la prendre en main et d'lui montrer qu'elle a aucune chance de s'tirer. T'as pigé ?

— Pas de problème, Snoop. J'contrôle déjà des filles pour toi, j'vais m'occuper d'elle, même si c'est une rebelle. Elle va vite comprendre ! Elle a bien été dressée ?

— Pour ça, oui ! Mais j'crois quand même qu'il faut faire gaffe.

Dans la soirée, Stella observa son nouvel environnement. Les deux chambres ne possédaient pour tout mobilier qu'un matelas auréolé de dizaines de taches, sans drap, posé à même le sol. Des cannettes de bière servaient de cendrier, et des vêtements sales, en tas, s'amoncelaient un peu partout. Quand les deux pièces étaient déjà prises, il arrivait qu'une des prostituées s'occupe de son client dans le local où étaient remisées les poubelles de l'immeuble.

Stella le découvrit rapidement, victime de la jalousie de ses *collègues* : la plupart du temps elle se retrouvait à satisfaire les types dans cet endroit. Elle transportait son *matériel de travail* dans un sac en plastique, des préservatifs, un lubrifiant, une bouteille d'eau et une boîte de mouchoirs en papier. Les filles se contentaient de repas sommaires achetés dans le quartier dans ce qu'il est convenu d'appeler de la restauration rapide, où il fallait faire abstraction de la qualité des produits et de leurs dates de péremption.

Stella comprit à l'évidence qu'elle serait incapable de rembourser les soixante-dix mille dollars à la *madam*. Très vite, elle se mit à réfléchir.

17

Mistral, assis derrière son bureau, écoutait depuis près d'une heure le récit du désastre de la perquisition chez le tueur des parkings par José Farias, le chef de groupe qui avait conduit l'opération. Calderone, voyant le visage fermé de Mistral, jeta un bref coup d'œil en direction de Dalmate et prit la parole.

— J'ai donné l'autorisation à Morin de participer à cette intervention. Selon mon estimation, les risques étaient vraiment minimes. Dalmate ne m'avait pas fait de proposition pour composer une équipe provisoire.

Mistral ignora la phrase de Calderone qui tentait d'atténuer la responsabilité de Dalmate, agacé par l'expression *équipe provisoire*. Il s'adressa au responsable de l'opération d'une voix glaciale.

— Vous connaissez les règles de la procédure pénale. Lorsque l'on perquisitionne une pièce dans un appartement, la personne chez qui vous effectuez l'opération doit impérativement être présente dans la pièce en question et pas ailleurs. Elle doit assister à tout ce que vous faites ! Exact ou pas ?

Farias n'en menait pas large.

— Oui, c'est exact. Nous étions trois dans le séjour avec le type. Un de mes gars a jeté un coup d'œil dans la salle de bains et a découvert des pièces à conviction de premier plan. Il aurait dû attendre que la perquisition dans le séjour soit terminée pour la poursuivre avec le mis en cause dans la salle de bains.

— Ce qui revient à dire que vous avez commis une faute professionnelle. Votre job se résume à une seule mission : retrouver ce type. Dans une heure, je veux sur mon bureau un rapport détaillé sur les conditions dans lesquelles vous avez mené cette perquisition, et vos explications sur la fuite du gardé à vue. C'est tout pour l'instant.

Mistral venait de mettre un terme brutal à la séance de commentaires. Ambiance glaciale. Farias quitta le bureau en silence. Calderone et Dalmate s'apprêtaient à revenir sur le sujet quand Nadège, la secrétaire de Mistral, entra rapidement, les yeux écarquillés. Il la regarda, à la fois surpris et interrogatif.

— L'avocat de la personne qui s'est évadée patiente depuis plus d'une heure. Il insiste pour vous rencontrer.

— Nadège, je n'ai pas à le recevoir.

La secrétaire paraissait ennuyée, elle se fit pressante.

— L'avocat, c'est Cyrille Dumont. L'ancien commissaire de police du service !

L'annonce laissa les trois policiers sans voix. Mistral mesura en une seconde le tombereau de problèmes qui s'apprêtait à lui dégringoler dessus. Le conflit très fort qui avait opposé les deux hommes s'était soldé par le renvoi de la brigade criminelle et de la police judiciaire de Cyrille Dumont [1]. Ensuite, Mistral ne s'était plus intéressé au devenir de son ancien collègue.

1. Voir *Le Magicien*, Fleuve Éditions, 2008 ; Pocket, 2009.

— Quelle est la difficulté ? demanda Dalmate qui n'était pas au courant du contentieux entre les deux hommes.

— Je t'expliquerai, répondit Calderone qui observait Mistral. On vous laisse avec lui.

Quelques instants plus tard, la secrétaire, gênée, ouvrit la porte à Cyrille Dumont qui entra dans le bureau de Mistral, sourire aux lèvres. Mistral ne se leva pas et ne lui tendit pas la main. Il ne l'invita pas non plus à s'asseoir. Ce dernier ne releva pas l'hostilité affichée de Mistral. Il s'assit dans un fauteuil visiteur et jaugea les lieux d'un regard circulaire et méprisant.

— Rien n'a changé au 36 ni ailleurs, en fait. Tout est figé dans le temps, avec de la poussière. Vous parlez toujours en anciens francs ?

Mistral comprit que la partie avec Dumont serait compliquée. Sur son visage était inscrit en lettre rouge : *revanche*.

— Qu'est-ce qui t'amène, Dumont ? Tu écris un bouquin d'histoire ? Tu as des problèmes de bile ? De thyroïde ? Quand on traîne autant d'aigreur, il faut consulter un médecin !

Dumont ne releva pas l'ironie grinçante de Mistral. Il enchaîna.

— Maître Dumont. J'exerce comme avocat depuis deux ans. J'ai choisi d'entamer une reconversion professionnelle, après ton aide brillante et efficace pour me faire éjecter de la PJ, ce qui a d'ailleurs contribué à me fermer les portes de toutes les directions. Je n'ai pas eu d'autre option que de quitter la police.

— Je vois que tu te complais dans ton statut de victime et que tu oublies la réalité. Mais je ne crois pas que tu sois venu ici pour me parler de ta vie.

— Effectivement, et ne perdons pas de temps ! J'ai été désigné par M. Serge Notto pour le représenter et assister à ses auditions. J'ai reçu un fax de ton service en ce sens, tel que le prévoit la procédure. Or, je découvre à l'instant que mon client n'est plus à la brigade criminelle. Où est-il ?

— Ne joue pas les malins avec moi. Tu as dû apprendre qu'il s'était enfui. Alors si tu as encore dix secondes de bon sens, essaye de le contacter et fais en sorte de le ramener à la raison. Un assassin qui a tué et violé au moins six femmes se balade dans la nature. J'ai des preuves en béton pour qu'il soit traduit devant une cour d'assises.

Dumont réfléchissait, dévisageant Mistral. Les deux hommes se détestaient.

— Je n'ai pas les moyens de le joindre, j'en suis désolé. Donc il faudra que tes brillantes équipes le recherchent. Et puis, les preuves en béton, comme tu le soulignes, tu me laisseras en juger.

— J'espère que tu ignores réellement où il se planque. Parce que, dans le cas contraire, s'il venait à massacrer d'autres femmes pendant sa cavale, je me ferais un plaisir de te rafraîchir la mémoire.

— Et réciproquement.

L'avocat réfléchissait à toute vitesse.

— Peux-tu me dire comment il a pu s'enfuir de la célébrissime brigade criminelle ?

— Maître, puisque tel est ton statut maintenant, je n'ai pas de compte à te rendre. Tu connais la formule ? Écrivez et on vous répondra.

Dumont, sourire aux lèvres, rétorqua, narquois :

— Ludovic, tu oublies que je connais à fond la procédure. Si le type a réussi à se sauver, nous pouvons raisonnablement penser que, peut-être, il y a eu faute grave. Dans ce cas, je vais exiger auprès de l'inspection générale qu'une enquête soit diligentée ici même, et en urgence. Et s'il y a faute, il y aura des sanctions. Tu me suis ?

Mistral ne répondit pas. Connaissant Dumont, il se doutait qu'il allait appuyer là où ça faisait mal. L'avocat détenait en main les bonnes cartes et s'en servirait au moment opportun. Dumont poursuivit sur le mode ironique, sachant qu'un fond de vérité sous-tendait son attaque.

— Je trouve que nous sommes en droit de nous indigner ! Comment se fait-il qu'une personne gardée à vue, sous la responsabilité d'un officier de police judiciaire puisse se soustraire aussi facilement à sa vigilance ? Je pose une question logique, celle que tout bon citoyen est en droit de se poser.

Mistral hocha la tête. D'un doigt, il désigna la porte de son bureau.

— Dumont, ne me fatigue pas avec tes indignations en carton-pâte. Tu connais la sortie. Je ne te raccompagne pas. Laisse ton badge à l'accueil et n'oublie pas de reprendre ta carte d'identité. L'entretien est terminé.

18

Dumont parti, Calderone retrouva Mistral, qui lui relata l'entrevue avec l'avocat.

— Ce qui est stupide dans cette histoire, enchaîna Mistral, c'est que personne n'a percuté en lui envoyant le fax. « Cyrille Dumont avocat », ça ne s'invente pas !

— J'ai vu qui l'a envoyé. Un jeune flic qui ne travaillait pas à la brigade quand il y a eu ces embrouilles avec Dumont. Le prénom et le nom lui étaient totalement inconnus. En plus, le nom est courant…

Mistral, agacé, quitta son bureau quelques instants plus tard pour faire un point avec le directeur de la PJ, Bernard Balme, un Lyonnais truculent connu pour son franc-parler, qui venait de succéder à Françoise Guerand partie à la retraite. Balme, trapu, massif, faisait penser à un gros chien, parfois bourru, souvent agressif. Quand il avançait vers un interlocuteur, c'était la première impression qui se dégageait de lui, même lors d'une discussion amicale. Il écouta avec attention Mistral lui détailler la débâcle sur l'affaire Notto et l'entrée en lice de Dumont.

— Le plus problématique dans toute ton histoire, c'est Dumont. Il a senti qu'il y avait une faute. Il est de la race des pitbulls. Et comme il te tient pour responsable d'avoir été viré de la Crim, s'il te chope à la gorge, il ne te lâchera pas. Une véritable aubaine pour lui ! Il entrevoit la possibilité de te faire payer cash son humiliation.

— Je m'y attends. L'IGPN va débouler au service et chercher des poux dans la tête de tout le monde, à commencer par moi. Dumont tentera certainement d'agiter le juge d'instruction, mais ce n'est pas gagné. J'ai téléphoné au magistrat pour déminer le terrain. De ce côté, je ne pense pas avoir de problème. Mais je parie que Dumont a dû garder sous le coude ses anciennes relations dans la presse écrite, pour remettre de l'huile sur le feu quand il en aura besoin.

— Rien que du très prévisible, en fait ! Le mieux pour toi, c'est d'arrêter le type au plus vite. As-tu des pistes ?

— Rien. En plus, pour faciliter les choses, il n'a ni famille ni amis dans la région. On est en train de faire brancher en urgence les lignes téléphoniques de ses parents et de sa sœur qui habitent Poitiers. Tu vois, c'est maigre.

— Tu l'as dit ! Un conseil, trouve autre chose.

Mistral ne releva pas.

Vers 14 heures, d'humeur sombre, il regagna son bureau. Dans le couloir, il croisa Paul Dalmate, José Farias et deux autres policiers au visage fermé. Mistral interrogea Dalmate du regard.

— On retourne chez Serge Notto. On va essayer de découvrir quelque chose qui pourrait nous orienter vers une éventuelle planque. Au point où nous en sommes…

Mistral approuva d'un signe de tête.

— Je viens avec vous.

Il avait lâché cette phrase spontanément, excédé de subir les événements.

Quelques instants plus tard, deux voitures de la Crim quittaient le Quai des Orfèvres. Dans l'une, Dalmate au volant, Mistral à côté. La pluie incessante rendait la circulation impossible. Les deux hommes demeuraient chacun dans leurs réflexions. Seuls le bruit de la pluie sur la carrosserie et le balai des essuie-glaces empêchaient le silence de s'installer. Dalmate s'exprima le premier en suivant le cours de ses pensées.

— Cette scène de crime me perturbe, elle ne correspond à rien.

— De quoi parlez-vous ?

— Du démembreur. Ces deux corps découpés dans un squat ! Je n'ai pas pris le temps d'y réfléchir. Pas seulement sous l'angle de la procédure judiciaire, mais sous celui de l'humain, ou plutôt de l'inhumain.

— Moi non plus, Paul. Je me suis laissé accaparer par la traque de Notto. Mais je vous rejoins, je sais qu'on passe à côté de quelque chose, et j'ignore quoi. Pour l'instant, la priorité, c'est Notto. Une priorité chasse l'autre, Paul !

Une demi-heure plus tard, les cinq policiers investissaient l'appartement de Notto. D'une voix blanche, Farias commenta à Mistral le fiasco de l'opération et la fuite du type menotté. La démonstration s'apparentait à une sorte de reconstitution. Les autres policiers restèrent silencieux. Mistral, qui en avait assez de cette journée, mit fin à l'explication d'un geste de la main.

— Nous avons plus urgent à faire. Comme on ne sait pas ce qu'on cherche, on passe chaque millimètre en revue. On reprendra cette discussion plus tard.

Mistral et Dalmate firent le tour de l'appartement pour s'imprégner des lieux. Le séjour, la chambre, la cuisine, la salle de bains avec toilettes. Le tout assez sobre et très propre. Dalmate haussa les épaules.

— Nous sommes loin de la tanière d'un tueur en série de cinéma. Pas d'ambiance glauque. Pas de photos de femmes assassinées épinglées au mur avec les articles de presse qui vont bien ! Plutôt l'appartement de monsieur Banal.

— Sauf que ton monsieur Banal a violé, assassiné, et qu'il a réussi à se tirer en nous ridiculisant.

La réflexion d'un des flics sonnait comme une évidence. Les cinq policiers se répartirent la fouille du logement. Deux dans la chambre, deux dans le séjour, un dans la cuisine. On alla jusqu'au déplacement des meubles. Finalement rien.

Un taxi ralentit dans le passage du Jeu-de-Boules. À son bord Serge Notto. Il repéra les voitures des policiers stationnées sur des passages piétons, puis d'un bref coup d'œil vit de la lumière dans son appartement. Il s'y attendait. Les flics sont prévisibles. Le chauffeur poursuivit sa course, qui n'était pas la destination annoncée par le tueur.

Vers 19 h 30, Mistral, passablement découragé, abandonna le groupe de Dalmate pour rentrer chez lui. Un des policiers entreprit de filmer méthodiquement l'appartement de Notto.

Enfin seul dans sa voiture, il inséra dans le lecteur un CD de Rodriguez, *Sugar Man*, et repensa au destin extraordinaire du chanteur.

Une demi-heure plus tard, alors qu'il sortait du tunnel de La Défense, la sonnerie de son téléphone de voiture le tira de sa rêverie. Il reconnut le numéro du portable de son père. Jamais il ne l'appelait sur cette ligne. Inquiet, il prit la communication.

— Ludovic ? Je te dérange ?

— Qu'est-ce qui se passe ? Il y a un problème ?

Le ton du père de Ludovic se voulait calme et rassurant.

— Il y a sans doute du nouveau pour Denis Carbonel.

— Qu'est-ce que tu dis ?

— Rien de plus que ce que tu viens d'entendre. Je sais qu'il s'agit de quelque chose de lourd pour toi ! Le père de Denis a reçu un coup de fil d'un médecin de l'hôpital. C'est pour te préparer à d'autres éventualités, qu'elles fassent leur chemin, que tu y réfléchisses. Je te rappelle dès que j'en apprends davantage.

— Je vais en parler avec Clara !

— Attends encore un peu ! Tu t'y résoudras si les choses évoluent vraiment. Pour l'instant, c'est inutile et prématuré. Peut-être que tu n'auras même pas l'occasion de lui en parler. Mais si c'est le cas, tu sauras quoi dire.

Ludovic Mistral venait de faire un bond de trente ans en arrière.

19

20 heures passées. Sébastien Morin, assis à l'arrière d'un taxi, regardait sans les voir les rues de Paris qui défilaient au ralenti. L'itinéraire emprunté par le chauffeur n'était pas le plus direct, mais le jeune policier s'en foutait. Les deux ou trois observations du conducteur qui cherchait sans conviction à engager la conversation se heurtèrent au mutisme du passager. Sébastien ressassait les remarques de l'interne de garde de l'Hôtel-Dieu qui avait posé les points de suture. « Vous ne vous remettrez jamais de vos fractures si vous ne poursuivez pas une rééducation dans un établissement spécialisé. La plaie que je viens de recoudre est superficielle pour une jambe normale, mais peut s'avérer problématique pour la vôtre. » Le médecin lui avait délivré un arrêt de travail de quarante-cinq jours que Sébastien Morin avait réduit en confettis dès sa sortie de l'hôpital. Il s'accordait au maximum huit jours pour récupérer.

Les puissants antalgiques injectés à haute dose lui avaient donné l'illusion d'une amélioration. Il avait retrouvé son appartement avec soulagement et, sans prendre le temps d'enlever son blouson, s'était allongé sur son lit. Une seconde plus tard, il dormait.

Au réveil, cinq heures plus tard, tout dérapa. Les douleurs étaient revenues au grand galop. Il mit un temps fou pour s'extraire de son lit. Après avoir repris son souffle, les jambes raidies, des élancements dans tout le corps, il arriva avec difficulté dans la cuisine et saisit à deux mains la poignée de la porte du réfrigérateur qu'il ouvrit. Celui-ci était complètement vide à l'exception d'une bouteille d'eau. Il but longuement au goulot en avalant plusieurs comprimés de morphine, dépassant la dose prescrite. Pendant ce temps-là, son regard tomba sur une bouteille de rhum, un Barbancourt de 8 ans d'âge, posée tout près. Un cadeau ramené par Ingrid Sainte-Rose lors d'un de ses voyages à Haïti. De l'eau, il passa à l'alcool. Au départ, il ressentit une sorte de chaleur et de réconfort. Il poursuivit par petits verres, transférant petit à petit le contenu de la bouteille vers son estomac à jeun. Très vite, la chaleur fut oubliée et les idées du désespoir s'installèrent. Des idées noires amplifiées par l'alcool, la nuit, la solitude, le silence, les médicaments et les douleurs. Il pensait les chasser à coups de rhum alors qu'il ne faisait que les rameuter.

Titubant sous les effets combinés de l'alcool et de la morphine, il se cramponna aux murs de son appartement pour éviter de tomber. Il parvint à atteindre le canapé où il s'affala. Sa main rencontra sa sacoche. À l'intérieur, son arme de service, le Sig Sauer 9 mm, une balle engagée dans la chambre.

⁂

Ingrid Sainte-Rose, agenouillée dans son salon, psalmodiait des phrases d'une voix si basse, qu'une personne à proximité aurait difficilement compris ses propos. Son corps enserré dans un vêtement blanc faisait ressortir la couleur très sombre de sa peau qu'elle avait héritée de ses ancêtres haïtiens et africains.

Son visage maquillé d'un blanc crayeux possédait l'aspect surnaturel d'un masque renforcé par un très fort maquillage noir qui entourait ses yeux, comme une grosse paire de lunettes. Ses cheveux plaqués et tirés en arrière complétaient cette allure impressionnante.

La jeune policière, méconnaissable, les yeux mi-clos, oscillait d'avant en arrière. Elle se tenait maintenant debout au centre de motifs géométriques dessinés à la craie sur une immense feuille de papier noir qui recouvrait presque la totalité de la pièce. Plusieurs grandes bougies l'entouraient et diffusaient une lumière orangée et vacillante. Une oreille plus attentive aurait perçu la voix d'Ingrid invoquer *l'ouverture des portes des deux mondes*.

La tête en arrière, les yeux clos, elle semblait attendre. D'une chaîne stéréo, seules des percussions de tambours s'élevaient en sourdine. Les tam-tams renvoyaient un son sec et retentissant. Les mains qui les cognaient, après un démarrage sur un rythme lent, l'accéléraient progressivement. Ingrid, traversée par ces frappes, les encaissait, et tout son corps vibrait sur ce rythme syncopé sur lequel elle calait sa respiration.

Plus tard, la jeune femme revint peu à peu à la réalité avec des gestes mécaniques. Elle se démaquilla, se changea et rendit à la pièce son aspect initial. Elle reprit ses occupations habituelles, comme si de rien n'était. À minuit passé, elle téléphona à Sébastien Morin, inquiète de n'avoir pas eu de ses nouvelles. Il devait sortir aujourd'hui de l'hôpital. Ses appels à répétition aboutissaient tous, après une dizaine de sonneries, sur la messagerie. Proche de Sébastien, elle possédait les clefs de son appartement. Elle décida de s'y rendre.

20

Ludovic Mistral ressassait la courte conversation qu'il avait eue avec son père. Il préférait que Clara ne soit pas à la maison, en voyant son visage, elle aurait perçu en deux secondes sa forte préoccupation et aurait cherché à savoir.

Quand Ludovic pénétra dans le jardin, il repéra aussitôt une grande échelle appuyée contre une gouttière. Mathieu, son fils aîné, s'apprêtait à grimper sur le toit, et le plus jeune, Antoine, lui tenait l'échelle comme il le pouvait. Ludovic parla d'une voix forte, trop forte peut-être, qui dissimulait mal une violence contenue.

— Mathieu ! Tu descends tout de suite.

Les gamins, figés par la voix autoritaire de leur père qu'il n'avait pas entendu entrer, prirent peur. Mathieu, un pied sur le toit, l'autre sur le dernier barreau de l'échelle n'osait plus bouger. Antoine, voyant son père arriver rapidement, lâcha l'échelle.

— Le ballon est sur le toit...

— Mathieu, reprit Ludovic d'un ton plus calme en s'appuyant sur l'échelle, descends, je la tiens.

Le garçon s'exécuta lentement.

— Le ballon n'est pas très loin, tu pourrais monter nous le chercher ?

Mistral ne répondit pas, emporta l'échelle dans le garage et ferma la porte à clef. Il revint vers ses deux fils qui n'avaient jamais vu leur père dans cette colère froide et exagérée à leurs yeux. Ludovic parla d'une voix plus calme.

— Je ne veux plus, vous m'entendez ? Je ne veux plus que vous touchiez à cette échelle, ni que vous grimpiez sur le toit, c'est trop dangereux. Je m'en fous du ballon, il restera sur le toit, j'irai en acheter un autre.

Les deux garçons rentrèrent dans la maison. Mistral s'assit sur une chaise, à l'extérieur, malgré le froid humide, ferma les yeux et parvint à calmer une sorte d'angoisse qui l'étreignait en respirant plusieurs fois d'affilée.

Plus tard, tout était oublié du côté du père comme du côté des enfants. Et passer un long moment avec eux, plus que d'habitude, apporta à Ludovic davantage de sérénité. Il fallut que la jeune femme qui s'occupait des garçons pendant l'absence de Clara rappelle gentiment à l'ordre Ludovic sur la nécessité de les coucher. L'heure était passée. Après qu'elle fut partie, il appela Clara.

— Qu'est-ce qui ne va pas ?, lui demanda-t-elle au bout de quelques instants.

Elle avait perçu dans son ton une sorte de gêne. Mistral ne pouvait pas se contenter du banal, « tout va très bien ». C'était insuffisant pour Clara, qui l'aurait tanné jusqu'à ce qu'elle obtienne une réponse qui lui convienne.

Ludovic choisit de lui raconter l'évasion du tueur et le problème avec Dumont qu'elle connaissait. Il ne se força pas beaucoup pour que Clara relie son malaise à cette histoire. En raccrochant après avoir parlé des enfants et de la vie courante, il ne fut pas mécontent de s'en être tiré à si bon compte. Mais à un moment, il faudrait bien évoquer le problème.

Ludovic n'avait ni faim ni sommeil. Il prépara une théière de thé de Chine dans laquelle il versa un grand verre d'armagnac. *Tant pis pour le sacrilège*, pensa-t-il en souriant. Il s'installa dans un fauteuil et lança une musique en sourdine, la voix de Bobby Womack dans une reprise de *California Dreamin'* emplit le salon.

Vers deux heures du matin, son téléphone portable vibra. C'était le permanent de nuit de l'état-major. Mistral prit l'appel, agacé d'être arraché à ses souvenirs. Étonnement de son interlocuteur.

— Je ne vous réveille pas ?

— Non. De quoi s'agit-il ?

— Eh bien, une prostituée vient d'être retrouvée assassinée dans une chambre d'un hôtel de luxe, l'*Orient Palace* qui est situé derrière la tour Eiffel dans le 7e arrondissement. Une jeune Ukrainienne d'une vingtaine d'années, étranglée. L'auteur, non identifié, est en fuite.

— Qui se trouve sur place ?

— Le commissaire de nuit. Votre groupe de renfort vient d'arriver avec l'Identité judiciaire. Vous vous déplacez ?

— Non, il y a suffisamment de personnes qualifiées sur les lieux et ma présence ne se justifie pas. Dites au commissaire de nuit de me téléphoner en cas de difficulté particulière.

Ludovic Mistral coupa sèchement la communication. Sortir de chez lui, repartir dans l'action lui semblait au-dessus de ses forces. D'autant que l'urgence n'existait plus, et il aurait dû rappeler la jeune baby-sitter pour garder ses fils. Il estima qu'il n'apporterait rien de plus à la mécanique policière en marche.

Cette nuit, tout lui paraissait insurmontable.

Malgré cela, l'appel de l'état-major venait de replonger Ludovic dans la réflexion, et son esprit quitta un instant l'univers dans lequel la conversation de son père l'avait ramené.

Sans pour autant porter attention à l'heure, il fit défiler les noms figurant sur le carnet d'adresses de son téléphone portable et s'arrêta sur celui d'un chef de groupe de la BRB [1]. Éric Forest, qu'il connaissait depuis plus d'une dizaine d'années. Il entretenait avec lui des relations amicales. Un flic dont la vie s'identifiait à la rue. Sans hésiter, il pressa la touche appel. Une voix ensommeillée lui répondit.

— Ludovic, votre nom s'affiche sur mon téléphone, dites-moi que vous vous êtes trompé de numéro, je viens juste de me coucher.

— Désolé, Éric, je n'ai pas fait attention à l'heure. J'ai un truc qui me trotte dans la tête depuis plusieurs heures.

— Il est 2 h 30. Si on dit 8 heures pour se rappeler, qu'est-ce que vous en pensez ? Je ne crois pas que vous oublierez.

Ludovic sourit à la réflexion du policier.

— Éric, puisqu'on se parle, je vais vous poser la question, comme ça si vous ne possédez pas la réponse, c'est vous qui ne dormirez plus.

À son tour, Éric sourit.

— Bon, allez-y.

1. BRB : Brigade de répression du banditisme.

— Vous devez savoir qu'on a pris une affaire sordide. Un couple démembré, décapité, et le mec sans ses couilles. Voilà ce qui reste de l'humanité. Bref. Ça se passe du côté de Château-Rouge dans le quartier africain.

— Oui, on en a tous discuté à la brigade. Ce n'est pas banal qu'on coupe des gens en morceaux. Ce genre de truc, ça doit faire flipper les Africains. Vous avez une piste ?

— Non, c'est pour ça que je vous appelle. Ce n'est absolument pas un meurtre ordinaire. Si mes souvenirs sont bons, vous avez exercé dans le quartier il y a quelques années, et je crois que vous traitez encore pas mal d'affaires sur le 18e. Est-ce que vous avez des informateurs dans le milieu africain qui tiennent la route ?

— Là, vous me cueillez un peu à froid. Il faut que je réfléchisse. Il y en a quelques-uns, oui, mais surtout pour des plans cames, des casseurs, ou alors des menteurs qui veulent monnayer des tuyaux bidon…

Ludovic avait pleinement conscience de poser une question incongrue à un type qu'il sortait de son premier sommeil. Il laissa réfléchir Éric. Le policier reprit la parole en bâillant.

— Au métro Château-Rouge, on tient un Black, un Camerounais sans papiers, qui rabat des gonzesses vers des salons de coiffure spécialisés dans les tresses africaines. À l'occasion, il vend aussi des produits destinés à éclaircir la peau. Les jeunes Africaines en raffolent, même si elles finissent toutes chez le dermato. À plusieurs reprises, on lui a mis la pression pour avoir des tuyaux sur des casses et on le laisse faire son business. C'est le seul mec qu'on a sur le coin, à peu près clean, les autres informateurs sont des nazes. Si notre type a entendu parler de votre affaire, il ne nous demandera pas la lune en échange de renseignements. Et en plus, il ne les inventera pas !

— Bon, Éric, demain vous foncez là-bas. Vous y restez toute la journée et davantage s'il le faut, mais il nous faut ce mec. Peut-être qu'on ne saura rien de plus, mais au point où j'en suis… J'en parlerai à votre chef pour que tout se fasse dans les règles.

— C'est bon ? Je peux me rendormir ?

— Je ne vois pas qui vous en empêcherait.

Les deux hommes sourirent en raccrochant. L'un se rendormit dans la seconde, l'autre ne pensa même pas à se coucher.

21

Vers deux heures trente du matin, le responsable du foyer, dans lequel Gina et Grace étaient contraintes de se prostituer, contemplait avec satisfaction les tas de billets sur la table. Il défroissait ceux de vingt euros du plat de la main et confectionnait des liasses de dix qu'il reliait avec un élastique. En bon gestionnaire, il tenait un cahier sur lequel il reportait le nombre de passes et les gains encaissés. Il oubliait d'en inscrire certaines et empochait directement l'argent. Snoop n'y verrait que du feu et ce ne serait pas les filles, qui ne comptabilisaient aucun client, qui le contrediraient.

Il était assis à sa table, juste devant l'entrée des deux chambres où officiaient les prostituées. Une dizaine de types attendaient leur tour dans le couloir, trompant leur impatience en fumant ou téléphonant à leur femme au pays. Il jeta un œil à sa montre : encore une heure de travail pour les filles, estima-t-il. À 3 heures, tout le monde irait se coucher. Il bâilla bruyamment, finit d'avaler au goulot la Kronenbourg tiède et rota de satisfaction. Ce soir-là, il ne consommerait pas une des filles comme il en avait pris l'habitude avant de regagner sa chambre.

À la même heure, un immense Africain aborda Stella sur le trottoir du boulevard Barbès, les mains enfoncées dans les poches de son jean, la capuche de son sweater gris rabattu sur son visage. La jeune prostituée, appuyée contre un mur, était épuisée par le nombre de clients qu'elle avait dû satisfaire dans le local à poubelles de l'immeuble. Elle remettait l'argent de chaque passe à Eliott qui le planquait pour ne pas se faire arrêter comme proxénète si les flics le contrôlaient. Stella avait tenté d'estimer la somme qu'elle gagnait chaque jour et qui devait réduire sa dette. Justina, la mère maquerelle, ne se privait pas de lui annoncer un chiffre fantaisiste, la maintenant hors de portée de la rembourser. Stella n'entrevoyait aucune issue.

L'homme, en grand consommateur de prostituées, évalua Stella du regard en une seconde. Une très jolie jeune fille, sans doute la plus belle du quartier Château-Rouge. La rumeur disait vrai.

Stella rejeta sa tête en arrière pour s'adresser à l'homme planté devant elle. La nuit ambiante et la capuche, très abaissée, ne lui permettaient que d'entrevoir le bas du visage de ce nouveau client. Elle bredouilla les tarifs en mauvais anglais. Il sortit de sa poche une grosse liasse de billets, paya sur-le-champ les quarante euros, pour *l'amour complet*, et suivit la jeune fille.

Stella entra dans le hall de l'immeuble, puis se dirigea sans hésiter vers le local immonde où se trouvaient les poubelles. M. Muscle l'arrêta d'une main sur l'épaule.

— Moi, j'baise pas là-dedans !

Stella comprit vaguement l'interrogation de M. Muscle.

— Chambre pas possible, putes déjà.

— C'est où ?

— Étage deux, répondit-elle, l'index pointé vers le haut.

M. Muscle hocha la tête.

— Monte, je te suis.

Stella devina ce que disait l'homme à l'expression de son visage. Elle haussa les épaules et gravit les escaliers en bois. Elle ouvrit la porte de l'appartement. Une faible lumière éclairait la pièce où régnaient un désordre et une crasse indescriptibles. Sur un matelas, Eliott venait de s'étendre avec une des prostituées, et commençait à se déshabiller. Cela faisait partie de ses avantages en nature. Surpris par la lumière faiblarde du palier et apercevant Stella, Eliott bondit sur ses pieds. M. Muscle, menaçant, entra dans l'appartement et s'avança vers Eliott qui n'était pas de taille à l'affronter.

Eliott menaça d'un couteau M. Muscle.

— Approche encore, connard, et j'te plante. Dégage !

Stella et l'autre fille regardaient la scène sans émotion, peu concernées par ce qui se déroulait sous leurs yeux. Cette violence quotidienne faisait désormais partie de leur vie.

M. Muscle recula d'un pas, ce qui rassura Eliott. Une seconde plus tard, un coup de matraque pulvérisait la clavicule d'Eliott qui n'avait rien vu arriver. D'une main, M. Muscle souleva Eliott sans effort et le jeta dans la cage d'escalier. La fille sortit en silence pour aider Eliott à se relever. Dans l'autre chambre, personne n'osait bouger.

Eliott passa un bref appel téléphonique à Snoop pour lui raconter ce qui venait de se produire et fila aux urgences de l'hôpital Lariboisière en se tenant le bras.

M. Muscle entraîna Stella sur le matelas et se dévêtit sommairement. Pendant qu'il s'activait dans l'obscurité, elle pensa que ce type pouvait l'aider. Son corps, d'abord inerte en attendant que l'homme en termine, se mit en mouvement. Elle ondula au même rythme que lui, ses mains s'agrippèrent à ses épaules, pour lui faire comprendre qu'il n'était pas un client comme les autres. M. Muscle perçut le message.

Autour de six heures du matin, Ludovic Mistral, qui avait passé la nuit sans dormir à écouter de la musique et à penser à Denis Carbonel, alla se raser et prendre une douche. Il essayait de se motiver pour affronter une journée qu'il devinait par avance chargée. Il espérait que le policier de la BRB mette la main sur leur improbable informateur. Ludovic détestait le mois de novembre et notamment la fête de la Toussaint. Les chrysanthèmes, étalés sur les devantures des fleuristes et battus par la pluie, le plongeaient dans un cafard inexplicable.

22

Ludovic réveilla doucement les garçons et eut du plaisir à prendre le petit déjeuner en leur compagnie, rituel que seule Clara maintenait depuis toujours. Cela faisait maintenant quelques mois qu'il avait pris l'habitude de partir relativement tôt, avalant le traditionnel café-croissant dans un bar à proximité du Quai des Orfèvres. Il prétextait, à raison, la fluidité de la circulation le matin de bonne heure. Mais s'il creusait un tant soit peu au fond de lui-même, il apportait en silence d'autres réponses. Il éprouvait de moins en moins le besoin de parler de la vie courante, en permanence accaparé par sa vie professionnelle. Un quotidien devenu trop envahissant, qui réduisait artificiellement les bonheurs simples de la vie de tous les jours, de sa vie de famille. Le chien se mordait la queue. Il prenait également conscience que Clara supportait difficilement son mode de vie. Quand il s'interrogeait sur sa volonté réelle de changer les choses, il refusait d'y apporter une réponse claire.

Il promit aux garçons de les emmener au cinéma le samedi suivant. Les gamins, contents, firent défiler la liste des films qu'ils avaient envie de voir. Il les accompagna ensuite au collège et arriva à la brigade criminelle vers 9 h 30. En chemin, il téléphona à Calderone qui lui communiqua les détails sur le meurtre de la jeune prostituée ukrainienne survenu dans la nuit. Son collègue de la brigade de répression du proxénétisme, que les policiers parisiens appelaient familièrement *la Mondaine*, souhaitait le rencontrer au sujet de ce meurtre, ce qui était très naturel dans les relations entre services.

Ludovic, après avoir terminé la longue conversation avec Calderone, réfléchit sur la stratégie à adopter avec l'Inspection générale qui ne tarderait pas à faire irruption à la Crim. Il devinait sans peine les arguments de Dumont pour exiger l'ouverture d'une enquête administrative sur les conditions de l'évasion de Notto, et qui lâcherait des petites phrases perfides sur ce que la presse penserait d'une telle évasion. Bref, il se donnait quarante-huit heures de répit.

En réalité, il n'en eut que vingt-quatre.

Le chef de la brigade mondaine, Yann Barthélemy, assis à la table de réunion du bureau de Mistral, examinait les photos du meurtre de la prostituée ukrainienne. Les tasses de café vides et les vestes posées sur les dossiers des chaises indiquaient que la discussion durait depuis un certain temps. Autour de cette table se trouvaient Vincent Calderone et le chef du groupe qui avait pris l'affaire en charge. Barthélemy résumait la situation de manière précise.

— Les Ukrainiennes déboulent avec un visa touristique et accomplissent le tour de l'Europe en restant quelques jours dans chaque pays. Nos collègues anglais appellent ça, le *sex tour*. Ce sont des petits groupes de six ou sept filles bien encadrées. En un ou deux mois, elles parcourent cinq ou six pays, changeant plusieurs fois d'hôtel dans chaque ville. Les réseaux qui les pilotent passent des annonces sur des sites Internet ! Le client prend rendez-vous en cochant une case sur le calendrier du site, il laisse son numéro de mobile et une heure avant le rendez-vous le type reçoit un SMS indiquant l'hôtel et le numéro de la chambre. Plutôt simple, non ?

Les policiers de la Crim écoutaient sans interrompre Barthélemy qui expliquait froidement le mécanisme.

— Les Russes font la même chose. Toutes les poupées blondes, de 20 à 25 ans, bossent comme ça. Elles sont des centaines à traverser l'Europe.

— Et pour l'argent ? interrogea Mistral.

— Le processus est rodé. Jamais les chefs, qui restent peinards dans leurs datchas, ne mettent un pied en Europe ! C'est une femme qui les *drive*, en général une ancienne prostituée. Elle récupère le cash tous les jours et l'envoie par Western Union ou par n'importe quel autre système de transferts d'argent en Russie ou ailleurs. Comme ça, ni vu ni connu. Jamais de fric saisi. Et pour les mafieux, une manne qui arrive à jet continu ! La belle vie pour ces mecs !

Calderone notait quelques informations sur une feuille volante.

— Vous avez des tuyaux là-dessus ?

— On bosse avec les hôtels. Les responsables nous préviennent quand ils les détectent. Ce qui n'est pas toujours le cas. En général, elles choisissent des établissements de gamme supérieure et prennent de cinq à six cents euros de l'heure environ. Une affaire qui tourne. En fait, on est submergés par la masse ; il suffit de constater les milliers d'annonces avec la rubrique *escorts girls* sur Internet.

Le ton de Yann Barthélemy était quelque peu désabusé et fataliste.

— Qu'est-ce que tu penses du meurtre d'hier soir ?

— Difficile de se prononcer. Parfois, un client veut voler la fille et ça part en vrille, certaines sont sévèrement battues ! Et comme elles craignent de déposer plainte, elles la ferment et se tirent. D'autres se font casser la tête par des réseaux concurrents. Mais c'est le premier assassinat de ce genre. La prostituée a été étranglée. Curieux comme affaire.

Le chef de groupe prit à son tour la parole.

— On a récupéré cette nuit toutes les vidéos de l'hôtel. Sur le créneau horaire de l'assassinat, on voit un type quitter l'hôtel avec une casquette vissée sur la tête, la visière baissée sur les yeux. Un mec de corpulence moyenne, européen. Les caméras de l'hôtel ont enregistré le type, mais sans plus de succès. On attend tous les résultats des prélèvements qui ont été pratiqués dans la chambre. La fille s'est apparemment fait voler tout son argent, ses bijoux, etc.

Yann Barthélemy semblait dubitatif. Il se tourna vers Mistral.

— Le spécialiste des homicides, c'est toi ! Si tu as besoin de davantage d'infos sur le fonctionnement de ces réseaux, fais-moi signe. De mon côté, on va essayer de voir ce qu'on peut glaner, mais n'espère pas de miracles. Ces filles restent maximum vingt-quatre heures dans le même hôtel. Inutile de préciser que les infos dont on dispose sont proches du zéro. Et comme elles se font rarement contrôler, elles deviennent presque invisibles. Facile comme enquête, non ?

— Il y a pire, ironisa Mistral. Vous l'aviez déjà contrôlée, cette fille ?

— Non, jamais. Inconnue dans toute la France.

Barthélemy saisit une photo prise par l'Identité judiciaire. Celle du corps de la jeune femme nue, allongée sur le dos, le visage tuméfié, avec de profondes marques de strangulation autour du cou. Le visage figé par la mort, encadré par de longs cheveux blonds étalés en bataille, reflétait toute la violence subie, accentuée par la lumière blanche du flash. Rien de glamour pour celle qui fut une jolie femme blonde. Il désigna du doigt un tatouage sur son pubis rasé.

— *Vasile*, lut à haute voix Barthélemy. Sans doute le prénom de son petit ami resté au pays. Une nostalgique…

— Belle preuve d'amour, répliqua Mistral d'un ton cynique.

23

En début d'après-midi, Paul Dalmate entra dans le bureau de Mistral avec dans ses mains toute une liasse de feuillets qu'il posa devant lui. Ses gestes étaient toujours calmes et réfléchis, sa parole rare. Pendant que Mistral lisait, Dalmate l'observait et voyait la colère s'afficher sur son visage.

— D'où tenez-vous ces documents ?

— Des articles de journaux sur Internet. Je viens d'imprimer à l'instant. Tous les hebdos ont sorti l'affaire du démembreur. Je crois que la confidentialité que vous escomptiez a volé en éclats.

Mistral se plongea de nouveau dans la lecture des documents.

— Rien ne manque. Mon compte rendu est repris presque mot pour mot ! Les tueurs connaissent tout de notre enquête, ou du moins ils savent maintenant qu'on patauge ! Je file en parler au directeur, il ne va pas apprécier. Celui qui a balancé a du souci à se faire.

Quelques minutes plus tard, Mistral déposait les articles de presse devant Bernard Balme, qui y jeta un bref coup d'œil. Balme se leva et servit deux tasses de café en écoutant Mistral, agacé par les fuites. Il attendit que le chef de la Crim en termine, puis prit la parole.

— Ludovic, c'est moi qui ai parlé aux journalistes. Je leur ai lâché toute l'affaire. D'ailleurs, je leur ai donné mon feu vert pour qu'il t'interviewe. Tu veux une autre tasse ?

Stupéfait, Mistral regardait Balme souffler sur son café et l'avaler à petites gorgées, attendant la suite des explications.

— De mémoire de flic et de journaliste, personne n'a jamais eu connaissance d'une telle affaire. Fais-moi confiance, j'ai mis le paquet !

— Oui, j'imagine, sur ce plan, je te fais confiance, répondit Mistral.

Balme ne saisit pas l'ironie grinçante de Mistral.

— Les mecs, ils étaient fous. Un truc pareil ! En plus, tu as vu ? Ils ont tous repris le terme « le démembreur ». Les Canadiens ont « le dépeceur » avec ce barjot qui a à moitié bouffé un mec, et nous « le démembreur ». Pas mal non ? J'ai eu droit à mille questions. Mais je te laisse répondre, tu maîtrises très bien l'exercice !

— Mais qu'est-ce qui t'a pris ? On a zéro et triple zéro sur cette affaire ! Si on ne la sort pas, on va se ridiculiser. Et c'est contraire à toute notre politique de discrétion absolue.

— La discrétion, on s'en fout ! Tout le monde parle à tout le monde. Le secret de l'instruction ? Vaste fumisterie, les journaux en sont remplis, et le public en raffole. Les flics sont toujours pointés du doigt et les premiers à morfler, alors que ça bavasse dans tous les coins ! Et pour l'instant, il n'y a pas de juge d'instruction, donc pas de violation du secret de l'instruction. Le procureur ? Le secret de l'enquête ? J'en fais mon affaire. Et comme on ne connaît pas l'identité des victimes, je cite nos amis journalistes, « le mystère bat son plein ».

Mistral, abasourdi, se raisonnait pour ne pas laisser échapper sa colère.

— Désolé, mais je ne te suis pas sur ce terrain !

— Ah oui ? Dis-toi bien que lorsqu'une affaire sort dans la presse alors que dans cette maison on fait tout pour la fermer, ça arrange toujours quelqu'un, jamais la police. Pourquoi pas nous, cette fois ?

— Simplement parce que ça ne nous arrange pas ! Tu envoies comme message aux assassins : « Dormez bonnes gens on ne risque pas de vous arrêter puisqu'on ne comprend rien à l'affaire ! La PJ a que dalle ! » Maintenant, *nos amis journalistes*, comme tu le dis, ne vont plus me lâcher ! Résultat dévastateur !

Bernard Balme poursuivit la logique de sa démonstration.

— Tu exagères, Ludovic ! Mais c'est exactement ce que je souhaitais ! Pendant ce temps-là, on écrase l'affaire Notto. Personne n'a appris son arrestation et encore moins son évasion. Je pratique la politique de l'enfumage. Si je n'avais parlé de rien, il y en a bien un qui aurait sorti le coup de l'évasion du tueur des parkings. Et là, oui, tu te serais fait tailler en pièces. Tandis que l'affaire du démembreur, c'est Hollywood, tu piges ? À toi de te bouger, de récupérer Notto en toute discrétion et de faire le service après-vente sur le reste.

— Admettons ! Mais pourquoi n'as-tu pas communiqué davantage sur la prostituée assassinée ?

— Moins vendeur, ça n'intéresse personne ! Les associations de défense des victimes font déjà le boulot. Et ça fera au maximum dix lignes dans une page intérieure que personne ne lira. Tandis que « le démembreur », là, je te parie que des journalistes vont se précipiter chez des spécialistes américains et pondre des tas de papiers.

Mistral, silencieux, observait Balme en bras de chemise, le col déboutonné et la cravate desserrée, satisfait de lui.

— Ma femme dit que je deviens de plus en plus cynique. Mais quand je t'écoute, je mesure la grande marge de progression qu'il me reste à accomplir !

Balme éclata de rire.

— Au fait, comment va Clara ?

Comme à son habitude, Balme possédait l'art et la manière de clôturer une discussion.

En regagnant la Crim, Mistral pensa immédiatement à son rapport signé, mais non daté, sur sa demande de mise en disponibilité. Les contours de son ailleurs apparaissaient de moins en moins flous. Il était désormais sûr de ne plus faire partie du service, lorsque le Quai des Orfèvres déménagerait. Pour l'instant, il devait expliquer à ses équipes que l'étalage dans la presse provenait de la direction de la PJ, pour le bien de l'enquête. Difficile à faire avaler.

Sur son bureau, la secrétaire avait déposé le cahier des messages téléphoniques en absence. Elle en avait entouré un en rouge : « Les commissaires Santamaria et Lescure de l'IGPN attendent votre appel ce soir. Ils seront présents au service demain matin au sujet de l'affaire Notto. » La secrétaire sachant le faible enthousiasme de Mistral pour tout ce qui ne relevait pas des sujets opérationnels avait rajouté : « Surtout n'oubliez pas de téléphoner, ils n'ont pas l'air aimables. » Il connaissait les deux commissaires de l'IGPN. Raison de plus, se dit Mistral, pour ne pas les appeler.

Une demi-heure plus tard, Balme lui téléphonait. Un journaliste et son cameraman d'une chaîne d'information se présentaient à l'accueil pour une interview filmée sur le démembreur. Agacé, Mistral se rendit compte que le directeur de la PJ n'avait pas traîné. La machine à communiquer avait été enclenchée depuis plusieurs heures déjà, bien avant que Mistral ne manifeste sa mauvaise humeur dans le bureau de Balme.

Vincent Calderone et Paul Dalmate écoutaient en silence Ingrid Sainte-Rose. Les trois policiers s'étaient retrouvés dans un bar du boulevard Saint-Germain, éloigné du Quai des Orfèvres et uniquement fréquenté par les touristes. Calderone attendit que la jeune femme termine pour prendre la parole.

— Tu confirmes ? Tu as bien empêché Sébastien de se suicider ?

— Empêché, je n'en sais rien. Mais disons que je suis arrivée au bon moment, je pense. Il ne quittait pas des yeux son calibre posé sur ses genoux et ne m'a même pas entendue entrer !

— Tu connais la procédure. Tentative de suicide égale désarmement, égale médecin chef, égale paquet de problèmes, avec comme issue la sortie de la PJ pour Sébastien et une carrière en voie de garage.

— Vincent, nous n'en sommes pas encore là. Lorsque je suis arrivée, il était raide défoncé à l'alcool mélangé aux médocs. Il ne savait pas ce qu'il faisait et je me demande s'il m'a reconnue ! Quand j'ai pris son arme, il n'a même pas bougé ! S'il te plaît, n'en parle pas à Mistral, laisse-moi gérer Sébastien.

La jeune femme se tourna vers Dalmate.

— Et toi, Paul, qu'en dis-tu ?

Dalmate réfléchit quelques instants et s'adressa à Calderone.

— Il faut aider Sébastien et ne pas le lâcher. Je crois que le plus simple, Vincent, c'est de conserver son arme au coffre. Je lui expliquerai que c'est la meilleure solution. Comme Mistral envisage de le coller à la documentation du service, son flingue lui est inutile.

Calderone écoutait les deux policiers.

— Un mec qui a la volonté de se suicider n'a pas besoin de calibre. Il peut se jeter sous les roues du métro ou depuis un pont de la Seine. Je veux bien oublier pour cette fois. Espérons qu'il s'en sorte. Quand reprend-il son travail ?

— Dans une huitaine de jours, d'après ce qu'il m'a dit.

— Dans ce cas, Paul et Ingrid, vous passerez les soirées avec lui. En général, nuits d'insomnie et grosses déprimes ne font pas bon ménage. La confrontation avec soi-même n'est pas tenable pour un homme seul. Faites le nécessaire pour que tout aille bien. Vous n'avez pas le choix.

⁂

En début de soirée, Mistral rentra chez lui en conduisant rapidement. Toujours autant en colère, il ressentait le besoin de respirer et roulait les vitres grandes ouvertes, se moquant éperdument de la pluie qui entrait dans l'habitacle. Contrairement à son habitude, la radio était éteinte. Pas de musique. Mistral restait enfermé dans des pensées sombres ; il subissait les événements. Une demiheure plus tard, il téléphona à ses deux fils pour leur demander ce qu'ils aimeraient pour le dîner. Les deux garçons tombèrent d'accord pour des sushis. Mistral accepta, il aurait partagé n'importe quoi avec eux pour leur faire plaisir. Sa colère se transforma en gros coup de blues.

24

Au même moment, à une heure trente de Paris, M. Mince et le commanditaire du double meurtre, assis sous une véranda, regardaient la pluie tomber. La vaste maison meublée avec goût respirait le luxe. La plupart des objets intriguaient M. Mince, notamment des suspensions fixées au plafond qui le mettaient mal à l'aise. Des formes métalliques, représentant des sortes d'hommes ailés se balançant lentement au rythme des courants d'air, alternaient avec ce qui ressemblait à des crânes humains recouverts de perles multicolores. Il s'abstenait de poser des questions auxquelles il n'aurait obtenu aucune réponse. En fait, il s'en foutait complètement. Juste une interrogation passagère, pas de quoi s'appesantir sur le sujet. Seuls les billets de banque l'intéressaient. Le commanditaire buvait du thé, M. Mince un Coca, sans oser briser le silence. Il se concentrait sur la pluie battante parce que son boss semblait trouver passionnantes les manifestations de la nature. Par respect, mais surtout parce qu'il n'avait rien à dire, il la fermait.

L'homme évoqua enfin avec un léger rire les multiples articles de presse sur le démembreur, qui soulignaient l'incompréhension et l'horreur du massacre, ainsi que l'absence de pistes pour la police. M. Mince, soulagé, afficha un étrange sourire. Le commanditaire alluma avec la télécommande une télé, très grand écran, calée sur BFM. Une quinzaine de minutes plus tard, les deux hommes regardaient en silence un long reportage sur le démembreur. Le commanditaire devint encore plus attentif quand apparut le policier qui dirigeait l'enquête.

— Voilà l'adversaire.

L'homme disséquait Mistral de son regard. Il observait un type brun, sûr de lui, le visage grave. Le reportage dura plusieurs minutes, il alternait un plan serré du policier et des vues de l'immeuble où les troncs avaient été découverts. La voix de Mistral, précise, couvrait tout le reportage, très peu relancé par la journaliste.

Mistral, rompu à la technique de l'interview, ne prenait aucune précaution oratoire pour dire :

— Ces meurtres *hors normes n'ont aucune explication. La brigade criminelle en est réduite à tenter d'exploiter les traces prélevées sur la scène de crime. Aucun témoin ne s'est manifesté.*

Dernière question de la journaliste :

— À quelle forme d'intelligence êtes-vous confronté ?

Mistral répondit par un haussement d'épaules imperceptible.

— Je l'ignore. Nous n'avons aucune explication pour ce massacre. Mais rien ne montre que nous avons, pour l'instant, face à nous une quelconque intelligence, plutôt de la barbarie.

La fin du reportage laissa le commanditaire songeur. M. Mince, captivé par des commentaires sportifs, fut surpris par la réaction du commanditaire.

— Quel drôle d'adversaire ! Il patauge et le dit clairement. Tu as noté que ses yeux exprimaient le contraire ? La moindre faille, et il s'y engouffrera.

M. Mince n'avait rien remarqué du tout. Le regard ? Aucun intérêt. M. Mince, très attentif aux phrases du policier, en avait conclu qu'il était largué. Rien d'autre. Pour aller dans le sens du patron, il acquiesça.

Le boss félicita une nouvelle fois M. Mince pour les précautions prises et la réussite de l'opération. Ce dernier préféra ne pas aborder la désinvolture de M. Muscle dont les conséquences auraient été catastrophiques si les affaires du jeune couple avaient été retrouvées. Cette seule idée le paniquait. Puis l'homme lui passa commande d'un autre assassinat, dans les mêmes modalités. Une seule personne, cette fois. Elle présentait les mêmes caractéristiques que le jeune couple. Le commanditaire rappela à M. Mince l'importance du travail préparatoire avant de passer à l'action. Il lui donna verbalement l'adresse de la future victime que M. Mince nota sur un bout de papier. *Pas besoin de laisser, en plus, des traces écrites*, songea le commanditaire.

— Je vais téléphoner au type pour lui dire que je détiens une solution. Ensuite tu le contacteras et tu te présenteras comme la solution. Bois un café avec lui, rassure-le ! Bref, le baratin habituel. Apparemment, tu ne te débrouilles pas trop mal. D'accord ?

— Oui, je sais comment l'aborder, ce n'est pas très difficile.

M. Mince se racla la gorge pour se donner de l'assurance.

— Et, euh... pour les frais... je vois que vous êtes content de moi, vous me confiez une nouvelle affaire, alors voilà... je me disais...

— Dix mille chacun, au lieu de huit.

— OK, boss. Y a juste un petit problème. J'veux plus travailler avec M. Muscle. Il est très bien, mais un mec seul, j'peux me l'faire sans difficulté. J'suis pas là pour prendre sa part. Mais bon, ça colle plus trop avec lui...

— C'est moi qui décide comment doit se faire le coup. Et quand je dis qu'il faut le faire à deux, je ne reviens pas là-dessus. Rappelle-toi le flic que tu viens de voir. Tu l'auras une nouvelle fois en face de toi. Tu as intérêt à exécuter à la lettre ce que je t'ordonne.

Le ton glaça M. Mince qui tenta par quelques mimiques de se montrer conciliant.

— Si tu ne veux plus travailler avec M. Muscle, je connais un autre type, dans le même gabarit. C'est un Nigérian, surnommé Snoop, qui place des filles à Château-Rouge. À peu près tous les soirs, il boit un verre dans un bar au milieu de la rue Dejean. Si tu ne le trouves pas, je te dirai comment le contacter autrement. Commence par le bar. À prendre ou à laisser. Je te conseille de prendre.

— Bien sûr, boss, je prends, pas de problème !

À peu près à la même heure, dans un parking du 16e arrondissement, Serge Notto, allongé sur le dos sous un imposant 4 × 4, attendait. Le choix de ce parking privé n'était pas dû au hasard, mais à de nombreux repérages. Un endroit dépourvu de caméras de surveillance, où seule une équipe de vigiles pas très futés y effectuait une ronde assez sommaire à partir de 22 heures. À cette heure-ci, il en aurait terminé et serait loin. À présent, il attendait que la Fiat 500 arrive.

La jeune femme qui la conduisait se pointait invariablement entre 21 heures et 21 h 15 et stationnait à côté du 4 × 4. Notto la surveillait depuis quelque temps déjà. Le repérage de sa proie lui procurait un plaisir intense, mêlé à un très fort sentiment de puissance. Seul son bon vouloir déciderait du moment du passage à l'acte. Guetter la jeune femme si près, l'avoir à sa merci, ne lui suffisait plus. Il devait agir. D'autant que son arrestation et l'évasion qui s'en était suivie l'avaient complètement survolté. Il ne pouvait plus attendre. Guetter, traquer et attaquer. Trois actions qui transcendaient Notto.

Notto alternait état second et lucidité absolue. Toujours allongé sur le dos, les mains jointes devant sa bouche, dans une attitude de supplique silencieuse, il chuchotait le refrain de sa chanson fétiche *Night Prowler* d'AC/DC. « I'm your night prowler, asleep in the day – I'm your night prowler, get out of my way ! – Look out for the night prowler ! Watch you tonight – Yes I'm the night prowler, when you turn out the light [1]. »

Son exaltation était telle qu'il ne percevait aucun bruit, ni les crissements des pneus des voitures sur le sol peint, ni les allées et venues des habitués du parking dont les voix étaient amplifiées par la caisse de résonance formée par les murs en béton. Tout entier crispé sur l'excitante attente de la jeune femme, il ne s'était même pas rendu compte qu'un petit chien l'avait flairé et avait pointé son museau sous le véhicule, pas plus qu'il n'avait entendu le cri de douleur de l'animal quand

1. « Je suis ton rôdeur de la nuit, endormi la journée – Je suis ton rôdeur de la nuit, casse-toi de mon chemin ! – Fais attention au rôdeur de la nuit ! Il te regarde ce soir – Oui je suis le rôdeur de la nuit, quand tu éteins la lumière. »

son maître avait tiré violemment sur la laisse pour le ramener vers lui. Quelques minutes plus tard, Notto sourit de bonheur. Ponctuelle, 21 h 15.

La Fiat 500 descendait la rampe. Notto cessa de fredonner le refrain. Il reconnaissait le bruit du moteur et la façon dont la jeune femme conduisait. Nerveuse, lâchant de brefs coups de klaxon dans la descente en spirale. Les phares éclairèrent enfin l'emplacement du stationnement. Notto savait que la conductrice ne pouvait pas le voir.

La voiture effectua la marche arrière habituelle, la jeune femme serra d'un coup sec le frein à main, coupa le moteur, éteignit les phares et la radio. Silence brutal. Notto bloqua sa respiration. Elle ouvrit la porte et posa le pied gauche sur le sol. Légèrement penchée en arrière, assise, elle s'empara de son sac posé sur la banquette, donnant à Notto l'occasion d'admirer quelques secondes supplémentaires sa cheville et son mollet. Récompensé. La gorge sèche, il tremblait de bonheur. Plusieurs fois déjà il s'était contenté d'admirer les chevilles de la dame et ses jolies chaussures à talons hauts qui passaient à quelques centimètres de son visage. Ce soir, il avait décidé que ses mains bloqueraient ces chevilles.

25

Ludovic Mistral jeta un coup d'œil à sa montre. 22 heures. Le dîner dans le restaurant japonais à La Celle-Saint-Cloud s'achevait. Le lendemain était un mercredi, il n'y aurait donc pas de classe. Les deux garçons riaient de tout et de rien. Mistral se détendait progressivement. Alors qu'ils s'apprêtaient à quitter le restaurant, il prit un appel sur son téléphone. « CLARA » s'affichait sur l'écran. Il le montra aux deux garçons. Ludovic, amusé, les écouta raconter à leur mère le dîner, heureux aussi d'être dehors à cette heure-ci. Clara et Ludovic décidèrent de se rappeler une fois les enfants couchés.

Plus tard, quand le téléphone sonna de nouveau, Mistral décrocha sans regarder, persuadé que c'était Clara. Surpris, il reconnut la voix de Dalmate.

— Je vous dérange pour une grosse tuile. Notto vient de violer et de tuer une femme, dans un parking rue du Ranelagh dans le 16e.

Voix calme de Dalmate, comme toujours. Mistral mesura dans la seconde les conséquences.

— Vous êtes déjà sur place ?

— Oui. Depuis quelques minutes, Farias et Sainte-Rose m'ont rejoint. Une équipe de la Crim arrive bientôt. Je m'apprêtais à quitter le 36 quand l'état-major m'a téléphoné, c'est pour ça que j'ai pu y aller tout de suite. Vous venez ?

— Oui, bien sûr, je pars maintenant.

Mistral appela la personne qui gardait les enfants après le collège et lui expliqua brièvement le contexte. Elle refusa tout net de se déplacer à une heure pareille. Mistral, pressé par le temps, n'insista pas. Il tenta de faire comprendre la gravité de la situation aux deux garçons. Peine perdue, le plus important pour eux était de terminer la soirée avec leur père. Rien d'autre. Ils effacèrent en quelques secondes la joie du dîner. Mistral promit d'être de retour le plus vite possible, agacé de ne pouvoir tenir sa promesse de rester avec ses enfants.

L'échange avec Clara fut houleux. Mistral avait du mal à se concentrer à la fois sur sa conduite trop rapide et la conversation avec son épouse. Il cessa bientôt de parler, répondant par monosyllabes. Clara raccrocha, furieuse. Une demi-heure plus tard, il s'arrêta près de l'entrée du parking de la rue du Ranelagh et téléphona à Balme. Brève discussion. Balme se déplaçait.

Mistral rejoignit l'équipe de la brigade criminelle dans le parking et observa en connaisseur le rituel qui se déroulait dans un quasi-silence. De grands projecteurs alimentés par des groupes électrogènes éclairaient d'une lumière crue la scène de crime. Les prélèvements des traces venaient de débuter. Avec des gestes précis, les techniciens s'affairaient, vêtus de la tête aux pieds de leur uniforme blanc, tels des fantômes silencieux. La jeune femme se trouvait allongée sur le dos. Sa tête, coincée contre le mur, formait un angle à 45°. Sa robe relevée sur le ventre dévoilait en partie sa nudité. La scène était figée, telle que l'avaient découverte les vigiles.

Mistral et Dalmate s'isolèrent pour faire le point. Dalmate désigna deux types en treillis et rangers, avec des chiens à leurs pieds qui échangeaient quelques mots avec des policiers.

— Les vigiles, au cours de leur ronde habituelle, ont découvert le corps aux alentours de 22 heures. Notto devait se trouver sous le 4 × 4 stationné à côté de la Fiat. Quand la femme est sortie, il lui a bloqué les chevilles et les a ramenées brutalement vers lui. La femme, déséquilibrée, est partie en arrière. Son crâne a cogné violemment le mur, l'assommant sans doute. Il en a profité pour la violer puis l'étrangler.

— Effectivement, c'est bien son mode opératoire. Il ne se donne même pas la peine de varier sa technique.

— Pas de doute de ce côté-là ! Il est reparti avec le sous-vêtement de la femme. Le viol a eu lieu sans préservatif, les traces de sperme nous confirmeront rapidement l'identité de Notto.

— Qui est la victime ?

— Sophie Derang, 32 ans, célibataire. Directrice du marketing dans une boîte de mobilier de luxe. Un voisin a donné ces quelques précisions.

Dalmate consultait ses notes éparses sur la victime et sur l'enquête en cours.

— Elle rentrait chez elle habituellement vers 21 heures en semaine. Le week-end, elle s'absentait… Le parking n'a pas de vidéo… Les vigiles m'ont l'air faiblards… Le propriétaire du 4 × 4 n'est pas à Paris depuis un mois… Deux équipes de la Crim sont en train de recenser dans le quartier les commerces qui possèdent des caméras tournées vers l'extérieur, comme les banques et les pharmacies, et qui enregistrent en continu. Ils iront voir ces commerçants demain à l'ouverture... Pareil pour les caméras du métro. Si c'est Notto, on va vite le repérer.

Dalmate remarqua l'air surpris et dubitatif de Mistral.

— Oui, mais sait-on jamais ! Il suffit d'une caméra placée au bon endroit et qui fonctionne.

Dalmate changea de sujet.

— Vous pensez appeler Dumont, son avocat ?

— Non, il se manifestera de lui-même, je suis à peu près sûr qu'il prendra les devants. Dans quelques heures, une équipe de l'IGPN démarrera l'enquête au service pour l'évasion de Notto. Avec ce nouveau meurtre, tout va devenir très difficile. J'entends d'ici les remarques dévastatrices. « Le défaut de vigilance qui lui a permis de s'enfuir l'a conduit à commettre un nouveau meurtre, blablabla... » Je n'ai pas, en plus, envie d'avoir Dumont sur le dos. Il arrivera suffisamment vite !

Dalmate hocha la tête.

— Notto dans la nature, sans info pour le retrouver, peut recommencer quand il le veut.

Mistral approuva.

— Je crois même qu'il va précipiter les choses, rentrer dans une spirale de viols et de meurtres jusqu'à ce qu'on l'arrête. Si on y parvient !

Quelques minutes plus tard, Balme déboula en trombe dans le parking. Mistral comprit aussitôt, à la manière dont il sortit de sa voiture et en claqua la portière, qu'il était dans ses mauvais jours. Il entraîna Mistral à part, loin des oreilles indiscrètes. Mistral se fit la réflexion que, lorsque Balme s'exprimait, il donnait l'impression d'être au milieu de la conversation. C'était sans doute dû à sa façon directe et brutale de parler. Jamais d'introduction, aucune phrase de politesse, même convenue, toujours dans le vif du sujet. Ce qui avait le don d'agacer certains de ses interlocuteurs, dont Mistral.

— C'est Notto, t'es sûr ? Je ne te fais pas de dessin, t'es dans la merde !

Mistral apprécia en silence le lâchage implicite. Pas de surprise, un grand classique.

— Sauf coup de théâtre, oui. Même mode opératoire, mêmes lieux, l'enchaînement viol et meurtre, le vol du sous-vêtement. Les traces de sperme confirmeront l'ADN de Notto.

— Je peux donner cette version au cabinet du préfet de police ?

— Oui, avec les réserves d'usage. Mais je ne vois pas d'autres hypothèses.

— Tu as vingt-quatre heures de répit. La presse a bouclé ses journaux. L'inconnue, ce sont les radios. Si un des voisins, témoins où je ne sais trop quoi, s'amuse à appeler les médias pour se rendre intéressant, ça va te compliquer la tâche. Pour l'instant, tout le monde s'agite sur le démembreur.

— Je crois que ça ne durera pas longtemps. Avec Notto, il y a tous les ingrédients du carton médiatique : arrestation, évasion, viols et meurtres. Le sexe lié à la mort fascine.

— Tu as raison ! Prépare pour demain matin une note détaillée sur cette affaire pour le cabinet du préfet. Avant 10 heures, délai impératif. Tu as intérêt à distiller des messages positifs, pour toutes tes enquêtes.

À 3 heures passées, Mistral rentra chez lui exténué. Les deux garçons dormaient à poings fermés, paisibles. Il éteignit leurs veilleuses. Dans le salon, la lumière rouge clignotante du répondeur attira son attention. Il enclencha la lecture de l'enregistrement. Clara, furieuse, poursuivait la conversation qu'elle n'avait pu terminer. Mistral coupa net le message sans finir d'écouter la colère de son épouse.

La jeune fille qui s'occupait des enfants le mercredi débutait son travail à 8 heures. Il estima à une heure son trajet jusqu'au Quai des Orfèvres avec gyrophare et sirène en action. Arrivée à 9 heures dans le meilleur des cas. Une heure de plus avant de commencer la rédaction du papier, compte tenu des événements de la veille et de la présence de l'équipe de l'IGPN. 10 heures. Alors que la note devait être transmise à cette heure. Une seule solution, la rédiger sur-le-champ. Résigné, il ouvrit son ordinateur portable et prépara son document pendant plus d'une heure pour le matin.

Allongé sur son lit, les yeux grands ouverts, il passa en revue les différentes affaires qui en très peu de temps avaient fait exploser ses bonnes résolutions familiales : le démembreur, la prostituée assassinée dans un hôtel, l'arrestation et l'évasion de Serge Notto, le tueur des parkings, suivis du viol et d'un meurtre commis par le même Notto, l'enquête de l'Inspection générale des services, Dumont avocat, les médias, la séance d'explications chez le préfet de police. Il ajouta pour faire bonne mesure la fureur de Clara et, sans doute pour plus tard, cette histoire vieille de trente ans qui lui collait à la peau. Dans tous les cas, il n'entrevoyait aucune éclaircie. Comme si le sort s'acharnait à contrarier ses désirs.

26

Son premier réflexe, vers 6 heures, fut d'écouter le premier flash info de la radio. Une dizaine de secondes sur le meurtre de la rue du Ranelagh. Une brève approximative, qui ne le resterait certainement pas dans les heures à venir. C'était parti. Mistral se surprit de sa passivité devant cet enchaînement d'obstacles.

À 7 heures, un bref coup de sonnette le tira de ses réflexions. Étonné, il ouvrit la porte à la jeune fille du mercredi, qui se dandinait d'un pied sur l'autre.

— J'ai entendu à la radio qu'il y avait eu un meurtre dans un parking. Ils ont parlé de la brigade criminelle. Alors je me suis dit que vous voudriez peut-être partir plus tôt ! Comme votre épouse est absente, avec les enfants, ce n'est pas évident. Alors voilà…

Mistral écarquilla les yeux, étonné. Il ne se souvenait plus quand il avait entendu une nouvelle positive pour la dernière fois.

Il remercia chaleureusement la jeune fille, bien plus sympathique que la baby-sitter habituelle. Il se promit, pendant qu'il se précipitait vers sa voiture, de lui rapporter des fleurs ce soir-là. Malgré tout, son enthousiasme était très atténué par l'échange qu'il avait eu avec ses fils la veille au soir, et par l'idée de ne pas les retrouver autour du petit déjeuner.

Mistral grimpa rapidement les escaliers du Quai des Orfèvres. Arrivé sur le palier de la brigade criminelle, il aperçut Vincent Calderone qui l'attendait.

— Vos collègues de l'IGPN viennent d'arriver. La secrétaire les fait patienter.

Mistral choisit de réfléchir quelques instants.

— Allons dans votre bureau, je n'ai pas envie de démarrer tout de suite avec eux.

Les deux hommes s'isolèrent. Calderone, qui avait installé une machine à café à dosettes dans son bureau, prépara deux tasses. Connaissant Mistral depuis plusieurs années, il s'aperçut instantanément qu'il avait sa tête des mauvais jours. Il respecta son silence, le laissant avaler son café. Après quelques minutes, Calderone reprit la parole.

— J'ai bloqué Dalmate et le groupe qui perquisitionnait chez Notto lors de son évasion. J'ai appelé Morin, il devrait arriver bientôt. Je pense que vos collègues vont vouloir les rencontrer et…

Mistral secoua négativement la tête, et ne le laissa pas terminer.

— Vincent, envoyez-les sur le terrain. Il y a trop de travail urgent. La recherche d'un assassin en fuite passe avant des auditions administratives ! Je règle ça.

Mistral sortit brusquement du bureau, suivi de Calderone qui alla répercuter les instructions.

Les commissaires Jacques Santamaria et Gilles Lescure de l'Inspection générale des services patientaient debout en silence au secrétariat. Mistral les rejoignit, un sourire de façade plaqué sur les lèvres. Inconsciemment, il enregistra leur allure identique, costume sombre, chemise blanche, cravate, mallette posée à leurs pieds. Les trois hommes se serrèrent la main, puis Mistral leur désigna d'un geste sa table de réunion. La secrétaire apporta des tasses de café.

— Je vois que vous avez la belle vie à la Crim ! Le chef de service se pointe à 8 h 30. Pas mal, non, quand il y a du taf, d'après ce que je me suis laissé dire !

Santamaria avait prononcé cette phrase sur le ton d'une plaisanterie forcée, avec le sourire de circonstance, qui agaça profondément Mistral.

— Jacques, quand toi tu seras ce soir dans tes pantoufles à regarder la télé et boire ta tisane, il me restera encore au moins quatre heures de boulot. Tu veux échanger ton job avec le mien ?

— Relax, Ludovic, on déconne deux minutes, je sais que tu es à cran avec tes affaires, mais bon, rien de plus qu'une petite vanne…

Lescure regardait les deux hommes en souriant, apaisant. Même si le tutoiement était de règle entre les commissaires, il n'atténuait pas pour autant les échanges acides. Lescure reprit la parole sur un ton amical.

— Ludovic, on doit gérer une affaire triplement emmerdante pour toi et ton service. L'évasion d'un gardé à vue qui a, apparemment, massacré une femme cette nuit, et pour finir, au milieu, Dumont, hyper toxique. Le parquet n'a pas traîné pour nous saisir, on doit diligenter une enquête. Je sais que tu n'apprécies pas particulièrement, mais c'est la règle du jeu. Ce sera plus simple si tu nous facilites la tâche.

— Oui, d'autant que, quoi que tu en penses, Dumont est fondé à demander la saisine en urgence de l'IGPN. Et nos conclusions sont attendues rapidement.

Mistral ignora la phrase de Santamaria et reprit sur un ton plus calme en se tournant vers Lescure :

— Je connais la procédure, Gilles, je m'attendais à votre visite. Bien évidemment, il n'y aura pas de difficulté. Il faudra qu'on trouve un fonctionnement simple pour ne pas perturber l'urgence des enquêtes en cours.

Santamaria s'agita sur sa chaise, son comportement laissait entendre que ce n'était pas dans cette optique qu'il voyait les choses. Une fois de plus, Lescure reprit la parole, sentant l'animosité latente entre Mistral et Santamaria.

— Nous devons procéder aux auditions de tes enquêteurs à l'IGPN, ceux qui perquisitionnaient chez Notto quand il s'est échappé, et déterminer comment le dispositif de cette opération et de surveillance de votre criminel s'organisait. On devra aussi examiner les lieux…

Santamaria interrompit son collègue.

— Et surtout établir les responsabilités des uns et des autres et mettre en évidence s'il y a eu faute grave, si les consignes ont bien été respectées, si tu diffuses bien les notes de service sur la sécurité, les règles des gardes à vue avec les rappels. D'ailleurs, tu dois nous communiquer tes notes avec les émargements de tes fonctionnaires.

Mistral regarda Lescure. Ce dernier comprit que la sortie de Santamaria allait tout compliquer. Mistral reprit d'une voix calme, ignorant toujours Santamaria :

— Tout à fait normal, Gilles ! Seulement voilà, il y a un problème. Mes gars, vous n'allez pas pouvoir les entendre tout de suite. Ils sont dehors. Ils recherchent un fugitif qui a commis un assassinat. Je crois que ce point ne vous a pas échappé. Je me vois mal dire aux familles des victimes que je suspends des investigations pour des raisons administratives. Au besoin, j'en informerai le juge d'instruction. Que fait-on ?

— On poursuit notre enquête, c'est simple. Si tes équipes sont dehors, en tant que chef de service et responsable, tu es à même de nous répondre dans un premier temps. Mais il ne faudra pas trop qu'elles tardent non plus !

Santamaria, satisfait de sa repartie, souriait.

— C'est vraiment une bonne idée, Santamaria ! Mais je ne serai disponible qu'en milieu d'après-midi. D'ici là, tu peux te balader dans la brigade, demander qu'on te sorte les notes de service, examiner la gestion des scellés, le registre de garde à vue. Je n'aime pas ta façon de faire ton job, mais surtout tu fous la paix à ceux qui bossent. Et les enquêteurs rentreront quand ils en auront terminé. *Capisci ?*

Mistral planta ses deux collègues de l'IGPN. Santamaria avait accusé le coup quand Mistral l'avait appelé par son nom et non par son prénom. Lescure secoua la tête d'un air navré, dévisagea son collègue, donnant implicitement raison à Mistral.

En sortant, Mistral remit au secrétariat la note rédigée pour le préfet de police. Ensuite, il rejoignit Calderone, en discussion avec Paul Dalmate et Ingrid Sainte-Rose qui s'interrompit quand Mistral entra dans le bureau. Il résuma en quelques mots la situation.

— L'autopsie des troncs est prévue dans une heure à l'IML, j'ai reçu le message à l'instant. Paul et Ingrid y vont. L'équipe de la Crim qui est restée toute la nuit sur l'affaire du parking de la rue du Ranelagh vient de rentrer. On a un truc intéressant.

Calderone se tourna vers Dalmate qui prit la parole.

— On a localisé quelques caméras extérieures susceptibles d'enregistrer des images en continu. Voilà les premières qui ont été récupérées. Elles proviennent d'un distributeur automatique de billets.

Dalmate appuya sur la touche « entrée » de l'ordinateur. La caméra enregistrait les images de la rue en noir et blanc. Images de nuit sans grand contraste, définition pas extraordinaire, mais lisibles, l'objectif de la caméra étant parfois aveuglé par les phares des voitures. Dalmate accéléra l'enregistrement en surveillant l'affichage horaire. Il arrêta le défilement de la vidéo.

— Regardez, là, c'est 22 h 25, quelques minutes après l'assassinat.

Les policiers scrutaient l'écran de l'ordinateur. Un homme apparut en marchant. L'enregistrement saccadé donnait l'impression qu'il se déplaçait rapidement. Arrivé devant le distributeur, il s'arrêta et repéra la caméra. Sans aucun doute, les policiers reconnurent Notto qui s'était approché au plus près de l'objectif qu'il fixait sans bouger. Le visage de Notto, figé pendant quelques secondes et déformé par le grand angle de la caméra, envahit tout l'écran de l'ordinateur. Une expression plutôt comique, faisant ressortir un nez et une bouche énormes, tranchait avec le tragique de la situation. Notto se recula un peu et fit un doigt d'honneur en souriant. Stupeur des policiers, excepté Dalmate.

— J'ai récupéré dans le quartier trois autres enregistrements vidéo de la sorte, une banque, une pharmacie plus celles du métro.

— Et ?

— Chaque fois qu'il localise une caméra, il prend son temps, s'arrête en fixant l'objectif pour bien montrer son visage, et il nous adresse un doigt d'honneur en se foutant ouvertement de notre gueule.

27

Paul Dalmate tritura la cicatrice qui lui barrait le visage. C'était devenu un geste machinal depuis sa blessure. Il regardait Mistral avec un sourire narquois, encore ébahi par le comportement hors norme de Notto.

— Ben oui ! C'est la première fois que l'on voit un tueur en liberté, recherché, signer son dernier meurtre d'une manière aussi nette et… désinvolte. Une provocation délibérée.

Mistral approuva en silence ; il réfléchissait.

— Il nous indique qu'il est le plus fort, une sorte de défi… Que disent les autres caméras du métro ?

— Farias est au PC sécurité de la RATP avec ses gars. Ils visionnent toutes les caméras possibles à partir de la direction prise par Notto quand il est entré dans la station La Muette sur la ligne 9 Pont de Sèvres – Mairie de Montreuil. Il a sauté dans une rame en direction de Mairie de Montreuil. S'il se signale chaque fois qu'il y a une caméra, ce sera plus simple.

— Il y a aussi moins de monde à cette heure-ci dans le métro, ça peut nous aider.

— Mais il faut se poser la bonne question : pourquoi agit-il de la sorte ? Mis à part pour se foutre de nous.

— Il pense qu'on ne le retrouvera pas, il doit avoir une planque.

Mistral se tourna ensuite vers Calderone.

— On peut mettre des effectifs sur le terrain ?

— J'ai bloqué tout le service, et les gars de l'Antiterro en renfort. Grosso modo il y a une soixantaine de types de disponibles qu'on pourra envoyer dès qu'on aura le dernier point de chute des vidéos.

— J'en parle à Balme, au besoin on demandera le concours d'autres brigades. Je veux que Dalmate et son groupe se concentrent sur l'affaire des troncs. Je vais devoir gérer deux emballements médiatiques. Essayons de progresser sur cette voie…

— Et pour vos collègues de l'IGPN, que fait-on ?

— Vincent, vous les accompagnez dans toute la Crim, vous leur montrez les registres, notes de service, bref tout ce qu'ils souhaitent voir, mais hors de question qu'on fasse revenir les équipes. Je verrai ça plus tard. Au besoin, ils les convoqueront les uns après les autres.

Calderone acquiesça, puis poursuivit sur les autres affaires.

— Pour la prostituée assassinée dans l'hôtel du 15e, la Mondaine essaye de récupérer des infos sur la victime. Je n'ai pas encore la date de l'autopsie. Mais comme je vous le disais, celle des deux troncs a lieu dans quelques minutes.

— D'accord, j'en parlerai avec Yann Barthélemy. Je vais solliciter la BRP pour envoyer un officier à l'autopsie, ça nous aiderait. Je me déplace avec Paul et

Ingrid à l'IML. Je n'aime pas rester passif et compter les coups.

Ce n'était pas fréquent que le chef de la brigade criminelle se dérange pour assister à une autopsie, en général Mistral le faisait pour des affaires particulièrement sensibles. Mais là, il avait besoin d'agir.

⁂

L'Institut médico-légal, que tout le monde judiciaire appelle l'IML, est situé place Mazas dans le 12e arrondissement de Paris, pas loin de la gare de Lyon. C'est une bâtisse de briques rouges enserrée entre la ligne 5 du métro, aérien à cet endroit, un important carrefour routier, qui absorbe tant bien que mal la circulation de l'Est parisien, et la Seine. L'environnement est particulièrement bruyant.

Dalmate stationna le véhicule sur le parking entre deux fourgons mortuaires encadrés par des petits groupes de personnes en deuil. *Une levée de corps*, commenta presque pour elle-même Ingrid Sainte-Rose. Après les autopsies, les dépouilles rendues aux familles allaient trouver une sépulture. Au moment de descendre de la voiture, le portable de Mistral vibra, « DUMONT » s'afficha sur l'écran. Mistral referma la porte pour s'isoler du bruit extérieur.

— Je t'écoute, Dumont.

— Je te pose une question de confiance, Mistral, le meurtre dans le parking, tu le relies à Notto ou pas ?

— Oui, c'est garanti. Je présume que tu m'appelles pour me dire que je suis dans la merde jusqu'au cou. Fallait pas te fatiguer pour ça, je m'en rends compte tout seul.

— Non, pas vraiment, même si ça ne me déplaît pas de le savoir. Notto, je ne le connais pas. J'ai simplement reçu un fax de ton service, comme la pratique l'exige. Notto m'a désigné comme son conseil. Je n'ai découvert son domicile qu'à la lecture du fax que j'ai reçu. Et je suis incapable de dire s'il a une autre planque.

Silence interrogatif de la part de Mistral, prêt à encaisser une charge sarcastique de Dumont.

— Pourquoi me donnes-tu toutes ces précisions ? Je ne t'ai jamais demandé de me rencarder sur ton client.

— Je t'en parle, parce que je n'ai rien pour le faire dégager de la trajectoire dans laquelle il est lancé.

Mistral referma son téléphone, songeur, sortit de la voiture et rejoignit Dalmate et Sainte-Rose qui l'attendaient.

Les trois policiers pénétrèrent dans le bâtiment en habitués, sans prêter attention aux odeurs de formol et de mort. Un appariteur leur indiqua la salle où se dérouleraient les autopsies des troncs. Ils revêtirent des blouses jetables tout en marchant vers la pièce.

Mistral salua le médecin légiste, Valérie Mendoze, à l'excellente réputation dans la profession. Mistral et le médecin participaient régulièrement ensemble à des conférences sur les meurtres rituels, les scènes de crime, les autopsies, etc.

— Je me doutais que tu viendrais, Ludovic, tu es trop curieux pour attendre les commentaires officiels !

Mistral sourit devant la remarque du médecin.

— Il y a un peu de ça, mais j'avais surtout envie de prendre un peu l'air. J'ai une procédure administrative sur le dos avec un duo de justiciers, et me replonger dans les enquêtes me convient parfaitement.

Mistral relata en quelques mots l'affaire Notto et ses conséquences. Valérie Mendoze, qui connaissait les rouages policiers, approuva d'un signe de tête.

— Si tu veux assister à l'autopsie de la victime de Notto, je te le dirai, je compte la faire assez vite. J'ai jeté un bref coup d'œil sur le corps, c'est un crime très violent. Il y a aussi en attente la jeune prostituée étranglée. L'activité est soutenue, à la Crim !

Valérie Mendoze avait prononcé cette dernière phrase en souriant.

Paul Dalmate et Ingrid Sainte-Rose ne détachaient pas leurs yeux des deux troncs installés sur les tables en inox. Implicitement, ils se souvenaient du malaise, ressenti surtout par Ingrid, lors de la découverte des corps. Dalmate interrogea du regard Sainte-Rose, qui d'un battement de paupières lui signifia que tout allait bien.

Un policier de l'Identité judiciaire prit plusieurs clichés avec des appareils photo fixés sur des rails au-dessus des corps. Quand il eut terminé, Valérie Mendoze entra en action.

Elle avait préparé ses instruments pour l'autopsie. Elle se dirigea vers l'une des tables.

— Ce n'est pas courant, comme découverte. Tu as des pistes ?

— Aucune pour l'instant. J'ignore même leur identité. Le dossier c'est XH et HF, assassinat dans un squat 60 rue Myrha. C'est tout.

Dalmate et Sainte-Rose tenaient chacun une tablette sur laquelle était fixé un bloc pour rédiger leurs constatations. Le médecin n'avait pas encore remonté son masque sur son visage. Elle chaussa des lunettes en plastique pour protéger ses yeux d'éventuelles projections de tissus humains et saisit de ses mains gantées un scalpel destiné à pratiquer une incision dans les abdomens.

— J'ai peut-être des infos intéressantes, reprit le médecin légiste. J'ai examiné les zones où les membres ont été tranchés. C'est sûr, ce n'est pas un chirurgien qui a fait ça. Le seul but était de tailler dans les jointures et de récupérer les membres.

Les policiers regardaient avec attention les endroits désignés par le médecin de la pointe du scalpel.

— Avant de pratiquer l'autopsie, j'ai prélevé et analysé des tissus. Et c'est là que ça devient intéressant.

Valérie Mendoze marqua un temps d'arrêt pour souligner l'importance de la révélation qu'elle s'apprêtait à faire et capter l'attention des trois policiers. Elle ôta ses lunettes et les planta au sommet du crâne dans sa courte chevelure.

— Ce sont des corps d'albinos.

Mistral et Dalmate demeurèrent sans réaction. Ils ne mesuraient pas la portée de l'information. Ingrid Sainte-Rose ferma les yeux et soupira. Elle paraissait accablée. Le légiste s'en aperçut et s'adressa à la jeune femme.

— Je vois que vous avez compris !

— Je m'en doutais un peu et le redoutais.

Mistral et Dalmate attendaient des éclaircissements, leurs regards interrogatifs allant de l'une à l'autre des deux femmes.

— Qu'est-ce que je dois savoir que je ne connais pas à propos des albinos ? questionna Mistral.

— Tout d'abord, reprit le médecin légiste, deux mots d'explication sur l'albinisme. Les albinos souffrent d'une maladie génétique caractérisée par une absence de pigmentation de la peau, des poils, des cheveux et des yeux. Ils ont de très sérieux problèmes de vue et risquent de développer des cancers de la peau directement liés à cette affection. C'est pour ça qu'ils sont toujours habillés avec des vêtements couvrants et portent des chapeaux pour se protéger du soleil. La nuit leur réussit mieux que le jour.

Mistral, de plus en plus intrigué, ne saisissait pas le rapport entre l'insistance de Valérie Mendoze et la description de l'albinisme.

Le légiste se tourna en souriant vers Ingrid Sainte-Rose.

— Voulez-vous donner l'explication à votre chef ?

— Non, je préfère que ça vienne de vous.

Valérie Mendoze désigna du doigt les deux troncs en regardant Mistral et Dalmate.

— Vous avez devant vous ce qui reste des victimes de meurtres rituels. Les albinos sont très recherchés et les sorciers africains leur prêtent des pouvoirs magiques. Récupérer des membres, les parties génitales masculines, du sang sur des albinos vivants, c'est gage de réussite. Je crois qu'il faut explorer cette piste, Ludovic.

Ingrid Sainte-Rose, silencieuse, approuva d'un signe de tête les propos du médecin légiste.

Après un silence pendant lequel Mistral mesura la portée des déclarations de Valérie Mendoze, il s'éclaircit la voix avant de réagir, abasourdi par ce qu'il venait d'entendre.

— Valérie, nous sommes au XXIe siècle, à Paris. Que racontes-tu ?

— Le médecin a raison. D'autres meurtres rituels vont certainement avoir lieu. Si on ne retrouve pas le sorcier…

La jeune policière avait prononcé cette dernière phrase à voix basse, les yeux baissés, s'excusant presque de l'avoir formulée, convaincue du côté surréaliste et décalé de ce qu'elle venait d'affirmer.

Mistral, incrédule, dévisagea tour à tour Ingrid Sainte-Rose et le légiste qui acquiesçait en silence. Paul Dalmate, se remémorant le comportement de la jeune femme pendant la découverte des corps, ne fut pas surpris outre mesure.

28

Mistral ne put s'empêcher de rire à cette idée, mais aussi à cause du ton grave employé par la jeune policière. Il reprit, amusé :

— Le sorcier ? Ingrid, vous êtes sérieuse ? Je ne crois pas une seule seconde à ces conneries. Désolé d'être aussi abrupt !

Ingrid, vexée, ne répondit pas. Valérie Mendoze vint à son secours, elle savait qu'elle avait une liberté de parole que ne pouvait avoir la jeune lieutenante.

— Ludovic, je te connais, tu es un rationnel pur et dur, mais pour une fois tu devrais sortir de ta peau de flic cartésien et envisager qu'il y a autre chose que des preuves scientifiques et comportementales dans les enquêtes criminelles. Considère que, peut-être dans ce cas, tu as vraiment affaire à un meurtre rituel, et donc que le commanditaire n'est pas un mari jaloux ni un tueur en série à la mode. Tu as forcément en face de toi autre chose.

Mistral interrogea Paul Dalmate du regard.

— Comme vous le savez, je suis croyant et pratiquant même si j'ai quitté le séminaire après dix ans de présence assidue. Je suis convaincu que l'homme peut commettre ce genre de crime lorsqu'il est animé d'une sorte de foi en des puissances... comment dire... occultes ? Je ne rejette pas l'hypothèse du sorcier, même si pour vous c'est difficile de l'admettre.

— Soit, répliqua Mistral. Je suis persuadé que l'enquête va être compliquée. Dans tous les cas de figure, ce n'est pas la thèse que je défendrai sur la place publique. On cherche des meurtriers qui ont découpé un couple d'albinos. Je m'en tiens à ce constat. Ensuite, on verra si on identifie quelqu'un et il sera toujours temps de voir de qui il s'agit.

La conversation fut interrompue par une série de bip provenant du téléphone portable de Mistral signalant l'arrivée d'un SMS. Sur l'écran s'affichait « BALME ». Mistral lut le message laconique.

« Ludovic, tu as rendez-vous à 18 heures chez le préfet, prépare tes arguments, ça risque d'être tendu. On y va ensemble. »

Dans la voiture qui regagnait le Quai des Orfèvres, Mistral en profita pour passer quelques appels, dont un à Farias qui examinait les enregistrements des caméras du métro.

— Notto est sorti à la station Grands Boulevards. Devant chaque caméra il a fait un signe de la main signifiant « au revoir ». Dès qu'il a posé un pied sur le trottoir, on l'a perdu.

— Calderone est-il au courant ?

— Oui. Il a envoyé des équipes dans le secteur. Les gars essayent de mettre la main sur des enregistrements des caméras en extérieur. On reste au PC de la RATP pour visionner les vidéos des stations des lignes voisines.

Mistral raccrocha, à peine déçu. Il se doutait que Notto avait un plan. Dalmate conduisait, observant le visage préoccupé de Mistral.

— Notto ?

— Envolé. Il nous balade ! C'est un endroit extrêmement fréquenté, avec des passages, des ruelles. Il va profiter de la foule pour nous perdre et aller à sa planque sans prendre les transports en commun. Peut-être en taxi, puisque sa photo n'a pas encore été diffusée dans la presse, ou alors à pied. En fait, je n'en sais rien, Paul.

Mistral monta les marches du Quai des Orfèvres au pas de course. Calderone remettait toute une pile de notes de service aux commissaires de l'IGPN. Il balaya d'un revers de main leur demande d'entretien au lendemain et entraîna Calderone à sa suite. Son adjoint ne masquait pas non plus son inquiétude. Mistral relata l'hypothèse du sorcier et des meurtres rituels du couple d'albinos. À sa grande surprise, Calderone ne rejeta pas l'idée.

— À vrai dire, rien ne m'étonne dans ce métier. Je suis davantage surpris de n'avoir jamais été confronté à ce type d'affaires.

— Vincent, imaginez que l'homme a marché sur la Lune en 1969. En 2015, des albinos se font découper en morceaux en plein Paris pour des prétendus rituels et la vente de leurs membres. Ça ne vous choque pas ?

— Non, plus maintenant ! Qu'est-ce qu'il en dit, Dalmate ? C'est intéressant d'avoir la position d'un homme qui a fait des études de théologie.

— Il a eu la même attitude que vous. Il n'est pas plus étonné que ça. Mais ce qui m'a réellement surpris, c'est qu'Ingrid avait intégré cette hypothèse avant les autopsies. Elle vous en avait parlé ?

— Pas du tout. Ingrid a des origines haïtiennes et je sais qu'elle est extrêmement sensible et engagée dans cette culture où les forces occultes occupent une place prépondérante. Je n'insiste pas, elle est vite mal à l'aise quand on aborde le sujet du vaudou. Je crois surtout qu'elle craint qu'on ne se moque un peu d'elle. Mais elle a tort !

Ludovic Mistral, songeur et perplexe, préféra changer de sujet.

— Vincent, je vais chez le préfet avec Balme. Toutes nos affaires sont au point mort. Pas l'ombre d'un début de piste. Je n'envisage même pas de lui parler de l'histoire du sorcier si je veux rester crédible. Je ne sais pas encore comment déminer tout ça.

Au moment où Mistral et Balme se faisaient annoncer au secrétariat du préfet, M. Mince entrait dans un bar du quartier Château-Rouge. Un bar que seuls des habitués fréquentaient et dont la présence dissuadait des clients égarés d'y pénétrer. Les types s'étaient approprié les lieux, davantage que leurs domiciles, qu'ils ne fréquentaient qu'en pointillé. Le client de passage se sentait forcément comme un intrus. Le café était relativement petit et tous les clients, uniquement des Africains, fumaient. Énormément. Le patron en tête grillait clope sur clope. L'interdiction de fumer était tombée aux oubliettes. M. Mince était ici chez lui. Quand il referma la porte, il comprit au silence pesant qui régnait que quelque chose d'inhabituel se déroulait. D'un coup d'œil circulaire, il repéra la quinzaine de clients qu'il connaissait de vue, puis son regard se bloqua sur un homme assis le plus loin possible de l'entrée. Sans hésiter, M. Mince se dirigea vers lui. L'homme portait un manteau trempé de pluie au col relevé. Un bonnet enfoncé jusqu'aux yeux faisait la jonction avec le col.

De grosses lunettes de vue aux verres épais et fumés couvraient une partie de son visage. De tout son être émanait une odeur de peur. M. Mince reconnut malgré l'accoutrement la blancheur de peau d'un albinos. Il s'assit en face de lui. Le brouhaha du bar reprit. Une tasse de café à peine entamée séparait les deux hommes. M. Mince tendit une main et essaya de faire en sorte que son sourire respire la sincérité.

— Salut mec, je m'appelle Souleymane. Tu t'appelles Salif, c'est ça ? J'crois qu'tu m'attendais.

À chaque coup foireux, M. Mince changeait de prénom. Il avait pris soin de préciser au commanditaire qu'il utiliserait ce prénom pour cette rencontre.

Le jeune albinos se détendit un peu, sortit de la poche de son manteau une main blanche parsemée de taches brunes, la tendit à M. Mince et la renfonça dans sa poche, comme pour la dissimuler aux yeux des clients.

— Le patron m'a dit qu't'allais me protéger et me faire changer d'quartier. C'est vrai ?

— Ben oui, j'suis là pour ça. T'es tout seul ?

— Ouais, j'suis tout seul. J'suis arrivé du Burkina Faso y a quelques mois. Là-bas, ça commençait à devenir risqué pour moi. J'débarque en France, j'croyais être tranquille et j'me suis aperçu que des gens me dévisageaient d'une façon que j'connais trop ! J'sors quasiment plus. On m'suit. Regarde tous les mecs du bar. Ils m'quittent pas des yeux ! Je parie qu'ils sont en train de compter combien de fric j'peux leur rapporter ! Dans la rue, c'est pareil.

M. Mince comprit qu'il devait avant tout rassurer le jeune albinos terrorisé. Manifestement, il n'avait pas lu la presse. L'information du couple découpé en morceaux ne lui était pas encore parvenue aux oreilles. Une chance !

— Calmos, mon frère, t'es pas en Tanzanie ni au Burundi, ici. Que t'aies des problèmes parce que t'es albinos, OK ! T'intrigues les gens, c'est tout ! Mais c'est pas pour ça qu'on va te découper, mec !

Le jeune albinos, pas vraiment rassuré, regardait de ses yeux myopes tour à tour M. Mince et les clients du bar qui ne s'intéressaient plus à lui. Salif eut un bref sursaut.

— Je suis fier de ma peau, j'aime comme je suis, je suis comme Dieu a voulu que je sois ! Mais j'veux pas qu'on me tue !

— T'as raison, mec, c'est comme ça qui faut parler ! Tu peux plier bagage quand ?

— Maintenant ? Demain ? Quand tu veux, mais le plus vite possible. On va où ?

— T'inquiète ! Demain, c'est un peu juste, mais je m'dépêche. J'pense avoir trouvé un appart' dans le 13e chez les Chinois ; les albinos, ils s'en foutent. Tu seras peinard et tu pourras te reposer un peu. OK ?

— Ouais, j'suis d'accord. À quelle heure tu viens ?

— Vers deux ou trois heures du mat', comme ça, on verra personne. Mais j'te ferai signe la veille, et crois-moi, ça va pas traîner. Maxi dans trois ou quatre jours. Après t'y penseras même plus quand tu boufferas ton riz avec des baguettes.

L'albinos ferma les yeux en soupirant de soulagement, puis il approuva d'un simple mouvement de tête.

M. Mince renouvela les consommations pour détendre le jeune homme qui refusa obstinément d'enlever son manteau, son bonnet, et surtout ses énormes lunettes foncées aux verres épais. M. Mince consulta sa montre et se fixa un quart d'heure pour jouer les types cool et rassurants et donner l'illusion que tout était banal avant de partir.

⁂

Mistral et Balme, après l'entretien avec le préfet de police, quittèrent l'hôtel préfectoral par le boulevard du Palais et regagnèrent le Quai des Orfèvres en commentant la discussion.

— Bon je ne te fais pas un dessin, résuma Balme. Il faut que tu sortes les deux affaires, Notto et le démembreur. Et vite. Tu n'as pas le choix.

— Pas besoin de me l'entendre dire pour que je le fasse ! Et ce n'est pas parce que se profile une vague menace de changement de service que je vais accélérer ou pas. La question est de savoir si j'ai des éléments. Pour l'instant, j'en ai zéro.

— Le problème n'est pas là, Ludovic, et tu le sais ! Tu avais arrêté le tueur des parkings, le préfet et le procureur s'apprêtaient à convoquer la presse pour un satisfecit général. Et tout se casse la figure. Ton type s'évade dans des conditions discutables, viole et tue de nouveau. La communication devient impossible !

Mistral, prêt à répondre, se retint. Le clash n'était plus très loin.

— Ludovic, tu dois à la fois gérer le tueur des parkings avec un Dumont qui s'emploie à perturber le jeu, l'enquête et l'audit de l'IGPN, une bande de fous qui ont découpé des gens en morceaux, et pour finir le préfet sur ton dos. Arrivés à un certain niveau, les emmerdements ne s'additionnent plus, ils se multiplient.

Les deux hommes se séparèrent après le sas d'entrée, sur le palier conduisant au bureau du directeur de la PJ.

— Tiens-moi au courant si tu as un truc qui peut faire patienter tout le monde et qu'on passe à autre chose.

Mistral, visage fermé, ne répondit pas. Il regagna son bureau et appela Calderone. Son adjoint lui fit un bref résumé de la situation. Rien sur le quartier Grands Boulevards.

— C'est normal, approuva Mistral, la densité de population et de voitures est telle que c'est l'endroit idéal pour disparaître.

Sa pendule affichait 19 h 15 quand il quitta son service. Il en avait assez de cette journée. En chemin, il acheta un bouquet de fleurs.

⁂

Aux alentours de 23 heures, Ingrid Sainte-Rose constata que Sébastien Morin dormait enfin. Le contenu des gélules qu'elle lui faisait absorber à son insu était déterminant. C'était un produit hors commerce qu'elle obtenait grâce à ses connaissances dans la communauté haïtienne. Elle alternait, avec Paul Dalmate, les nuits chez le jeune policier qui avait, selon une expression en vogue dans le service mais non dénuée d'humour, « une fracture du moral ».

Ingrid sortit de son sac son carnet de croquis, celui qu'elle avait intitulé *En bordure de l'horreur*. Elle le feuilleta, et resta songeuse en relisant les commentaires et détaillant les dessins à main levée, effectués après la découverte des corps démembrés. Elle poursuivit ses écrits enrichis par les explications du médecin légiste sur le sorcier, et la réaction peu surprenante de Mistral. Après de longues minutes de réflexion, elle prit son téléphone, fit défiler sur l'écran son carnet d'adresses et s'arrêta sur un nom. Elle hésita, réfléchissant avant de contacter la personne qu'elle s'était juré de ne jamais appeler. Pas le choix. Elle lança l'appel. Deux secondes plus tard, son interlocuteur décrochait. *Évidemment*, pensa-t-elle. Elle parla en créole à toute vitesse et à voix basse. Ingrid se montra insistante mais mesurée, à la fois dans sa voix et dans ses gestes. Tout en parlant, elle arpentait le salon d'un pas rapide, contenant son impatience. Avant de raccrocher, elle nota un numéro de téléphone et une adresse que son interlocuteur lui avait communiqués non sans une extrême réticence.

Elle aurait dû quitter sur-le-champ l'appartement de Morin pour vérifier ce qu'elle venait d'apprendre. Cependant, son engagement moral envers son coéquipier lui interdisait de le laisser seul. Le dilemme la taraudait, dans l'impossibilité qu'elle était de partir pour trouver une réponse à sa question. D'autant qu'elle ne pourrait plus solliciter de nouveau cette personne.

29

Le même soir, lorsque Ludovic Mistral rentra chez lui, il eut la surprise de retrouver Clara revenue quarante-huit heures plus tôt de Grasse. Le bouquet de fleurs destiné à la jeune fille qui, le matin, était venue en avance pour lui permettre de partir rapidement à son service, pendait à son bras. Clara était seule à la maison avec les deux garçons. Elle remarqua avec étonnement le bouquet de fleurs.

— À qui sont destinées ces jolies fleurs ?

— Pour toi, mentit Ludovic. Je ne savais pas que tu rentrerais ce soir, mais j'ai pensé que des fleurs dans la maison à ton retour te feraient plaisir.

Mistral avait choisi instantanément un petit mensonge pour désamorcer l'âpre discussion qui ne manquerait pas de survenir aussitôt les garçons dans leurs chambres. Il se rattraperait plus tard, pensa-t-il, avec une boîte de chocolats pour la jeune fille. Le fait est, Clara estima inutile de relancer dans la soirée une conversation tendue, mais se dit qu'elle devrait avoir lieu.

Vers trois heures du matin, Mistral se réveilla et sut qu'il ne pourrait pas se rendormir. En faisant le moins de bruit possible, il alla dans son bureau, ouvrit son ordinateur et afficha le plan du quartier d'où Serge Notto s'était enfui. Il plaça le passage du Jeu-de-Boules au centre de l'écran. À une trentaine de mètres de là, le très fréquenté boulevard Voltaire donnait sur la place de la République. Sans compter, observa Mistral, la multitude de rues secondaires qui offraient à Notto une quantité infinie de possibilités de fuite. En élargissant le plan, Mistral remarqua avec surprise que la station de métro Grands Boulevards, d'où Notto avait disparu, se trouvait à moins de quarante minutes à pied du passage du Jeu-de-Boules. Il n'en tira aucune conclusion dans l'immédiat, mais en ressentit une sorte d'agacement. Il laissa son ordinateur allumé, s'allongea sur le canapé, les écouteurs d'un lecteur MP3 plantés dans les oreilles. Il lança un enregistrement de la chanteuse suisse Sophie Hunger ; sa voix et l'univers de ses interprétations véhiculaient quelque chose d'envoûtant. Il régla au minimum le son du lecteur. Quelques minutes plus tard, Ludovic naviguait entre veille et somnolence agitée. Des images de violence, de corps démembrés, de fuite, de cris, le ramenaient régulièrement à l'éveil. En fin de nuit, le vibreur de son téléphone interrompit son sommeil agité. Le temps qu'il mit pour identifier d'où venait le bruit, ôter ses écouteurs et se saisir de son téléphone, l'appel cessa. Il lut sur l'écran le nom de son père. Quelques instants plus tard, il écouta la messagerie. Message laconique. « Tu dois dormir. Mais tu auras le message en te levant. Denis Carbonel a ouvert les yeux. Il faudrait que tu viennes rapidement. Je n'ai pas oublié ce que ça représente pour toi. Appelle-moi. »

Mistral, encore perturbé par un sommeil peuplé de cauchemars, passa plusieurs fois ses mains sur son visage, avant d'intégrer dans son esprit le message de son père. Il se remémora les derniers instants vécus avec Denis Carbonel qu'il n'avait jamais pu oublier. Mais curieusement, les corps démembrés du couple d'albinos revenaient en permanence au premier plan.

5 h 30. Il récupéra son portable posé sur le tapis. Agacé, il remarqua que la batterie était presque déchargée. Il attrapa une écharpe, sortit sans bruit de chez lui et entra dans le garage pour s'isoler. Il connaissait le numéro de téléphone par cœur, n'hésita pas une seconde et appela malgré l'heure. À la sixième sonnerie, son interlocuteur décrocha. Silence, respiration, Mistral ne parlait pas, il écoutait. L'homme à l'autre bout de la ligne était en pleurs. Mistral ferma les yeux et coupa la communication.

30

Trente ans plus tôt…

Surplombant le pays aixois, la montagne Sainte-Victoire attendait les enfants. C'était un mercredi, au début du mois de septembre, par une belle journée d'été, comme il y en a tant en Provence, avec un ciel mauve à force d'être bleu. Un minibus Volkswagen orange avec le toit blanc se gara sur le parking du barrage de Bimont. Quatre gamins d'une dizaine d'années en sortirent à toute vitesse, comme des chevaux qui déboulent sur un champ de courses. Le chauffeur allait sur ses 19 ans, la passagère venait de fêter ses 18 ans. Tous les deux encadraient, comme moniteurs, les garçons qu'ils s'apprêtaient à conduire dans la montagne. Le jeune homme s'appelait Gabriel et la fille Irène.

Ils emmenaient chaque mercredi des enfants sur les chemins de Sainte-Victoire. Les promenades étaient faciles, le paysage exceptionnel et les mômes fascinés par cette journée d'excursion.

Première chose : rappeler à l'ordre les gamins. Gabriel était patient, mais il devait faire montre d'autorité et jetait sans cesse un coup d'œil en direction d'Irène qu'il voulait impressionner. Les enfants écoutaient en silence.

— Je rappelle les règles : on ne déconne pas ! La balade va durer quatre heures. Hors de question d'en faire à sa tête. Il faut m'obéir et respecter les règles !

— Comme je ne vous connais pas bien, poursuivit Irène, je vais vous demander de me redire vos prénoms et noms.

Les enfants s'exécutèrent en se regardant. Les quatre garçons étaient ensemble depuis la maternelle. Du lot se dégageait Denis, plus audacieux que les autres. À tour de rôle, ils hurlèrent en riant leurs noms.

— Denis Carbonel, Claude Blanc, Ludovic Mistral, Julien Fabre !

Le petit groupe démarra. Chacun portait un sac à dos contenant un pique-nique. Les enfants tenaient enfouis au fond de leurs poches des canifs, une carte de la Sainte-Victoire et d'autres babioles. Ils avaient l'impression de partir pour l'aventure à l'autre bout du monde. Le petit Ludovic avait emporté en plus un appareil photo Kodak Instamatic chargé d'une pellicule couleur de douze poses.

Gabriel prodiguait les dernières consignes, Sainte-Victoire dans son dos.

— Le sentier Imoucha est le plus facile pour accéder au sommet de la montagne. Il faut suivre les marques bleues, elles nous indiqueront la direction. Nous arriverons tout en haut, à la croix de Provence, dans deux heures et demie environ.

Gabriel prenait très au sérieux son rôle de guide et, dès qu'il le pouvait, saisissait la main d'Irène pour l'aider à progresser sur le chemin rocailleux. Denis, le gamin le plus malin du groupe, avait remarqué l'empressement que Gabriel manifestait auprès de la jeune fille. Il fit signe de s'arrêter aux trois autres enfants, qui en profitèrent pour boire à leur gourde. Denis fit part de ses observations aux garçons qui n'avaient rien vu ni rien compris du manège des deux moniteurs. Ils trouvèrent immédiatement très intéressant ce que racontait leur ami.

— Je vous parie qu'avant d'arriver au sommet, il va réussir à l'embrasser.

Les autres s'esclaffèrent. Gabriel et Irène avançaient une cinquantaine de mètres plus haut que les quatre garçons, se parlant à voix basse. Gabriel se retourna et hurla, un peu en colère :

— Qu'est-ce que je vous avais dit ? On reste groupé. C'est moi qui indique les pauses. Allez, montez !

Denis, Claude et Julien détalèrent en riant, Ludovic photographia la scène.

Une heure plus tard, les enfants escaladaient le chemin de pierres, assez pentu par endroits. Gabriel, légèrement essoufflé, arrêta le petit groupe et désigna du doigt un cairn qui indiquait d'une marque bleue à gauche le prieuré, à droite Bimont, d'où il venait. C'était l'heure de faire une pause. Chacun mangea son sandwich. Gabriel se tenait près d'Irène ; manifestement il avait décidé d'être un peu plus entreprenant. Denis fit un clin d'œil aux autres enfants qui s'éloignèrent d'une dizaine de mètres.

— C'est ici qu'il va essayer de l'embrasser, j'en suis certain.

Les garçons observaient Denis tellement sûr de lui, et n'osaient rien dire. Ils se demandaient comment leur ami pouvait savoir de telles choses. Denis poursuivit.

— On va se cacher et faire le tour de la crête, on sera un peu plus haut. Jamais Gabriel ne regardera dans cette direction. On pourra les observer et se marrer.

Les quatre enfants descendirent de quelques mètres, quittèrent le chemin balisé pour grimper derrière l'endroit où se trouvaient Gabriel et Irène. Ils regardaient où ils mettaient les pieds, il n'y avait ni chemin ni sentier, juste des roches.

Les deux jeunes moniteurs chuchotaient entre eux, sans se rendre compte du départ des enfants. À part Denis, les trois autres garçons n'en menaient pas large. Le sentier était tellement étroit qu'ils devaient se plaquer contre les rochers pour se déplacer et éviter de glisser. Les gamins cheminaient, collés à la paroi, en raclant leurs pieds sur une bordure d'une dizaine de centimètres de large. Il ne restait plus qu'un seul rocher à franchir, une sorte de grosse protubérance ronde, de deux mètres de large, contre laquelle il fallait rester collé en avançant pour prendre pied sur une piste plus sûre. Julien et Claude franchirent l'obstacle en silence, tendus, les mains agrippées au rocher lisse.

Denis pressa Ludovic de continuer. Celui-ci s'agrippa au rocher, avança jusqu'au milieu de l'obstacle et demeura complètement bloqué. Il fixait le vide en dessous. Il ne savait pas combien de mètres il pouvait y avoir, mais il était attiré. Une sorte d'aimant semblait le happer. Denis s'impatienta.

— Ferme les yeux et avance, tu n'es plus qu'à un mètre.

Ludovic entendait Claude et Julien qui lui disaient de se dépêcher. Terrorisé par la peur du vide, il était incapable de parler ou de bouger.

Pas à pas Denis se déplaça jusqu'à Ludovic. Le garçon n'avait pas peur, il voulait surprendre les moniteurs. Mais surtout, il se sentait responsable de ses amis qu'il avait mis dans cette dangereuse situation. Denis n'était sujet ni au vertige ni à la peur du vide. Ludovic, la tête plaquée contre la paroi et les bras bloqués sur le rocher, semblait hypnotisé par le vide. Denis s'approcha de Ludovic complètement tétanisé. Il décida de le contourner en se collant à lui. Quand Ludovic comprit que son ami allait passer dans son dos, il s'imagina incrusté dans la paroi, serrant encore plus fort le rocher. Le petit Julien décida de venir à la rescousse ; il tenait maladroitement Denis par la ceinture.

— Surtout, Ludo, tu ne bouges pas. Il y a plus que cinquante centimètres, chuchota Denis. Ce n'est rien du tout. J'y suis presque, après je t'aide à passer.

Ludovic sentit son camarade collé contre lui. Puis plus rien. Un grand bruit de frottement contre la roche, et une branche d'arbre qui casse net. Le silence, puis les cris et les pleurs de Claude et Julien. Ludovic ne voyait rien. Il était hors du temps.

Il entendit parler et reconnut la voix de Gabriel et celle d'Irène, affolée, qui appelait du secours. Puis des bruits de pas précipités sur des cailloux. Des bribes de phrases.

— Où est-il tombé ? Je ne le vois pas, disait l'un.

— Faut descendre, disait l'autre.

Une main forte lui enserra le poignet et le fit presque décoller de la paroi. Ludovic se retrouva sur le chemin aux côtés des deux autres garçons et des moniteurs. Deux hommes l'avaient arraché de la paroi. Il refusait de comprendre ce qui venait de se produire. Il attendait que Denis revienne.

31

En cette fin de nuit, alors que Mistral était une nouvelle fois tourmenté par ses souvenirs, dans une pièce non éclairée, Serge Notto, assis sur un lit, le dos appuyé contre un mur, passait en revue les photos prises avec son smartphone des différents parkings. Deux paquets de cigarettes à main gauche, des brunes sans filtres, le maintenaient en éveil. À droite, un briquet et un cendrier.

Des écouteurs plantés dans ses oreilles reliés à un lecteur MP3 diffusaient en boucle une seule chanson : *Night Prowler* d'AC/DC. Tous les murs de sa chambre étaient nus à l'exception de celui qui faisait face à son lit. Une photo en couleurs au format 30 × 40 fixée par une simple punaise représentait un homme jeune, souriant, aux cheveux bruns. Une très vague ressemblance existait entre ce type et Notto, mais qui suffisait à le rendre fier. Un panneau de la prison de Saint-Quentin aux États-Unis indiquait qu'il s'appelait RAMIREZ R. « R », comme Ricardo.

Ce prisonnier envoûtait Notto. Il était devenu au fil du temps son maître, un maître à penser silencieux, source d'inspiration. Ramirez était un tueur en série avec au compteur onze meurtres et treize viols. Le FBI avait longuement commenté la personnalité de Ramirez et sa fascination pour la chanson *Night Prowler* d'AC/DC. Notto avait tout lu sur son idole et appris cet air par cœur. Ramirez la fredonnait en permanence, quand il était en chasse. Ramirez était dingue de cette chanson. Par conséquent, Notto était devenu dingue de cette chanson également. La traduction de *Night Prowler*, « le rôdeur de la nuit », le comblait d'aise. Ramirez était mort en détention en 2013. Notto regrettait de ne pas l'avoir connu. Il était convaincu qu'un lien les unissait.

À présent, il examinait minutieusement les photos transférées sur son iPad ; du pouce et de l'index, il les agrandissait et vérifiait chaque détail. La pièce n'était éclairée que par la lumière blafarde de la tablette projetée sur le visage anguleux et tourmenté de Notto. Parfois, il recherchait sur le plan de Paris affiché sur sa tablette les meilleurs itinéraires de fuite. Parfaitement organisé, il s'était constitué une fiche par parking, avec horaires d'ouverture, nombre de vigiles, patrouilles, emplacement des caméras, etc., toute une série de renseignements qui lui faciliteraient le passage à l'acte.

La superposition des photos des parkings avec celles dérobées de ses prochaines victimes le plongeait dans des abîmes d'excitation incontrôlable. Le théâtre et les actrices. Trois. Trois jeunes femmes photographiées en cachette. Les photos étaient un peu floues et manquaient de luminosité, mais ses futures proies éclataient de vie. Notto devinait les corps sous leurs vêtements. Il en tremblait de fébrilité.

Il avait classé les parkings par ordre de difficulté d'accès. Après une longue réflexion, il se décida pour l'endroit le plus ardu. Mais ça en valait la peine. La jeune femme ciblée était sublime, toujours vêtue d'une jupe ou d'une robe rouge. Dans les yeux bleu pâle de Notto se reflétait l'image de cette jeune femme en rouge.

Il avala des comprimés d'amphétamines achetés du côté du boulevard de Strasbourg et passa le reste de la nuit à échafauder son plan. Au petit jour, épuisé, inquiet devant la difficulté, il relut ses notes et évalua à une seule chance le moyen d'y parvenir. Les flics allaient devenir fous de rage ! Il se saisit d'une bouteille de Coca tiède posée à côté de son lit et but longuement pour tenter d'enlever le goût métallique de la drogue qui envahissait sa bouche desséchée. Il rajusta les écouteurs de son MP3. Pour la trentième fois de la nuit, les six minutes seize secondes de *Night Prowler* portées par la voix du chanteur, Bon Scott, percutèrent son cerveau. *Ah oui !*, se dit-il, en sombrant dans un sommeil perturbé par les amphètes et le tabac, *faudra qu'j'appelle l'avocat.*

Cette même nuit, M. Mince, attablé dans son bar favori de la rue des Poissonniers, terminait son repas, un tiebou-dien, du riz au poisson, identique à celui de son Sénégal natal. Le patron, les yeux rougis par l'alcool et le tabac, hurlait avec trois autres habitués autour d'une partie de dés. Une sono de mauvaise qualité crachait à fond de la musique ouest-africaine. C'est dans ce brouhaha infernal que Snoop, prévenu par le bar de la rue Dejean qu'on le cherchait, fit son entrée. Le silence se fit aussitôt. Un silence de curiosité, qui pouvait basculer à tout moment dans l'hostilité que l'on réservait aux étrangers au quartier. Même si Snoop était relativement connu dans Château-Rouge, il ne faisait pas partie de la communauté ouest-africaine francophone. En une fraction de seconde, M. Mince calma le jeu. D'un geste nonchalant, il souleva sa fourchette en décollant seulement le poignet de la table. Snoop se dirigea vers M. Mince et s'attabla. Les deux hommes s'adressèrent un bref signe de tête, sans se serrer la main. Discussions, hurlements et musique reprirent de plus belle.

— Snoop, c'est ça ? Ton surnom ?

— Ouais, un surnom qu'est devenu un nom.

M. Mince n'insista pas.

Snoop s'exprimait d'une voix traînante et nonchalante, comme celle de son idole. M. Mince ignorait tout de l'existence de Snoop Dogg, le vrai.

— Commande à manger. Ici, c'est le meilleur resto de toute l'Afrique de l'Ouest en Europe. On a tout le temps pour discuter.

Snoop se fit servir un mafé, un plat en sauce à base de tomate et de cacahuètes. Les deux hommes burent quelques bières en parlant de tout et de rien. Lorsque Snoop attaqua son paquet de cigarettes, la conversation sérieuse commença. Snoop, anglophone, s'efforçait de prendre l'accent américain quand il s'exprimait à l'extérieur du Nigeria. Mais il maîtrisait suffisamment bien le français, sa langue professionnelle dans le milieu de la traite des êtres humains à Paris. M. Mince, malgré tout, pour faciliter les échanges, parlait lentement pour bien se faire comprendre au milieu de ce vacarme. Snoop, attentif, se fit la réflexion que le bruit ambiant était la meilleure des protections contre les indiscrets.

— T'as vu le boss ? Il t'a expliqué ? demanda M. Mince.

— Ouais, j'le connais, j'fais du business avec lui de temps en temps. Y m'a dit juste quoi faire et régler avec toi le reste. Pas de problème. C'est pour ça que j'suis là.

— Et… comment tu t'y prends ?

Sans parler, une cigarette calée au coin de la bouche, les yeux plissés à cause de la fumée, Snoop rejeta la tête en arrière et posa ses deux poings serrés sur la table, de part et d'autre de son assiette vide. M. Mince, appréciant la taille des poings de Snoop, se contenta de hocher la tête.

— J'pense qu'ça suffira !

Pendant une vingtaine de minutes, M. Mince exposa en détail la façon dont il comptait régler la question du jeune albinos. Snoop picolait et fumait. M. Mince avait baissé inconsciemment le ton de sa voix, ce qui était inutile au regard du tumulte qui régnait dans le bar. Snoop se concentrait sur les explications de M. Mince, ponctuant toutes les phrases d'un « *OK man !* ».

Dans un accord tacite, les deux hommes quittèrent le bar séparément. Snoop sortit le premier, et ne fut pas mécontent de retrouver le silence de la rue, malgré la pluie. Il repensa au problème rencontré par Eliott avec Stella et son client. Il appela Eliott qui ne répondit pas. Comme le boulevard Barbès n'était pas très loin, Snoop décida de se rendre à l'endroit où les filles accostaient les clients.

Une dizaine de minutes plus tard, Snoop aperçut le petit groupe de prostituées, qui travaillaient pour Justina, agglutinées autour d'un abribus, parlant et riant bruyamment. Pas de Stella. *Sans doute avec un client*, pensa-t-il. Il patienta sous une porte cochère, de l'autre côté du boulevard, invisible dans l'obscurité. Quelques minutes plus tard, il remarqua un Africain gigantesque, vêtu d'une veste de sport sur un sweater avec un capuchon rabattu sur le visage, qui traversa lentement le groupe de prostituées et s'arrêta quelques mètres plus loin. Snoop ne lâcha plus des yeux le type qui correspondait à la description faite par Eliott du client de Stella qui lui avait brisé la clavicule.

M. Muscle fumait en patientant, sans accorder davantage d'attention aux prostituées qui ne l'avaient pas approché. Comme si elles savaient ce que l'homme attendait. Quelques minutes plus tard, Stella réapparut. Elle marchait lentement, tenant son parapluie avec l'élégance d'une funambule, ondulant comme si elle dansait au ralenti. Malgré le froid et la pluie, elle n'était vêtue que d'une minijupe et d'un haut moulant. Depuis sa position, Snoop possédait un angle de vue élargi qui englobait à la fois le grand Africain sur sa gauche, les prostituées au centre et Stella qui remontait le boulevard Barbès par la droite.

Snoop ne quitta pas Stella des yeux qui, de sa démarche de danseuse, longea le groupe de prostituées en les ignorant. Elle s'arrêta devant l'Africain. Celui-ci, sans prononcer un mot, la prit par la taille et s'éloigna avec elle. Snoop se décolla de l'encadrement de la porte cochère et suivit le couple qui s'engagea quelques minutes plus tard dans la rue Myrha.

Eliott, chargé de surveiller Stella, avait dû relâcher son attention et s'activait dans le quartier pour la retrouver. Par hasard il croisa le couple et s'arrêta net. Pendant quelques secondes, Eliott et M. Muscle s'affrontèrent du regard. M. Muscle, sûr de sa force, tenait nonchalamment Stella par la taille, considérant Eliott comme quantité négligeable. Eliott, le bras toujours en écharpe après sa première rencontre avec M. Muscle, changea de trottoir. M. Muscle et Stella repartirent, comme si de rien n'était. Snoop, en colère, observa la scène, ne sachant s'il devait l'affronter directement ou réfléchir. Il opta pour la réflexion.

Snoop envisageait plusieurs solutions, dont l'une était d'en parler avec Justina pour régler le cas de Stella. Tout en réfléchissant, il choisit d'attendre Eliott dans l'appartement des prostituées. Il grimpa les marches quatre à quatre, entra dans le taudis et vira une des filles qui chevauchait un client en lui ordonnant de retrouver Eliott. Une demi-heure plus tard, Eliott, inquiet, se présentait devant Snoop qui maîtrisait mal sa colère.

— Où est Stella ?

— Je ne sais pas... Avec un client sans doute...

— Rien de particulier, Eliott ?

— Non, rien. Tout va bien. Cool, mec... Qu'est-ce qui se passe ? Pourquoi tu...

Eliott ne termina pas sa phrase. Snoop lui assena des coups de pied et de poing. Eliott, plié en deux et respirant faiblement, quitta l'appartement, le visage en sang, tuméfié, proche de l'évanouissement. Les coups portés sur sa clavicule brisée lui arrachaient des cris de douleur. Snoop s'assit sur le matelas et but quelques bières tièdes. Sa colère ne faisait que s'accroître.

Impatient, il se leva au bout de quelques minutes, descendit l'escalier et se posta devant l'entrée de l'immeuble. À une quinzaine de mètres, à proximité d'une station de taxis, il observa par ennui la prostituée blanche. *La seule du coin*, pensa-t-il. La femme, qui tutoyait la soixantaine avachie, épuisée par quarante ans de trottoir, avait échoué sur un boulevard glauque. Son parcours l'avait conduite des quartiers les plus huppés de la capitale, avec strass et paillettes, à cet endroit qui lui rappelait tous les jours sa déchéance. Chaque dizaine d'années écoulée, elle s'éloignait peu à peu de la lumière et de la fête, reléguée sur un bout de trottoir, loin du centre, où elle passait ses nuits de travail. Fataliste, elle savait qu'après ce boulevard il n'y aurait plus rien pour elle.

Son visage maltraité par la vie, trop maquillé, encadré par de longs cheveux filasse, teints dans un blond improbable, se voulait avenant. Snoop tolérait cette femme sur son territoire par pitié. Il ne craignait pas sa concurrence, les très rares clients dont elle s'occupait n'allaient pas avec ses filles. En attendant les passes, elle grillait des cigarettes au kilomètre.

Stella arriva enfin. Elle s'approcha de la prostituée usée. Les deux femmes n'étaient pas étrangères l'une à l'autre. Les embrassades et quelques mots échangés ponctués de sourires traduisaient l'affection de l'ancienne envers la jeune fille. Le contraste était saisissant entre la jeune Africaine ondoyante et la femme à bout de souffle. Stella repéra Snoop et s'avança vers lui sans hésitation. La vieille prostituée, d'un geste automatique, se cala une fine cigarette dans un coin de sa bouche et l'alluma. Elle se posta près de la station de taxis en offrant son regard et son sourire aux automobilistes qui ralentissaient.

Snoop, appuyé contre la porte d'entrée, calmé, les mains enfoncées dans les poches de son blouson, laissa la jeune femme s'approcher. Quand elle s'arrêta près de lui, il sortit ses mains qui tenaient un Zippo et un paquet de cigarettes. Il en alluma une, la flamme du briquet éclaira le visage de Snoop. Stella, interrogative et patiente, attendait qu'il parle. Il souffla la fumée, rangea ses cigarettes et rabattit le couvercle du Zippo d'un geste sec. La première gifle arriva comme un coup de marteau sur l'oreille droite et envoya une douleur aiguë jusqu'au cerveau. Elle n'entendit plus rien. La seconde lui explosa la joue gauche et les lèvres, la troisième l'atteignit sur l'œil droit qui se ferma instantanément. La violence et la rapidité des coups secouèrent Stella sans lui laisser le temps d'esquisser le moindre geste de protection, ce qui d'ailleurs n'aurait servi à rien. Deux secondes plus tard, la jeune Africaine s'écroulait en silence. Snoop tira sur sa cigarette et s'éloigna sans se retourner ni se presser. *Elle comprendra l'avertissement*, jugea-t-il.

La vieille prostituée n'assista pas aux trois gifles qui anéantirent Stella. Elle les entendit seulement et en souffrit presque autant que la jeune fille. Elle se retourna au moment où Stella, petit pantin désarticulé, s'écroulait sur le sol. Elle se précipita en courant maladroitement, la main sur sa bouche, effarée quand elle vit que Stella avait perdu connaissance. Le visage de la jeune Africaine gonflait à vue d'œil et deviendrait méconnaissable dans quelques minutes. La femme sortit son téléphone portable de son soutien-gorge et appela la police.

— J'espère qu'ils vont se manier le cul, ces cons d'flics, et aussi vite que quand y viennent me coller des amendes !

Elle parlait à voix haute, pour elle-même, afin d'exprimer son indignation et sa souffrance. *La solidarité des putes*, comme elle le clamait parfois de sa voix carbonisée par le tabac.

32

Vers 6 heures, Ludovic Mistral entra dans la chambre et s'assit sur le lit. Clara, qui dormait d'un sommeil léger, se réveilla aussitôt.

— Pourquoi n'es-tu pas venu te coucher ?

— Des tas de trucs qui ne vont pas, qui m'empêchent de dormir. Mon père m'a appelé il y a quelques jours, je ne t'en ai pas parlé. Il m'a laissé un message cette nuit. Tous les souvenirs sont remontés à la surface… même s'ils ne sont jamais bien loin.

À sa voix, Clara comprit que Ludovic était bouleversé. Il lui relata la brève conversation téléphonique échangée avec son père et répéta le laconique message. Clara connaissait l'histoire de Denis Carbonel, Ludovic lui en parlait régulièrement, d'autant qu'il se considérait comme responsable de l'accident. Depuis la chute, l'enfant se trouvait dans le coma où il était resté pendant trente ans. Clara parlait doucement à son mari, d'un ton apaisant.

— C'est plutôt une bonne nouvelle, tu ne crois pas ?

— Oui… vraisemblablement… je pense… En fait, je ne sais pas ce qui va se passer maintenant.

— Que comptes-tu faire ?

— Je n'en sais trop rien. Un aller-retour à Marseille sans doute. Tu imagines le choc ? Tu fermes les yeux, tu as 12 ans, tu les rouvres, tu en as 42 !

— En théorie, oui. Mais son cerveau n'est pas en état de fonctionner normalement, comme après un long sommeil. Il doit être dans un état végétatif. Même s'il a les yeux ouverts, je ne suis pas sûre qu'il voie.

— Je sais… mais c'est déchirant.

Ludovic restait plongé dans ses souvenirs, écoutant sa femme et réfléchissant en même temps. Elle s'inquiéta de son silence.

— Ça va ?

— Oui… mais je repense à toutes ces années. Quand Denis a été hospitalisé, je suis allé avec Claude et Julien passer tous les mercredis après-midi assis au pied de son lit. Pendant un an. Après nous y allions un mercredi sur deux, puis une fois par mois, ensuite une fois par trimestre. Depuis quelques années, nous y allions moins souvent, une ou deux fois par an.

— C'est ainsi. Ce n'est pas parce que tu ne vas pas le voir que tu l'oublies.

— Je sais. Nous l'avons vu grandir, changer, alors qu'il restait dans son monde silencieux. Je me demande comment on sort du coma au bout de trente ans.

— Je crois qu'on n'en sort pas… mais je n'y connais pas grand-chose. Je ne voudrais pas que tu replonges dans ce sentiment de culpabilité, qui ne t'a pas lâché depuis toutes ces années. Tu n'y es pour rien. C'est sûr que cette nouvelle va raviver tes souvenirs, mais je t'en prie, conserve le recul nécessaire que tu as patiemment construit. Essaye d'en parler avec Claude et Julien. Ils sont au courant eux aussi du réveil de Denis.

— Certainement. Mais ce n'est pas simple. Claude et Julien m'en ont toujours un peu voulu, sans vraiment me le dire. Ils sont persuadés que j'ai bougé quand Denis a tenté de me récupérer, ce qui l'aurait déséquilibré. Ses parents ont du ressentiment à mon égard, ça s'est traduit par des allusions, des réflexions. J'étais tétanisé par le vertige, je me sentais comme incrusté dans la roche que je ne lâchais pas. Je l'ai toujours dit. C'est impossible d'effacer ce qui s'est passé il y a trente ans. Je vais encore devoir faire face à des paires d'yeux braqués sur moi me bombardant de reproches.

Ludovic s'allongea tout habillé sur le lit et ferma les yeux. Il revécut pour la énième fois toute la scène précédant l'accident. Il lui suffisait de se remettre en situation et de nouveau il ressentait les puissants effets du vertige. Le vide l'aspirait, les battements de son cœur s'accéléraient et il se mettait à transpirer, alors qu'il était allongé sur son lit à quarante centimètres du sol ! Il repensa à son fils, perché en haut de l'échelle, cette image accrut son angoisse, il se cramponna au drap.

À l'autre bout de Paris, dans l'appartement de Sébastien Morin, Ingrid Sainte-Rose terminait sa garde de nuit, comme elle le disait parfois en souriant, et n'avait pas du tout fermé l'œil. Depuis le salon où elle lisait, elle entendait Morin dormir d'un mauvais sommeil en gémissant. Elle referma son livre, se leva en soupirant et fouilla dans un sac qu'elle transportait lorsqu'elle passait les nuits chez Morin.

La jeune femme revint dans la chambre avec trois bougies allumées qu'elle disposa autour du lit, puis alluma une petite lampe à huile qu'elle posa près de la tête du jeune homme. Ingrid, dans une sorte de prière, invoqua la *lampe de chance.* Du salon s'échappaient les rythmes syncopés en sourdine de tambours. Entièrement absorbée par le déroulement de son rituel, la jeune femme n'entendit pas la porte de l'appartement s'ouvrir.

Paul Dalmate passa une partie de la nuit au volant de sa voiture. Après avoir quitté à minuit passé le Quai des Orfèvres, il dîna très tard dans un restaurant de sa connaissance près de la porte de Versailles. Le patron était un ami, et en général ils dînaient tous les deux, une fois le restaurant fermé. Depuis sa récente séparation avec son épouse, il rentrait de plus en plus tard chez lui. Le repas terminé, il roula au hasard dans Paris, et ce fut presque avec étonnement qu'il se retrouva devant l'appartement de Morin. Voyant de la lumière à la fenêtre du salon, il arrêta son véhicule. Il avait besoin de parler avec Ingrid, qu'elle lui raconte enfin les meurtres rituels. Il appela la jeune femme par téléphone pour la prévenir de son arrivée, mais son appel aboutit directement sur la messagerie. Il ne voulut pas sonner pour ne pas réveiller Morin. Comme Dalmate possédait un double des clefs, il pénétra sans bruit dans l'appartement. Plusieurs éléments retinrent son attention, une sorte de musique diffuse, faite uniquement de tambours, et une odeur d'huile chaude parfumée semblant provenir de la chambre. Ingrid invisible. Il se dirigea vers la chambre et aperçut la jeune femme, de dos, psalmodiant à mi-voix des phrases incompréhensives, tenant une statuette de bois couverte de clous et de liens au-dessus de Morin. Elle posa lentement la statuette près de la tête de son collègue. En une seconde, Dalmate visionna Morin endormi, son lit encadré par des bougies, et Ingrid accomplissant une sorte de rituel.

À un mouvement d'épaule d'Ingrid, Dalmate sut que la jeune femme s'apprêtait à se retourner. Il préféra partir sans qu'elle le voie. Le policier, perplexe, crut avoir obtenu une partie de ses réponses en ayant observé la jeune femme. Le plus délicat était d'aborder le sujet avec elle, et surtout de ne pas en parler au sein de la brigade.

Après avoir refermé la porte d'un monde habité par le vaudou, Ingrid, redevenue elle-même, récupéra tous ses objets et les enferma dans son sac.

Quatre heures du matin. Trop tard pour dormir. Elle s'assit et parcourut une fois de plus avec attention les notes de son carnet. Elle revenait sans cesse sur celles prises autour de l'affaire de la rue Myrha. Son malaise transpirait dans les lignes jetées à la va-vite. Elle referma son carnet, ouvrit son ordinateur portable, fit défiler les vidéos enregistrées et lança la lecture de celles où l'on apercevait la rue Myrha pendant l'opération de la brigade criminelle.

Elle fut étonnée de voir autant de curieux maintenus à distance par un faible cordon de policiers en tenue. Elle ne l'avait pas remarqué lorsqu'elle avait filmé, trop perturbée par ce qu'elle venait de comprendre de la scène de crime. Plus d'une cinquantaine de badauds agglutinés derrière les voitures de police attendaient qu'il se passe « quelque chose ». Ils formaient une masse compacte qui bougeait lentement, les têtes dirigées vers l'entrée de l'immeuble ou levées vers les étages. Ingrid, dans un premier temps, s'attarda sur ces éternels curieux.

Elle remarqua avec amusement le couple de clochards vêtu d'un gilet et d'un pull neufs aux couleurs trop vives, tranchant avec le reste de leurs vêtements sales aux teintes incertaines. Le clochard se récurait les ongles avec un couteau, pendant que la femme couvrait ses cheveux d'un sac en plastique de supermarché pour se protéger de la pluie. Elle fit défiler plusieurs fois les vidéos, très concentrée sur les visages innombrables des curieux et des passants qui s'attardaient un temps avant de poursuivre leur chemin. Après de multiples allers-retours sur la vidéo, elle s'aperçut qu'elle n'arrivait jamais à voir le visage d'un homme, un grand balèze, vêtu de sombre, qui se tenait voûté pour atténuer son physique. Il s'arrangeait pour être toujours masqué par une autre personne. Ingrid repassa la vidéo au ralenti et s'aperçut que l'homme, dont elle ne voyait jamais le visage dissimulé par une capuche, avait eu un léger mouvement de recul en apercevant Ingrid filmant la scène. Elle s'attarda, image par image, sur cette ombre qui ne voulait pas être filmée. Ingrid parvint à l'isoler un millième de seconde, mais la qualité de la vidéo était insuffisante pour en extraire une photo.

Elle murmura malgré tout :

— Allez, montre-toi.

33

Les palpitations cessant progressivement, Mistral se leva et prit une douche sans se raser. Une demi-heure plus tard il roulait rapidement en direction du Quai des Orfèvres. Alors qu'il se trouvait coincé dans l'embouteillage quotidien dû au goulot d'étranglement de la porte Maillot, pour remonter ensuite l'avenue de la Grande-Armée jusqu'à l'Arc de triomphe, Ludovic appela Vincent Calderone.

— Vincent, qu'on en finisse avec l'IGPN. Nous avons autre chose à faire. Téléphonez à Lescure pour caler un rendez-vous avec nos gars. De mon côté, j'irai dans quelques jours.

Mistral échangea encore quelques phrases avec son adjoint pour régler quelques banalités administratives. Il s'apprêtait à terminer la conversation quand une évidence s'imposa à lui.

— Je ne passe pas tout de suite au service. Il faut que j'aille voir un type, je serai là en fin de matinée, mais vous pouvez me joindre sur mon portable.

Calderone en raccrochant retint une chose : Mistral s'exprimait d'une voix inhabituelle.

Mistral se laissa porter par le flot des voitures autour de la porte Maillot, mais au lieu de s'engager avenue de la Grande-Armée, il fit presque le tour complet de la place et longea par la droite le Palais des congrès. Une vingtaine de minutes plus tard, n'ayant pas trouvé de place, il se gara sur un emplacement réservé aux livraisons et abaissa le pare-soleil au revers duquel figurait le panneau « Police ». Mistral remonta une partie de la rue Guersant à pied. Cela faisait quelques années qu'il n'était pas venu ici, mais il se souvenait parfaitement des lieux. Un très bel immeuble haussmannien fermé par une lourde porte à code. Patiemment, il attendit qu'une personne arrive pour profiter du passage. Une quinzaine de minutes plus tard, une femme aux allures d'infirmière portant une sacoche composa le code et entra, Mistral sur ses talons. La femme, sans un regard, sonna au rez-de-chaussée. Mistral grimpa les escaliers recouverts d'un tapis rouge et s'arrêta devant une porte à double battant au troisième étage. Pas d'erreur possible, il n'y avait qu'un appartement par étage, très grand. C'était le souvenir que Mistral en avait. L'étiquette portant le nom de Hervé Le Carme, partiellement effacée par le temps, figurait encore sous le bouton de la sonnette. Là, il hésita pour la première fois, avec l'envie de repartir immédiatement. Il s'assit sur une des marches et essaya de se calmer. Il renonçait à sonner.

Quelques minutes plus tard, à l'intérieur, la bruyante sonnerie d'un téléphone le fit sursauter. Une sonnerie à l'ancienne, celle des téléphones fixes qui n'existaient pratiquement plus. Après une vingtaine de sonneries, autant dire une éternité, le vacarme cessa. Personne n'avait décroché, ce qui étonna Mistral. Malgré cela, il resta assis sur une marche, englué dans des pensées contradictoires, de celles qui entraînent toujours une mauvaise décision, quoi que l'on fasse.

Enfin il se leva, appuya sur la sonnette. Il le fit d'autant plus sereinement qu'il savait que personne ne se trouvait dans l'appartement. Il avait besoin de sonner à cette porte. Rien ne se passa. Il colla son oreille au battant. Silence absolu. Inconsciemment, il manœuvra la poignée en cuivre, en forme de boule. À sa grande surprise, la porte s'ouvrit et il n'eut pas la volonté de repartir. Il entra dans un long couloir sombre où des dizaines de cartons de livres empilés du sol au plafond s'entassaient. Il longea ce mur de cartons à l'odeur de poussière et s'arrêta au seuil d'une immense pièce, au plafond haut. Le jour qui filtrait à travers les rideaux tirés donnait une ambiance grisâtre à la pièce.

Mistral balaya d'un regard panoramique l'endroit qui ressemblait à un mélange de salle de musée, de chambre à coucher et de cuisine. Des dizaines de masques africains accrochés aux murs, sans doute dans un ordre défini par le propriétaire des lieux, témoins silencieux de rituels de magie, apportaient une solennité à la salle. Et puis des livres, des centaines d'exemplaires empilés, formaient des murets d'un mètre de hauteur au milieu de la pièce. Mais ce qui impressionna le plus Mistral et qui lui occasionna une sorte de malaise fut la trentaine de suspensions fixée au plafond et qui n'existaient pas auparavant.

Des crânes de singes recouverts de coquillages ou de perles multicolores, des formes métalliques représentant des hommes avec des ailes, des masques humains fixés à des crânes de grands animaux à cornes, des sculptures en bois de visages humains plus vraies que nature pendaient au bout de câbles métalliques et semblaient dévisager Mistral.

Adossé à un mur, un canapé ; sur ce canapé des couvertures. Sous les couvertures une forme humaine. Mistral eut envie de fumer. Les couvertures s'écartèrent, un homme s'assit et dévisagea le policier.

Mistral eut du mal à reconnaître celui qu'il n'avait pas vu depuis plusieurs années. Il lui semblait que son ami était devenu plus petit, tassé. De longs cheveux gris et clairsemés, qui n'avaient pas dû rencontrer un shampoing ni un peigne depuis une éternité, le transformaient en vieillard. Il portait un pull-over informe et un bas de survêtement noir, assez crasseux. Mistral ne cacha pas sa surprise.

— Pourquoi viens-tu m'emmerder, Ludovic ?

Mistral ne répondit pas.

— Ce matin quand tu m'as appelé sur mon portable, j'ai vu que c'était toi. Pourquoi n'as-tu rien dit ? Mais je savais que tu m'appellerais. Et tu n'as pas eu le courage de parler. Moi je pleurais comme un con, bouleversé par les souvenirs que tu me renvoyais.

— Ce n'est pas tout à fait ça, Hervé, reprit doucement Ludovic.

Mistral avait en face de lui un petit bonhomme ravagé par l'alcool et les antidépresseurs qu'il ne fallait surtout pas brusquer. Hervé Le Carme s'exprimait lentement, d'une voix pâteuse, abîmée par les médicaments. Mistral zigzagua entre les murets de livres, sorte de labyrinthe pour enfant, en évitant de heurter les suspensions, et se dirigea vers ce qui ressemblait au coin cuisine. Il n'eut aucun mal à mettre la main sur une cafetière, des filtres et du café. C'est tout ce qu'il y avait sur l'évier. Quelques minutes plus tard, il revint avec deux tasses qu'il avait nettoyées, en tendit une à Hervé et s'assit à côté de lui sur le canapé-lit.

— Tu n'as pas peur de salir ton beau costume en t'asseyant sur ces couvertures ?

Mistral ne releva pas la remarque prononcée avec beaucoup trop d'amertume.

— Pourquoi ce si long silence, Ludovic ?

Mistral haussa les épaules. Il s'exprima d'une voix lasse.

— Je n'en sais rien. Le tourbillon de la vie, un travail trop prenant, la famille. J'ai aussi passé quatre ans à l'étranger, au Liban, voilà, rien de plus…

Hervé avalait son café à petites gorgées. Mistral parcourait du regard la pile de livres en face de lui. Dont une quinzaine écrits par Hervé Le Carme. Tous avaient trait à l'Afrique, ses rites, la magie, les masques, les peuples, les ethnies. Mistral désigna la pile d'un doigt.

— En as-tu écrit d'autres ?

— Plus depuis la mort de Louise. Je devrais dire l'assassinat. T'en souviens-tu, Ludovic ?

Oui, Ludovic s'en souvenait. Aucun risque qu'il oublie ! Un meurtre abominable jamais élucidé. Louise Le Carme avait été retrouvée massacrée dans une forêt des Yvelines, proche de Versailles, alors qu'elle s'entraînait pour une course à pied. Mistral, alors simple chef de section à la brigade criminelle, avait poursuivi l'enquête, démarrée un peu moins de deux ans auparavant. Hervé Le Carme, complètement dévasté par le meurtre de sa femme, s'était accroché à Mistral, avec l'espoir de voir le meurtrier arrêté. La relation professionnelle s'était progressivement transformée en relation amicale à mesure que Le Carme avait sombré dans une profonde dépression et que Ludovic avait tenté de l'aider.

Le Carme faisait partie de ces brillants intellectuels, puits de science sur l'Afrique, qui enseignaient au Collège de France et donnaient des conférences aux quatre coins de la planète. Mais tout chez lui s'était enrayé à mesure que la dépression, les médicaments et l'alcool avaient pris le dessus.

Le Carme, une couverture sur les épaules, se leva, écarta les rideaux et laissa entrer une lumière grise qui n'arrangeait pas les lieux. Il reprit une tasse de café en même temps qu'il avalait d'une main tremblante des comprimés de Deroxat.

— Un puissant antidépresseur. J'ai vu ton regard interrogatif, Ludovic. Au début, les médicaments font leur effet. Après je m'y habitue et j'augmente les doses. Je pratique l'automédication, il n'y a rien de tel.

Mistral hocha la tête, compréhensif. Le Carme posa l'emballage de Deroxat sur un tas d'autres boîtes de médicaments. Plus d'une dizaine, toutes différentes.

— Quand j'ai vu ton nom sur l'écran du portable, ça m'a ramené une quinzaine d'années en arrière. À l'époque, j'espérais tant que tu m'annonces l'arrestation du meurtrier de Louise. Et maintenant, tu n'as toujours rien ? Tu me l'aurais dit ?

— Hervé, sauf un miracle, il faut que tu acceptes une fois pour toutes l'évidence : l'affaire de Louise, c'est un crime non résolu. Tout a été fait, crois-moi. Quand je suis revenu à la brigade criminelle, la première chose que j'ai demandée a été de ressortir le dossier et d'exploiter les prélèvements des traces.

— Le sang ?

— Oui, le sang. Louise s'est débattue, a mordu et blessé son agresseur. Je ne veux pas te replonger dans cette histoire, mais je...

— Cette histoire, comme tu dis, interrompit Le Carme, ne m'a jamais quitté.

— L'autopsie de Louise a révélé qu'elle avait violemment mordu son agresseur. Louise s'est défendue, Hervé.

— Je l'ai toujours imaginé…

— Tu sais que les recherches sur l'ADN ont fait des progrès gigantesques. Avec une seule cellule, les labos parviennent à extraire un profil génétique. L'ADN extrait du sang a été comparé aux millions de traces dans le fichier français et dans celui d'Interpol. Résultats négatifs.

— Je sais tout ça. Je me documente en permanence. Alors comment est-ce possible… ces… ces… échecs ? La faute à qui ?

Mistral savait qu'il devait être patient avec Le Carme qui avait cessé de vivre le jour du drame. Il lui parlait d'une voix apaisante.

— Peut-être que l'agresseur n'a commis que ce crime, qu'il est mort depuis… Je n'en sais rien, Hervé.

— Non, ce n'est pas possible ! S'il est vivant et qu'il recommence, tu le retrouveras !

— Bien sûr, Hervé, bien sûr, sois-en certain, je ne lâche pas l'affaire.

Silence entre les deux hommes. Mistral reprit :

— Hervé, des affaires non résolues, les services de PJ en ont énormément. Mais ce n'est pas pour autant qu'on les abandonne. La science nous aide et nous en résolvons chaque année plusieurs. Tu sais que…

Le Carme lui coupa la parole.

— Je m'en fous des autres ! Tu m'entends, Ludovic ?

Mistral laissa filer quelques longues secondes de silence, pour changer plus facilement de conversation.

— Pourquoi n'as-tu pas décroché ton téléphone antédiluvien qui a dû réveiller tout l'immeuble ?

— Je ne sais pas qui m'appelle, alors je ne décroche pas. Ludovic, tu n'es ici que pour discuter de ton enquête sur les corps découpés, je me trompe ? Le crime de Louise ne t'intéresse plus.

Mistral souhaitait à tout prix éviter de retourner dans l'obsession stérile de son ami. Il reprit sur un ton qui se voulait calme à défaut d'être patient.

— Hervé, tu es injuste, je serais passé te voir même sans cette affaire. Mais oui, tu as raison, je suis là pour que tu me parles du démembreur. Tu as lu la presse ?

L'ancien professeur tenait sa tasse à deux mains, comme agrippé à une bouée. Il opina.

— Si tu as lu, tu sais presque tout. Sauf une chose. Lors de l'autopsie, j'ai appris que les corps étaient particuliers. C'étaient ceux de deux…

— … albinos.

— Tu t'en doutais ?

— Non, jusqu'à ce que j'apprenne par la radio qu'il s'agissait d'un couple d'Africains découpés en morceaux. Alors là, je me suis dit…

Le Carme reprenait progressivement vie. La passion de l'Afrique ne l'avait jamais quitté.

— À ma connaissance, il n'y a jamais eu de telles pratiques en France. En Afrique, ce processus est très connu, surtout en Tanzanie et au Burundi où les albinos sont plus ou moins massacrés, surtout à l'approche d'élections.

— Hervé, tu mesures ce que tu racontes ?

— Ludovic, tu ne comprendras jamais rien au monde qui t'entoure ! Il faut que tu mesures bien que, dans certains pays d'Afrique, lorsqu'un être blanc naît de deux parents noirs, c'est forcément surnaturel ! Et là, la magie s'en mêle, elle est très puissante, et rien ne l'arrête. Les organes des albinos, utilisés pour des rituels de sorcellerie ou dans la confection de philtres, sont vendus aux sorciers ou aux guérisseurs.

Ludovic hocha la tête et interrompit le professeur.

— Le médecin légiste qui a pratiqué les autopsies m'en a parlé. Albinisme et meurtres rituels, je découvre la chose sans y croire.

Le Carme poursuivait le développement de ses réflexions sans répondre directement à l'interruption de Mistral.

— Ces pauvres albinos sont victimes de superstitions ancestrales qui malheureusement attribuent des vertus magiques à leur corps. Avec leurs cheveux, la pêche serait meilleure ; avec un bras d'albinos broyé, un sorcier pourrait localiser du minerai d'or, ainsi de suite. Enfin, c'est ce qu'on dit…

Silence entre les deux hommes. Le professeur perdu dans la fantasmagorie africaine, Mistral accroché au rationalisme pur et dur d'un Occidental du XXIe siècle. Le Carme se gratta la gorge, avala un peu d'eau et poursuivit.

— Même les candidats aux élections, comme je te le disais, désirent s'attirer la victoire avec la magie, quelle qu'elle soit, et le sang des albinos en fait partie. C'est ainsi. Mais tout le monde se rassure en racontant qu'on peut tuer ces pauvres gens parce qu'ils ne meurent jamais. Une sorte d'absolution des meurtres. Le massacre des albinos est devenu un business.

Mistral regardait son ami qui parlait d'une voix claire et grave. Il ne put s'empêcher de l'interrompre.

— Ne me dis pas que toi, esprit éclairé, tu crois à ces pratiques !

— La question n'est pas de croire ou pas. Ça existe ! Pour les protéger, on rassemble les albinos dans des centres, il y en a en Tanzanie et ailleurs. Des mauvaises langues affirment que les guérisseurs viennent y faire leur marché !

Mistral, abasourdi, écoutait Le Carme. Il se demandait comment il allait se dépêtrer des deux meurtres.

— Peux-tu me dire en quoi la France est concernée par ces pratiques ?

— Aucune idée, pour l'instant. En lisant la presse africaine, ce que je fais depuis toujours Ludovic, j'ai appris que deux cents sorciers ou guérisseurs avaient été arrêtés en Tanzanie. Tu peux vérifier, l'AFP [1] a relayé l'information en France dans l'indifférence générale.

Le professeur ignora le regard incrédule de Mistral.

— Mais pour répondre plus précisément à ta question, je pense qu'un sorcier s'est installé depuis quelque temps et qu'il a des commandes venant de très loin. Le type doit avoir une grande réputation pour être en mesure de commanditer des meurtres d'albinos, ici en France ! Il a plusieurs longueurs d'avance sur toi. Sais-tu pourquoi ?

Mistral fit non de la tête.

— C'est très simple, Ludovic. Tu cherches dans ce que tu connais, dans tes références standardisées, comme tout bon flic qui se respecte. Mais tu es incapable de prendre un chemin de traverse, parce que l'irrationnel est au-dessus de ton entendement. C'est pour ça que le sorcier est tranquille.

Mistral dévisageait le professeur, partagé entre découragement et profonde incrédulité, mais se retint

1. Tanzanie/albinos tués : 200 sorciers arrêtés. AFP publié le 12/03/2015. (Note de l'auteur.)

de l'exprimer. D'ailleurs, Le Carme ne se laissa pas interrompre.

— Le sorcier n'agit que sur commande. Il doit avoir un réseau de types qui repèrent les cibles. Ensuite, il paye un dépeceur pour lui ramener ce dont il a besoin. Il va découper les membres en petits morceaux, les incorporer dans des statuettes, par exemple, et les vendre très cher, etc.

— Et le sang ?

Le Carme voyant le regard interrogatif et ironique du policier, répéta, irrité :

— Oui, le sang ! Le sang d'albinos est très recherché pour confectionner des philtres. Dis-moi, est-ce que les corps ont été vidés de leur sang ?

— Il y avait du sang séché partout, je n'ai pas l'impression que… euh… eh bien, que le sang ait été récupéré. Peut-être qu'une partie a été prélevée. Mais en fait je n'en sais rien, je n'y ai même pas pensé.

— J'imagine. Tu ne sais pas chercher en dehors de ton système de pensée, ce qui confirme mon analyse te concernant.

Mistral se dit d'une manière définitive qu'il ne pourrait absolument pas faire état de cette discussion, au risque de passer pour un illuminé. Mais la dernière remarque du professeur lui arracha un pâle sourire. Il n'était plus étonné d'entendre prononcer le mot « sorcier ». Il devait intégrer cette réflexion à l'enquête, mais ne pas l'ébruiter.

Au point où il en était de l'irrationnel, il interrogea Le Carme sur les masques et les suspensions qu'il trouvait angoissants. Le professeur se contenta de rétorquer qu'on ne choisissait pas un masque, mais que c'était le masque qui vous choisissait. Il termina sa phrase en haussant les épaules et marmonnant un « Tu ne comprendrais pas ! ».

Hervé Le Carme, frêle bonhomme, sa couverture sur les épaules, zigzagua dans le labyrinthe de livres, et disparut du champ de vision de Mistral quand il s'accroupit. Il revint avec un petit livre jaune qu'il tendit à Mistral.

— Lis ce bouquin. Le premier que j'ai écrit, il y a plus d'une trentaine d'années. Aucun éditeur n'en a voulu, et je l'ai publié, en très peu d'exemplaires, à compte d'auteur. Maintenant, les chercheurs se l'arrachent, et il vaut cinquante fois le prix que je le bradais ! Je n'ai jamais souhaité le faire rééditer, et ce n'est pas les demandes qui ont manqué.

L'ancien professeur tapotait du doigt la couverture rigide pour donner plus de poids à ses paroles.

— Tout est dedans, les albinos, les sorciers, la magie, et davantage encore.

Mistral prit le livre, la flamme de Le Carme venait de s'éteindre.

— Je n'ai plus envie de parler, je retourne me coucher. Je suis mieux dans mes pensées. Reviens quand tu veux, la porte n'est jamais fermée. Peut-être m'apprendras-tu un jour que le meurtrier de Louise a été arrêté.

Mistral se leva, rangea le petit livre dans sa sacoche et hocha la tête en silence.

— Rien d'autre ?

Le Carme demeura songeur quelques instants. Il répondit enfin en plantant un regard inquisiteur dans les yeux de Mistral.

— Non. Il faut que tu trouves le sorcier. Mais c'est impossible, tu en es incapable.

34

Huit heures du matin. Paul Dalmate, Ingrid Sainte-Rose et Sébastien Morin, assis autour de la table de la cuisine, buvaient en silence leur café. Ingrid Sainte-Rose avait ouvert la porte à Paul Dalmate, silencieux sur la séance entr'aperçue quelques heures auparavant. Il s'était retenu de regarder la jeune femme avec la curiosité qui l'animait.

— Le médecin a dit que je pouvais reprendre, mais je suis exempté de voie publique. Je retourne à la Crim, je n'en peux plus de rester enfermé ici !

Face à l'entêtement de Morin, Dalmate et Sainte-Rose tentèrent de convaincre le jeune policier de prolonger sa convalescence.

— J'ai beaucoup moins mal, je vais en parler à Mistral. Je dois avoir une discussion avec lui. Soit il me vire dans un autre service, soit je reste à la doc de la Crim.

Dalmate ne fit aucun commentaire sur le « j'ai beaucoup moins mal » et, malgré lui, ne put s'empêcher de penser à Ingrid avec ses incantations et sa poupée de tissu. Il ne voulait surtout pas entrevoir une quelconque relation de cause à effet.

Mistral, encore abasourdi par la discussion qu'il venait d'avoir avec Hervé Le Carme, mit du temps à réagir avant de prendre un appel sur son portable. Le nom d'Éric Forest s'affichait sur l'écran du smartphone. Le policier de la BRB se manifestait.

— Éric Forest à l'appareil. Je ne vous dérange pas ? J'ai quelques infos sur le couple qui s'est fait découper en morceaux.

Mistral soupira en entendant enfin autre chose que des mots ésotériques.

— Où êtes-vous ?

— Dans le quartier Château-Rouge. Chez un type qui ne tient pas à être vu en compagnie de flics. Si vous voulez, on se retrouve dans un bar à l'angle de l'avenue Victoria et de la place du Châtelet, c'est loin de son quartier et à côté du nôtre. Pas de risque qu'il tombe sur une de ses connaissances.

— D'accord, dans une heure.

Mistral ressentait le besoin de créer un intervalle entre l'épisode Le Carme et l'informateur de Forest. Il s'arrêta à mi-chemin dans un bar du Palais-Royal qu'il appréciait. La clientèle se démarquait de celle qu'il fréquentait. Ici pas de flics, pas de bandits, pas d'informateurs, seulement des gens normaux attablés devant leur café lisant le journal. Mistral s'installa à un angle d'où il pouvait apercevoir sa voiture mal garée. Il prit le temps de s'offrir un petit déjeuner, refusant de passer en revue les obstacles qui se présentaient.

Environ une heure plus tard, Mistral entrait dans le bar indiqué par Forest. La discussion entre le policier et son informateur paraissait tendue. Mistral s'assit face à l'Africain que Forest appelait Doucouré. Pendant quelques minutes, les trois hommes échangèrent quelques platitudes avant d'aborder l'affaire du démembreur. Doucouré était un homme d'une quarantaine d'années, grand et mince, manifestement pas à l'aise avec le policier qu'il rencontrait pour la première fois. Forest lança enfin la discussion.

— Madjid Doucouré est camerounais. On se connaît depuis pas mal de temps. Il nous aide, on l'aide... Bref, grâce à lui on arrive à ne pas être trop largués sur les embrouilles qui agitent le quartier africain. Exact ?

Doucouré hocha la tête en silence. Prudent, il attendait que Mistral s'exprime.

— Éric m'a dit que vous aviez entendu parler du meurtre des deux personnes retrouvées découpées, rue Myrha.

— Pas vraiment. Juste un peu.

Mistral et Forest attendaient que l'Africain poursuive. Forest l'encouragea du regard. L'informateur reprit difficilement la parole, il triturait avec nervosité une petite boîte d'allumettes.

— J'sais pas beaucoup de choses, c'est très compliqué d'avoir des tuyaux sur des meurtres, les gens causent pas, surtout pour ceux-là. Pour les vols, c'est plus facile.

Rapides regards entendus entre Mistral et Forest. Qu'avait-on à lui donner en échange ?

— Écoute, Madjid, dis ce que tu as à dire, si ça tient la route on s'arrangera.

Un peu rassuré par Forest, Doucouré regardait alternativement les deux policiers. Mistral avait relevé dans la phrase de l'informateur « surtout pour ceux-là ». Il décida de centrer sa demande sur le peu qu'il savait pour amener Doucouré à s'exprimer. Il s'étonna presque de sa propre question.

— Il paraît que c'est un couple d'albinos qui a été démembré. J'ai appris que les albinos découpés en morceaux valent cher, que leurs membres ont des vertus magiques, c'est vrai ?

Forest, qui ne connaissait pas encore cette thèse, écarquilla les yeux de surprise et fut encore plus stupéfait quand il entendit Doucouré confirmer à voix basse.

— Oui, c'est vrai, mais faut pas l'dire. Une main enterrée devant la porte d'un magasin, par exemple, apporte beaucoup de clients. Mais, ce genre de chose, c'est secret, les sorciers aiment pas qu'on parle de c'qu'ils font.

Doucouré avait murmuré, le regard aux aguets, comme si quelqu'un avait pu le dénoncer auprès du sorcier.

Silence chez les deux policiers. Mistral, en pleine réflexion, et Forest, dubitatif. Mistral relança les questions sur le sorcier.

— Pourquoi le sorcier ne serait-il pas content ?

Forest ferma les yeux de stupéfaction à l'évocation du sorcier. Madjid Doucouré esquiva la question.

— J'le connais pas ce sorcier et j'veux pas croiser son chemin, j'suis pas de taille. Il est très puissant pour avoir des types qui... découpent des gens pour lui. Il a beaucoup de pouvoirs et des clients riches qui achetent ses potions, c'est sûr.

— Il est nouveau ?

— Peut-être. Mais y a toujours des sorciers ou des guérisseurs chez les Africains ! Chez nous, c'est eux qui nous soignent, qui nous enlèvent le mauvais œil ou qui jettent un sort à nos ennemis. C'est normal, c'est comme ça... c'est comme le docteur chez toi.

Mistral approuva d'un signe de tête. Forest resta de marbre.

— Où je peux rencontrer un sorcier qui me raconte toutes... ces pratiques ?

— J'sais pas. Mais c'est pas pour vous. Aucun sorcier vous parlera. J'aime pas qu'on m'pose des questions sur les sorciers. Vous n'y comprenez rien.

Sans le savoir, Doucouré renvoyait Mistral à son échange avec Le Carme, quelques heures plus tôt. Mistral sentit que l'Africain se refermait comme une huître. Il laissa le silence s'installer de nouveau. Forest, témoin privilégié de ces questions-réponses, se garda bien de dire quoi que ce soit. Mistral tenta une dernière question. Jamais, lui non plus, il n'aurait imaginé avoir une telle discussion dans le cadre d'une enquête criminelle. *Après tout pourquoi pas ?* se dit-il.

— Qui travaille pour le sorcier ?

Doucouré se tut. Silence fermé. Forest n'aurait échangé sa place avec quiconque. La balle se trouvait dans le camp de Mistral, qui devait formuler la question autrement pour amener l'Africain à s'exprimer.

— Quels bars, quels endroits fréquentent-ils ?

Silence entrouvert. Doucouré remua sur sa chaise, réfléchissant à toute allure, pesant le pour et le contre de ce qu'il pouvait lâcher. Mistral patientait, conscient des tourments de l'informateur. Aucune promesse ne l'aurait incité à parler davantage, car tout ce qui touchait à la sorcellerie ou à la magie africaine relevait du tabou absolu.

— Un bar rue Dejean, dans le quartier Château-Rouge. Des fois, ils viennent. On dit qu'ils bossent pour un inconnu qui a de l'argent, peut-être le sorcier, mais je n'en sais rien. Ils sont deux. Y a un grand balèze qui porte tout le temps un blouson avec un capuchon et un autre, mince, sapé classe, tout en noir. J'ne connais pas leurs noms. Ils vont aussi dans un restaurant du quartier, j'sais plus l'adresse. C'est de la cuisine ouest-africaine.

Forest, avachi contre le dossier de sa chaise, mâchouillait une allumette. Les mains enfoncées dans les poches de son blouson de cuir, la tête en arrière, il semblait fixer son attention sur un motif du plafond. Il ne perdait pas un mot de cet échange et se demandait où allait atterrir la discussion. Mistral avalait à petites gorgées sa troisième tasse de café froid et amer. L'Africain contemplait son verre de bière vide. Mistral savait que Doucouré devait continuer à parler. Forest se gardait bien d'intervenir et Mistral ne relançait pas. La bulle artificielle de silence installée par les trois hommes éclata quand le serveur ouvrit le lave-vaisselle et rangea tasses et sous-tasses sur la machine à café. Mistral se fit la réflexion que le serveur maniait les sous-tasses comme s'il mélangeait un jeu de cartes. Mistral, d'un petit geste de la main, attira l'attention du bistrotier, l'interrompant dans sa bruyante manipulation pour faire renouveler les consommations. Doucouré avala une longue gorgée du verre de bière qui venait de se poser devant lui.

— Le balèze se tape des putes quand il a du fric. En ce moment il en a, et il tourne autour des putes du côté de Barbès. Le mec sapé, j'l'ai vu qu'une seule fois.

Silence.

— Est-ce qu'il y a d'autres albinos dans le quartier de Château-Rouge ?

Forest ne semblait plus s'intéresser au plafond, il posa son regard sur Mistral et Doucouré, dont les visages reflétaient une certaine concentration. *C'est hallucinant*, pensa-t-il spontanément.

— Y en a au moins un, j'crois. Y paraît qu'on le voit plus. Peut-être qu'il a peur, ou…

— … qu'il a fini en morceaux, mais on ne l'a pas encore découvert. C'est ça ?

Doucouré haussa les épaules en signe d'ignorance puis acquiesça.

— Vous connaissez son adresse ?

— Non, mais je peux la savoir, ça, c'est assez facile.

— Il me la faudrait rapidement… vraiment rapidement, vous comprenez… Soit on arrive à temps, soit c'est trop tard.

Doucouré d'un léger signe de tête signifia qu'il comprenait. Mistral se leva, régla les consommations et quitta le bar, seul. Il avait besoin de marcher. En sortant du bar, il traversa la rue de Rivoli, prit un sandwich dans un kiosque et se retrouva sans vraiment l'avoir voulu devant le centre Beaubourg. Il réfléchissait à toutes les implications dans ses affaires, surnaturelles pour l'Occidental qu'il était, mais naturelles pour la communauté africaine qu'il découvrait dans ce contexte.

⁂

Forest raconterait bien plus tard que jamais, en vingt ans de carrière, il n'avait assisté à un dialogue aussi étrange entre un policier et un informateur. Il regretterait de n'avoir pu l'enregistrer pour faire taire les incrédules. Mais ce qui le surprit le plus, c'était que ces questions, aussi dingues soient-elles, n'étonnèrent ni l'Africain ni surtout le chef de la brigade criminelle. Mistral et Doucouré, en phase, s'étaient compris. Forest émettrait l'hypothèse que la bascule intellectuelle de Mistral était intervenue à ce moment-là. Les mots : « sorciers », « magie », « massacres des albinos » apparurent progressivement dans le vocabulaire de Mistral. « Même s'il s'en défendait », ajouterait Forest en souriant.

35

Mistral regagna son bureau vers 13 heures. Il songea que l'existence de cet albinos pouvait relancer son enquête comme la planter. Tout dépendait si le type était vivant ou pas. Vivant, il envisageait de s'en servir comme d'une sorte d'appât, mais en assurant sa protection vingt-quatre heures sur vingt-quatre. Mort, il faudrait compter sur une erreur des tueurs pour les identifier. Autrement dit, aucune chance.

Madjid Doucouré avait promis de leur fournir l'adresse le soir même. Mistral n'aimait pas que l'avancée d'une enquête repose en grande partie sur les épaules d'un informateur. Si le type changeait d'avis ou ne donnait plus signe, Mistral se retrouverait au point mort, à jongler tout seul entre les sorciers et la magie. Il devait aussi voir à quoi ressemblait le bar de la rue Dejean et chercher « un balèze qui se tape des putes quand il a du fric ». Cette dernière option ne l'emballait pas vraiment, mais à défaut, il faudrait bien s'y résigner.

Sur son bureau une feuille, mise en évidence au milieu du sous-main, portait l'inscription soulignée :

« Le directeur a cherché à vous joindre. » Mistral choisit de reporter l'appel à plus tard. Il profita de ces instants de calme pour parcourir les dizaines de courriels qui encombraient sa messagerie et détruire la plupart d'entre eux sans les lire, leur objet annonçant déjà leur inutilité.

Mistral se saisit de sa tablette et visionna, concentré, les vidéos enregistrées pendant la perquisition chez Notto. Le policier chargé de filmer possédait le sens du détail et de la procédure. Tout y était précis et fluide dans la progression. Méthodique. D'abord, une vue panoramique de chaque pièce, ensuite des plans rapprochés sur chaque meuble pendant plusieurs secondes, puis les portes des placards ouvertes, pour montrer l'intérieur et l'ordonnancement des objets placés. Tout l'appartement avait été passé au crible de la caméra, y compris l'intérieur du réfrigérateur, ce qui décrocha un sourire à Mistral. Faisant l'inventaire des produits frais rangés avec soin, Mistral se dit, non sans une pointe de cynisme, que « les tueurs en série mangeaient comme tout le monde, du moins celui-ci, même si d'autres préféraient dévorer leurs victimes ».

Mistral, de nouveau concentré, visionnait pour la troisième fois les enregistrements. Après avoir réfléchi quelques instants, il embarqua la tablette dans sa sacoche, récupéra les clefs de l'appartement de Notto et quitta le Quai des Orfèvres. Sur le parking, Dalmate descendait de sa voiture.

— Paul, je vais chez Notto, venez avec moi.

Mistral montra les clefs de l'appartement.

— Problème ?

— Je n'en sais encore rien. J'ai regardé les vidéos de la perquisition à l'instant. J'ai un doute par rapport à ce que j'ai vu quand nous y sommes retournés, après son évasion.

Mistral et Dalmate, au volant, quittèrent le parking du Quai des Orfèvres au pas, se frayant un chemin parmi les cars de la gendarmerie. En général, un service d'ordre important annonçait un procès sensible, ce qui était le cas aujourd'hui avec le jugement d'un membre éminent de la criminalité organisée corse. Les services de police du Quai des Orfèvres se trouvaient enserrés dans un ensemble de bâtiments historiques sur l'île de la Cité qui comprenaient le Palais de justice et la Conciergerie. À l'intérieur de cette grande enceinte, la Sainte-Chapelle attirait des milliers de touristes, autant de sources d'angoisses quant à la sécurité pour les policiers et les magistrats.

Dalmate longea le boulevard du Palais, traversa la place du Châtelet et remonta le boulevard Sébastopol dans les couloirs de bus, pour éviter de perdre du temps dans la circulation trop chargée en ce début d'après-midi. Mistral, profitant de se laisser conduire, téléphona à Clara, mais tomba sur la messagerie vocale. Dans le cerveau de Mistral s'entrechoquaient toutes les affaires en cours sans perspective de résolution. Dalmate, comme souvent, rompit le silence.

— Ce matin, je suis passé à la BRP. On faisait le point sur la jeune prostituée assassinée dans l'hôtel derrière la tour Eiffel, celle avec le tatouage *Vasile*. Tout le monde est sec. Aucun témoin, des vidéos inexploitables et des prélèvements qui n'ont rien donné. Ni empreintes digitales ni ADN. Je crois que ça va finir en affaire non résolue.

— Une de plus.

Dalmate nota le fatalisme de Mistral, mais ne le rejoignit pas sur ce thème. Mistral raconta en détail son dialogue avec Le Carme et celui avec Doucouré. Dalmate profita de la réflexion de Mistral sur les propos tenus par l'informateur pour orienter la discussion.

— La BRP enregistre tout ce qui concerne les atteintes aux prostituées. L'autre soir, une jeune Nigériane s'est fait sérieusement tabasser par un type. Un client ou son souteneur. L'info provient du commissariat du 18ᵉ. La fille se trouve à l'hosto en observation, rien de grave apparemment. Je me disais qu'on pourrait discuter avec elle, elle bosse à Château-Rouge, c'est une prostituée africaine et…

Mistral ne laissa pas Dalmate terminer sa phrase.

— La sorcellerie, les albinos, la magie africaine, oui je sais. Paul, je commence en avoir assez de ces pistes complètement démentes qui ne nous mènent à rien. Je n'ignore plus que ça existe. Et pour aller jusqu'au bout de ma pensée, je suis convaincu que c'est le puissant moteur d'une communauté. Mais nous sommes étrangers à cette culture. Ce n'est pas en explorant ce que nous ne connaissons pas qu'on y arrivera. Il nous faudrait beaucoup trop de temps pour s'imprégner et comprendre tous ces rituels. Laissez tomber, à mon avis vous perdez votre temps. Concentrons-nous sur notre approche pragmatique des crimes, nous n'avons pas trop le choix. Essayons de faire coïncider les deux.

Dalmate constata le sursaut cartésien de son collègue, teinté de ce léger accent de combat d'arrière-garde. Mistral progressait dans l'irréel, voulait bien l'admettre sans le côtoyer de trop près pour autant, se réfugiant dans la procédure judiciaire.

Quelques minutes plus tard, Dalmate sortit de la place de la République et se gara sur un emplacement livraisons, boulevard Voltaire, à proximité du passage du Jeu-de-Boules. Mistral abaissa le pare-soleil pour faire apparaître le panneau lumineux *Police* de la Ford Mondeo grise, afin d'éviter que la voiture ne soit enlevée par la fourrière. Les deux policiers pénétrèrent dans l'immeuble de Notto. Des scellés interdisaient l'accès à l'appartement. Une ficelle maintenue avec de la cire reliait la porte au chambranle. Une étiquette « brigade criminelle, homicides volontaires c/x », avec la signature de Dalmate se balançait au gré des courants d'air. Souvent, ces fiches de scellés apparaissaient en gros plan dans les reportages télé, comme pour en souligner l'authenticité. Dalmate observa attentivement les cachets de cire marqués de la Marianne officielle et, de la pointe d'un couteau, en vérifia la solidité. La cire fixée contre la porte se détacha immédiatement. Mistral eut un regard interrogatif, Dalmate haussa les épaules.

— Ça ne veut rien dire, parfois les revêtements sont irréguliers et la cire se détache.

Dalmate déverrouilla la porte, les deux policiers pénétrèrent dans l'appartement. Mistral saisit la tablette et compara chaque pièce en détail avec le film qui défilait en parallèle, Dalmate à ses côtés. Une vingtaine de minutes plus tard, Mistral referma la tablette. Rien. Il réfléchissait, pas encore découragé.

— On recommence, cette fois en visionnant l'intérieur des meubles. Ils sont peu nombreux, et d'après ce que j'ai observé quand je suis venu la première fois, il n'y avait pas grand-chose dedans.

Malgré tout, la fastidieuse comparaison entre le film et l'intérieur des meubles reprit. Les deux policiers détaillaient à haute voix ce qu'ils voyaient pour être sûrs de ne rien oublier. La dernière pièce, la chambre, faisait figure de cellule monacale : un lit à une place, un tabouret en guise de chevet et une commode à deux tiroirs la meublaient. Mistral ouvrit le premier tiroir. Dalmate énumérait les objets au fur et à mesure.

— Quatre paires de chaussettes, trois caleçons pliés, un peigne, un câble d'alimentation pour téléphone mobile, iPhone sans doute (Dalmate regarda les embouts de connexion), un autre pour une tablette iPad, une housse pour la tablette.

— Non.

— Comment ?

— Non. Il n'y a ni câble d'alimentation pour le téléphone, ni pour la tablette et pas de housse non plus.

Dalmate posa sa tablette sur la commode. Il pouvait voir à la fois la photo prise de l'intérieur du meuble et l'écran.

— Ils ont dû être déplacés, suggéra Dalmate.

— Dans ce cas, on cherche.

Une demi-heure plus tard, les policiers n'avaient rien retrouvé. Dalmate téléphona à un des policiers du groupe chargé de l'enquête. Non, personne n'avait saisi les cordons ni la housse.

— C'était ça, votre doute ?

— Je pense. Paul, quand vous l'avez interpellé sur son lieu de travail, avez-vous fait une perquisition de son placard, ou je ne sais quoi ?

— Oui, bien sûr. Il ne possédait pratiquement rien. Juste une penderie avec son manteau et deux ou trois paquets de cigarettes. Pas de voiture non plus.

— Donc pas d'iPad ni de téléphone.

— Non, je lui ai même posé la question en constatant l'absence de téléphone, qui est devenu maintenant un objet usuel. Sa réponse a été négative, avec une remarque soulignant que le portable n'était pas obligatoire, ou quelque chose comme ça.

— Je vais prévenir le juge. Quelqu'un, peut-être Notto lui-même, a fait sauter les scellés pour reprendre les cordons, et a pénétré dans l'appartement sans forcer la serrure, avec la clef. Notto possède un téléphone et sans doute une tablette. Je ne me fais pas d'illusion, je reste persuadé qu'il utilise une carte sim rechargeable non enregistrée pour son téléphone, donc peu de chance qu'on le trace techniquement.

— Je suis d'accord avec vous. Je descends à la voiture récupérer le matériel pour replacer les scellés.

Mistral, attendant Dalmate, s'aperçut qu'il ressortirait de l'appartement avec de nouvelles questions. Très concentré, il refit défiler les vidéos, pour être sûr de ne rien laisser passer.

Dans l'encadrement de la porte d'entrée, silencieux, Notto observait Mistral de ses yeux pâles, de dos, entièrement absorbé par ses recherches.

36

Paul Dalmate remonta l'escalier rapidement, occupé par une conversation téléphonique avec Ingrid Sainte-Rose, et tenant la sacoche qui contenait le matériel à sceller. Il leva les yeux vers l'étage supérieur, crut entendre un bruit de pas, poursuivit sa discussion et n'y prêta pas attention. Arrivé sur le palier, la porte de l'appartement de Notto était toujours ouverte. Il retrouva Mistral accroupi devant un meuble bas. Le policier se releva à son approche.

— J'en ai profité pour jeter un coup d'œil sous les meubles. Rien de planqué ou d'oublié. On peut partir.

Dalmate referma la porte à double tour, comme elle l'était à leur arrivée, et mit un soin particulier à refaire les scellés. Une fois terminé, il prit en photo et en gros plan les cachets de cire.

— Je reviendrai régulièrement inspecter les scellés.

Mistral approuva en silence.

Dalmate conduisait la voiture dans la circulation dense de la place de la République. Mistral appela dans un premier temps Éric Forest. Non, Madjid Doucouré ne s'était pas encore manifesté, et n'avait pas communiqué l'adresse de l'albinos. « Ne soyez pas pressé avec les informateurs ! En général, quand ils font la moitié de ce qu'ils disent, c'est formidable. Et puis la notion de temps leur est étrangère. Elle n'a de l'importance que lorsque ce sont eux qui sont demandeurs ! Nous n'avons pas d'autre choix que d'attendre », conclut Forest. Légèrement dépité, Mistral téléphona ensuite à Lescure, le commissaire chargé de l'inspection à la suite de l'évasion de Notto. Après avoir terminé sa conversation, Mistral se fit déposer par Dalmate rue Hénard, au siège de l'IGPN, dans le 12e arrondissement.

— Je vais répondre aux questions de Lescure, j'en aurai terminé une fois pour toutes. Rentrez au 36, je téléphonerai à la permanence pour que l'on vienne me chercher.

Quelques minutes plus tard, Dalmate, arrêté à un feu rouge un peu avant l'Opéra Bastille, réfléchit quelques secondes. Soit il contournait la place de la Bastille pour s'engouffrer dans la rue de Rivoli et il filait vers le Quai des Orfèvres, soit direction République puis le nord de Paris et le commissariat du 18e arrondissement. Il préféra ce dernier choix. Une quarantaine de minutes plus tard, appuyé à un pupitre fixé au mur du poste de police, il lisait le rapport d'intervention sur l'agression de la prostituée africaine, pas du tout troublé par les hurlements de quelques types qui s'agitaient dans des cellules de dégrisement. Il contourna un couple résigné qui attendait en silence la confirmation par le brigadier, chef de poste, que leur voiture se trouvait en fourrière. Il fit une photocopie du rapport, la glissa dans sa poche et prit la direction du boulevard Barbès. Il était à la recherche de la prostituée qui avait alerté la police quand Stella s'était effondrée sous les coups de Snoop.

Le rapport indiquait que la prostituée répondant au nom de Sylvie Ferrières travaillait à partir de 20 heures. Une heure à patienter. Dalmate roulait au ralenti dans les rues populaires du quartier Château-Rouge, s'imprégnant de l'atmosphère du secteur qui changeait de physionomie au cours de la soirée. La Ford Mondeo grise ne passait pas inaperçue. Elle faisait partie de ces véhicules identifiés par tous ceux qui avaient les flics dans le nez, comme étant LA voiture de police de référence, tant elles étaient répandues dans les services. Dalmate stationna la Ford à proximité de l'endroit où la prostituée travaillait. Pour patienter, il mit en marche l'autoradio, chose rare chez lui, calé par Mistral sur Fréquence Jazz. Dalmate ne connaissait rien au jazz et écouta d'une oreille imperméable le saxo de Stan Getz.

20 h 15. Une femme descendit d'un taxi. Un grand manteau en acrylique blanc ouvert sur une robe de cuir noir. Sylvie Ferrières attaquait sa nuit de travail. Elle ajusta une dernière fois sa tenue et attendit le client. Dalmate observa son manège, essayant d'afficher un sourire qui se voulait dévastateur dès qu'un véhicule ralentissait. Dans la pénombre, sa chevelure blond platine attirait le regard, mais de plus près l'effet s'estompait et les clients potentiels accéléraient. Quelques minutes plus tard, la prostituée en colère traversa la rue et cogna à la vitre, d'une main chargée d'énormes bagues en toc. Dalmate, impassible, abaissa la vitre électrique.

— Eh le flic, tu vois pas que tu fais fuir mes clients, tu veux pas t'tirer ? T'sais pas que ta caisse respire le condé à vingt bornes ?

Dalmate s'apprêtait à rétablir la vérité sur le manque de clientèle, mais en homme galant, s'abstint.

— Vous êtes Sylvie Ferrières ? Je suis capitaine à la brigade criminelle, montez, il faut que je vous parle.

Ton calme et habituel de Dalmate, mais très autoritaire. Sans attendre la réaction de la prostituée, Dalmate mit le moteur de la Ford en marche. Interloquée de s'entendre appeler par son nom, la prostituée fit le tour de la voiture et s'assit en claquant la portière. Dalmate démarra et, quelques minutes plus tard, s'arrêta devant le commissariat du 18ᵉ.

— Vous m'avez pas l'air d'un grand causant ! Qu'est-ce que j'ai fait pour être emballée par un mec de la Crim ? J'peux fumer ? On descend ? On va au commissariat ?

Sans attendre les réponses de Dalmate, Sylvie Ferrières sortit de son large sac à main un paquet de fines cigarettes à la menthe et un briquet. Dalmate ouvrit la fenêtre malgré la bruine qui commençait à tomber. La femme aspira deux ou trois bouffées, toussa et se mit à rire d'une voix éraillée.

— J'ai tué personne, moi ! Enfin pas encore.

Elle trouva sa réplique bien envoyée et rit de bon cœur. Dalmate la laissa se défouler.

— Je voudrais que vous me parliez de la jeune Africaine qui a reçu des coups hier soir. On va en discuter à l'intérieur, il me faut un peu de temps.

— J'veux pas être désagréable avec un flic, mais pour moi le temps c'est d'l'argent, si tu vois c'que j'veux dire !

Dalmate ne releva pas la remarque et entra dans le poste de police. Les gardiens de la paix sourirent à la vue de la prostituée qu'ils connaissaient. Dalmate attendait qu'un bureau se libère. Sylvie Ferrières, d'habitude prompte à la repartie, concentrait toute son attention sur ses ongles peints en rouge vif. Dalmate en profita pour prendre deux cafés au distributeur et en tendit un à

Sylvie Ferrières, silencieuse, qui le remercia d'un léger signe de tête.

Quelques minutes plus tard, un des gardiens les conduisit dans un bureau du rez-de-chaussée, au mobilier dépareillé et à la couleur des murs indéfinissable. Des affiches défraîchies sur les méfaits des usages de la drogue et sur la prévention des cambriolages servaient de « cache-misère ». Une des chaises n'avait plus de dossier. Les lieux respiraient l'épuisement et en imprégnaient les hommes. Le gardien de la paix jeta un rapide coup d'œil à Dalmate, qui signifiait : « Je suis désolé, c'est le bureau de passage. » Dalmate répondit d'un geste compréhensif, s'assit sur la chaise sans dossier, laissant la plus acceptable à Sylvie Ferrières. Il repoussa le clavier d'un ordinateur où manquaient les lettres « e » et « l », posa le rapport et le lut à voix basse. Sylvie Ferrières, plus inquiète qu'elle ne voulait le montrer, se posa au bord de la chaise, attentive à ce qu'allait dire Paul Dalmate.

— C'est vous qui avez prévenu la police, il me semble.

— Ben ouais ! Qu'est-ce tu crois ! J'allais pas la laisser sur le carreau, cette pov' gamine.

— Vous pouvez me raconter ce que vous avez vu ?

— J'ai rien vu, j'ai juste entendu les trois énormes baffes qui ont assommé la petite.

— Pourtant, dans le rapport, vous évoquez à demi-mots la présence d'un homme vers qui se serait dirigée la jeune fille et qui l'aurait battue. Vous pouvez préciser ?

Dalmate pointait du doigt le document posé sur le bureau.

— Ouais, y avait un grand Black qui attendait appuyé contre la porte d'entrée de l'immeuble où elle tapine.

— Son proxo ? Un client ?

— Qu'est-ce j'en sais, moi ? Ils ont discuté pas longtemps, calmes, sans cris. J'étais de dos quand ils parlaient, à une quinzaine de mètres et j'entendais rien de c'qu'ils disaient. La p'tite s'est pris trois beignes colossales dans la foulée. Elle est tombée, le mec est parti sans courir et sans se retourner, et j'ai appelé les condés. Voilà, c'est tout. Le gars, j'l'ai déjà vu dans le quartier, mais j'sais pas qui c'est. C'est bon ? T'es content ? Je peux aller bosser ?

Un silence s'installa dans le bureau. La prostituée, mal à l'aise, triturait son grand sac, dévisageant le policier au visage balafré. Dalmate, de son côté, observait le visage extrêmement fardé de la femme. Une chirurgie esthétique au rabais lui donnait une étrange apparence, des yeux étirés, une arête de nez élargie, et une bouche en bec de canard. Sylvie Ferrières, gênée, baissa la tête. Dalmate regretta son regard intrusif. Il répondit par une autre question.

— Ça fait combien de temps que vous êtes sur ce bout de trottoir ? Quinze ans ? Vingt ans ?

Sylvie Ferrières, déroutée, répliqua spontanément :

— Vingt. Pile dans un mois. Quarante ans de tapin en tout, mon gars.

Elle sortit nerveusement de son sac cigarettes et briquet et en alluma une aussitôt. Un coup de blues la cueillit quand elle s'entendit dire : « Vingt. Pile dans un mois. Quarante ans de tapin en tout, mon gars. » Dalmate perçut le changement de ton.

— C'est interdit de fumer dans les locaux administratifs, fit remarquer Dalmate.

— J'm'en branle, de ces locaux pourris !

— Je n'en doute pas un instant.

Dalmate regarda autour de lui à la recherche d'un hypothétique cendrier. Il ne trouva rien de mieux qu'une boîte métallique contenant des trombones. Il la vida sur la table et la fit glisser vers elle. Il se leva et ouvrit la fenêtre. Ferrières haussa les épaules et tapota la cigarette pour faire tomber un peu de cendre dans la boîte reconvertie en cendrier.

— OK. Je repose la question. Je pense qu'en quarante ans de métier vous savez jauger les gens. Alors, le grand Black et la gamine ?

Sylvie Ferrières souffla pour manifester son mécontentement.

— La p'tite s'appelle Stella, si tu veux tout savoir ! Elle baragouine un peu le français, juste l'essentiel qui faut pour les passes. Elle vient du Nigeria. Elle tapine depuis peu de temps, elle m'a dit qu'elle avait morflé en arrivant de son pays par la route. Elles étaient trois. Enfin, c'est c'que j'ai cru comprendre. Elle et moi on s'aime bien, même si on peut pas trop parler. Ils parlent anglais, là-bas. Le grand mec, c'est une ordure. J'connais pas son nom, elles l'appellent toutes Snoop. J'sais pas ce qu'ça veut dire.

— Une ordure ?

— Ben ouais, c'est un proxo ! Le mec ramène des jeunes filles africaines et les colle sur le trottoir. Ils sont quelques-uns dans son équipe, des grands Blacks comme lui, violents, à surveiller les filles. Mais le vrai boss, c'est une femme, j'la connais pas et on la voit jamais.

— Pourquoi ne pas l'avoir dit aux policiers du 18e ou à la Mondaine ?

— T'es marrant, toi ! J'veux pas d'emmerdes pour les deux ou trois années de taf qui me restent à faire, si tout va bien. Et puis quoi ? Ils les auraient p't'être coffrés et quelques mois après à leur sortie de cabane, je m'serais fait casser la gueule. Non merci !

— Elle pourrait en dire davantage, Stella ?

Sylvie Ferrières fixa son regard sur la cicatrice de Dalmate sans répondre, écrasa sa cigarette dans la boîte à trombones et alluma la suivante.

— Il vous reste combien de cigarettes ?

Sylvie éclata de son rire carbonisé.

— Une. Mais j'ai encore deux paquets neufs dans le sac. Si tu veux tes réponses, faut m'laisser cloper. Y a un truc que j'pige pas. Pourquoi un flic de la Crim pose des questions aux putes, alors qu'y a pas de mort ?

— Simple et compliqué à la fois… On est sur l'enquête de la rue Myrha… Un double meurtre, celui d'un couple découpé en morceaux… Deux Africains, des albinos… Le problème en fait…

Dalmate parlait encore plus lentement que d'habitude, presque hésitant. Il réfléchissait aux mots qu'il employait. La prostituée, fine psychologue, perçut ce changement de ton.

— Ouais et alors quoi, les albinos ? Tout le monde dans le quartier connaît plus ou moins cette histoire.

Le policier se jeta à l'eau, conscient du ridicule dans lequel il se trouvait, discutant avec une vieille prostituée qui avait transformé le bureau d'un service de police en fumoir et s'apprêtant à lui parler de surnaturel. Dalmate s'exprima davantage pour lui que pour la femme.

— C'est là où ça devient compliqué… On rentre dans le domaine des sorciers et de la magie. Je sais, c'est fou ce que je vous raconte en ce moment, mais c'est la tournure que prend l'enquête.

— Ah bon ? Comme pour les petites Nigérianes ?

— Qu'est-ce que vous dites ? s'exclama-t-il, étonné.

— Tiens donc, monsieur le flic balafré qui réagit enfin ! Stella m'a vaguement raconté que toutes les prostituées africaines sont tenues par un serment prononcé devant un sorcier dans leur pays, le « djudju », une sorte de cérémonie vaudoue, quoi ! Si elles parlent, elles deviennent folles, des malheurs s'abattent sur leur famille. Un tas de conneries, mais elles y croient dur comme fer ! C'est pour ça qu'elles causent jamais aux flics. Une prison mentale, si tu veux !

À mesure que Sylvie s'exprimait, Dalmate se voyait en train de répéter cette conversation à Mistral. Il faillit en rire en pensant à sa réaction.

— À part transporter des filles en France, quel est le rôle de Snoop ?

— Il distribue des grosses baffes et récupère le fric. Rien de nouveau sous le soleil. Il conduit les filles récalcitrantes chez une sorte de sorcier, ici à Paris, pour leur remettre une dose de protection. J'crois plutôt qu'elles y font un tour quand les filles veulent se barrer, et que les baffes suffisent plus. Une piqûre de rappel, si tu veux mon avis ! C'est c'que m'ont dit toutes les Africaines que j'ai croisées sur le trottoir. Des Stella, j'en ai vu des tas, surtout depuis ces vingt dernières années.

— Dernière question pour ce soir – mais je pense qu'on se reverra –, on le trouve où, Snoop ?

— Mais j'en sais rien, moi ! Il doit traîner à Château-Rouge où il y a toutes les filles africaines. T'as pas des indics comme dans le bon vieux temps pour te rencarder ?

— Il n'y a plus de bon vieux temps, et les indics, comme vous dites, sont tous devenus plus tordus les uns que les autres. Vous bossez en indépendante, ou il y a un bonhomme qui s'occupe de vous ?

— On voit qu't'es pas dans le circuit, mon gars. J'ai déjà du mal à m'en sortir toute seule, j'pourrais pas faire vivre en plus un mec ! Le seul que j'fais vivre c'est un vieux chat, y m'coûte pas cher en croquettes et y m'pose pas des questions à la con !

Sourire de Dalmate devant la gouaille de Sylvie Ferrières. Silence entre le flic et la prostituée, chacun perdu dans ses pensées pendant quelques instants, essayant de se remémorer ce que signifiait « le bon vieux temps », et s'il avait jamais existé. Sylvie Ferrières, qui venait d'allumer une énième menthol, rompit le silence.

— Bon, tu me déposes avec ta bagnole de flic ? J'ai du taf... enfin encore un peu.

Les derniers mots avaient été prononcés presque dans un souffle Dalmate se gratta la gorge avant de parler, comme pour s'excuser au préalable de ce qu'il s'apprêtait à dire.

— Avec ce temps, les clients ne se bousculent pas.

— Tu parles ! J'sais ce qu'tu penses, mais j'm'en fous ! Tu sais quel jour je bosse le plus, temps de merde ou pas, malgré ma gueule ravagée ?

Dalmate fit une moue d'ignorance.

— Pour la Saint-Valentin ! Surprenant, hein ! J't'épargne ma philosophic à dcux ballcs, unc autrc fois, p't'être. Mais y a qu'un truc qui m'empêche de monter dans la caisse d'un client, c'est quand il y a des sièges pour enfants à l'arrière. J'les envoie balader. Bon aller, et essaye de tirer d'là ma sirène noire.

— Sirène noire ?

— Ben ouais, j'les appelle comme ça, les p'tites Africaines qui tapinent, parce qu'y en a plein au fond d'la

Méditerranée, quand les barcasses qui les transportent en Europe coulent à pic. Elles ont pas eu d'chance, enfin si on peut parler de chance quand on finit sa vie sur le trottoir !

37

Mistral demeura songeur après l'appel téléphonique de Dalmate. Il parvenait quelque peu à admettre les théories sur les sorciers, le vaudou, la magie et tout leur cortège d'idées irrationnelles. S'ajoutait à la connotation magique des meurtres d'albinos celle du recrutement des prostituées nigérianes par des séances proches du vaudou. L'idée de demander à Doucouré *via* Éric Forest s'il ne connaissait pas Snoop était la seule piste qui s'était dégagée de l'échange entre les deux policiers. Mistral envoya un SMS à Éric Forest : « Éric, demandez à votre source de se renseigner sur un Africain surnommé Snoop. Possible proxo ou autre. Merci. LM. »

Mistral sortit dans son jardin pour respirer l'air froid et humide de décembre, et tenter de chasser une migraine tenace. L'hiver était peu rigoureux, bien différent de ceux de son enfance en Provence. Il se souvenait des mois de janvier et de février particulièrement glacials, quand, gamin, il courait avec les autres enfants de sa classe dans la cour du lycée Mignet d'Aix-en-Provence pour se réchauffer. Sur son bureau, comme placés en évidence par Clara, les billets de train pour Marseille. Aller le lendemain matin, avec un retour le jour suivant en fin de matinée. Vingt-quatre heures d'absence. Une confrontation avec une période de son enfance qu'il ne souhaitait pas et qui tombait au pire moment. Mistral avait l'obligation morale de se rendre à Marseille, alors qu'il aurait dû rester à la brigade criminelle. Calderone et Dalmate seraient vigilants pendant ce court déplacement, il n'en doutait pas, même s'il redoutait d'autres meurtres, que ce soit l'œuvre de Notto ou celle des tueurs d'albinos.

Le courant entre Mistral et Balme ne passait presque plus. Balme espérait capitaliser sur sa personne les réussites de Mistral qui s'éloignaient de plus en plus. « Est-ce bien le moment ? » s'était entendu dire Mistral lorsque Balme avait signé son autorisation d'absence.

⁂

Ingrid Sainte-Rose roulait à faible allure, essuie-glace en marche, pleins phares, perdue sur des routes de campagne de l'Oise. Elle s'arrêta, déroutée par l'endroit où le GPS l'avait guidée. Une position à la sortie d'un village, Bailly, aucune habitation à proximité. La pluie battante et la nuit n'arrangeaient pas les choses. Elle sursauta à la sonnerie de son téléphone.

— Dans une minute une voiture va ralentir devant toi, tu la suivras.

Ingrid vit apparaître les phares d'une voiture dans son rétroviseur, qui ralentit à sa hauteur. Elle démarra et suivit la BMW série 5 noire. La jeune policière, dans un pur réflexe, regarda la plaque d'immatriculation et fut surprise de constater que les numéros étaient en partie masqués volontairement par des projections de boue, pour dissimuler l'identification de la BM. Elle devina trois immatriculations possibles, prit son téléphone et appela son domicile. La jeune policière avait l'habitude d'utiliser son répondeur téléphonique comme pense-bête. Elle s'impatienta pendant que son message d'attente défilait. *Beaucoup trop long ! Depuis que je le dis, j'aurais pu le changer vingt fois !* Dans ses rétroviseurs apparurent de nouveau des phares. Ceux d'une autre voiture qui roulait à quelques centimètres derrière elle et qui l'éblouissaient. Elle posa son portable sur sa cuisse, pour que le conducteur du véhicule suiveur ne la voie pas téléphoner. Elle débita à toute vitesse sur son répondeur les immatriculations possibles et décrivit le type de la voiture. Elle estima qu'elle n'aurait pas eu le temps de se lancer dans de longues explications sur sa présence en pleine nuit, au fin fond de l'Oise, à Calderone, Dalmate ou un de ses collègues. Le lendemain, elle récupérerait les informations sur son répondeur et effectuerait les quelques recherches de base. Avec l'autre voiture qui l'encadrait, la fuite devenait illusoire.

Une vingtaine de minutes plus tard, les trois véhicules s'arrêtèrent dans une ferme. Trois hommes sortirent de la BMW. Elle en reconnut un avec soulagement, Benson, celui qu'elle avait appelé quelques jours plus tôt pendant une de ses gardes chez Morin. Elle n'avait pu aller ce soir-là au rendez-vous qu'il lui avait fixé.

— Bonsoir, petite sœur, la route est compliquée pour venir, n'est-ce pas ! Descends et suis-moi. Passe-moi ton sac, je jette juste un coup d'œil, je suis prudent. Avec les journalistes, on ne sait jamais, surtout quand elles sont mignonnes. Éteins ton téléphone et laisse-le dans la voiture. Ici, tu n'en auras pas besoin.

La voix autoritaire de Benson ne laissait aucun choix. Ingrid s'exécuta, vaguement inquiète. Benson venait d'Haïti, ils s'étaient croisés à plusieurs reprises à la paroisse Saint-Georges de la Villette, dans le 19e, à deux pas des Buttes-Chaumont. Cette église servait de point de ralliement à la communauté haïtienne de Paris. Ingrid venait souvent s'y recueillir, surtout depuis le séisme qui avait détruit Port-au-Prince. Benson, sans se montrer insistant, lui avait communiqué son numéro de téléphone, une discrète approche pour dire qu'il trouvait la jeune femme à son goût. Prudente, Ingrid n'avait pas donné suite et passé sous silence son métier de policier. Elle s'était inventé la profession de journaliste free-lance. Benson, quant à lui, demeurait évasif sur son activité. Ingrid, d'un bref coup d'œil, avait distingué autour du cou et des poignets de Benson des sortes de talismans relativement rares, signifiant que l'homme pratiquait des rites vaudous.

Sous la conduite de Benson et suivie par deux autres Haïtiens, Ingrid pénétra dans une grange transformée en temple, où une cérémonie vaudoue venait de commencer. La jeune policière ne fut pas impressionnée par le rituel. Elle s'attarda en initiée sur l'ordonnancement du temple, appelé aussi *l'Oufo*. Le mât couvert des attributs des esprits servant à symboliser la communication entre le monde des humains et le monde du Dieu inaccessible était dressé au centre du temple. Le *houngan* [1] officiant avait dessiné tout autour de ce *potomitan* des symboles avec de la farine de maïs qui correspondaient aux esprits de la religion vaudoue. Ingrid, étrangement calme, se laissait envahir par l'esprit du lieu et par le son envoûtant des tambours

1. Houngan : chef spirituel, prêtre de la religion vaudoue.

frappés en cadence par des mains expertes. Le temple envahi par une fumée odorante ne permettait pas de distinguer facilement la centaine de participants vêtus de blanc ou de rouge. Tous les adeptes, tournés vers *le potomitan*, dansaient en cadence sur le rythme des percussions.

Le tempo s'était calé sur les battements du cœur d'Ingrid, comme si les trois joueurs l'avaient perçu instinctivement. Progressivement, les mains frappèrent plus vite les tambours, amenant, malgré elle, le cœur d'Ingrid à suivre la cadence. La jeune femme se sentait euphorique, emportée par la magie du rituel. Les chants des femmes se firent de plus en plus forts, entraînés par les percussions obsédantes. Émergeant de la fumée, apparut alors un homme de grande taille, le *houngan*, entièrement vêtu de rouge, le visage masqué, brandissant un poignard. Les hommes scandèrent des paroles en créole, prenant l'ascendant sur le chant des femmes. Le cœur d'Ingrid cognait fort. La jeune femme, étourdie, proche de l'asphyxie, dansait en même temps que les autres femmes dans un vacarme assourdissant. Seuls les joueurs de tambour, n'étant pas connectés à leurs propres rythmes, contrôlaient les émotions des participants, tout en restant parfaitement lucides. Les percussions résonnaient, faisant vibrer à la fois le corps et l'âme.

Soudain, le *houngan* s'approcha d'Ingrid, lui saisit une main, l'arracha à la foule des participants, la précipita au sol et entra la lame dans sa bouche. Les tambours redoublèrent, leurs staccatos amplifiés, rendant les tympans douloureux. Ingrid naviguait entre le réel et l'irréel, comprenant malgré tout ce qui lui arrivait. Les chants cessèrent, le rythme des tambours atteignit son paroxysme de puissance et d'ivresse. Ingrid fixait à la fois la main du *houngan* tenant le poignard et ses yeux à travers le masque qui dissimulait son visage. Sa langue sentit la lame froide du poignard, elle s'évanouit quand soudain les tambours cessèrent leurs rythmes infernaux. Silence brutal. Elle n'assista pas à la fin de la cérémonie ni aux gesticulations des femmes qui se roulaient par terre, en transe, possédées par les esprits.

Ingrid revint progressivement à elle dans une petite pièce attenante. Autour d'elle, Benson, trois autres Haïtiens et le *houngan*, dos à une très forte lumière. Cette sorte de contre-jour masquait complètement les traits de son visage. Voyant que la jeune femme reprenait connaissance, il parla.

— Connais-tu le rituel du poignard ?

Léger signe de tête d'Ingrid.

— Tant mieux ! C'est celui qui indique qu'on arrache la langue aux menteurs et aux traîtres. Benson m'a dit que tu cherchais des réponses. Je t'écoute.

Ingrid se racla la gorge rendue douloureuse par la pointe de la lame qui l'avait effleurée. Encore sous le choc de la cérémonie, elle avait du mal à rassembler ses esprits. Elle se savait confuse, perturbée par cette violente entrée en matière. Une mise en condition pour le moins réussie ! Le *houngan* ne lui laissait pas la possibilité d'avoir une discussion construite. Elle balança sa question.

— Je souhaitais rencontrer une personne qui puisse me parler des meurtres rituels d'albinos en France. En Afrique, je sais que ça existe, mais pourquoi en France ?

Ingrid s'habitua à ce violent contre-jour et s'aperçut que le *houngan*, par précaution, dissimulait son visage sous une cagoule en toile. Sans doute que les trous pour les yeux existaient, mais Ingrid ne faisait que le supposer.

— Quelle différence entre l'Afrique et la France ? Les albinos sont des êtres magiques partout où ils se trouvent.

— Mais ce sont des meurtres !

— Ma petite sœur, j'ai l'impression que tu oublies d'où tu viens et qui sont tes ancêtres. Relis leur histoire ! Et nous en reparlerons.

— Je connais l'histoire de nos ancêtres, vendus comme esclaves et expédiés vers la Caraïbe, s'insurgea Ingrid. Mais là, on ne parle pas d'esclavage, on parle de meurtres d'albinos.

— Un rituel n'est pas un meurtre, c'est un sacrifice pour changer le destin, reprit calmement le *houngan*.

Ingrid renonça à poursuivre sur ce point, l'échange n'aurait aucun sens, il resterait stérile. Prudente, elle abandonna la question sur les meurtres d'albinos. Elle était censée écrire un article et non se livrer à un interrogatoire.

— Je souhaiterais décrire la cérémonie à laquelle je viens d'assister, si vous en êtes d'accord, bien sûr, et aborder le sujet sur les albinos. Qui sont-ils ? Pourquoi cette magie qui entoure leurs corps ? Ce serait encore mieux si je pouvais en rencontrer.

Silence dans la petite pièce. Les hommes se regardaient les uns les autres sans parler, attendant la réponse du *houngan*, tenant toujours le long couteau.

— Tu vas rentrer chez toi. Ici, il n'y aura plus rien dans une heure. Nous ne revenons jamais dans les mêmes lieux. Benson te rappellera.

Pendant qu'Ingrid regagnait Paris, Doucouré sortait d'un bar de la rue Ramey complètement ivre. Nuit de chance pour lui, puisqu'il venait de rafler plusieurs fois les mises de parties de cartes clandestines. Les mecs jouaient sur des tables poisseuses de bière. Les verres s'accumulaient parmi les cartes et les jetons. Les joueurs, sous l'emprise de l'alcool, surexcités, abattaient de plus en plus fort leurs jeux sur la table, renversant parfois les verres, sans que personne n'y trouve à redire. Les cartes tordues, humides, avaient vécu des centaines de parties. Les types étaient heureux, ils fumaient, buvaient, riaient, hurlaient. Le petit bar d'une rue du quartier de Château-Rouge ressemblait, pour quelques heures, à un tripot de Lomé, Dakar, Libreville ou Bamako. Plusieurs tournées générales étaient ensuite offertes par le gagnant dans une ambiance survoltée.

Doucouré n'avait pas froid malgré le crachin qui tombait sur Paris sans discontinuer. Les effets de l'alcool lui procuraient une sensation de chaleur illusoire. Il marchait avec difficulté, rangeant avec une lenteur extrême dans la poche droite de son pantalon les billets poisseux qui lui restaient. Dans l'autre poche se mêlaient la monnaie, un paquet de cigarettes presque vide, un briquet hors d'usage, des clefs d'appartement et un morceau de nappe en papier froissé avec une adresse, celle d'un jeune albinos prénommé Salif, écrite d'une main malhabile.

Doucouré ressentit le besoin pressant d'évacuer tous les cafés et l'alcool absorbés pendant la nuit, et se soulagea longuement entre deux voitures. Il repartit de sa démarche hésitante vers son domicile, passage Cottin, en s'appuyant par moments contre un mur pour ne pas tomber. Quelques instants plus tard, un Africain apparut, comme sorti de nulle part, venant à sa rencontre.

Doucouré mit quelques secondes à connecter dans son cerveau alcoolisé, le visage et la silhouette aperçus dans la journée et le nom. Snoop ! Oui, Snoop. Forest lui avait envoyé un SMS : « Rencarde-toi sur un mec qui s'appelle Snoop. Un proxo ? » Doucouré avait posé des questions ici et là sur ce type. Et il avait obtenu des réponses du bout des lèvres. Personne n'avait vraiment envie de s'attarder sur Snoop. Un de ses contacts, avec réticence, l'avait entraîné près d'un bar où Snoop buvait un verre. Il avait aperçu un grand mec, hyper balèze, à l'allure de rappeur américain, aux grosses lunettes de soleil, affublé d'un sweat noir et or, et de nombreux colliers. Le SMS qu'il avait pensé envoyer à Forest tiendrait sur deux lignes. Fin de l'épisode Snoop.

Quand il parvint enfin à synchroniser ces éléments, le colosse avait parcouru les quelques mètres qui le séparaient de lui. Sans s'arrêter, Snoop lui planta violemment un coup de couteau, de bas en haut, dans la poitrine. Doucouré, par réflexe, s'agrippa au sweat de son agresseur. Les deux hommes, l'un contre l'autre, donnaient l'illusion, de loin, de retrouvailles entre deux bons copains. Puis, la vie s'échappa de l'Africain chanceux au jeu. Snoop le déposa lentement au sol. Il leva la tête. Personne. Il nettoya son couteau dans le caniveau qui charriait l'eau de pluie, et le jeta quelques centaines de mètres plus loin dans une grande poubelle destinée au tri sélectif.

Snoop entra dans un bar, commanda une bière et se précipita dans les toilettes pour examiner son sweat noir et or. Pas une goutte de sang, pas une tâche. Pareil pour son jean noir. Il était soulagé. Son blouson valait une fortune. Il était identique à celui porté par Snoop Dogg, lors d'une interview sur une chaîne de télé américaine.

38

— Madame, merci d'éteindre votre cigarette ! Il est interdit de fumer dans un hôpital, dit une voix nasillarde qui jaillissait d'un hygiaphone.

De mauvaise grâce, Sylvie Ferrières sortit pour finir sa cigarette devant l'entrée de l'hôpital. Non seulement elle se levait tôt, quittait son deux-pièces-cuisine de Pantin avec juste un café dans l'estomac, mais en plus elle devait éteindre sa cigarette ! Elle tira sur sa clope jusqu'au filtre, exhala longuement la fumée et écrasa le mégot sous sa botte en simili cuir blanc. Elle se présenta de nouveau devant l'employée de l'accueil de l'hôpital Lariboisière, avec un sourire forcé, pour connaître le numéro de la chambre où se trouvait Stella.

— Les visites sont interdites le matin, madame. Revenez à partir de 14 heures, rétorqua sèchement la voix dans l'hygiaphone.

— Oui, je sais, mais j'ai eu ce matin une infirmière au téléphone qui m'a demandé d'apporter un document, mentit Sylvie.

Elle n'allait pas en plus raconter sa vie. Sylvie se rendait tous les jeudis après-midi chez un vieux type qu'elle connaissait depuis une quinzaine d'années. C'était son seul client à domicile, pas question qu'elle le perde ! Deux cents euros l'après-midi, ça ne se refusait pas ! D'autant que les ressources physiques du client en question s'avéraient limitées. Le bonhomme se satisfaisait pleinement de cette relation tarifée, qui s'était transformée au fil des ans en une relation amicale tacite. Pour toutes ces raisons, il n'envisageait pas un seul instant d'avoir recours à une autre prostituée. D'ailleurs, les autres femmes lui faisaient peur. Or on était jeudi.

Non sans difficulté, Sylvie traversa une grande partie de l'hôpital et arriva enfin dans la chambre que la jeune Africaine partageait avec une autre femme plongée dans la lecture d'un magazine people. Stella avait le visage tuméfié, mais était parfaitement consciente.

— Dans une quinzaine de jours, t'auras pratiquement plus rien, ma p'tite. T'as compris ?

Signe affirmatif de la jeune fille. Sylvie reprit, en parlant lentement :

— Faut que tu t'tires vite fait, et me dis pas que c'est ta magie à la con qui te retient. Ça n'existe pas ! Il t'arrivera rien. Crois-moi, ça se saurait si la magie faisait des miracles ! J'serais la première à l'utiliser pour me changer la gueule que j'm'trimbale. T'as pigé ? Tu veux que j't'aide à te tirer de l'hosto ?

Stella comprenait vaguement le sens de la phrase de Sylvie Ferrières. Elle réfléchissait et faisait un effort pour chercher ses mots en français.

— Si je me sauve, je vais devenir folle et ma famille va mourir, c'est le pouvoir du sorcier. Il est très fort !

Sylvie, désemparée, ne savait comment faire pour porter secours à la jeune fille. Une aide-soignante entra dans la chambre pour prendre la tension des deux malades, interrompant Sylvie dans ses réflexions. L'aide-soignante jeta un bref coup d'œil à cette drôle de femme aux cheveux blonds décolorés, au visage massacré par un lifting raté, et qui portait quantité de bijoux en toc.

— Vous êtes ?

— Une collègue de bureau, pourquoi y a un problème ?

— Non, non pas du tout. À l'autre bout du couloir, il y a deux Africains, une femme et un grand costaud qui viennent voir la jeune fille. À votre place, je partirais.

— Ah ouais ? Et pourquoi ça ?

L'aide-soignante baissa la voix et s'approcha de Sylvie.

— Cela fait vingt ans que je travaille dans cet hôpital, et des collègues de bureau comme vous dites, j'en ai vu un paquet, et plus amochées que la vôtre. Quand les deux Africains auront terminé de s'occuper de vous, je parie que je vous retrouverai dans un des lits, ici. À votre place, je partirais tout de suite.

Sylvie Ferrières remercia l'aide-soignante d'un sourire gêné, embrassa rapidement Stella sur le front, et sortit de la chambre, enroulée dans son immense manteau en faux vison. Elle reconnut Snoop, à une quinzaine de mètres, qui s'adressait d'un ton vif à une grosse femme fardée et vêtue d'un boubou multicolore. Les deux Africains parlaient face à face, en gesticulant. Ils ne virent pas Sylvie Ferrières, qui avait relevé le col de son manteau et quittait discrètement la chambre de Stella.

« Il manque pas d'air, ce connard de Snoop, et en plus il vient avec la mère maquerelle ! Je m'demande comment ils ont fait pour passer l'accueil. Y a qu'moi qui m'fais gauler ! » Sylvie, en colère, marmonnait toute seule, en avançant d'une démarche saccadée. Quand elle se retrouva à l'extérieur de l'hôpital, elle prit ausstôt son téléphone portable et attendit plusieurs sonneries avant que son interlocuteur ne décroche.

— Ah quand même ! Vous en avez mis du temps ! Vous êtes qui ? Le capitaine Dalmate ? Parfait. Pour te dire que le Snoop, celui qui a massacré Stella, il est à Lariboisière avec la mère maquerelle. Chambre 622. Voilà, j'ai fait mon devoir de citoyenne, à toi d'faire le tien.

Sylvie referma son téléphone d'un claquement sec, sans attendre la réponse de Dalmate. Si elle avait eu plus de temps, elle aurait bien aimé discuter avec ce flic qui ressemblait à tout sauf à un flic, d'ailleurs. *Un mec avec une balafre à qui tu donnerais le bon Dieu sans confession ! C'est pas banal, et en plus il a l'air de découvrir le monde de la nuit et celui des putes ! Un drôle de flic.* Sur ces pensées pleines de bon sens, elle héla un taxi.

Snoop et Justina, trop absorbés par leur discussion, n'avaient prêté aucune attention à Sylvie Ferrières.

— Snoop, j'ai exigé de voir la fille pour constater combien tu l'as amochée. Plus elle reste ici, et moins elle rapporte de l'argent. Tu comprends pas ça ? C'est facile, pourtant !

— Justina, je t'ai expliqué dix fois qu'il y a une embrouille avec un autre Africain que je ne connais pas encore. Je crois qu'il veut mettre la main sur la fille. Stella me racontait des conneries ! Je les ai vus : il la tenait par la taille et elle se laissait faire !

— Alors, c'était à lui qu'il fallait casser la gueule, pas à la fille. Dans quelques jours, je dois trouver une cinquantaine de paquets pour les envoyer dans les rues à Strasbourg. Il y a des grandes réunions internationales avec des mecs pleins de fric qui vont vouloir se taper les filles. Comment veux-tu que j'y envoie Stella, avec la tête qu'elle a ! Ces mecs-là ont les billets qui leur sortent des poches, ils exigent de jolis petits paquets. Pas des monstres. Nous, on est là pour prendre cet argent. D'accord, Snoop ?

— Bien sûr que t'as raison, Justina. Je m'occupe de récupérer des filles.

— OK, Snoop. Je vais poser la question de savoir quand elle sort, et si c'est trop long, on la fera sortir nous-mêmes.

Ludovic Mistral arriva presque une heure en avance à la gare de Lyon. Le TGV pour Marseille partait à 8 h 34. Il se cala dans un des fauteuils du bar du Train bleu avec un double espresso et en profita pour passer des appels téléphoniques. Il eut enfin Forest : « Pas de nouvelles de Doucouré. Mais c'est fréquent avec les informateurs, ils promettent de téléphoner, et quand ils se retrouvent dehors ils se dépêchent d'oublier ce qu'on leur a demandé. Ils ont une mémoire de poisson rouge. » Si l'Africain ne se montrait pas avant midi, Forest irait faire un tour dans les quelques bars du quartier Château-Rouge qu'il fréquentait habituellement et, le cas échéant, chez lui. En outre, Forest confirma à Mistral qu'il avait envoyé un SMS à Doucouré au sujet de Snoop. Pas de réponse.

Le deuxième appel téléphonique fut pour Vincent Calderone. Nuit calme. Rien de particulier. Le service était mobilisé à fond sur Notto et recherchait le démembreur. La presse du matin reprenait en détail les deux affaires. Calderone rappela ensuite à Mistral que Sébastien Morin venait à la brigade pour savoir où il reprendrait son service lundi. Réponse laconique de Mistral :

« À la doc, et il n'en sort sous aucun prétexte. Je veux son arme au coffre. »

Troisième appel pour Yann Barthélemy, le chef de la brigade de répression du proxénétisme. Mistral évoqua la conversation entre Dalmate et Sylvie Ferrières, et parla de son ignorance au sujet de la contrainte morale exercée par les réseaux de traite des êtres humains qui pratiquaient le vaudou.

— Je croyais que tu savais que les prostituées africaines étaient cadenassées par le « djudju ». Une sorte d'enfermement, un lien qui les unit à un sorcier au Nigeria. Elles sont convaincues que si elles parlent elles deviendront folles, qu'il arrivera un grand malheur à leur famille, ou des conneries de ce genre, mais ça marche.

— Non, je l'ignorais. Comment fais-tu pour les amener à dénoncer leurs réseaux ?

— Je n'ai aucune recette ! Parfois, il y en a une qui raconte tout, et tu ne sais pas pourquoi. D'autres qui se roulent par terre en disant qu'elles vont mourir si elles parlent. Je suis sûr aussi qu'il y en a énormément qui se taisent pour être tranquilles. Croire au pouvoir du sorcier a du bon ! Elles ne nous parlent pas, et ça leur évite de prendre des coups en sortant. En même temps, je les comprends, nous n'avons pratiquement pas de solutions à leur offrir.

Pendant que Barthélemy s'exprimait, Mistral pensait à son arrivée dans l'après-midi à l'hôpital Nord de Marseille où il retrouverait son enfance face à Denis Carbonel.

— Tu es toujours là ?

— Oui, je réfléchissais à ce que tu disais. Donc tu n'as aucun moyen.

— Pas exactement. On a une ancienne prostituée nigériane qui, restée en France, est devenue interprète en *broken English.* Parfois, on l'utilise pour tenter de vaincre la crédulité des filles. Elle leur raconte qu'elle était comme elles auparavant, qu'elle a parlé et que rien ne lui est arrivé, ni à sa famille.

— C'est efficace ?

— Une fois sur dix. Sinon je viens d'avoir les coordonnées d'un ethnopsychiatre à qui je vais soumettre ces histoires de « djudju ». Je voudrais connaître son sentiment sur ce sujet. Si j'ai le temps de m'y rendre.

— Une dernière question, Yann, un proxénète africain du nom de Snoop qui bosse dans le 18e, ça te dit quelque chose ?

— Dans l'immédiat, non. Mais je peux en parler au groupe qui est chargé du secteur.

Une quinzaine de minutes plus tard, Mistral acheta la presse du matin et grimpa dans le TGV en direction de Marseille Saint-Charles, avec une arrivée prévue un peu avant midi. Complètement absorbé par la lecture du *Parisien* qui consacrait deux pleines pages aux affaires de la Crim, Mistral ne sentit pas le train partir. Il s'en aperçut une demi-heure plus tard, après la lecture de tous les articles. Balme ne s'était pas trompé. Les journaux envoyaient l'artillerie lourde sur le démembreur, tout n'était que superlatif. Certains papiers reprenaient des traductions de la presse africaine pour accréditer la thèse de crimes rituels qui entouraient les meurtres d'albinos. Tous citaient la dépêche de l'AFP qui crédibilisait la théorie des meurtres liés à la magie. Apparemment, les enquêtes des journalistes ne faisaient que commencer. Mistral avait reçu plusieurs demandes d'interviews qui avaient atterri sur la messagerie de son téléphone portable. Il savait qu'il devrait se plier à l'exercice.

L'affaire Notto passionnait également les lecteurs. La mort et les viols, un duo trouble qui fascinait. Cyrille Dumont, l'avocat de Notto, s'était abondamment répandu dans la presse, puisque l'intégralité du contenu des articles reprenait son point de vue. C'était le jeu. Lui seul communiquait. Dans un des journaux, Dumont, toujours revanchard, piétinait allègrement son ancien métier et voulait passer pour le grand pénaliste qu'il n'était pas. *Dumont se conjugue au présent de l'admiratif*, pensa Mistral, une fois la lecture terminée.

Le TGV fonçait à 260 kilomètres/heure à travers la Bourgogne. Mistral avait lâché la presse, laissant le champ libre à la rêverie, un privilège trop rare auquel il adorait s'adonner et qu'il inculquait par petites doses à ses enfants. Que ferait-il quand il prendrait au moins une année sabbatique ? Mistral n'était plus dans l'éventualité de mettre son métier entre parenthèses, il considérait cette décision comme acquise. Clara accueillerait ce choix sans doute avec soulagement. À mots de moins en moins couverts, elle lui faisait ressentir combien son absence pesait sur la famille. Clara avait évacué avec pudeur le sujet financier. Le foyer pouvait vivre sur son seul salaire. Que faire après les quelques mois d'inactivité prévisibles ? C'était maintenant l'unique question à laquelle Mistral s'efforçait sereinement d'apporter une réponse.

39

En cette fin de matinée, Serge Notto courait dans les rues de Paris avec un énorme besoin de se défouler, survolté qu'il était par les amphétamines. Il ressemblait à n'importe quel jogger parisien : survêtement, bonnet et casque sur les oreilles. Uniquement la chanson porte-bonheur de Ramirez. Bientôt, il passerait à l'attaque. Auparavant il se mettait en condition. Ses sens aux aguets, il essayait de repérer s'il était suivi. Pas par un jogger : trop facile à détecter. Il surveillait les deux-roues ou les voitures qui circulaient trop lentement. Pour cela, il prit subitement une série de sens interdits. Rien. Rassuré, il pénétra dans le métro, ressortit trois stations avant la destination finale et poursuivit au petit trot. Il passa devant le parking dans lequel il agirait bientôt, ce qui lui procura une montée immédiate d'adrénaline. Il ne détecta aucune surveillance policière. Le pompiste remplissait le réservoir d'un véhicule, concentré sur le compteur de la pompe à essence. Tout était normal. Il décida de retourner dans sa planque, mais avant il s'arrêta dans une cabine téléphonique d'où il appela son avocat. Cyrille Dumont décrocha à la deuxième sonnerie.

— Bonjour, maître, c'est Serge Notto, je ne vous dérange pas ?

Dumont cacha difficilement sa surprise, il cria presque en répondant à Notto.

— Monsieur Notto, vous êtes fou de m'appeler ! Où êtes-vous ?

— À Paris, dans un bel endroit. Mais cela n'a aucune importance. Le vrai centre d'intérêt, c'est moi !

Dumont ne releva pas la phrase débordant d'orgueil de Notto.

— Votre défense va très vite devenir intenable si vous ne vous rendez pas !

— J'y pense, répondit Notto, très calme, comme si le sujet de la discussion était banal et concernait une autre personne.

— Le mieux pour vous serait que nous allions ensemble voir les policiers. On se retrouve soit à mon cabinet, soit dans un endroit qui vous convient. Vous me racontez tout en détail pour que je puisse préparer les arguments. Réfléchissez au moment de votre fuite. Comment se sont comportés les policiers, étaient-ils menaçants ? Vous ont-ils brusqué ? Avez-vous agi sur un coup de tête ? Vous êtes-vous enfui pour échapper à leur pression ? Aviez-vous peur ? Voyez-vous, monsieur Notto, plusieurs possibilités nous sont offertes !

— Oui, oui, c'est bien, bonne idée, j'envisage de le faire.

Mais quel connard ce mec ! Pour qui se prend-il ? pensa Dumont, qui se retint de lui raccrocher au nez. Il fit un effort pour poursuivre la discussion.

— Mais ce sera plus difficile pour les meurtres commis dans les parkings, avant et après votre fuite, je ne vous le cache pas. Est-ce que les policiers ont réellement des éléments à charge contre vous ?

— C'est à vous de me le dire, maître. Mais je crois qu'ils ont un bon jeu d'attaque !

Notto se mit à rire, ce qui irrita Dumont. Il ne put s'empêcher de réagir.

— Monsieur Notto, je vous rappelle que nous ne nous connaissons pas. Vous m'avez désigné comme conseil afin que je vous assiste dans la procédure dont vous faites l'objet. La brigade criminelle a adressé un fax à mon cabinet en ce sens. C'est votre droit le plus absolu, et je ne le conteste pas. Mais je ne vous ai jamais vu, et je n'ai pas encore eu accès au dossier. Pourquoi m'avoir choisi, moi, en particulier ?

— Pour votre contentieux avec Mistral. Vous étiez bien commissaire à la brigade criminelle pendant l'affaire du Magicien ?

— Oui... mais quel est le rapport ?

— J'ai lu sur Internet que vous avez quitté la police à cause du commissaire Mistral. Je sais lire entre les lignes, en fait vous avez été viré de la police ! En vous prenant comme avocat, je vous donne l'occasion de vous venger de Mistral et de lui rendre la vie impossible. Et du même coup, vous vous concentrez sur mon dossier à fond. Logique non ? L'évasion c'est l'apothéose, vous allez vous acharner contre lui, n'est-ce pas ?

— Effectivement..., admit Dumont, songeur. Nous devons l'évoquer, en tête à tête. J'ai de très nombreuses questions à vous poser pour bâtir une ligne de défense.

— Mais, cher maître, je suis à votre disposition ! Parlons-en, bien au contraire.

Dumont avait une irrépressible envie de l'envoyer se faire foutre définitivement. Il respira un grand coup et reprit.

— Notto, hors de question que je vous voie pendant votre cavale ! Vous devez vous rendre aujourd'hui même si possible. Contrairement à ce que vous pensez, l'évasion n'est pas l'apothéose ! Aux yeux de l'opinion publique, vous êtes un violeur et un assassin en cavale. Ouvrez les yeux !

— L'opinion publique, comme vous dites, je ne m'en préoccupe pas. Elle change au gré du vent. Je suis sûr que vous allez nous sortir du chapeau des arguments convaincants.

— Pour l'instant, ce n'est pas le sujet. Je n'envisagerai une argumentation que lorsque vous vous rendrez à la police. Ce point n'est pas négociable. On peut arranger les modalités avec…

— Il faut que je vous laisse, je vous rappellerai.

Notto raccrocha aussitôt. Dumont, mal à l'aise, se donna le temps de la réflexion. Il avait relevé le numéro sur son écran de mobile. Il téléphona à un capitaine de la police judiciaire avec lequel il avait conservé une relation amicale pour identifier le numéro. Pourquoi ? Pour rien. Quelques minutes plus tard, le policier envoyait la réponse par texto : « Cabine téléphonique face au 18 place des Vosges. » L'avocat, perplexe, annula ses rendez-vous de la fin de matinée, et fila sur son scooter vers la place des Vosges.

Une cinquantaine de minutes après l'appel de Notto, Dumont poussait la porte vitrée de la cabine et examinait les lieux. Une cabine ordinaire, aux parois de verre sales et rayées, au sol jonché d'emballages et de mégots de cigarettes. Rien ne signalait le passage de Notto. Dumont se fit la remarque que les cabines téléphoniques publiques, plus du tout entretenues, mouraient à petit feu, balayées par l'offensive massive des portables. Il en ressortit rapidement et, dos à la cabine, balaya d'un regard circulaire les immeubles qui entouraient la place sans savoir ce qu'il cherchait.

Notto, toujours vêtu de sa tenue de sport, bonnet enfoncé jusqu'aux oreilles, observait Dumont le nez en l'air, essayant sans doute de chercher une logique à l'utilisation de cette cabine. Non, il n'y en a pas ! eut envie de hurler Notto. Il était assis dans la pénombre des arcades à une petite table de bar, derrière un couple de touristes américains. Il contenait sa fureur. Une fois que l'avocat eut repris son scooter, Notto quitta le bistrot, se remit à courir. Au passage, il donna un violent coup de pied de colère dans une cannette vide qui partit rouler sur le bitume dans un bruit de ferraille et finit sa course contre un enjoliveur de voiture.

Un flic reste un flic.

40

En cette fin de matinée, le corps nu de Doucouré occupait le casier réfrigéré numéro 26 de l'Institut médico-légal. Fixée à l'une de ses chevilles, une étiquette indiquait son nom, suivi de la date et de la mentions « C/X., homicide volontaire, 2e District de PJ », ainsi que le nom de l'officier de police judiciaire chargé de l'enquête, « lieutenant Nicolas Wronski ».

Doucouré avait été découvert par un fêtard qui rentrait chez lui au petit matin. Il avait cru dans un premier temps que l'homme qui gisait contre les roues d'une voiture en stationnement était ivre mort. Il s'était vite rendu compte, à la vue du sang répandu, que l'homme était simplement mort. Le fêtard avait appelé Police-secours, et la mécanique judiciaire s'était ensuite mise en marche selon un schéma classique : envoi d'un véhicule du service de nuit, constat de l'homicide, demande de déplacement d'une équipe de nuit de la PJ du 2e district, appel à l'état-major de la police judiciaire et au magistrat de permanence. Ce dernier avait jugé inutile dans un premier temps de saisir la brigade criminelle. L'équipe PJ de nuit avait fait les constatations, et la police scientifique s'était occupée de prendre les photographies et d'établir le plan des lieux. Pour finir, le corps avait été transporté à l'Institut médico-légal. À 9 heures, le dossier avait atterri sur le bureau du lieutenant Nicolas Wronski, de permanence criminelle pour la semaine au 2e district.

Le lieutenant, consciencieux et professionnel, terminait la lecture du début de la procédure rédigée par ses collègues. Elle se résumait aux constatations sur le corps et à l'audition du fêtard. Pas de témoin direct ou indirect. Tout restait à faire. Il chercha en vain le télégramme qui aurait dû être rédigé par le service de nuit pour signaler à tous les services de police judiciaire de la capitale la découverte de l'homicide. Après une rapide vérification, il s'avéra que c'était un oubli, et il inscrivit dans ses tâches à venir la rédaction de ce télégramme. Il reprit le cours de la procédure et détailla dans un procès-verbal le contenu des poches de Doucouré.

Le policier nota la somme en possession de la victime : « 258 euros – deux cent cinquante-huit euros. » Il se fit la réflexion que le mobile du meurtre n'était peut-être pas le vol, ou bien que l'assassin n'avait pas eu le temps de dévaliser sa victime. Les objets déposés à la va-vite dans la boîte en carton ayant appartenu à Doucouré se résumaient à bien peu de choses. Outre l'argent, un téléphone portable ordinaire complètement déchargé, une carte d'identité en mauvais état, deux clefs d'appartement sur un anneau, un petit canif, un peigne en partie cassé, un briquet publicitaire jetable, un paquet de cigarettes à moitié vide et humide composaient le contenu des poches du pantalon et de la veste de l'Africain décédé. Le lieutenant déplaçait les objets de la pointe de son stylo. C'est ainsi qu'il découvrit, collé contre le paquet de cigarettes par l'humidité, un petit morceau de nappe en papier déchirée et pliée en trois sur lequel figurait une écriture très malhabile « Salif 4 rue doran ». Le lieutenant, en souriant, traduisit « doran » par « d'Oran ». Connaissant parfaitement le 18e arrondissement, il situait facilement cette rue. Salif devait être une connaissance de Doucouré, estima le lieutenant. Il inscrivit sur son carnet : « Identifier et entendre Salif. » *Je le ferai après toute la paperasserie*, se dit-il.

⁂

Le sorcier, que M. Mince appelait tantôt *le boss*, tantôt *le commanditaire*, parlait d'une voix rapide dans un dialecte africain. Il était question d'argent et de potions. Une fois la conversation terminée, il envoya un texto à M. Mince : « Livraison attendue rapidement. » Une réponse laconique lui parvint quelques minutes plus tard : « OK. » Il passa ensuite le téléphone et la carte SIM plusieurs fois dans un broyeur professionnel jusqu'à ce qu'il n'en reste plus rien. « Un téléphone par appel pour ce business. Très faible possibilité d'être identifié, mais le risque zéro n'existe pas. » En traversant l'immense pièce au plafond très haut, sa tête frôla un grand mobile métallique qui représentait un homme grandeur nature avec des ailes. Le mobile se mit à bouger au gré de l'air déplacé. Le sorcier releva la tête, observant l'objet qui se balançait doucement, comme animé d'une vie propre, prêt à s'envoler avec ses larges ailes. Il devint soudain pensif.

41

La voix du contrôleur de la SNCF annonça l'arrivée du TGV en gare Saint-Charles « Terminus du train ». Mistral referma le livre de Le Carme *Les Puissances de la magie africaine*. Il était songeur. Le Carme, subjugué par ses découvertes, rendait passionnant d'intelligence un texte qui aurait pu être ennuyeux, parce que trop sociologique ou ethnologique, ou bien complètement allumé, porté par la magie et la sorcellerie. Le Carme apportait ce supplément d'âme qui entraînait le lecteur au cœur de la magie africaine sans la caricaturer. Mistral, en rangeant le petit livre dans sa sacoche, se remémora la réponse de Le Carme à une de ses remarques : « Ne me dis pas que toi, esprit éclairé, tu crois à ces pratiques ! » « La question n'est pas de croire ou pas. Ça existe ! », avait conclu Le Carme. Maintenant, Mistral comprenait pourquoi.

L'affaire Notto, qui avait mis en échec son service, lui occupait l'esprit avec celle du démembreur. Mistral tournait en rond, ne progressait pas d'un millimètre, attendant que le tueur violeur se manifeste. Aucune piste pour le débusquer ou le provoquer. Impossible de prévoir dans quel parking il massacrerait une nouvelle victime, à moins qu'il ne cesse brutalement ses meurtres, mais Mistral n'en était pas convaincu. Un tueur ne s'arrête pas du jour au lendemain, il n'a pas d'interrupteur marche/arrêt. Notto était animé d'un moteur puissant, celui de l'orgueil. Hors de question qu'il le coupe. Notto, provocateur, fanfaronnait, certain de jouer avec des coups d'avance et de ne pas se faire arrêter. Chose étrange, Dumont ne lui paraissait plus aussi enragé qu'il aurait dû l'être après un départ très fort. Décidément, rien ne fonctionnait de façon logique dans son enquête.

En se dirigeant vers la station de taxi, Mistral consulta son smartphone. Un texto de Forest venait d'arriver : « Pas vu Doucouré. Ce soir on a une opération avec les Stups à Montreuil. Demain je vais le secouer. » Seule l'affaire du *démembreur* connaissait un léger frémissement, mais tellement infime, que Mistral n'osait pas brusquer les événements.

Il attendait patiemment dans la file qui s'allongeait un taxi pour le conduire à l'hôpital Nord. Alors qu'il s'installait enfin dans une voiture, Dalmate l'appela. Mistral indiqua au capitaine où il se trouvait, lui faisant ainsi comprendre que ses réponses seraient laconiques et neutres. Dalmate comprit immédiatement et lui relata en détail l'épisode Ferrières à l'hôpital.

— ... et quand nous sommes arrivés une vingtaine de minutes plus tard, le couple de proxénètes avait déjà quitté les lieux, viré par la sécurité de l'hôpital au prétexte que les visites n'ont lieu que l'après-midi.

— D'accord, et la fille ?

— Elle reste encore très peu de temps à l'hosto, elle ne s'en tire pas trop mal. J'ai discuté avec l'arrondissement pour faire garder sa chambre au moins la nuit. En journée ce n'est pas possible, il n'y a plus suffisamment d'effectifs.

— Paul, rappela Mistral en martelant ses mots, nous ne sommes pas saisis de cette affaire. Il faut en parler à la BRP, si ça les intéresse, sinon ça regarde nos collègues de l'arrondissement.

Mistral, agacé par l'obstination de Dalmate, essayait avec le minimum de mots de donner des instructions fermes.

— Oui, je sais. J'aurais bien aimé qu'elle nous parle des séances de euh... vaudou, et si elle avait déjà rencontré une personne à Paris qui s'occupe des filles comme elle... avec des séances pour les... euh... recharger.

Dalmate percevait dans les intonations de Mistral son agacement.

— J'ai compris, Paul, laissez tomber. Définitivement. Je vais raccrocher, j'arrive à l'hôpital.

Mistral entra dans le hall et se dirigea vers le service où Denis Carbonel était médicalisé. La dernière fois qu'il l'avait vu remontait maintenant à plus de trois ans. Dans le message que lui avait adressé son père, il savait que les parents de Denis, ainsi que ses deux amis, Claude Blanc et Julien Fabre, qui faisaient partie de la sortie le jour de l'accident, seraient présents. Les échanges entre Mistral et ses deux amis s'étaient distendus, du fait de surtout de son éloignement. Blanc et Fabre n'avaient pas quitté la région aixoise, Blanc exerçait comme agent immobilier, et Fabre était architecte. Grâce à leur proximité géographique et professionnelle, leurs relations étaient demeurées intactes. Mistral, en parcourant le long couloir du service, éteignit son téléphone portable, comme le rappelait la consigne de l'hôpital. Il entra dans la chambre avec appréhension.

Julien Fabre et Claude Blanc debout, bras croisés, parlaient ensemble à voix basse, comme souvent les gens s'expriment dans les chambres d'hôpital. Les parents de Denis, assis de part et d'autre du très grand lit médicalisé, ne quittaient pas leur fils du regard, les yeux grands ouverts sur l'absence. Les conversations cessèrent. Mistral embrassa les parents de Denis et se tourna vers ses deux amis. Trois secondes d'observation précédèrent des effusions silencieuses chargées d'émotion.

Denis maintenait le regard fixe, dirigé vers le plafond, avec parfois un clignement de paupières qui n'avait rien à voir avec un quelconque échange. Le drame que vivaient les parents Carbonel se lisait sur leurs visages et leurs épaules accablées par trente années centrées sur la vie entre parenthèses de leur fils. Mistral pensa : *Même si je suis encore désigné comme celui par qui le malheur est arrivé, je ne chercherai plus à me défendre. Ça ne sert à rien. Ces gens ont trop souffert, et moi aussi indirectement*, quand le père de Denis se tourna vers lui.

— Je suis content que tu sois enfin venu, Ludovic. On te voit de temps en temps à la télévision, tu as beaucoup de travail, c'est sûr. Penses-tu toujours à ton camarade Denis ?

Mistral regardait le vieux monsieur, sec comme un pied de vigne, le visage ridé éclairé par deux yeux vifs d'un bleu profond. Mistral se livra à un bref calcul, il évalua à quatre-vingts ans passés, l'âge du père de Denis.

— Vous savez, ce n'est pas parce que je suis loin et assez occupé que je ne pense pas à Denis. Nous en parlons souvent avec mon père. Il m'a dit que Denis s'était réveillé. Ce sont ses mots, j'en ai été extrêmement touché.

— Oui, je lui ai téléphoné pour le lui dire. Tu sais, Ludovic, on se parle beaucoup avec ton père, plus qu'avec toi.

Première pique. Mistral ne releva pas.

— Et Denis, où en est-il ?

— Il a ouvert les yeux il y a environ trois semaines. Tu n'imagines pas le bonheur qui nous a envahis. On lui parle tous les jours, sa mère et moi. J'allume la télévision l'après-midi pour qu'il continue à être informé de la vie qui se déroule sans lui.

— Vous, euh… croyez qu'il entend ce qui se dit ?

— J'en suis convaincu.

D'un coup d'œil, Mistral observa la mère qui tenait la main de son fils entre les siennes. Elle hocha la tête, l'air de dire : « Il a besoin de le croire. »

— Que disent les médecins ?

— Eh bien, reprit le père en se raclant la gorge, qu'il n'y aura pas d'autre mieux. Ils attribuent cela à un réflexe inconscient, qui n'a rien à voir avec un progrès quelconque. Je te passe les mots savants auxquels je n'ai rien compris. Mais si tu veux mon avis, je suis sûr du contraire. S'il a réussi à ouvrir les yeux, il peut faire autre chose. Ce n'est pas à toi que je vais dire combien Denis est courageux et déterminé ! Rappelle-toi, c'est lui qui est venu te chercher quand, terrorisé, tu étais resté agrippé au rocher. Lui seul ! Pas les autres ! Et il l'a payé cher. De sa vie.

Silence de Fabre et Blanc. La mère ferma les yeux, Mistral ne releva pas, il n'en avait plus envie. Une énorme lassitude s'abattit sur ses épaules, rien ne changerait. L'après-midi se déroula sur le même registre jusqu'à 18 heures, heure à laquelle les trois hommes embrassèrent Denis et ses parents. Mistral sortit en dernier de la chambre. Au moment où il s'apprêtait à refermer la porte, il entendit le père de Denis lui dire d'une voix forte :

— Fais-toi moins rare, Ludovic ! Denis a besoin de toi, comme toi tu as eu besoin de lui ! Les années passées ne changent rien !

À la sortie de l'hôpital, Mistral ralluma son portable. Aussitôt, un message de Calderone s'afficha. « L'autopsie de Sophie Derang confirme le viol après le meurtre par strangulation. L'ADN est celui de Serge Notto. Appelez-moi au besoin. » Une simple confirmation, pensa Mistral de nouveau plongé dans son quotidien. Il lui répondit, laconique : « Merci on s'en parle demain. »

Claude et Julien convainquirent Ludovic de venir partager une bouillabaisse à Marseille. Prévoyant, Claude avait déjà réservé une table au Miramar, restaurant réputé pour sa bouillabaisse, situé sur le Vieux-Port.

— Et si je n'avais pas accepté ? questionna Mistral.

Éclat de rire des deux hommes dont l'accent provençal retentissait.

— Pardi ! On y serait allé sans toi ! Tu ne crois pas qu'on va se priver d'un bon repas ! En attendant, tu vas nous parler de ta vie parisienne, et essaye d'oublier un peu toutes ces histoires. Le père Carbonel t'en tiendra responsable toute sa vie. Faut que tu fasses avec.

Mistral écoutait Claude, chaleureux et amical. Il aurait aimé dire qu'il comprenait, mais y renonça. Claude poursuivit :

— Nous aussi on t'en a voulu, mais en grandissant on perçoit mieux les choses, même s'il nous a fallu du temps. Et toi, tu ne nous as pas beaucoup aidés en ne parlant pas. Rappelle-toi, Ludo, tu venais dans la chambre, tu t'asseyais, tu restais silencieux et deux heures après tu repartais, comme si personne n'existait autour de toi. Et ça, pendant vingt ou vingt-cinq ans, je ne sais plus ! Tu n'as commencé à t'exprimer que très tardivement.

— Ludovic, tu as oublié une chose importante, poursuivit Julien, dans le Midi on s'exprime avec des mots, surtout avec les amis. Mais ni par le silence ni par le regard. On crie, on hurle, on gesticule, mais on communique, et après ça va mieux ! On s'était même autorisé à interroger les médecins concernant ton attitude mutique. Réponse simple de leur part : ton sentiment de culpabilité t'empêchait de parler.

Mistral approuva d'un léger signe de tête, se remémorant toutes ces années.

— Claude et moi te connaissons mieux que tu ne le penses. On sait que tu peux rester des heures, les yeux et l'âme plantés dans le ciel étoilé, là-haut réfugié sur la Sainte-Victoire. On aimerait savoir ce que te disent les étoiles, et que tu nous en fasses profiter.

Sourire nostalgique de Mistral qui éluda la demande amicale.

— Elles me disent que je me pose trop de questions.

Silence entre les trois hommes qui en profitèrent pour boire un verre de la deuxième bouteille de Tavel bien frais, les yeux machinalement tournés vers Notre-Dame-de-la-Garde éclairée qui surplombait Marseille et le Vieux-Port.

— Ludo, j'ai une question indiscrète à te poser, c'est par rapport à l'histoire de Denis.

— Je t'écoute, Julien, ce soir on peut tout se dire.

— Est-ce que tu as toujours le vertige, la peur du vide ? Celui qui t'a coupé les jambes.

— À en crever. Il y a deux mots qui m'effraient, vide et vertige.

— Et dans ta vie de policier, dont tu nous parles très peu, ça ne t'a pas gêné ?

Rire de Mistral.

— Julien, je conçois que je suis souvent sur un fil, mais celui-là ne donne pas le vertige, dit Mistral. Pour répondre à ta question, non, jamais je n'ai été en situation d'affronter le vide.

— As-tu songé à te faire soigner ?

— J'ai consulté pour déjà pas mal de trucs, et quand je serai prêt, je m'occuperai du vide et du vertige.

Claude échangea un regard interrogatif avec Julien, qui donna son accord muet. Claude se lança, légèrement gêné :

— Ludovic, il y a une dizaine d'années de ça, le jour anniversaire de l'accident, Julien et moi avons décidé, après avoir un peu picolé, je l'avoue, de conjurer le sort de manière définitive, pour nous aider à moins penser à notre histoire. Et on a refait le truc.

— C'est-à-dire ? questionna Mistral redevenu sérieux.

— Eh bien on est remontés sur la Sainte-Victoire et on a repris le sentier pour contourner le rocher où tu t'étais agrippé…

— Ne me dites pas que vous y êtes repassés !

Silence affirmatif des deux hommes.

— En fait, poursuivit Julien, cela nous a semblé complètement ridicule, mais il fallait le faire pour exorciser les vieux démons.

— On a été étonnés de la facilité avec laquelle le rocher a été avalé, enchaîna Claude, pratiquement sans le tenir, et en deux secondes c'était terminé. C'est sûr, pour les enfants que nous étions, je comprends qu'il y avait une petite difficulté, mais adulte, tu ne t'en aperçois même pas.

Mistral, entendant parler ses deux amis, sentit les effets du vertige le reprendre. Instinctivement, il se cramponna aux accoudoirs de sa chaise.

— Ludovic, continua Claude qui n'avait pas remarqué le changement de comportement de Mistral, ça te dirait qu'on le fasse à nouveau tous les trois ? Il n'y a aucun risque et ça te permettrait de tourner la page.

— Je n'y tiens absolument pas. Je ne suis pas prêt pour y revenir.

Le ton ferme et définitif n'incita pas les deux hommes à insister.

Le repas se terminait, Mistral s'était détendu progressivement, la bonhomie et la simplicité des deux hommes y avaient énormément contribué. Le reste de la soirée roula sur la vie de famille, chacun montrant les photos de ses enfants dans les albums de leur smartphone.

Vers une heure du matin, Mistral se fit déposer devant la maison familiale, au Tholonet, hameau qui faisait pratiquement partie intégrante d'Aix-en-Provence. Son père regardait la télévision en l'attendant. Les deux hommes eurent une longue discussion qui se prolongea tard dans la nuit.

42

Un peu avant trois heures du matin, M. Mince et Snoop descendirent du fourgon Mercedes et refermèrent les portières sans faire de bruit. Aucun piéton dans la portion de la rue d'Oran, située entre les rues Ernestine et Léon, du quartier Château-Rouge. Un sac à dos élégant pendait à une des épaules de M. Mince, toujours vêtu de noir. Snoop transportait une très grande glacière. Les deux hommes pénétrèrent dans un immeuble maintenu par des étais qui sentait le moisi, la crasse et l'urine.

M. Mince montait les marches deux par deux, Snoop suivait sans effort. Arrivés au troisième étage, les deux hommes s'accordèrent une minute pour écouter les bruits. Snoop montra du doigt la faible lumière qui filtrait sous le seuil de la porte de leur cible.

M. Mince frappa quelques coups. Aussitôt, les deux hommes entendirent des pas précipités et une voix d'homme qui s'inquiétait de savoir qui venait chez lui. M. Mince répondit simplement : « Souleymane. » Le jeune homme déverrouilla la serrure et les deux verrous.

M. Mince et Snoop entrèrent dans l'appartement. Regard apeuré du jeune albinos, derrière ses lunettes aux verres épais de myope, en direction de Snoop. M. Mince le rassura :

— C'est un bon mec, avec lui j'suis peinard. Tes affaires sont prêtes ?

— Oui, depuis plusieurs jours. Où tu me conduis ? Toujours dans le 13e ?

— Exact. Rue du Disque, chez les Chinois comme j't'ai dit l'autre soir. Un appart' tranquille chez un copain. T'y s'ras bien, après on verra. Snoop, à toi d'jouer, prends le sac de notre ami.

Snoop posa la glacière qui intriguait tant le jeune homme et se dirigea vers le sac de voyage se trouvant sur le lit, dont le sommier était calé par des parpaings en guise de pieds. Un premier coup de poing en pleine face assomma le jeune albinos, lui fracassant le nez et les lunettes. Les trois autres lui occasionnèrent de telles lésions au cerveau, que la mort intervint quelques minutes plus tard. M. Mince, impressionné face à une telle puissance, ne montra pas son étonnement. Quand il commença à tailler dans les jointures du jeune albinos, Snoop détourna les yeux. Il resta silencieux et se plongea dans une lecture trop attentive des mails déjà lus affichés par son smartphone. Il s'efforçait d'apparaître indifférent devant le démembrement que M. Mince opérait. Mais le silence qui s'installa entre les deux hommes isola et amplifia le bruit des instruments taillant, sciant et découpant les chairs. Snoop brancha un petit casque audio sur son lecteur MP3 et écouta volontairement très fort une interprétation de Snoop Dogg, le vrai, pour masquer les bruits qu'il trouvait ignobles.

Snoop affichait un détachement de façade en public vis-à-vis de la magie et de la sorcellerie africaines. Néanmoins, il s'interrogeait sur les sortilèges qui pourraient s'abattre sur lui après le meurtre de l'albinos, même si on disait en Afrique que les albinos ne mouraient pas vraiment. Il devrait en parler avec le sorcier et au besoin lui demander une protection, mais se sentait incapable de provoquer une telle discussion.

M. Mince apprécia ce silence et sollicita une seule fois Snoop pour vider la glacière dans les grands bacs à glace du fourgon. Snoop ramassa les vêtements et le sac de l'albinos et les posa dans le véhicule. Après avoir transvasé les membres dans le bac à glace, Snoop, mal à l'aise, prit son temps avant de remonter dans l'appartement et fuma deux cigarettes coup sur coup dans la rue. Le deuxième voyage fut le dernier. Au centre de la pièce restait un tronc, décapité, démembré. M. Mince récupérait le plus de sang possible avec une éponge qu'il essorait dans un bac en plastique. Il répondit à Snoop qui l'interrogeait du regard.

— Le sorcier a insisté pour qu'on rapporte le sang. Ça vaut très cher, il a dit, c'est du sang sacré. Y a une autre éponge dans le sac. Aide-moi, sinon on va y passer la nuit.

Surmontant son dégoût, Snoop aida M. Mince, ce qui leur prit près d'une heure. Les deux hommes, en sueur, se redressèrent en soufflant. M. Mince ferma avec soin le bac en plastique et le posa bien à plat dans un sac.

En tirant la porte de l'appartement, Snoop eut un dernier regard sur ce qui restait de Salif, et se fit la réflexion qu'un tronc ce n'était pas grand-chose, tout compte fait. Avant de descendre l'escalier, les deux hommes ôtèrent leurs gants et protections de chaussures et les balancèrent dans le sac. M. Mince et Snoop traversèrent la rue silencieuse et vide, et rangèrent le sac dans le bac à glace. M. Mince au volant du Mercedes Vito, très respectueux du code de la route – ceintures de sécurité, feux de croisement, clignotants, vitesse limitée – quitta lentement la rue d'Oran, rejoignit quelques minutes plus tard le boulevard Ornano et s'engagea ensuite sur le boulevard périphérique.

Les deux hommes n'avaient pas échangé plus de dix phrases pendant le massacre.

M. Mince enclencha l'autoradio sur la chanson *A Street* de Leonard Cohen. Snoop n'aimait pas du tout, il aurait préféré la voix de Snoop Dogg, plein pot. Ce fut la première note discordante de la soirée.

Le fourgon Mercedes circulait sur la voie de droite du boulevard périphérique, à la vitesse maximum autorisée. Derrière, à trois cents mètres, Benson, le conducteur d'une BMW série 5 noire, maintenait cet écart, tandis que la passagère ne quittait pas des yeux le Mercedes. Ingrid Sainte-Rose enrageait intérieurement de n'avoir pas pu prévenir à temps Mistral, Dalmate, Calderone ou un de ses équipiers.

Benson s'était présenté le soir même, en bas de chez elle, vers minuit. La jeune femme, plongée dans la rédaction de son carnet, n'avait pas vu l'heure tourner. Aussi, elle fut surprise de la présence de Benson qui, d'un ton amical à l'interphone, l'avait convaincue de le suivre. « Le *houngan* que tu as rencontré a donné son accord. Je peux te montrer la maison d'un sorcier qui s'intéresse aux albinos. Je connais un des types qui a un rendez-vous ce soir avec lui. On le suit quand il sort de chez lui. Si ça te dit, on y va maintenant. Après tu te débrouilleras pour y retourner demain ou à un autre moment, pour ton interview ou tes photos. » La jeune femme n'avait pas résisté à la tentation de vérifier cette piste qui arrivait deux jours après la séance éprouvante qu'elle avait vécue. Elle s'en voulait de ne pas avoir pris le temps de leur parler de la cérémonie à laquelle elle avait participé. Elle avait conscience que ces histoires de sorciers n'entraînaient pas vraiment l'adhésion de ses collègues.

Benson se dirigea vers le 18e arrondissement et gara la voiture à l'angle de la rue Léon. Du doigt, il montra l'immeuble où se trouvaient M. Mince et Snoop.

— Le gars que je connais habite là-bas. J'ai appris qu'il avait rendez-vous avec le sorcier cette nuit.

— Ça n'aurait pas été plus facile de lui parler d'abord ?

— Il fait partie des gens qui n'aiment pas qu'on lui pose des questions.

— Comment sais-tu que ton type n'est pas parti ? demanda Ingrid.

Benson désigna du doigt le fourgon Mercedes.

— C'est sa caisse. Il est portier devant une discothèque et une fois que la boîte ferme, vers 2 heures, il passe chez lui se changer et file chez le sorcier. C'est ce qu'on m'a dit.

Une vingtaine de minutes plus tard, M. Mince et Snoop sortaient de l'immeuble, regardant de tous les côtés. Le plus svelte portait avec précaution un sac en plastique apparemment lesté d'un objet. L'obscurité ne permettait pas à Ingrid d'en deviner la forme.

— C'est lui, dit-il d'une voix calme. Je vais leur laisser prendre de la distance pour qu'ils ne nous repèrent pas.

— Lequel des deux connais-tu ?

— Le grand costaud, celui à l'allure de vigile.

De temps à autre, pendant que Benson conduisait, Ingrid jetait un regard inquiet sur son téléphone qui n'affichait aucun réseau. Benson la rassura.

— T'inquiète, petite sœur. La nuit, les opérateurs font de la maintenance sur leurs réseaux pour gêner le moins de monde possible, et parfois, à cette heure-ci tu n'as pas de téléphone. Mais ça ne dure pas longtemps, tu verras.

M. Mince regardait souvent dans ses rétroviseurs, particulièrement attentif quand une voiture le suivait puis le doublait. Des bagnoles banalisées de flics pouvaient les surprendre au dernier moment. Depuis une demi-heure, il observait les phares d'une voiture calée sur sa vitesse, maintenant toujours la même distance. En quelques mots, il attira l'attention de Snoop qui, sans rien dire, récupéra un fusil à pompe dissimulé sous le siège. Snoop n'aimait pas le maniement des fusils à pompe. Depuis plus de vingt ans, il pratiquait les exécutions à la kalachnikov. Jamais déçu ! Il préférait le tir en rafale à celui du coup par coup. Snoop manœuvra la culasse, faisant monter dans la chambre une cartouche de chevrotine. M. Mince, concentré, arrêta la radio.

43

À neuf heures du matin précises, le lieutenant Nicolas Wronski du 2e district de police judiciaire rassembla ses notes sur l'affaire Madjid Doucouré, referma l'étui de son arme qu'il portait à la ceinture et prit sa moto pour aller rue d'Oran. La circulation hallucinante de cette portion du 18e arrondissement l'incitait à ne pas utiliser de voiture, même une voiture de police, dont le gyrophare et le deux-tons n'auraient pas rendu la circulation plus fluide pour autant. Wronski devait déposer quelques convocations concernant d'autres affaires et profitait de ce déplacement pour s'en débarrasser. Avant d'aller à l'autopsie de Doucouré qui se déroulerait dans l'après-midi, il souhaitait effectuer une enquête de voisinage. Il envisageait de s'entretenir avec Salif, dont l'adresse avait été retrouvée collée contre un paquet de cigarettes dans la poche de Doucouré. La veille au soir, il avait diffusé sur le réseau interne de la préfecture de police le message de découverte d'un cadavre et l'ouverture d'une enquête contre X pour assassinat. La victime se nommait Madjid Doucouré et était domiciliée 3 passage Cottin à Paris 18e.

Mistral quitta la gare Saint-Charles à 10 h 03. Calderone s'était proposé de venir le chercher vers 12 h 30 devant le parvis de la gare de Lyon. Avant de quitter Marseille, les deux hommes s'étaient parlé au téléphone. « Rien de particulier depuis votre départ », avait conclu Calderone au moment où le TGV sortait lentement de la gare. Pour ne plus penser aux discussions de la veille au soir avec ses deux amis, il reprit le livre d'Hervé Le Carme, essayant par là même de trouver les moyens de s'approprier les moteurs de la magie africaine pour tenter de décoder en quelque sorte ses procédures, même s'il s'en défendait.

Le lieutenant Wronski écrasa sa cigarette en pénétrant dans l'immeuble du 4 de la rue d'Oran. Il ne fut pas étonné de l'absence de noms sur les boîtes aux lettres éventrées et rouillées. Pas plus de celle de la minuterie. Il se saisit de son smartphone et actionna la lampe torche. Avant d'avancer, il fit attention où il posait ses pieds. L'entrée de l'immeuble, voué à une prochaine démolition, servait de toilettes. Wronski se déplaça prudemment, enjambant les déjections puis les trous quand il mit les pieds sur les marches d'escalier. Il évita de se tenir à la rampe à la couleur incertaine. Il dégagea son pull qui recouvrait la crosse de son arme, et d'un coup de pouce fit sauter le bouton-pression qui maintenait l'étui fermé. Le 9 mm prêt à être dégainé rapidement. Wronski se méfiait toujours des endroits impossibles, comme les squats pourris aux escaliers plongés dans le noir. À chaque étage, il essayait vaguement de déchiffrer les noms sur les portes qu'il éclairait de sa lampe. Pas de Salif. Pas de bruit, pas de musique. Il décida de monter jusqu'au dernier étage et de redescendre en cognant à chaque porte jusqu'à ce qu'il repère le logement de Salif, si tant est qu'on lui ouvre.

Arrivé sur le dernier palier, la lumière de sa lampe éclaira des traces de pas sur le sol. Il rapprocha le halo de la lampe de ces empreintes de semelles. Leur couleur rougeâtre tirant sur le brun alerta le policier. Wronski évita de marcher dessus et frappa aux deux portes d'appartement. Il essaya d'ouvrir celle de gauche, mais se rendit compte, en projetant sa lampe tout autour de l'encadrement, qu'elle était clouée pour éviter une intrusion de squatters. Wronski sortit son arme et d'un léger coup de pied ouvrit la porte facilement. Lampe dans la main gauche, 9 mm dans la droite pointé en direction de l'intérieur du logement. Au sol, Wronski découvrit immédiatement des traces de sang épongé. Le faisceau éclaira ce qui restait d'un être humain, un tronc démembré et décapité.

Après avoir dit d'un ton calme et à haute voix : « Qu'est-ce que c'est que ce bordel ? », il rangea son arme, téléphona aussitôt à l'état-major de la police judiciaire et à son chef de service du 2e district. En attendant « la cavalerie », comme il aimait le dire, il photographia depuis le seuil de l'appartement le tronc démembré et décapité, les traînées de sang épongé ainsi que les traces de pas. Il se laissa aller à des déductions. *Si ce qui reste du mec, c'est Salif, et si ce Salif était un albinos, qu'est-ce que foutait le Doucouré dans ce bazar ?* Wronski, qui connaissait l'histoire du couple d'albinos démembré, fit le rapprochement. Restait à déterminer si la mort de Doucouré avait un lien avec ces meurtres. La brigade criminelle allait logiquement récupérer l'enquête sur le meurtre de Madjid Doucouré et celle sur le tronc démembré. Wronski se dit qu'il aimerait bien bosser sur ce type d'affaires et devrait aller faire un tour à la Crim prochainement pour se faire connaître.

Dans le TGV qui remontait vers Paris, Mistral dormait profondément. Il s'était assoupi sans s'en rendre compte, ses mains tenant ouvert le livre de Le Carme. Il ne fut pas réveillé par les appels incessants qui se succédaient sur son téléphone, réglé en mode silencieux pour ne pas déranger ses voisins.

Dans le bureau d'Éric Forest à la BRB, un repas improvisé à base de sandwichs et de café se terminait. Son groupe enquêtait sur des braquages de camions chargés de matériel informatique. Durant la nuit, des communications téléphoniques interceptées donnaient espoir aux policiers de localiser le lieu de repli du gang de braqueurs. En attendant que ses équipiers se préparent, Forest, une tasse de café en main, lisait les derniers télégrammes. Il s'arrêta sur celui annonçant l'assassinat de Madjid Doucouré. Sans même regarder son téléphone, il composa le numéro de Mistral. Sonneries. Messagerie. Il laissa un bref message : « Doucouré assassiné. Je vais au 2e District. » Forest chargea son adjoint de prendre le relais sur l'affaire du gang de braqueurs et fonça au siège du 2e district, rue Louis-Blanc dans le 10e arrondissement.

Peu avant d'arriver à Paris, Mistral émergea d'un sommeil profond. Il referma le livre de Le Carme dont il n'avait parcouru que les premières pages. Machinalement, il regarda son téléphone. Quinze appels, cinq messages. Mistral mit quelques secondes à réaliser le nombre inhabituel de coups de fil et pensa à une erreur, ou à de la publicité intempestive. Il écouta la messagerie. Deux informations : la découverte d'un tronc démembré et le meurtre de Doucouré. Douze appels de la brigade criminelle, de l'état-major, de ses adjoints, deux extrêmement brefs et très agressifs de Balme, et un de Forest.

Quand Mistral rejoignit Calderone sur le parvis de la gare de Lyon, il avait analysé les deux informations importantes, rappelé ses adjoints et Forest, et pour terminer, laissé un SMS à Balme. Pendant le trajet vers le 18e, le chauffeur conduisait vite. Calderone, assis sur la banquette arrière de la Ford avec Mistral, faisait le point.

— Balme est sur place, il fait la gueule et ne parle à personne. Que le strict minimum. Il attend que vous arriviez. L'IJ a commencé son travail sur la scène de crime. L'enquête de voisinage ne va pas nous apporter des miracles, l'immeuble est pratiquement vide, et les deux ou trois personnes interrogées ignoraient que l'appartement où le corps a été découvert était occupé.

— Qui a découvert le corps ?

— Un lieutenant du 2e district qui enquêtait sur la mort d'un Africain, un certain Madjid Doucouré, planté d'un coup de couteau. Dans la boîte qui contenait la fouille de Doucouré, il a trouvé un papier froissé avec un nom « Salif » et une adresse, 4 rue d'Oran. Il a fait un saut ce matin et a découvert le carnage.

— L'identité de Salif est confirmée ?

— Pas du tout. On sait juste que la victime est un homme, le massacre remonte à une dizaine d'heures. C'est très certainement un albinos. On a facilement fait le rapprochement avec l'informateur que vous avez vu avec Forest. D'ailleurs, j'ai eu Forest, il est parti de son côté pour en apprendre davantage sur Doucouré.

Mistral approuva en silence, son visage tendu anticipait les difficultés à venir.

Les accès à la rue d'Oran étaient fermés par un cordon rouge et blanc « Police » pour faciliter les allées et venues des policiers. Malgré tout, la presse, qui avait réussi à s'infiltrer, ne se trouvait pas très loin de l'entrée de l'immeuble. Mistral remarqua Balme qui faisait les cent pas, le téléphone vissé à l'oreille. *Sans doute avec le cabinet du préfet de police*, pensa Mistral qui attendit que Balme finisse sa conversation avant de monter dans l'immeuble. Mistral aperçut Paul Dalmate en compagnie d'un jeune policier qui manifestement l'attendait. Mais Balme était en train de ranger son téléphone dans la poche de son manteau et se dirigeait vers Mistral.

— Où étais-tu passé ? Pourquoi tu ne décroches pas ton téléphone ? questionna brutalement Balme.

— J'avais rendez-vous avec mon enfance, et ce n'était pas terrible. Je dormais quand tu as téléphoné.

La réponse calme et décalée de Mistral déstabilisa Balme.

— Qu'est-ce que c'est que ces conneries, Ludovic ?

— Je t'en parlerai plus tard, si tu m'en laisses l'occasion. Je suis parti hier matin, et j'arrive à l'instant. Je ne sais pas ce que j'aurais fait de plus si je ne m'étais pas absenté environ vingt-huit heures. Si tu le veux bien, je m'occupe de l'enquête, je vois que la presse est déjà là. Je crois que tu es très attendu.

Le lieutenant Wronski, aux côtés de Paul Dalmate, observait la fin de la discussion entre Mistral et Balme. Wronski, malgré sa faible ancienneté de trois ans dans la police et sans entendre la teneur des paroles échangées, comprit que les relations entre le directeur de la PJ et le chef de la brigade criminelle viraient à l'aigre. Quand les deux hommes se séparèrent, Dalmate et Wronski s'approchèrent de Mistral. Présentation du lieutenant

Nicolas Wronski par Dalmate qui fit un point sur l'enquête Doucouré et son lien avec Salif.

Mistral entra dans l'immeuble éclairé par un groupe électrogène. La lumière crue soulignait l'état de délabrement et de pourriture de l'immeuble. Arrivé sur le dernier palier, Mistral vit une protection installée sur les empreintes de pas dans le sang séché. Là aussi, la lumière blanche du groupe électrogène accentuait le côté abominable de cette scène de crime. Une lumière tellement vive qui ne faisait ressortir que la couleur blanchâtre du tronc et les traces de sang séché et épongé. Les techniciens de la scène de crime terminaient leurs prélèvements puis laissèrent le champ libre aux enquêteurs de la brigade criminelle.

Mistral, avant de rentrer dans le studio, prit un appel, celui de Forest parti à la recherche de connaissances de Doucouré, pour essayer de tracer ses dernières heures.

Dalmate rejoignit Mistral dans l'appartement. La mécanique réglée des policiers de la brigade criminelle ne laissait rien au hasard. Le légiste, déjà présent sur les lieux lors de la découverte du couple démembré, fit un petit signe de tête amical à Dalmate en partant, signifiant « à la prochaine ».

Vers 14 heures, toutes les équipes quittèrent les lieux, avec les pompes funèbres en dernier, sorte de voiture-balai des enquêtes criminelles. Mistral s'assit à l'arrière d'un véhicule conduit par Dalmate, Calderone en passager avant. Il parcourait les notes transmises par le lieutenant Wronski et de temps à autre comparait les photos de la dernière scène de crime, transférées sur sa tablette par le photographe de l'IJ, à celles du couple de la rue Myrha. Il était persuadé d'être confronté à une même équipe de tueurs. La seule différence résidait dans la récupération du sang après le meurtre de celui qui était sans doute Salif. Pas de mise en scène macabre dans la disposition des corps, aucun message. Mistral imaginait les scènes. Les tueurs entrent, tuent, découpent, prélèvent ce qui doit l'être et repartent.

Absorbé dans ses réflexions et par les photos qu'il détaillait, il ne releva la tête que lorsque la voiture s'arrêta sur le parking du Quai des Orfèvres. Il ne s'était pas rendu compte du trajet. Les trois policiers déjeunèrent dans un restaurant de la rue Saint-André-des-Arts, la discussion portant exclusivement sur les meurtres d'albinos.

De retour, Mistral, debout dans son bureau, consultait le cahier des appels téléphoniques en absence. Nadège, la secrétaire, entourait d'un trait de stylo rouge ceux pour lesquels les interlocuteurs attendaient une réponse rapide. Il aperçut Sébastien Morin sur le pas de la porte et l'invita à entrer. Morin paraissait soucieux. Mistral pensa qu'il souhaitait s'enquérir de son avenir à la brigade criminelle.

— J'espère venir pour rien, je suis désolé si je vous dérange. Je n'ai pas de nouvelles d'Ingrid... Je suis inquiet... Elle n'a pas pris son service ce matin. Elle n'avait pas prévu de s'absenter.

Mistral fut surpris par le ton et l'attitude préoccupés de Morin.

— Elle a sans doute eu un empêchement, ou bien elle a oublié de poser sa demande d'autorisation d'absence. Pourquoi êtes-vous si inquiet ?

— Parce que je lui ai téléphoné une vingtaine de fois chez elle ou sur son portable qui est sur messagerie. Ce n'est pas normal. Il est déjà 15 h 30, elle aurait dû se manifester. Elle n'éteint jamais son portable.

Mistral réfléchissait, l'inquiétude de Morin était presque palpable.

— Elle a peut-être rejoint un ami proche. Sébastien, je ne suis pas au courant de la vie privée de toutes les personnes de la brigade criminelle. Vous vous affolez sans doute pour rien !

— Je connais Ingrid en dehors du travail. Nous nous voyons très souvent. Je le saurais si elle était avec quelqu'un… elle me l'aurait dit.

Mistral pivota son fauteuil vers son téléphone, appuya sur une touche, Calderone décrocha.

— Vincent, vous pouvez venir ?

En attendant que Calderone les rejoigne, Mistral essaya d'imaginer des explications à l'absence d'Ingrid. Morin les rejeta toutes. Calderone entra et s'assit à côté de Morin.

— Sébastien s'inquiète de l'absence de Mlle Sainte-Rose.

— Je voulais vous en parler. Dalmate vient de m'avertir. Ce n'est pas dans les habitudes d'Ingrid de ne pas répondre aux appels téléphoniques. Son absence n'était pas prévue, j'ai vérifié à l'instant.

— Devons-nous déjà nous en alarmer, Vincent, alors que la journée n'est pas terminée ?

— Je pense que oui.

44

Vers 16 heures, deux Africaines entrèrent discrètement dans la chambre de Stella que personne ne surveillait. La jeune fille somnolait sous l'effet des antalgiques. Une des Africaines qui portait un cabas en sortit des vêtements ordinaires, pendant que l'autre réveillait Stella. La patiente qui partageait la chambre observa le manège de ces deux femmes, intriguée par leurs agissements. Ne pressentant rien de bien naturel, elle se garda d'intervenir. Une des deux Africaines s'exprimait dans un langage incompréhensible pour l'autre patiente. Il s'agissait d'un dialecte du sud-est du Nigeria.

— Le sorcier a dit que tu n'étais pas en sécurité ici. Il faut venir avec nous, il va te soigner.

Stella se laissa habiller, ne voulant pas résister à la volonté du sorcier ni perdre sa protection. Une des deux femmes jeta un bref coup d'œil dans le couloir et fit un signe à celle qui soutenait Stella. Il n'y avait qu'une quinzaine de mètres à parcourir jusqu'aux ascenseurs, ensuite elles plongeraient toutes les trois dans l'anonymat du grand hôpital. C'est ce qui se produisit.

Dès l'instant où les portes de l'ascenseur se refermèrent, les deux Africaines comprirent qu'on ne les arrêterait plus. Les trois femmes débouchèrent sur le parking. Une Peugeot 607, premier modèle, en piteux état, s'approcha d'elles. Sans hésiter, les deux femmes encadrant Stella montèrent dans la voiture. Le chauffeur démarra lentement et se dirigea vers la sortie. Personne n'avait remarqué l'enlèvement de Stella. Eliott, le passager de l'auto, se retourna et s'attarda sur le visage tuméfié de la jeune femme. Snoop n'y était pas allé de main morte ; il en savait quelque chose, portant lui aussi les stigmates de la brutalité du colosse. Il devait conduire la jeune femme dans l'appartement d'Aubervilliers où Justina comptait réaffirmer son autorité.

⁂

Mistral, très concentré, lisait l'ensemble de la procédure concernant Madjid Doucouré et celle relative à la découverte du corps démembré, *X., pouvant être le prénommé Salif*. Il griffonnait au fil de sa lecture quelques notes. Il leva la tête quand la secrétaire annonça pour la deuxième fois la présence de Cyrille Dumont, l'avocat de Notto, qui souhaitait être reçu. Mistral referma ses notes et fit entrer Dumont. D'un geste de la main, le policier l'invita à s'asseoir.

— Que viens-tu m'annoncer comme mauvaise nouvelle ? Pour moi j'entends, donc bonne pour toi ?

Dumont éluda la question agressive de Mistral.

— Je ne suis pas ici pour polémiquer, mais pour te parler de Notto.

Mistral demeura quelques secondes silencieux.

— Avant de te laisser la parole, maître Dumont, je reçois à l'instant le premier compte rendu de l'IGPN sur l'action que tu as déclenchée. Je te passe les détails longs et laborieux de la prose bureaucratique pour aller directement à l'essentiel que je te résume : « Il y a eu dysfonctionnements à différents niveaux de la chaîne hiérarchique qui doivent se traduire par des sanctions administratives. » Tu as compris que c'est sur moi que la foudre va s'abattre. Tu voulais me parler de Notto ? Je t'écoute.

Dumont renonça à commenter les observations de Mistral et relata en détail la discussion qu'il avait eue avec Notto, et la localisation de la cabine téléphonique de la place des Vosges.

— Pourquoi me racontes-tu tout ça, Cyrille ? J'attire ton attention sur le fait que tu fais état d'une conversation entre un fugitif assassin et son conseil, et que je devrai officialiser cet échange dans un procès-verbal.

— Ludovic, il faut que tu m'écoutes, toi aussi. Notto a choisi de m'instrumentaliser. Il ne voulait pas n'importe quel avocat, mais celui qui soit le plus en capacité de pourrir la vie du chef de la Crim !

— Sur ce point, il ne s'est pas trompé, ironisa Mistral.

— Ludovic, tout est calculé chez ce mec, y compris le fait de se manifester et de laisser volontairement son sperme sur une victime. Il est en train de nous manipuler tous les deux !

— D'après toi, reprit Mistral, attentif, il poursuit un but ? C'est ta théorie ?

— Je ne sais pas si ma théorie est la bonne, mais oui il poursuit un but que j'ignore. Son comportement est complètement différent de celui qu'on connaît sur les tueurs.

— Je suis d'accord avec toi, reconnut Mistral.

— Je suis sûr qu'il m'a piégé quand je suis allé place des Vosges. J'ai pu facilement identifier le numéro appelant et j'ai foncé sans réfléchir. Il devait être planqué quelque part, soit parmi des groupes de touristes, soit sous les arcades dans l'obscurité, et m'observer. Il y a un tas d'endroits où tu peux épier quelqu'un sans te faire voir.

— Et il en a déduit, conclut Mistral, que tu étais resté avec ton fonctionnement de flic et qu'il ne pouvait te faire confiance que modérément, que tu étais prévisible.

Il y eut un silence de réflexion et d'analyse entre les deux hommes, pendant lequel l'animosité s'estompa. Dumont poursuivit son raisonnement.

— Il utilise les cabines téléphoniques et jamais son portable.

— Pourtant, il en possède un. Et je te dévoile même un secret de l'enquête, il a brisé proprement les scellés de son domicile pour récupérer le chargeur de son portable et celui de sa tablette. Alors que pour cinquante euros il pouvait acheter les deux dans n'importe quelle boutique, sans aucun risque ! C'est vraiment un comportement aberrant.

— Je pense plutôt que c'est un acte volontaire pour te montrer que c'est lui le vrai maître du jeu. Il doit se dire : *Je fais ce que je veux, où je veux, quand je veux, et en plus je le fais savoir aux flics.*

— Tu as raison, Cyrille. Il a de plus un vrai comportement de voyou, et pas seulement celui d'un assassin. Il utilise les cabines téléphoniques, comme ceux du grand banditisme, jamais la même cabine, pas de liens entre elles, des appels brefs. Et sans doute des coups de sécurité à n'en plus finir avant de téléphoner.

— Quand il va me rappeler, qu'est-ce que je lui dis ?

— Ce que tu penses faire.

45

Dumont parti, Mistral resta quelques instants pour analyser, seul, les propos de son ex-collègue devenu avocat. Il avait perçu de la sincérité dans les phrases de Dumont, et pour cette raison il choisit de lui faire confiance. Il téléphona ensuite à Clara pour lui parler de l'enquête qui démarrait et de la tension installée avec le directeur de la PJ qui lui reprochait son absence. Clara comprit que Ludovic rentrerait tard. Avant de raccrocher, elle lui rappela de ne pas oublier de téléphoner aux garçons. Mistral se leva de son siège, s'étira et regarda l'heure, 17 h 30. La mauvaise heure pour boire un café, paraît-il. Celui qui empêche de dormir. Sauf si on a l'intention de veiller tard. Ce qui était le cas de Mistral. Il se dirigea vers le bureau de Calderone où il savait qu'il trouverait des dosettes de café. Quand il entra, Calderone discutait avec Dalmate et Forest.

— La secrétaire nous a dit que vous étiez avec Dumont, on a attendu qu'il parte.

— Vous avez bien fait, Vincent, ce type est vraiment curieux. Je vous en parlerai.

— Je parie que vous voulez un café.

— Plutôt un double ! Du nouveau, Éric ? questionna Mistral en se tournant vers Forest.

— Pas grand-chose, juste une petite info dont j'ai parlé à Vincent et Paul et qui les intéresse. D'après d'autres sources, Doucouré a passé les dernières heures à se rencarder sur l'Africain surnommé Snoop. Celui dont vous m'avez parlé. Il a bien reçu mon SMS dans lequel je lui demandais des infos sur ce mec. Rien de plus. Et je ne sais pas non plus comment il a obtenu l'information sur l'adresse de Salif.

— Snoop revient de plus en plus souvent dans les conversations, même s'il est assez loin de nos enquêtes pour l'instant, remarqua Mistral.

— Je souhaiterais interroger la jeune fille qui se trouve à Lariboisière, celle qui d'après le témoignage de Sylvie Ferrières aurait été tabassée par Snoop, même si je sais que nous ne sommes pas saisis de cette affaire, intervint Dalmate.

— Vous avez raison, Paul, admit Mistral après quelques instants de réflexion. Je m'occupe d'appeler mon collègue du 18e. Et ça ne va pas poser problème d'entendre la jeune fille puisqu'il y a une garde devant sa chambre.

Forest, avant de quitter la brigade criminelle, indiqua à Mistral qu'il serait joignable tard dans la nuit, puisqu'il comptait « traîner » du côté du quartier Château-Rouge.

— Pas de nouvelles d'Ingrid ? s'enquit Mistral.

— Aucune, répondit Dalmate, son chef de groupe. Je confirme qu'elle n'a pas signalé son absence auprès des autres équipiers ni laissé une demande d'autorisation de congés sur mon bureau. J'ai de nouveau téléphoné plusieurs fois, chez elle et sur son portable, dans les deux cas la messagerie s'est déclenchée immédiatement.

— J'ai vérifié auprès des hôpitaux de l'Assistance publique, ajouta Dalmate, aucune admission à son nom.

— Des problèmes personnels sous-jacents ?

— Pas à ma connaissance, reprit Calderone. Ces derniers temps, elle était très présente avec Paul auprès de Morin.

— C'est exact. Je sais aussi qu'elle prend particulièrement à cœur l'enquête sur le couple d'albinos massacré. Elle possède une sensibilité très forte à la magie et au vaudou. Elle pratique elle-même cette religion et ne veut pas que ça se sache.

Dalmate raconta comment il avait surpris involontairement la jeune femme se livrant à une sorte de rituel sur Morin endormi, et que le lendemain il n'avait pas osé lui en parler, ni le dire à quiconque au service. Calderone comprenait l'attitude de Dalmate.

— Je crains que, dans l'enquête sur les albinos, reprit-il, elle ne fasse cavalier seul. Je l'imagine très bien aller à la pêche aux renseignements dans le monde qu'elle connaît et pratique, et venir nous en parler ensuite.

— Pourquoi un tel comportement ? s'étonna Mistral.

— Pour éviter les sarcasmes de notre part.

— Il faut se rendre chez elle. Qui a les clefs ? Morin ? La concierge ?

Calderone et Dalmate approuvèrent la décision de Mistral. Les trois hommes se laissaient gagner par une réelle inquiétude. Tous trois connaissaient le professionnalisme et l'investissement de la jeune policière. Ingrid n'ayant jamais montré de désinvolture ou pris de libertés avec l'emploi du temps, ils admettaient implicitement que son silence laissait présager de mauvaises nouvelles.

— Morin est très lié à Ingrid, poursuivit Dalmate. Il possède un double des clefs de son appartement.

Une quinzaine de minutes plus tard, Dalmate proposa d'aller les récupérer auprès de Morin. Mistral et Calderone, qui devaient organiser le travail des équipes sur les meurtres Doucouré et Salif, rejoindraient Dalmate devant l'entrée de l'immeuble de la jeune femme.

Vers 19 heures, les trois policiers se retrouvèrent dans une rue commerçante du 12e arrondissement, la rue du Rendez-Vous, où habitait Ingrid Sainte-Rose. Dalmate les attendait sur le trottoir.

— Pas de nouvelles ?

— Non. J'ai sonné à sa porte. Rien. Je n'ai pas cherché à entrer, je vous attendais. J'ai discuté avec le concierge. Il a aperçu hier soir très tard Ingrid en rentrant d'un dîner chez des amis qui habitent plus haut dans la rue. En fait, je devrais dire tôt, puisqu'il situe sa rencontre à environ 2 heures ce matin. Elle est montée dans une voiture foncée. Il ne connaît pas la marque. Elle lui a fait un petit signe de la main. Rien de particulier. Il n'a pas fait attention au chauffeur qui était déjà dans la voiture. Ce matin, il n'a pas croisé Ingrid, mais avec son métier, m'a-t-il dit, elle a des horaires irréguliers.

L'immeuble situé au numéro 12 de la rue ouvrait sur un porche qui donnait accès à une petite cour dont le centre était occupé par un arbre et des massifs de fleurs. Elle habitait au troisième étage. Dalmate déverrouilla la porte, les policiers entrèrent avec appréhension. Celle de découvrir un suicide, par exemple. Ils ne s'interdisaient aucune hypothèse. Le comportement de la jeune femme était totalement inhabituel. Son absence et son silence ne répondaient à aucune logique.

Après avoir vérifié dans tout l'appartement, ils constatèrent qu'il n'en était rien. Tout y était parfaitement en ordre, pas de départ précipité non plus. Ils avaient soudain conscience d'être des intrus en ces lieux. Peut-être la jeune femme allait-elle se manifester. Mistral ne put s'empêcher de s'attarder sur les dizaines de livres qui occupaient la bibliothèque du salon. La plupart des ouvrages avaient trait au vaudou sous tous ses aspects, mais aussi aux albinos, aux masques et plus généralement à la magie africaine. Sur le pan de mur face à la bibliothèque, une quinzaine de masques étaient accrochés. L'ensemble était harmonieux et une sorte de paix s'en dégageait. Les trois policiers restaient silencieux en détaillant la pièce.

Ensemble, ils firent de nouveau le tour de l'appartement. Dans la chambre de la jeune femme, le lit n'était pas défait, signe probable qu'elle n'y avait pas dormi. Face au lit, une bibliothèque dans laquelle une télévision était encastrée. Sur les étagères, des objets étranges que les policiers auraient été bien en peine de décrire. Des sortes de petites figurines en bois sombre, de l'art africain à n'en pas douter, d'une quinzaine de centimètres de haut, mi-homme mi-animal, certaines entourées de cordelettes serrées, d'autres avec des pieux plantés dans le crâne ou bien encore la bouche fermée par un cadenas.

À côté de ces statuettes, un livre, celui d'Hervé Le Carme, couvert d'annotations de l'écriture de la jeune policière. Étonné, Mistral raconta rapidement l'histoire du professeur à Calderone et Dalmate, passant volontairement sous silence le meurtre de sa femme, à l'origine de leur rencontre. Il leur en parlerait, plus tard, quand tout serait terminé. Là, il se concentrait sur l'essentiel. Mistral se plongea dans les annotations d'Ingrid dans le bouquin de Le Carme. Il ne comprenait strictement rien aux phrases ésotériques notées dans la marge par la jeune femme. Mistral referma le livre, réfléchit quelques secondes, ouvrit son portable et appela Le Carme. Il laissa sonner dix fois le téléphone d'une autre époque qui devait résonner dans tout l'immeuble. Il raccrocha. Il composa le numéro de portable du professeur. À la deuxième sonnerie, Le Carme prit l'appel.

— Hervé, j'ai besoin de toi.

— Je suis couché, Ludovic, répondit Le Carme d'une voix pâteuse, passe demain.

— Lève-toi, Hervé, je vais envoyer une voiture te chercher.

— T'es complètement dingue ! Je t'ai dit de ne plus m'emmerder, Ludovic.

— Je me rapproche du sorcier, je le sais.

— Ce n'est pas possible.

— Laisse-moi en juger ! Une jeune femme policière de mon service a disparu. Je pense que c'est très inquiétant.

— Qu'est-ce que tu veux que ça me foute ?

— Elle pratique le vaudou et possède une centaine de bouquins sur la magie, des masques et des statuettes étranges dont j'ignore la signification.

— C'est normal que tu n'y comprennes rien ! Mais mon pauvre ami, si tu devais me réveiller chaque fois que tu trouves une statuette africaine, je ne dormirais plus jamais !

Mistral avait envie de répondre vertement à Le Carme, mais se retint.

— Elle possède aussi ton livre, le premier, celui qui est introuvable, couvert de ses annotations.

— Viens me chercher.

Mistral regarda sa montre. 20 h 30. Il appela l'état-major pour envoyer un chauffeur chercher Le Carme, et s'isola ensuite quelques minutes pour discuter avec ses enfants qui se coucheraient au plus tard dans une demi-heure. Il ferma les yeux pour faire abstraction du contexte dans lequel il se trouvait, pour se projeter par la pensée aux côtés de ses deux fils. Alors seulement, il put leur parler de choses anodines, comme l'achat de nouvelles roues de skate qui leur tenaient particulièrement à cœur. Après les avoir embrassés, il rouvrit les yeux et se plongea de nouveau dans l'énigme de la disparition surprenante d'Ingrid. Quand il revint dans la pièce, Calderone terminait une conversation avec l'état-major de la PJ et Dalmate, planté devant la bibliothèque, semblait chercher une solution dans les titres des ouvrages.

Le téléphone de Dalmate vibra, il prit l'appel, étonné, et écouta avec attention le message, l'air contrarié.

— Vous en êtes sûr ? Attendez, je mets le haut-parleur, je suis avec mon chef de service et son adjoint.

— C'est l'officier de permanence au 18e arrondissement, indiqua Dalmate. D'après lui, Stella a été enlevée.

Une voix masculine s'éleva dans la pièce.

— Je confirme. La jeune fille hospitalisée sous le nom de Stella Asemota, 18 ans, domicile inconnu, a quitté Lariboisière. Son identité relevée est verbale, elle ne possède aucune pièce d'identité, et a dit être nigériane. Apparemment ce sont deux femmes africaines qui sont venues la chercher, c'est ce que raconte l'autre dame qui partageait la chambre.

— Mais pourquoi avez-vous enlevé la garde ? demanda Dalmate.

— Tout simplement parce qu'il n'y avait aucune procédure judiciaire et que j'ai dû récupérer des effectifs pour d'autres affaires urgentes. Il nous manque du monde pour assurer toutes les interventions. Mes gars doivent être au minimum deux par véhicule.

— Des précisions sur sa fuite ?

— Une caméra de l'hôpital montre la jeune fille et les deux femmes monter dans une Peugeot 607 ancien modèle, mais l'angle ne permet pas de lire la plaque d'immatriculation. Désolé.

Dalmate, contrarié, raccrocha.

— Paul, réagit Mistral, la priorité maintenant, c'est Ingrid. Stella, on verra plus tard.

Les trois policiers jetèrent un regard circulaire dans l'appartement. Leur attitude, leur façon de détailler les meubles et les objets montraient qu'ils se demandaient ce qu'ils avaient bien pu oublier.

Dalmate s'approcha du répondeur téléphonique dont le voyant « message en attente » clignotait. Les policiers avaient failli ne pas voir cette alerte dissimulée en partie par une revue. Il interrogea Mistral du regard qui donna son accord d'un léger signe de tête. Dalmate enclencha le répondeur. L'ensemble des messages provenait de Dalmate, Calderone, Morin et d'autres policiers de son groupe, inquiets de ne pas la voir au service. La voix numérique du répondeur annonça ensuite : « Vous avez un message sauvegardé, tapez 1 pour le réécouter. » Dalmate pressa sur la touche 1 pour écouter le message enregistré deux jours plus tôt. La voix stressée d'Ingrid qui parlait fort et à toute vitesse envahit soudainement le salon. L'angoisse exprimée dans sa voix imprégnait la pièce. Entendre la jeune femme la rendait à la fois plus présente, mais aussi plus lointaine.

« J'me trouve au nord de Compiègne du côté de Bailly, derrière BM série 5 noire immat' cachée par de la boue. Possible AB, AD, AP 320 quelque chose GW, GV. Rien de plus. Y a une voiture derrière qui me colle. J'peux plus me sauver ! »

Dalmate repassa plusieurs fois l'enregistrement de cinq secondes pour pouvoir tout noter. Ces répétitions frappèrent les policiers, très attentifs aux mots et à l'intonation d'Ingrid. Leur anxiété allait crescendo, persuadés désormais que la disparition de la jeune policière était plus que préoccupante.

— C'est quoi ce merdier, Paul ? demanda Calderone. On dirait qu'Ingrid est prise en tenaille. Tu savais sur quoi elle bossait ?

— Pas du tout, je le découvre en même temps que toi. Elle ne m'a jamais parlé de cette mission en pleine nuit au fin fond de l'Oise qui a l'air de mal se passer, comme elle le dit sur son répondeur ! Professionnellement, elle n'avait pas à y être, nous n'avons aucune enquête dans cette région.

— Je pense qu'elle suivait la même voiture que celle qui est venue la chercher hier soir, estima Mistral. Il faut lancer un paramétrage sur ce numéro. Si le type prend des précautions pour dissimuler son immatriculation, c'est que la voiture n'est sans doute pas volée.

Les trois policiers redevinrent pensifs en attendant Le Carme. Ils redoutaient d'exprimer à haute voix leurs inquiétudes, de crainte de précipiter les choses. Par superstition inconsciente sans doute.

DEUXIÈME PARTIE

46

21 heures. Paris. Serge Notto se sentait perturbé. Propulsé par son moteur interne à trois temps : guette, traque et attaque. L'atermoiement de Dumont l'empêchait d'exprimer sa pleine mesure. Il ne le trouvait plus aussi vindicatif à l'encontre de Mistral. Ce n'était peut-être qu'une intuition, mais Notto ne se trompait jamais en entendant une voix. Il estimait que Dumont avait commis une erreur en se précipitant sur la cabine téléphonique de la place des Vosges. Un réflexe de flic, pas celui d'un avocat. Il devrait anticiper les réactions de ce genre.

Notto cala les écouteurs de son MP3, lança *Night Prowler* et régla le volume pour pouvoir entendre à la fois sa chanson et les bruits extérieurs. Il quitta sa tanière, direction le parking où la femme sublime rentrait chaque soir à 23 heures précises. Notto, la gorge sèche en pensant à cette soirée qui serait mémorable, prit toutes les précautions possibles pour se rendre au parking. Beaucoup de trajet à pied, une partie en métro. Avec sa tenue de jogger et son bonnet, il n'attirait pas l'attention. Le retour serait différent. Il ridiculiserait Mistral une fois pour toutes, même si, après cela, pour lui ce serait la curée, avec tous les flics lancés à ses trousses.

⁂

21 heures. Aubervilliers. Stella avait été conduite à l'appartement après avoir été récupérée à l'hôpital. La jeune fille debout, honteuse, tête baissée face à Justina, sévère, vautrée dans un fauteuil, à s'empiffrer de pistaches grillées, attendait la sanction. Stella parla d'une petite voix, celle d'une jeune fille anéantie par des mois de calvaire et de souffrance. Elle se demandait quelle punition allait lui tomber dessus, pire que ce qu'elle vivait.

— J'ai fait de la peine à *madam Justina* et je la prie de m'excuser. *Madam* Justina a toujours été très bonne avec moi. Grâce à elle, ma famille est heureuse et reçoit de l'argent. Le sorcier nous protège. Je remercie infiniment la *madam* de ses bontés.

Stella récitait ses phrases, sorte d'incantation.

— Dis-moi, qui c'est ce type qui vient te voir tous les jours ? On me dit que tu te comportes avec lui comme si c'était plus qu'un client. Tu vois c'que j'veux dire ?

— Oui, *madam*, c'est vrai, il vient presque tous les jours, mais il paye chaque fois. Eliott compte les passes et il sait l'argent que je fais. Je vais souvent avec les mêmes hommes, y a pas que lui.

— Comment y s'appelle, cet homme ?

— J'sais pas, *madam* Justina. Il paye, il baise. J'lui ai pas demandé et lui il m'a pas dit.

— Tu sais que si tu mens le sorcier peut te rendre folle et envoyer la malédiction sur ta famille.

— Oui, *madam* Justina, tout ça j'le sais, et j'y pense souvent.

Stella, les yeux baissés, se tordait les mains, morte de peur. Les démonstrations d'affections au Nigeria étaient bien loin. La menace du sorcier la terrorisait. Justina prenait son temps, mastiquant bruyamment les pistaches grillées. Elle éprouvait du plaisir à terroriser Stella. Elle savait que, quel que soit le châtiment, la jeune fille l'accepterait. Elle était à sa merci.

— Y a un grand sorcier à Paris, reprit enfin Justina. Il m'a envoyé de la magie pour toi, pour te protéger. Si je vois que c'est pas suffisant, alors on ira le voir, mais ça risque de te coûter encore plus cher. Un conseil : file droit et laisse cet homme. J'te repose la question, Stella, comment il s'appelle et où on le trouve ?

— J'sais pas, *madam* Justina, je dis la vérité. Il parle ni le dialecte ni l'anglais. Il vient, il paye l'amour, parfois il m'offre à manger, c'est tout. Il est dans le quartier où on est toutes.

Justina faisait mijoter sciemment Stella. Enfin, elle rendit sa sentence.

— Tu ne peux pas travailler avec la tête que tu as pendant au moins dix jours. À cause de toi, je vais perdre beaucoup d'argent. Vraiment beaucoup. En plus tu vas manger et rien payer ! Les produits du sorcier coûtent très cher. Je vais perdre au moins… quinze mille dollars, à cause de toi ! Il faut que tu me rembourses, je les ajoute à ta dette.

Stella, silencieuse, essaya de faire un rapide calcul. Elle ignorait de combien sa dette de départ était réduite grâce à son travail. Maintenant, il fallait rajouter ces quinze mille dollars. Stella, démoralisée, se rendit compte qu'elle ne pourrait jamais rembourser pour se libérer de Justina et quitter le trottoir.

— Va-t’en, une fille va s’occuper de toi.

— Merci *madam* Justina, murmura Stella.

— Rends-toi utile pendant ces dix jours, ajouta Justina. Tu prépareras les repas.

Stella se garda bien de répondre qu’elle en avait l’habitude. Son cycle quotidien, depuis son arrivée en France se découpait en sept séquences : courses, cuisine, prostitution, rembourser la dette, pas dormir, éviter la police, trottoir de 22 heures à 6 heures.

21 heures. Le commanditaire, M. Mince, Snoop et Benson prenaient un verre, assis sur la terrasse couverte et chauffée d’une maison donnant sur des bois. La pluie avait cédé la place à une forte humidité et une brume naissante rendait la forêt invisible. Snoop se retenait de fumer malgré une forte envie, voyant que personne n’allumait de cigarette.

— Donc pas de difficulté, Benson ?

— Aucune. J’ai fait en sorte de me laisser distancer par le fourgon, comme prévu, ça leur a permis de se planquer où on avait dit, dans un chemin à l’entrée de la forêt.

Approbation silencieuse de M. Mince, Snoop ne disait rien.

— Quand la BM de Benson est arrivée, poursuivit M. Mince, on l’a laissée se garer. On voyait bien que la fille commençait à paniquer, elle regardait de tous les côtés. Benson est sorti de la voiture, la fille aussi en criant qu’elle voulait rentrer. Alors on s’est pointé, elle s’est mise à hurler et a essayé de s’enfuir. Snoop l’a séchée de deux coups de fusil. Un dans le dos, et l’autre qui lui a arraché la moitié du crâne. La chevrotine, c’est efficace.

Snoop, toujours silencieux, approuva d'un hochement de tête. Il avait fait le job.

— Son portable, Benson ? demanda le commanditaire.

— Aucun risque. J'ai activé le brouilleur dès qu'elle s'est assise dans la voiture. Quand les flics feront l'enquête, ils verront que le dernier relais où son téléphone aura borné, c'est celui qui couvre son quartier. Ensuite, plus rien. Après avoir flingué la fille, on a pulvérisé son téléphone.

— Bon travail. Et ensuite ?

— On a chargé le corps dans le coffre de la BM et Benson a conduit la bagnole au bout du chemin où il y a un lac profond. La voiture est au fond précisa M. Mince.

— D'où vient ce véhicule ?

— Volé il y a trois mois en Belgique ! Mais j'avais mis des plaques d'immatriculation françaises identiques à celles d'un même modèle, de la même couleur. Une doublette parfaite.

— Empreintes ?

— Voiture entièrement nettoyée avant que la fille monte. Au moment de la jeter dans le lac, j'ai passé à l'acide tout le poste de conduite. On ne risque rien.

— Le fusil ?

— Nettoyé. Il est dans le coffre de la BM au fond de l'eau.

— Les douilles ? Au moins une a été éjectée.

Snoop fouilla dans la poche de son blouson, sortit deux douilles vides et trois cartouches de fusil et les posa sur la table du salon.

— J'ai ramassé celle qui a été éjectée, et vidé l'arme.

Le commanditaire apprécia le professionnalisme et le sang-froid de l'équipe. Il distribua à chacun une enveloppe épaisse, fermée, qui contenait une grosse somme d'argent. Il considéra que l'épisode de la *jeune curieuse* comme il l'appelait était clos, et changea de sujet.

— Avec le matériel que tu m'as rapporté la première fois, reprit-il en regardant M. Mince, j'ai pu fabriquer de nombreuses potions et les envoyer chez mes clients, *là-bas*.

Tous savaient ce que signifiaient *matériel* et *là-bas*, excepté Snoop, qui s'en foutait et ne voulait pas le savoir.

— Tous les deux, ajouta-t-il, vous avez livré un produit... exceptionnel, qui me donne l'occasion de pouvoir fournir des clients pendant longtemps.

— OK, boss. On fait une bonne équipe avec Snoop, vous nous dites pour le prochain coup. On est partants.

Snoop quant à lui n'était pas du tout partant pour continuer le carnage auquel il avait participé. Tuer, aucune difficulté, il ne se souvenait d'ailleurs plus à quand remontait son premier meurtre. Mais découper des gens en morceaux, ou y assister, ce n'était pas son truc. Il préféra se taire et réfléchit sur la manière de dire au boss, en tête à tête, qu'il ne voulait plus être de la partie.

— On arrête pour plusieurs raisons, poursuivit le boss. Ces meurtres à répétition vont finir par déclencher un cataclysme dans la police, chez les journalistes, comme cette petite curieuse qui est dans le lac, et un peu partout. Beaucoup trop de personnes vont découvrir ces histoires, la magie attire ! Nos amis albinos, déjà rares, se feront invisibles. Je vois bien les flics nous tendre un piège en se servant d'un albinos comme d'un appât.

Snoop considéra que c'était une question réglée.

— On fait quoi alors, boss ? demanda M. Mince.

— Plus rien. Si on ne bouge plus, personne ne nous retrouvera. Soyez prudents quand vous dépensez votre argent, dépensez-le ailleurs qu'à Paris. Montrez-vous discrets et n'ayez plus aucun contact entre vous.

Les quatre hommes approuvèrent en silence, terminèrent leur verre en discutant de tout autre chose, et suivirent le commanditaire qui les avait conviés à dîner. *Il faudra en parler aussi à M. Muscle*, pensa M. Mince. *Snoop pourrait peut-être s'en charger.*

47

Depuis plus d'une heure déjà, Hervé Le Carme passait au crible les livres, masques et autres figurines qu'il découvrait dans l'appartement d'Ingrid Sainte-Rose. Calderone et Dalmate observaient Le Carme d'un air surpris. Mistral, pas du tout. Le Carme portait la même tenue que lorsque Mistral l'avait rencontré, quelques jours plus tôt, à savoir un pull-over difforme et un bas de survêtement noir et crasseux. Mistral remarqua que le pull était troué aux coudes, mais il n'en fut pas plus étonné que ça. Le professeur, planté devant les figurines depuis quinze minutes, hochait la tête de temps à autre.

— C'est très intéressant, murmura-t-il. Ce sont, sans doute, les plus belles pièces que j'ai vues depuis bien longtemps.

Le Carme avait les joues creusées et une bouche aux lèvres rentrées, comme celle des personnes édentées. Chuchotant pour lui-même, il était parfois incompréhensible. À cela, il fallait ajouter que Le Carme, avant de se faire récupérer par une voiture de la brigade criminelle, avait bu au moins un grand verre de whisky avec plusieurs comprimés de Deroxat, pour faire bonne mesure. Ses yeux le trahissaient. C'est ce qu'avait immédiatement pensé Mistral quand Le Carme, un peu vacillant, avait franchi le seuil de l'appartement de la jeune policière.

Pendant que Le Carme se livrait à l'examen des objets appartenant à la jeune policière, Mistral contemplait son meuble, face au lit, qui servait à la fois de bibliothèque, de présentoir pour ses statuettes et de support pour la télévision. Mistral ouvrit les quelques parties fermées du meuble. Il n'aimait pas du tout cette intrusion à laquelle il se livrait dans la vie personnelle de la jeune femme. Il resta quelques secondes surpris par ce qu'il vit dans un des petits placards. Son arme, le SIG 9 mm avec un chargeur engagé, le second chargeur approvisionné de quinze cartouches, une paire de menottes et son brassard fluorescent « Police » avec son numéro matricule. Enfin la présence de sa carte de police et sa plaque dans leur étui de cuir noir démontraient qu'Ingrid voulait cacher sa profession de policier au conducteur de la BMW qui l'avait attendue, selon le témoignage du gardien de l'immeuble. Mistral saisit l'arme, dos à Le Carme, éjecta le chargeur et récupéra la balle engagée dans la culasse. Il remit la munition dans le chargeur et vit que le ressort, au-dessus duquel les balles étaient engagées, s'arrêtait sur le chiffre quinze. Quinze cartouches dans chaque chargeur. La dotation réglementaire était respectée. Ingrid n'avait pas utilisé son arme. Mistral récupéra le tout et l'enferma dans sa sacoche.

Le Carme, assis sur le lit d'Ingrid, avait observé Mistral se saisir de l'arme et de tous les objets la reliant à son métier de policier, d'un air contrarié.

— Tu t'attendais à quoi ?

La remarque de Le Carme surprit Mistral.

— Pourquoi me poses-tu cette question ?

— Ça me paraît évident. Quand tu vas à la rencontre du monde des esprits, tu ne prends pas d'arme.

— Qu'est-ce qui te fait dire qu'Ingrid est allée « rencontrer le monde des esprits » ?

— Une simple intuition, quelque chose qui ne t'est pas familier.

Mistral s'abstint de répliquer vertement.

Le Carme se replongea dans l'étude des objets qu'il tenait dans ses mains. Deux statuettes en bois d'une quinzaine de centimètres, qu'il détaillait en les tournant dans tous les sens. Il sentit le regard de Mistral posé sur lui et répondit à la question qu'il pressentait :

— Statuettes du Bénin, XIXe siècle, utilisées pour provoquer l'aphasie ou la mort. Tu vois le fer qui scelle les lèvres ? C'était celui porté par les esclaves. Et ce taquet de bois enfoncé dans la poitrine, lieu du souffle ? C'est celui de la vie. Le taquet enfoncé entraîne la mort, et le fer clôt la bouche.

— On devine à peine le visage des statuettes, souligna Mistral.

— Ils sont couverts de couches sacrificielles, preuve que cet objet a fonctionné très longtemps sans perdre de son efficacité.

— Qu'est-ce que tu entends par couches sacrificielles ?

— Du sang d'animaux, et autres matières humaines.

— D'où proviennent ces statuettes ? Un antiquaire spécialisé ?

Le Carme eut sur Mistral une sorte de regard teinté d'un léger mépris.

— Tu es vraiment ignare des choses de l'esprit. Pour tout te dire, ce ne sont pas des statuettes. Ce sont des fétiches. Et non, les fétiches ne s'achètent pas. Ils doivent rester à l'abri des regards tels que le tien. Pour les confectionner, on a recours à un sorcier, qui prononce des formules magiques.

Consterné, Mistral écoutait Le Carme.

— Intéressante, cette policière. Je ne savais pas que vous aviez des gens aussi cultivés dans la police. J'ai hâte de discuter avec elle.

Le Carme quitta le lit, reposa les fétiches, en saisit un autre et se livra de nouveau à des explications d'érudit.

— Hervé, s'il te plaît, ne recommence pas. Tes commentaires historiques et scientifiques sont intéressants. Mais je voudrais que tu me parles d'Ingrid. Que signifie cette accumulation de masques, livres, figurines, et que sais-je encore ?

Le Carme reposa la statuette avec précaution, comme s'il tenait un objet précieux.

— Ce qu'il y a d'énervant avec toi, Ludovic, c'est que tu veux des réponses de flic, sans écouter le raisonnement qui accompagne les découvertes. Dans le monde des esprits, tout est important.

Le professeur sortit de la chambre, Mistral sur les talons, traversa le salon où Calderone et Dalmate lisaient, concentrés, le carnet d'Ingrid, celui qu'elle intitulait *En bordure de l'horreur*. Le Carme s'arrêta devant la porte d'entrée. Il pointa du doigt un petit rameau de palme épinglé au-dessus de la porte d'entrée. Il désigna ensuite, sur une tablette, à côté de la porte, un petit tas de sable et des herbes nouées. Regard interrogatif de Mistral.

— Sais-tu ce dont il s'agit ?

— Je n'en sais rien, on dirait un jardin japonais en miniature, répondit Mistral, agacé.

Haussement d'épaules de Le Carme.

— Tout cela, dit-il en désignant du doigt le rameau de palme, le sable et les herbes nouées, assure la protection de la maison. Y toucher provoquerait la colère du vaudou. Cette femme est vraiment intéressante. Tu as dû t'en rendre compte. Sûrement une pratiquante de haut niveau de la religion vaudoue.

— Cette femme, comme tu dis, est un policier efficace et que j'apprécie. Mais son implication, ou son lien, appelle ça comme tu veux, avec le monde des esprits, du vaudou, m'est complètement étranger. Parle-moi de ses masques et de ses livres.

— Ludovic, tu es consternant d'ignorance ! On ne choisit pas les masques pour faire de la décoration. Ce sont les masques qui te choisissent, et c'est pour tout autre chose. De combien de temps je dispose pour te donner une analyse précise ? Deux heures, une journée ? Combien ?

— Cinq minutes. Je ne veux pas une visite commentée de musée. J'attends de toi que tu me dises l'essentiel sur ce qui nous entoure. Hervé, qu'elle est la signification de tout ça ? Ensuite, je me débrouillerai.

Le Carme resta silencieux, observant Mistral de ses yeux troubles. Il passa une main dans ses cheveux longs, sales et clairsemés qui encadraient son visage blafard.

— J'aurais préféré discuter avec cette femme qu'avec toi. Elle a souligné quelques passages intéressants dans mon livre, et d'autres où elle avoue son ignorance. Elle a disparu ?

— Je n'en sais rien, Hervé, mais oui, c'est possible et je suis inquiet. Alors tes conclusions ?

— Je n'en ai pas, je ne suis pas flic. Je ne suis qu'un ex-professeur. Elle connaît le monde des esprits. Elle a voulu s'en approcher, sans doute de trop près.

— Hervé, tu m'as déjà parlé du monde des esprits, mais ça ne m'aide en rien, s'impatienta Mistral. Je ne sais pas où le trouver, ce monde des esprits, comme tu dis.

— Je souhaite rentrer, je suis fatigué.

— Parle-moi des annotations qu'elle a faites sur ton livre.

— Après je m'en vais.

— Je te ferai raccompagner, concéda Mistral.

— Elle a souligné tous les passages dans lesquels je décris la mystique qui entoure les meurtres d'albinos. Et ceux de la porte des deux mondes.

— Oui ? Et puis ?

— Fais la même chose. Lis.

— Arrête deux minutes, Hervé ! Je pourrais relire cent fois ces lignes sans pour autant y comprendre quelque chose, dit Mistral en élevant la voix.

— Tu as vu ? Diana Krall passe à l'Olympia. Es-tu toujours aussi féru de jazz ?

Mistral contenait sa colère. Il savait qu'il ne pourrait rien tirer de plus du professeur, trop imbibé d'alcool et de médicaments, et qui naviguait entre raison, pragmatisme et folie douce. Et le plus souvent dans cette dernière zone. Le Carme partit en saluant d'un petit geste de la main les policiers, tout en leur rappelant que tout était dans le petit livre.

Assis dans le salon d'Ingrid, les trois hommes, légèrement découragés, se faisaient face. Posées sur une table basse, arme, menottes, carte de police. Cette découverte ne contribua pas à les rassurer.

— Elle est partie en pleine nuit avec un type sans prendre ni son flingue ni sa carte de police.

— Conclusions ? demanda Mistral.

— Elle est allée peut-être dans une soirée où c'est délicat de se balader avec tout cet attirail sur soi, avança Dalmate.

— Ça, c'est la version soft et rassurante, conclut Mistral. Autre possibilité, elle ne tenait pas à prendre un risque en avouant son job. Le Carme m'a dit : « Quand tu vas à la rencontre du monde des esprits tu ne prends pas d'arme. »

— Qu'est-ce que ça veut dire ?

— Je n'en sais rien, Vincent. Ce soir, l'esprit de Le Carme était fermé à double tour.

Calderone désigna ensuite les carnets et sa tablette.

— Elle note tout ce qui entoure chaque scène de crime depuis qu'elle travaille à la brigade criminelle. C'est surprenant. On apprend énormément des lieux et des gens quand on possède ce regard décalé. Dans le dernier carnet, ce qu'elle écrit sur le meurtre du couple démembré est intéressant.

Calderone ouvrit le carnet et lut un passage.

— « Aujourd'hui, je suis allée sur un double meurtre que je ne croyais jamais connaître. Deux corps découpés. À la machette ? Vu l'état des cadavres, impossible de le dire. En entrant dans le squat, j'ai tout de suite ressenti que je me trouvais au milieu d'une pièce où s'était déroulé un massacre sur fond de rituel. Il n'y avait aucune inscription, aucun décor, rien de tout cela. Les corps n'étaient même pas disposés dans un ordre voulu. Ils avaient été laissés là après avoir été découpés. Comme des animaux à l'abattoir. JE RESSENTAIS – écrit en majuscules, précisa Calderone – les ondes de cette tuerie. Je n'ai pas pu faire autrement que me livrer un peu à Paul, qui n'a rien dû comprendre. J'ai préféré ne rien dire devant Mistral, cartésien comme il est, il aurait haussé les épaules, au mieux. Je me suis souvenue du bouquin de Le Carme et Djomo… »

— Qui est-ce, ce Djomo ? intervint Dalmate en regardant Mistral. Je crois que vous avez lu le livre.

— Oui. D'après ce que j'ai compris, c'est un type dont il a fait la connaissance en Afrique et avec lequel il a échangé sur la magie, etc. Une sorte de caution locale au jeune scientifique qu'il était. Mais il n'a pas pris, plus que ça, part à l'écriture. C'est mon avis. Continuez, Vincent.

— « Je me suis souvenue du bouquin de Le Carme et Djomo, reprit Calderone. J'ai tout de suite pensé aux meurtres d'albinos découpés, dont les membres et le sang servent à confectionner des philtres ou le *muti*, comme disent les Zoulous, destinés à chasser les mauvais esprits ou à porter chance à quelqu'un. Le Carme et Djomo disent que la tradition veut que le traitement ait davantage d'effet lorsque les prélèvements sont effectués sur des victimes vivantes, car leurs cris éveillent les puissances surnaturelles. J'espère que ce n'était pas le cas avec ces deux pauvres malheureux. »

Mistral et Dalmate écoutaient, très concentrés.

— « Je suis sûre et certaine que ce sont des corps d'albinos. Je ne dis rien, je sais qu'à l'autopsie, il y aura une biopsie et que le légiste découvrira la nature des deux cadavres. Je préfère que ce soit lui qui le révèle. Ensuite, il sera toujours temps de développer la théorie sur ces meurtres. J'ai été étonnée de voir tout ce sang séché qui entourait les corps, il paraît que le sang des albinos est très recherché. Pourquoi n'a-t-il pas été récupéré par les assassins ? Maintenant, il va falloir découvrir le sorcier. Les deux types qui les ont massacrés ne sont que des exécutants, même s'ils risquent la perpétuité. Mais le plus intéressant, c'est le donneur d'ordre. Comment le dire à Mistral sans qu'il se moque de moi ? Je vais tenter une approche par Paul, bien plus à l'écoute des choses de l'âme et de l'esprit. »

Dalmate regardait Mistral, légèrement ennuyé par la phrase qu'il venait d'entendre. Calderone tourna plusieurs pages.

— On en lira d'autres ensuite, dit-il, Ingrid y détaille les meurtres d'albinos, la magie, le pouvoir des sorciers, etc. Il y a un passage plus loin qui nous a semblé intéressant.

— « J'ai la nausée, l'atmosphère qui règne dans cette pièce confinée avec ces deux troncs m'indispose. Il faut que je descende fumer une cigarette. En fait, j'en ai fumé trois d'affilée ! Sur le trottoir d'en face, j'ai observé une cinquantaine de personnes maintenues à distance par deux gardiens. Les gens sont curieux. J'ai profité des allées et venues pour filmer la scène avec mon smartphone. C'est vraiment génial de voir ce groupe de personnes, un bric-à-brac d'humanité rassemblée par la curiosité. En revanche, quand j'ai visualisé cette scène sur ma tablette, j'ai vu qu'un type se cachait. Pourquoi ? Il m'avait vue avant que je ne le voie. J'ai essayé de figer son image, mais c'est impossible. »

— Je vous montrerai la vidéo, intervint Dalmate désignant du menton la tablette posée sur la table basse. Effectivement on voit bien la scène décrite par Ingrid, mais impossible de visualiser le bonhomme. Je vais envoyer la vidéo à la PTS, mais je doute que les techniciens puissent en tirer une image exploitable. À aucun moment on n'aperçoit, ne serait-ce qu'une milliseconde, une partie de son visage.

— Elle a encore écrit de nombreux commentaires, ajouta Calderone. Elle termine sa « séquence africaine » par : « En Afrique personne ne meurt d'une mort naturelle, on pense que derrière chaque mort, il y a une main. »

— Quoi d'autre ? demanda Mistral.

— Rien. On la sent perturbée par l'état de santé de Morin, elle dit pratiquer des séances vaudoues pendant qu'il dort, pour apaiser ses tourments.

— C'est bien ce que j'avais aperçu l'autre soir, ajouta Dalmate.

— Les deux dernières pages portent des annotations que nous pouvons relier à notre présence ici, je pense. Elle n'a pas rédigé de phrases, seulement quelques mots jetés dans un style télégraphique, datés d'avant-hier. « Une piste pour le sorcier ? Sur le répondeur : numéro voiture. J'ai vu le *houngan*. Rien à en tirer ? À voir. » C'est tout. *Houngan* ? De quoi s'agit-il ? questionna Calderone.

— Le prêtre vaudou, répondit Mistral. Je l'ai appris dans le bouquin de Le Carme. Il nous a un peu décodé qui était Ingrid, une pratiquante vaudoue de haut niveau, a-t-il dit. C'est faible, je pensais qu'il nous aurait livré davantage d'éléments. On ne comprend toujours rien à ce que nous voyons ici. Mais ce n'est pas étonnant. Ingrid cherchait des réponses dans sa communauté spirituelle.

— Une sorte d'enquête silencieuse pour débroussailler le terrain, résuma Calderone.

— J'ai un mauvais pressentiment, déclara à l'emporte-pièce Paul Dalmate.

48

Serge Notto s'approcha avec prudence du parking. Plus d'une heure d'avance avant que la femme sublime n'arrive. Il resta dissimulé derrière un arbre, observant les alentours. Rien d'inquiétant. L'heure tardive et les fortes intempéries qui s'abattaient sur Paris rendaient moins fréquents les ravitaillements à la pompe. L'employé de la station, les pieds sur le bureau, jouait sur une tablette. Quand il ne jouait pas, il téléphonait et bâillait, s'ennuyant ferme. Parfois il levait la tête machinalement, les yeux dans le vague, regardant la pluie battre les vitres de son bureau, ébranlées par un vent qui soufflait en rafales. *C'est parfait !* se dit Notto. *Avec ce qu'il tombe, il ne va rien voir dans quinze minutes.*

Une voiture se présenta à la pompe, essuie-glaces à fond. Un bref coup de klaxon attira l'attention du jeune homme, qui sortit au petit trot sous les trombes d'eau, la casquette enfoncée jusqu'aux oreilles et le col du blouson, vert et blanc, aux couleurs de la compagnie pétrolière, relevé. Le pompiste, la tête dans les épaules, dansant d'un pied sur l'autre, fixait le compteur qui tournait, veillant à ne pas dépasser la commande du conducteur. Un camion survint à vitesse réduite, Notto en profita pour terminer en courant, dissimulé par le camion, la trentaine de mètres qui le séparaient de l'entrée du parking. Juste la rue à traverser. Notto joua son va-tout quand le pompiste regagna en courant son bureau vitré. De dos, le jeune homme ne pouvait pas le voir. Notto, le cœur battant, courait maintenant dans la rampe qui le conduirait au quatrième sous-sol. Il repéra l'emplacement vide de la voiture de sa victime, ce qui le rassura, mais fut contrarié de voir qu'aucun véhicule n'encadrait la place de stationnement de la dame. La seule voiture à proximité où se cacher avant l'agression était une Citroën C5 garée en face, mais beaucoup trop basse pour s'y glisser. Il décida qu'il se dissimulerait derrière quand l'Austin de la jeune femme descendrait la rampe. Comme il connaissait le bruit du moteur, il n'aurait aucune difficulté pour se positionner à temps. Il l'attaquerait par surprise quand elle ouvrirait sa porte. Il évalua à trois secondes la durée entre le moment où il jaillirait et celui où il sauterait sur la femme. Pas le choix. Il devrait être rapide et violent pour l'empêcher de hurler.

Une fois de plus, il devenait le maître absolu. Celui à qui on ne dicte pas d'ordre, celui qui décide de prendre une vie quand bon lui semble. Cependant, une légère inquiétude le taraudait. Elle résidait dans le passage des vigiles, dans moins d'une heure. L'idéal aurait été d'entrer dans le parking après leur ronde. Pas le choix. Par prudence, il se rapprocha des escaliers de secours. Il se positionnerait plus tard derrière la C5. Il ôta son bonnet, l'essora des deux mains et s'en essuya le visage. Sa tenue de sport était également trempée. Il enfonça de nouveau son bonnet sur sa tête et rangea dans une des poches son lecteur MP3 et les écouteurs. Pas le temps d'écouter sa chanson. Notto ne se sentait pas en sécurité et devait rester aux aguets. Enfin les battements de son cœur redevinrent normaux. Il respira profondément et se calma.

Le pompiste rangea le billet de cinquante euros dans la caisse enregistreuse. Il secoua sa casquette, enleva son blouson et le suspendit au-dessus du radiateur pour qu'il sèche. Il s'assit enfin sur son fauteuil, et reprit le jeu sur sa tablette dotée de deux fonctions, une pour le jeu, et l'autre comme terminal vidéo. Il avait installé une mini-caméra, coincée contre une gaine d'aération, juste au-dessus de la barrière automatique qui se levait quand un conducteur retirait le ticket d'accès au parking. Cette caméra n'était pas destinée à accroître la sécurité, mais offrait une vue imprenable sur les cuisses des conductrices en jupe. Le jeune homme possédait quelques enregistrements particulièrement chauds, comme il le disait, qu'il partageait lors de soirées entre potes.

En s'installant de nouveau les pieds sur le bureau pour caler la tablette sur ses jambes, il actionna par habitude la commande transformant la console en moniteur de contrôle vidéo. Il vit un homme de face, en tenue de jogger, rentrer en courant dans le parking. Le jeune homme alerté décolla les pieds du bureau, s'assit et visionna plusieurs fois cette courte séquence. Ce type lui disait quelque chose. Il rechercha dans les vidéos qu'il archivait, et compara la dernière enregistrée avec celles où l'homme était apparu à deux reprises. Il n'était pas en tenu de jogger, mais oui, c'était lui, il en était certain. Cette même façon de tenir son visage légèrement incliné sur le côté droit. Il regarda l'heure à une pendule publicitaire en forme de pneu. Les vigiles patrouilleraient dans quarante-cinq minutes. Il réfléchit quelques instants, décrocha le téléphone et appela un numéro de portable.

— Salut, Quentin, c'est Guillaume, le pompiste du boulevard Murat.

— Salut, Guillaume, ça va ce soir ? Avec la pluie qui tombe, tu dois être tranquille, non ?

— Ouais, c'est vite dit. Tu sais le gars qui attaque les gonzesses dans le parking, celui dont tu m'as passé la photo qu'est épinglée dans l'bureau. Je crois qu'il vient de rentrer dans le parking où je bosse.

— On est derrière le parc des Princes, on arrive dans deux minutes.

Effectivement, deux minutes plus tard, une voiture de police s'arrêta devant la pompe. Deux policiers en uniforme sortirent en courant sous la pluie battante. Guillaume tenait la porte ouverte pour qu'ils entrent rapidement. Il serra la main aux deux policiers qu'il connaissait. Les voitures de patrouille de l'arrondissement, sous contrat avec la station, remplissaient leur réservoir avant de sillonner les rues de leur secteur. Guillaume reprit son histoire, en modifiant légèrement la réalité. Il ne pouvait parler de sa caméra pirate. Il se contenta de dire qu'il avait aperçu un type entrer en courant, mais qu'il avait déjà vu ce type rôder près de son parking. Le gars en question ressemblait assez à celui de la photo affichée dans le bureau.

— Comment est-il habillé ?

— Une tenue sombre, c'est sûr. J'dirais plutôt un survêtement, un truc de sport, quoi ! Avec un bonnet, foncé aussi.

— OK, on va aller faire un tour, décida Quentin. Tu nous ouvres la barrière ?

La voiture de police s'engagea dans la rampe et fit le tour du premier niveau. Parfois, Romain, le coéquipier de Guillaume, descendait de voiture, s'accroupissait et passait le faisceau d'une puissante lampe sous les véhicules. La voiture de police continua son manège au deuxième puis au troisième sous-sol. Notto, les sens immédiatement en alerte, se rapprocha de l'issue de secours. Il écoutait le déplacement d'une voiture au ralenti dans les étages supérieurs. *Ce n'est pas normal, jamais une voiture ne se déplace comme cela. Les vigiles sont toujours à pied, et je les entends venir de loin. Ils parlent fort.*

La voiture de police s'engagea dans le quatrième et dernier sous-sol. Là où il y avait le moins de véhicules. Une dizaine tout au plus. Guillaume conduisait doucement, aux aguets. Romain marchait près de la voiture. Il ne se servait de sa lampe que pour regarder sous les véhicules, ou derrière des recoins, le parking étant suffisamment éclairé. Notto, accroupi à côté d'une voiture, se redressa un peu pour savoir quelle était cette voiture qui avançait si lentement. À travers les vitres du véhicule derrière lequel il se dissimulait, il vit une Peugeot 308 avec sa rampe lumineuse bleue sur le toit, éteinte, un policier au volant, un autre qui marchait à côté, la main droite très près de la crosse du pistolet. Notto en aurait hurlé de dépit. Il lui fallait quitter cet endroit le plus rapidement et le plus discrètement possible. Il changea de position en s'alignant derrière une roue. Lorsque la voiture passa à proximité, il vit le faisceau de la lampe frôler ses pieds, puis la voiture continua son lent parcours. Quand elle changea d'allée, Notto, hors de vue, courut en silence vers l'escalier de secours. Il ouvrit la porte, qui émit un grincement épouvantable, résonnant dans tout le sous-sol. Terrorisé par ce vacarme imprévu, il grimpa les marches en béton trois par trois. Notto entendit la porte qui grinçait de nouveau, une cavalcade dans l'escalier, signe qu'un des flics le coursait, et le bruit du moteur en pleine accélération. L'autre devait monter la rampe comme un dingue. Les deux policiers voulaient le prendre en tenaille.

Notto, survolté par l'adrénaline et les amphétamines, jaillit comme un diable de la sortie de secours, propulsa contre le mur la porte qui claqua comme un coup de canon, faisant sursauter le pompiste. Guillaume, le nez collé contre la vitre, vit le type foncer sous des trombes d'eau sur le boulevard comme s'il avait le monde entier à ses trousses. Romain sortit quelques secondes plus tard, claquant lui aussi la porte contre le mur, en hurlant : « Guillaume ouvre la barrière. »

Putain, c'est chaud ! À tous les coups, c'est le bon mec ! se dit le jeune homme en s'exécutant. Romain sauta dans la voiture, rampe lumineuse actionnée. Quentin fonça, pleins phares, dans la direction de fuite supposée. La voiture de police, après une violente accélération d'une trentaine de secondes sur le boulevard, censée rattraper l'avance prise par le fuyard, ralentit pour tenter de le localiser. Romain en profita pour lancer un appel radio à la salle de commandement, qui diffusa un appel général à tous les véhicules. Moins de cinq minutes plus tard, une dizaine de voitures, rampes lumineuses bleues en action, quadrillaient les lieux. L'état-major de la police judiciaire enregistra l'appel émis par leurs collègues de la police d'agglomération.

Notto, grelottant de froid, de peur et de frustration, avait cessé de courir au bout de quatre cents mètres. Il ne pouvait plus respirer ni avancer, plié en deux par un point de côté. Il grimpa le long d'un pylône en béton qui touchait un mur. Il s'assit à califourchon sur la paroi et se laissa glisser de l'autre côté. Assis sur ses talons, adossé au mur, il respirait bruyamment, la bouche ouverte. Après quelques minutes, il se releva. Il réalisa qu'il se tenait dans la cour intérieure d'une société. Il s'avança prudemment vers la baie vitrée qui permettait d'accéder aux bureaux. Tout était éteint, à l'exception des serveurs qui clignotaient. La pluie ne cessait de tomber. Notto, trempé, entendait encore les patrouilles de police passant au ralenti et leur trafic radio.

Il essaya en vain de faire coulisser une des portes-fenêtres. Hors de question de dézinguer une vitre et d'attirer les patrouilles de flics. Il chercha dans le jardin, illuminé en partie par les éclairs de l'orage, un outil quelconque. La seule chose qui lui sembla faire l'affaire fut une grille de barbecue qu'il planta entre les deux baies vitrées pour en faire un levier. Il parvint à glisser ses doigts et fit sauter le verrou maintenant les deux portes. Il se retrouva enfin dans un endroit sec et s'épongea le visage avec les rideaux. À la lumière de son téléphone portable, il traversa la pièce puis un couloir. Il lui suffisait d'ouvrir une fenêtre pour pouvoir sortir dans la rue de Varize. Mais c'était bien trop tôt. Il en profita pour finir de se sécher et remettre de l'ordre dans sa tenue. Il visita les lieux. Dans une petite pièce qui devait servir de salle de repos, il mit la main sur des biscuits et du jus d'orange. Boire, manger et se reposer lui redonna espoir. Deux heures plus tard, il repartait en courant à petites foulées, attentif aux moindres voitures qu'il croisait. Enfin, il se sentit davantage en sécurité quand il se trouva à distance du secteur du boulevard Murat. Non loin de la tour Eiffel, il prit un taxi et se fit déposer à un kilomètre de sa tanière. Il avait envie de pleurer de joie de s'être tiré de ce piège. Mais il ne pouvait pas rester sur un échec. La tension n'était pas retombée. Son moteur interne, calé sur le rythme à trois temps, s'emballait.

49

Les trois policiers quittèrent, moroses, l'appartement d'Ingrid Sainte-Rose. Hervé Le Carme, le cerveau bien trop déconnecté du monde réel pour apporter une aide déterminante, avait livré quelques bribes d'informations que les policiers s'efforçaient, chacun de leur côté, d'analyser en silence. Le professeur prenait plaisir à les balader et ne s'en cachait pas. Ils repartaient avec les carnets, la tablette et le livre de Le Carme annoté. Calderone avait mis à part les affaires d'Ingrid – arme, chargeur, menottes, brassard, carte de police – pour les enfermer dans son coffre, espérant les lui rendre rapidement.

Ils auraient aimé entendre la jeune femme exprimer sa fureur contre eux, s'indigner de leur intrusion dans sa vie privée. Ils auraient voulu s'excuser, se faire pardonner en l'invitant à dîner. Cela signifierait qu'il ne lui était rien arrivé de fâcheux. Mais de plus en plus, les trois policiers en doutaient, s'en oser le formuler à haute voix.

Dalmate, au volant, se dirigea vers le Quai des Orfèvres. Chacun reprendrait sa voiture pour rentrer chez soi. Les trois hommes demeuraient silencieux, perdus dans leurs pensées, écoutant sans trop y prêter attention la pluie battante et les rafales qui ne cessaient pas. Dalmate songeait à Sylvie Ferrières, pauvre femme en perdition condamnée à se prostituer malgré son âge, qui devait maudire la météo, excuse fort opportune pour une clientèle trop rare. Calderone, très pessimiste, passait en revue les diverses possibilités pour essayer de retrouver Ingrid vivante, et Mistral laissait s'entrechoquer des réflexions décousues qui lui traversaient l'esprit. Il regarda l'heure au tableau de bord de la voiture. 22 h 30.

— Ça vous dirait d'aller dîner au Monteverdi, rue Guisarde ?

Ce restaurant italien, derrière l'église Saint-Sulpice dans le 6e arrondissement, était un des repères favoris de Mistral qu'il partageait avec Calderone et Dalmate. Il se trouvait dans une rue piétonne du quartier « de la soif », ainsi nommé par des générations de supporters de clubs de foot ou de rugby qui assistaient, dans les nombreux pubs, aux matchs, à grand renfort de boissons alcoolisées et de chants. Ensuite ils enchaînaient avec les troisièmes mi-temps dans une atmosphère bon enfant.

Mistral affectionnait le restaurant à la décoration chaleureuse et aux murs ornés de bibliothèques. Les lieux faisaient penser davantage à une librairie cosy où l'on pouvait dîner qu'à un simple restaurant.

— J'appelle Claudio pour savoir s'il peut encore nous servir, répondit Calderone.

Claudio, patron des lieux, Italien du Nord, cheveux blancs et yeux bleus, n'avait pas perdu son accent malgré les cinq ou six décennies passées en France. La discussion avec Calderone ne dura que quelques secondes.

— Il est d'accord. (Puis s'adressant à Mistral :) Il me charge de vous dire qu'il reste un mille-feuille et qu'il le met de côté.

Sourire de Mistral qui n'aimait que deux gâteaux, le mille-feuille et la tarte aux pommes de sa mère. Mais, lui avait dit Clara en riant, au début de leur mariage : « C'est un grand classique, mon chéri, tous les fils aiment la tarte aux pommes de leur mère. Tu n'échappes pas à la règle. Les nôtres aimeront également celles que je leur fais. »

Une quinzaine de minutes plus tard, intempéries obligent, Dalmate stationna la Ford Mondeo le long des grosses chaînes qui fermaient l'accès au parvis de l'église Saint-Sulpice, pour se rapprocher au plus près de la rue Guisarde. Alors que les trois hommes se dépêchaient vers le restaurant, le téléphone de Mistral vibra. Tout en marchant, il prit l'appel, lisant sur l'écran « EMPJ ». Après avoir écouté quelques secondes son interlocuteur et répondu brièvement « oui », il s'arrêta et s'adressa à Calderone et Dalmate qui le regardaient d'un air interrogatif.

— Claudio, ce sera pour une autre fois. L'état-major vient de m'appeler pour me dire que Notto avait été aperçu dans un parking, boulevard Murat, une patrouille de la SP [1] l'a mis en fuite, plusieurs voitures sont en train de quadriller la zone. On va voir à quoi ressemblent les lieux.

— Qui est le commandant de l'état-major ce soir ? demanda Calderone.

1. SP : Sécurité publique. Terme qui désigne d'une manière générale la police en tenue.

— Jean-François Manaudier, un ancien de la Crim. Sur ce type d'affaires, il percute vite, il sent aussitôt quand il y a urgence.

Dalmate démarra rapidement, direction le 16e. Calderone appela le patron du Monteverdi pour annuler la table et le mille-feuille. Mistral régla la radio sur la fréquence des voitures de patrouille à la recherche de Notto. Trafic radio dense, Mistral ouvrit la boîte à gants, en sortit un plan de Paris qu'il déplia sur ses genoux. Il suivait des yeux le positionnement des voitures, concentrées dans un périmètre autour du boulevard Murat.

— La chasse est lancée, observa Dalmate. Avec un peu de chance, on va pouvoir tirer un trait sur l'affaire Notto.

— Sauf s'il échappe au dispo de surveillance. Tu n'imagines pas les ressources que trouvent les mecs en cavale pour passer entre les mailles du filet, aussi petites soient-elles, commenta Calderone légèrement pessimiste.

— Sans compter que tu aurais préféré que ce soit nous qui l'arrêtions ! Est-ce que je me trompe, Vincent ?

Sourire de Calderone, que Dalmate aperçut dans son rétroviseur.

Les voix des policiers en patrouille résonnaient dans l'habitacle ; ils échangeaient des informations que Mistral notait. Il écrivit sur son carnet : « Vêtu d'une tenue de sport foncée, bonnet foncé, direction de fuite boulevard Murat. » Mistral eut encore quelques échanges avec l'état-major PJ. « Rien de nouveau », confirma Jean-François Manaudier, le commandant de la salle, qui lui indiqua l'adresse du parking.

— Vous ne pourrez pas vous tromper, le parking jouxte une station-service ouverte la nuit. C'est le pompiste qui a alerté une voiture de l'arrondissement.

Dalmate arrêta la Ford devant le bureau vitré du pompiste, il avait repéré la rampe d'accès éclairée du parking à quelques mètres. Les trois policiers entrèrent rapidement dans le bureau. Présentation. Le jeune pompiste regardait, vaguement inquiet, les trois policiers en civil. L'un avait une balafre qui lui barrait toute une moitié du visage, de la tempe jusqu'à la lèvre supérieure, l'autre ressemblait à un acteur français qui avait une allure de catcheur qui s'appelait... *Comment déjà ? Ah oui ! Lino Ventura*, se dit le pompiste, grand amateur de cinéma. Le troisième, visiblement le chef, un grand type brun, mince, belles fringues, avec « une gueule du Sud » aurait commenté sa copine Jessica. *Justement, le chef dit qu'il s'appelle Mistral, comme le vent du Sud*, pensa Guillaume. *J'avais raison !*

Guillaume, sollicité par Mistral, déroula l'histoire qu'il avait préparée, omettant volontairement la petite caméra planquée.

Une fois le récit terminé, le chef s'accorda quelques secondes, pendant lesquelles il assimila les déclarations du pompiste tout en le dévisageant. Puis, il posa LA question, la seule qu'il ne voulait pas entendre.

— Comment êtes-vous sûr que le type que vous avez vu entrer pouvait être Notto, compte tenu de la mauvaise visibilité due à la pluie ?

Mistral, sans quitter Guillaume des yeux, désignait du doigt à la fois la photo anthropométrique épinglée au-dessus d'un calendrier vantant les mérites d'une huile de compétition, et les vitres recouvertes de pluie qui ne laissaient entrevoir qu'une vision floue de l'entrée du parking.

— Eh ben… quand le type est entré, commença Guillaume en désignant du pouce par-dessus son épaule l'entrée du parking, j'étais assis là et j'ai vu son visage super éclairé et j'l'ai reconnu.

Les policiers sans se regarder pensaient la même chose. Le pompiste n'était pas à l'aise alors que c'était lui qui avait lancé l'alerte.

— De face ou de profil ?

— De… profil…

— Oui, mais la photo sur laquelle vous vous fondez pour affirmer que c'est Notto le représente de face. Vous le connaissez ? Vous lui avez parlé ?

Guillaume rougit, de plus en plus mal.

— J'vous jure que non, j'en suis sûr, c'est tout ! Putain, j'veux vous aider, et vous m'traitez comme si j'étais un coupable ou un complice, que j'lui aurais parlé et tout ! C'est moi qui ai appelé les keu… euh la police quand même ! Faut pas l'oublier ! Que si j'le connaissais, j'vous aurais pas appelé.

— On pose des questions c'est tout, monsieur… (Mistral lut la carte d'identité du jeune homme) … Dumas. Montrez-nous l'entrée du parking, s'il vous plaît.

Bordel de bordel, se dit Guillaume, *si j'avais réfléchi deux secondes j'aurais arraché cette putain de caméra. À tous les coups, j'vais morfler avec ces cons de flics qui veulent faire les intelligents et s'la jouer à la Colombo.*

Calderone et Dalmate, suivis du pompiste, sortirent du bureau. Quelques secondes plus tard, ils examinaient attentivement l'entrée du parking. Mistral, resté à l'intérieur, détaillait la scène depuis l'endroit où se trouvait Guillaume quand il avait vu Notto. Plus d'une quinzaine de mètres. Il avait du mal à distinguer nettement les visages de ses adjoints et celui du pompiste, à cause de la pluie qui ruisselait sur la vitre.

Guillaume Dumas jetait un œil à la dérobée vers son bureau, devinant Mistral qui l'observait. Le policier sortit, referma la porte derrière lui, et se dirigea vers le pompiste.

— C'est impossible de reconnaître quelqu'un nettement depuis votre bureau, et qui a dû rentrer de plus très rapidement. Vous n'avez pu l'apercevoir que pendant une demi-seconde, et de profil !

Silence borné du jeune pompiste.

— Est-ce qu'il y a une femme qui rentre seule, tard, de manière habituelle dans le parking ? demanda Dalmate.

Guillaume aurait embrassé le balafré. Ouf, enfin une vraie bonne question !

— Oui. Tous les soirs, sauf le week-end, à 23 heures.

— Qui est-ce ?

— Judith Volanthen. Elle est suisse. Elle a une Austin Copper S rouge, immatriculée en Suisse avec le drapeau sur la plaque. C'est comme ça que j'sais qu'elle est suisse. Elle est rentrée il y a environ une demi-heure.

— Que fait-elle comme job ?

— J'crois qu'elle est avocate, ou juriste des affaires, quelque chose comme ça, mais j'y connais rien. C'est une véritable bombe ! Toujours super sapée, grand sourire, un p'tit mot gentil quand je lui sers l'essence. La classe, quoi !

— Où habite-t-elle ?

— Dans l'immeuble au-dessus de la station. Mais j'sais pas où. C'est pas des lascars comme moi qui vont chez elle.

— On revient à Notto, reprit Mistral.

Guillaume, qui croyait s'en être tiré, attendit la question, qui ne vint pas. L'attention de Mistral était retenue par Calderone, col de l'imper relevé, qui fouillait du regard avec insistance le plafond de l'entrée du parking.

— Il y a une caméra, dit-il en pointant le faisceau de sa lampe torche sur un petit boîtier coincé contre une gaine d'aération.

Les trois policiers se tournèrent vers Guillaume, statufié.

Depuis plus d'une demi-heure, le pompiste faisait défiler sur sa tablette les vidéos enregistrées à l'insu des automobilistes. Les policiers avaient vite deviné, en fonction de l'angle de prise de vue, que la caméra servait à tout sauf à la sécurité des lieux. Ils scrutaient les trois vidéos où l'on voyait Notto entrer. Deux, sans doute pour le repérage, la troisième, quelques heures plus tôt, où il devait passer à l'action. Aucun doute, il s'agissait bien du violeur assassin des parkings. Dalmate récupéra la tablette sur laquelle figuraient les fichiers, et remit une convocation officielle au pompiste pour le lendemain à 9 heures à la brigade criminelle.

— Vous partez avec ma tablette ? Vous allez me la rendre quand ? Ça vaut du fric !

— Je récupère les vidéos qui nous intéressent, répondit Dalmate, et je vous la restitue ensuite. Demain matin, une équipe de techniciens viendra démonter votre installation pirate. La caméra sera mise sous scellés.

— Est-ce que mon patron va savoir que j'avais posé cette caméra ? S'il l'apprend, je suis viré, c'est sûr !

— On ne dira rien, répondit Calderone. Mais quand on attrapera Notto, vous serez entendu comme témoin par la cour d'assises. Et là vous ne pourrez pas mentir.

Avant de quitter le boulevard Murat, les policiers laissèrent un message dans la boîte aux lettres de Judith Volanthen, l'invitant à prendre contact avec la brigade criminelle, au numéro de téléphone de Vincent Calderone.

Dans la voiture, Mistral écoutait un trafic radio devenu quasiment inexistant, les voitures de patrouille avaient perdu la trace de Notto, cela s'entendait dans les voix des chasseurs où pointait la déception. Progressivement, le dispositif avait été levé.

— Paul, direction l'appartement de Notto, je voudrais vérifier les scellés de la porte. Juste un coup de sécurité. Rien de plus.

Mistral déverrouilla son smartphone et envoya, en souriant, trois longs SMS à Clara et à ses deux garçons. Ils seraient contents de lire à leur réveil un message réconfortant.

50

Dalmate conduisait en souplesse. Mistral mit en marche la radio et sélectionna TSF Jazz. La radio rediffusait un enregistrement de Bob Garcia, joueur de jazz et amateur de ciné qui parlait du film de Sam Peckinpah, *Pat Garrett and Billy The Kid* dans lequel jouait Bob Dylan. Mistral se souvenait de ce film où Dylan portait une sorte de chapeau haut de forme. Le musicien y interprétait *Knockin' on Heaven's Door*, titre repris par de très nombreux musiciens. Bob Garcia mit cette chanson, qui débutait par un solo de guitare sèche, suivi de l'harmonica de Dylan. Enfin la voix si reconnaissable du chanteur s'installa dans l'habitacle de la Ford, les policiers silencieux se laissaient traverser par la musique. La chanson était presque terminée quand la voiture s'engagea au ralenti dans le passage du Jeu-de-Boules, et s'arrêta devant l'immeuble d'où Notto s'était enfui. Aucune place de stationnement. Mauvaise heure pour se garer. Tout le monde était rentré chez soi. La pluie et le vent dissuadaient les gens de sortir. Dalmate redémarra à la recherche d'un endroit où laisser la voiture sans bloquer la circulation. Même les passages piétons étaient pris.

— Certains devront se lever tôt s'ils ne veulent pas récupérer leur voiture à la fourrière, commenta sobrement Calderone.

Après un nouveau tour par le boulevard Voltaire, la voiture passa de nouveau dans la ruelle, devant l'entrée de l'immeuble.

— Arrêtez-vous, Paul, ordonna Mistral, impatient. Je me suis assez fait tremper pour ce soir. Garez-vous n'importe où et rejoignez-moi.

Avant que Dalmate et Calderone n'aient eu le temps de prononcer un mot, Mistral sortit de la voiture et claqua la porte. En deux enjambées, il traversa le trottoir et s'engouffra dans le hall d'immeuble.

— Dépêche-toi de te garer, Paul, plante la voiture où tu veux, même en double file, je rejoins Mistral.

Mistral appuya sur le bouton de la minuterie et monta les escaliers. Le logement de Notto était au quatrième étage. Mistral voulait juste vérifier si les scellés n'avaient pas été enlevés puis remis pour dissimuler une intrusion. Si c'était le cas, il envisageait de camoufler une minuscule caméra sur le palier pour découvrir qui entrait dans l'appartement. Il en profiterait également pour regarder où cacher cette caméra. Arrivé devant la porte de Notto, Mistral reprit son souffle et toucha doucement les cachets de cire posés par Dalmate. Un à un. Tout avait l'air normal. Il se détendit et resta quelques secondes immobile, ne respirant plus, le visage toujours tourné vers les scellés. Il avait perçu un léger bruit, qui lui avait fait penser à un vêtement frotté contre un mur. Il se retourna brusquement. Rien. La minuterie s'éteignit. Deux secondes plus tard, il la ralluma d'un coup violent en frappant l'interrupteur sur lequel vacillait une petite lumière orangée. Dans ce bref laps de temps où la cage d'escalier fut plongée dans l'obscurité, il entendit les pas précipités d'une personne qui courait en remontant l'escalier. Il se lança à sa poursuite.

Arrivé au sixième, il aperçut les jambes d'un homme qui finissait de grimper sur une échelle fixée dans le mur et ouvrait une porte métallique. Les jambes étaient revêtues d'un bas de survêtement noir. Même s'il n'avait pas vu l'homme en entier, il pensa aussitôt au tueur des parkings. Mistral monta le long de l'échelle et fit valser la porte à son tour. Il avança de quelques pas et fut aussitôt paralysé, le souffle coupé. Il se trouvait au milieu du toit du petit immeuble, au sommet d'un cube qui ne comportait aucun garde-fou. Le vent semblait avoir redoublé d'intensité, sans obstacle pour l'atténuer. La pluie continuait, brouillant la vue de Mistral. Il sentait que le vide tout proche l'attirait, l'aspirait progressivement.

Mistral tituba et s'accroupit. Il devinait Notto, plus qu'il ne le voyait, en face de lui à environ trois mètres, dans une posture d'attaque, mains en avant et jambes fléchies. Mistral enfonça ses mains dans le gravier et ferma les yeux. Ce n'était pas le gravier qu'il tenait à pleines mains, mais le rocher de Sainte-Victoire, et pas question qu'il le lâche ce rocher, sinon Denis n'allait pas pouvoir passer et l'aider à franchir le petit passage.

— *Surtout, Ludo, tu ne bouges pas. Il n'y a plus que cinquante centimètres, chuchota Denis. Ce n'est rien du tout. J'y suis presque, après je t'aide à passer.*

Mistral ressentit un violent coup au ventre, et un autre au côté droit du visage. *Il tomba en arrière dans le vide en hurlant. Ce n'était pas Denis qui tombait, mais lui !*

La pluie redoublait de violence. *Le silence, et des cris. Ludovic ne voyait rien. Il était hors du temps.*

Il entendit parler sans vraiment reconnaître les voix. Puis des bruits de pas précipités sur des cailloux. Des bribes de phrases.

— *Où est-il tombé ? Je ne le vois pas, disait l'un.*

— *Faut descendre, disait l'autre.*

Mistral ne parvenait plus à se reconnecter à la réalité. Il flottait entre deux lieux. Celui du drame vécu sur la montagne Sainte-Victoire, et ce toit d'immeuble. Les voix qu'il percevait maintenant se confondaient avec celles gravées dans sa mémoire depuis trente ans.

Mistral était étendu sur le dos sur les graviers trempés qui recouvraient le toit de l'immeuble, sa tête à une vingtaine de centimètres du vide. La pluie lui brouillait la vue, un obstacle supplémentaire. Le vent fort altérait également ses sens. Les sons lui parvenaient par bribes. *Une main forte lui enserra le poignet et l'aida à se relever. Deux hommes venaient de le tirer de là. Il refusait de comprendre ce qui venait de se produire.* Les mains qui l'avaient aidé le tenaient toujours par les épaules. Une voix forte s'adressait à lui.

— Ouvrez les yeux ! Ouvrez les yeux ! C'est moi, Paul. Ça va ?

Mistral ouvrit les yeux, quittant le sentier de la Sainte-Victoire pour se retrouver perché sur le toit d'un immeuble parisien. Il essuya son visage qui le faisait souffrir. Il avait un goût de sang dans la bouche. Mistral aperçut dans le même champ visuel Dalmate qui le regardait, inquiet, et un peu plus loin à l'opposé, au bord du toit de l'immeuble, qu'il identifiait au précipice, Calderone de dos, paisible, l'imper flottant au vent, qui regardait vers le bas.

— Qu'est-ce qui s'est passé ? murmura Mistral. Où est Notto ?

— Il a fait le grand saut.

Paul Dalmate, de sa main, mimait le mouvement d'une personne plongeant dans le vide. Mistral se reconnectait peu à peu à la réalité, assimilant progressivement les explications. Son esprit le ramena de la montagne Sainte-Victoire, au toit de l'immeuble parisien. Il se passa de nouveau une main sur le visage et sentit que sa pommette enflait. Il essuya du sang qui coulait d'une de ses lèvres. Calderone se rapprocha de lui, également inquiet. Mais quand il vit Mistral de nouveau lucide, il ne put s'empêcher de souffler de soulagement.

— Il faut redescendre, on va vous expliquer.

Pendant que les trois hommes descendaient l'escalier, Calderone appela l'état-major de la PJ. Il parlait avec des phrases courtes au commandant de la salle qu'il connaissait.

— Salut, Jean-François, c'est Vincent. Je suis avec le chef et Paul. On a coursé Notto. Il s'était planqué dans son immeuble. Ce qu'on foutait là-bas ? (Calderone répétait les questions du commandant de l'EMPJ, pour que Dalmate et Mistral comprennent.) On voulait voir si les scellés étaient toujours en place. Pourquoi ? Jean-François, je t'expliquerai après. Quand on s'est pointés, Notto était dans la cage d'escalier. On a cavalé derrière lui. Notto a grimpé à une échelle qui donnait sur le toit. Mistral est arrivé le premier sur lui. Notto ne s'est pas laissé arrêter. Impossible de lui mettre les pinces. Il s'est dégagé, complètement hystérique, et a fait le grand saut. Préviens tout le monde. On reste sur place.

Calderone raccrocha sans permettre à son interlocuteur de lui poser d'autres questions. Les trois hommes sortirent de l'immeuble, le contournèrent et se rapprochèrent du corps de Notto, invisible depuis le trottoir. À plat ventre, bras et épaules désarticulés, tête explosée contre le bitume, il était tombé entre deux voitures en stationnement, enfonçant le capot de l'une d'elles.

— Ça s'est passé comme ça ? demanda Mistral.

— À peu près, répondit Calderone. Lorsque vous avez jailli de la voiture, Paul s'est garé en double file à une vingtaine de mètres. Le temps de monter en courant derrière vous, vous étiez déjà sur le toit, accroupi, Notto en face de vous. Quand il nous a vus, il vous a donné deux coups de pied, un dans le ventre et l'autre dans le visage, et vous êtes parti à la renverse sur le dos. Vous étiez sans réaction. Absent. Heureusement qu'il n'avait que des chaussures de sport, sinon il vous ouvrait la tête !

— Ensuite ? Je ne me souviens de rien !

— Paul et moi, reprit Calderone, on a foncé sur lui. Il nous a subitement tourné le dos, a fait trois pas et a sauté. Que s'est-il passé ? Pourquoi étiez-vous accroupi, agrippé aux graviers.

— J'ai peur du vide à en crever. J'ai revécu, sur le toit de l'immeuble, un épisode qui m'a ramené trente ans en arrière. Je ne savais plus où je me trouvais. J'assumerai mes responsabilités. Je n'ai pas fait ce qu'il fallait, et j'ai peut-être failli mettre vos vies en péril.

— Je comprends, murmura Dalmate. Vincent et moi, ça nous est égal. La conversation qu'il a eue avec son ami Jean-François de l'EMPJ est enregistrée à la salle. C'est maintenant la version officielle. Que vous ayez eu le vertige ou pas, été empêché d'agir, fait ou ne pas fait ce qu'il fallait, ça n'intéresse personne. Nous n'étions que tous les trois là-haut. Notto a sauté tout seul un point c'est tout.

51

Lorsque Vincent Calderone avait lancé au commandant de l'état-major : « Préviens tout le monde », il savait à quoi s'attendre. Le grand cirque se mit en branle. Cinq minutes plus tard arrivèrent les deux premières voitures de police du 11e arrondissement avec l'officier de nuit pour sécuriser les lieux. Dans la foulée, l'ambulance et le médecin des pompiers de Paris, le groupe de permanence de la brigade criminelle et l'Identité judiciaire. Une demi-heure plus tard, Balme, suivi d'une voiture d'une chaîne de télé d'information en continu et, pour finir, le magistrat de permanence qui devait habiter assez loin.

Dès leur arrivée, les pompiers avaient tendu une bâche au-dessus du corps de Notto pour éviter aux curieux de filmer, depuis leur balcon, le corps disloqué avec les policiers autour. Ces images, vendues à la presse écrite et aux chaînes de télé se seraient retrouvées dans les éditions du matin. Les services de secours d'urgence ou d'intervention intégraient désormais cette donnée pour tous leurs déplacements, missions, etc. Ils se déroulaient maintenant sous le regard de dizaines d'objectifs de téléphones portables ou de caméscopes, et apparaissaient quelques minutes plus tard sur les réseaux sociaux puis dans les journaux télé diffusés en boucle. Tout était sujet à interprétation, et bien souvent policiers, pompiers, Samu devaient justifier leur action sur une séquence d'une trentaine de secondes, alors que la totalité de leur opération avait parfois duré plus d'une heure.

Le médecin des pompiers, qui avait constaté le décès de Notto, s'intéressait maintenant à la pommette de Mistral. Le coup de pied avait par ailleurs entraîné un bref saignement de la bouche, jugé bénin par le médecin. Balme, selon son habitude, avait entraîné Mistral à l'extérieur du cercle où se concentraient tous les intervenants. Prudent, il jetait des coups d'œil pour repérer les caméras indiscrètes, et s'adressa à Mistral en mettant sa main devant sa bouche pour que des regards curieux planqués derrière un caméscope ne devinent pas ce qu'il disait.

— Pourquoi es-tu venu vérifier les scellés de l'appartement, ce soir précisément ?

— Parce qu'ils avaient déjà sauté une première fois. Je crois que c'est Notto qui l'a fait. Ce soir, la SP du 16e a failli l'attraper sur une tentative dans un parking. J'ai pensé qu'il pouvait venir se réfugier, ou chercher quelque chose. Une simple intuition.

— OK. Il a brisé les scellés ?

— Non.

— Qu'est-ce qu'il foutait dans l'escalier, alors ?

— Je n'en sais rien, c'est trop tard pour le lui demander.

Au regard de Balme, Mistral vit qu'il n'appréciait pas son trait d'humour décalé. Balme regardait avec insistance la pommette enflée de Mistral.

— Tu t'es battu avec Notto ? Sur le toit, c'est ça ?

— Pas vraiment battu, non. On a échangé quelques coups, parce que je suis arrivé le premier sur le toit, et Notto s'est jeté sur moi. Quand il a vu Calderone et Dalmate débouler, il leur a fait face, puis nous a tourné le dos, a fait quelques pas en courant et a plongé.

Balme était songeur.

— Il y a eu d'autres témoins ?

— Non, Bernard, personne sur le toit. En général, les touristes se baladent sur les Champs-Élysées, pas sur le toit des immeubles. Mais que veux-tu dire exactement ? Tu veux savoir si on l'a aidé à plonger ?

Silence hostile entre les deux hommes.

— Monsieur le chef de la brigade criminelle, en tant que directeur de la police judiciaire, il me revient d'envisager toutes les hypothèses pour éviter de recevoir des tombereaux de merde sur la tête que je n'aurais pas cherchés.

Balme employait volontairement un ton solennel pour marquer la distance.

— Continue, c'est intéressant, reprit Mistral, sarcastique.

— Je vais au fond des choses. Tu enquêtes sur un type qui tue et viole. Tu l'arrêtes. Bravo. Il s'enfuit, tue et viole de nouveau. Pas de bol. Il y a une enquête IGPN qui met en évidence des négligences dans la surveillance. Sanctions en perspective. Tu remets, par hasard, la main sur le type. Encore Bravo. Vous vous battez sur le toit d'un immeuble. Pourquoi pas. En général ce n'est pas le lieu. Mais bon, on ne choisit pas l'arène. Et le mec décide de plonger. Re-pas de bol.

— Vu sous cet angle cynique, c'en est presque caricatural.

— Je poursuis. Mort d'homme pendant une opération de police. Tu connais la suite ?

— Oui. Enquête IGPN. L'histoire sans fin.

— Réfléchis à te trouver un bon avocat. Pour les suites éventuelles, je te…

Mistral en avait assez entendu. Il tourna le dos à Balme, laissant sa phrase en suspens derrière ses mains, et rejoignit Calderone, Dalmate et les autres policiers affairés autour du corps de Notto. Mistral eut un aparté avec le magistrat, un jeune type qu'il ne connaissait pas, qui écouta attentivement le récit de Mistral, sans faire de commentaires. Les policiers de l'arrondissement avaient bien fait les choses. Très rapidement ils avaient tenu éloignés les curieux et la presse. Une bâche beaucoup plus grande permettait aux techniciens de scène de crime de travailler confortablement.

— Comment ça s'est passé avec le directeur ? demanda Calderone.

— Mal. Enquête IGPN *bis* pour savoir si on ne l'a pas aidé à faire le dernier saut.

— Mais c'est ignoble ! Il va falloir réagir fort !

— Attendez, tempéra Mistral. Nous n'y sommes pas encore. Quand on sera dans le bureau, à la Crim, loin de tout ce tumulte, nous arrêterons ensemble une ligne de conduite.

Calderone et Dalmate entraînèrent Mistral à l'écart.

— Pendant que vous étiez avec le directeur, nous avons fait les constatations sur le corps avec le groupe de permanence du service. Dans la poche du survêtement, on a découvert ceci.

Dalmate ouvrit la main et montra une clef d'appartement à Mistral qui l'observa.

— Ce n'est pas celle de Notto. Il faut faire un tour au cinquième et au sixième, ça devrait aller vite pour trouver la bonne porte. Sauf s'il habite dans un autre endroit. Et là, ce n'est pas gagné.

Les trois hommes repartirent dans les étages. Au cinquième étage, il y avait trois appartements. L'examen des serrures ne correspondait pas à la clef qui était longue, plate et large. Au sixième étage, quatre portes.

— Ce sont d'anciennes chambres de bonnes, commenta Calderone.

Une minute plus tard, ils firent le constat qu'une seule des serrures correspondait. Pas de nom sur la porte. Pas de verrou. Une seule serrure centrale. Dalmate engagea la clef, qui s'enclenchait parfaitement, et ouvrit la porte. Les policiers restèrent sur le seuil. Calderone alluma sa torche et découvrit dans la lumière une petite chambre. Sur le côté droit, un interrupteur. D'une main couverte d'un mouchoir en papier, Calderone l'actionna. Les trois policiers entrèrent dans ce qu'ils nommeraient par la suite « la tanière de Notto ». Une petite pièce de dix mètres carrés, aux murs peints depuis fort longtemps, en gris, les volets fermés. Un minuscule coin lavabo et W.-C., fermé par un rideau en plastique beige à demi tiré, délimitait l'espace réservé aux sanitaires. Pas de plaque de cuisson ni de réfrigérateur. Un lit une table. Pas de chaise. Quelques vêtements posés à même le sol.

— Vincent, appelez l'équipe de l'IJ qui se trouve en bas. Quand elle en aura terminé avec Notto, qu'elle monte figer la scène ici. Et ensuite qu'elle continue de prendre les photos de l'escalier qui donne accès au toit, du toit, et de l'absence de garde-fous. Il ne faudra pas non plus oublier dans notre rapport les conditions climatiques, le vent, la pluie, la nuit, l'état de fureur de Notto, etc.

— Vous anticipez l'enquête IGPN, approuva Calderone. Quand on oublie un truc à chaud, c'est impossible d'y revenir après. Beaucoup de choses changent.

— Quand Notto s'est enfui, observa Dalmate, Farias et son groupe se sont précipités dans la rue par réflexe naturel. La fuite ne peut logiquement s'entendre que vers l'extérieur. Alors que Notto a grimpé en courant deux étages, puis s'est enfermé dans sa tanière. Il devait planquer la clef quelque part près de la porte de sa chambre, pour être sûr de pouvoir s'y réfugier en cas de danger. Ensuite, il a attendu que ça se tasse.

Mistral et Calderone approuvèrent d'un signe de tête silencieux.

Les trois hommes se contentèrent de détailler la petite pièce du regard sans rien y toucher. Le lit défait avec un oreiller écrasé contre le mur indiquait sans peine la position semi-assise de Notto. Sur le lit se trouvaient l'iPad, un smartphone, un lecteur MP3 et ses écouteurs. Sur la table, des comprimés d'amphétamines et une bouteille de Coca vide. Il y avait aussi un sous-vêtement de femme, vraisemblablement celui de Sophie Derang, la dernière victime du tueur pendant sa cavale. *La recherche ADN le confirmera*, pensa instantanément Mistral.

Face au lit, une seule photo couleur au format 30 × 40 fixée par une punaise représentait un homme jeune. Il s'agissait du portrait d'un détenu de la prison de Saint-Quentin en Californie aux États-Unis, répondant au nom de RAMIREZ R.

— Vous le connaissez ? demanda Dalmate.

Mistral avait passé quelques mois à l'académie de police du FBI à Quantico, dans le cadre des échanges entre les services.

— Oui. Ricardo Ramirez. L'unité du comportement nous a présenté leurs plus célèbres tueurs en série, dont celui-ci. De mémoire, il était surnommé « le rôdeur de la nuit », une dizaine de viols et de meurtres à son actif. C'était le type qui chantait en permanence la chanson d'AC/DC *Night Prowler* quand il partait en chasse. Il possédait une casquette de ce groupe et lorsque les agents du FBI ont perquisitionné chez lui, ils ont découvert tout un tas de signes sataniques. Ramirez avait détourné les initiales AC/DC en Ante Christ/Devil Child.

— L'inspirateur de Notto ? hasarda Calderone.

— Peut-être. Allez savoir ce qui se passe dans la tête d'un détraqué !

Calderone prenait des photos de la tanière de Notto avec son smartphone.

Les trois hommes entendirent les voix et les pas bruyants précédant les policiers de l'Identité judiciaire qui grimpaient les six étages avec tout leur matériel.

Calderone s'adressa à Mistral, il tenait son smartphone à la main.

— Pendant que l'IJ est à la manœuvre dans la chambre de Notto, je vais en profiter pour prendre quelques photos de l'échelle et du toit.

— Vous avez raison, cela nous aidera pour commencer la procédure demain matin.

Pendant près de deux heures, les techniciens de l'Identité judiciaire se consacrèrent aux photos, relevés de plan, mesures et prélèvements dans la chambre de Notto. Ils saisirent de leurs mains gantées la tablette, le smartphone, le lecteur MP3 et ses écouteurs qu'ils rangèrent dans trois pochettes transparentes distinctes avec leurs câbles d'alimentation. Une copie des fichiers extraits serait confiée aux enquêteurs de la brigade criminelle pour exploitation. Mistral était curieux de savoir quelles photos, vidéos et quels autres messages écrits se trouvaient sur ces appareils. Intéressant aussi de relever tous les appels passés avec son téléphone. Le sous-vêtement fut saisi avec une sorte de pince à épiler et glissé dans un sac transparent. Même si aucun doute ne subsistait sur l'auteur du viol et du meurtre, cela faisait partie de la procédure. Quand l'ensemble des opérations techniques fut terminé, Calderone apposa les scellés sur la tanière de Notto.

La lumière verte de la pendule du tableau de bord de la voiture indiquait quatre heures quand Dalmate rentra chez lui, où personne ne l'attendait plus. Il prit une douche, avala un grand verre d'eau et se coucha. Dix ans de séminaire ne s'effaçant pas d'un trait de plume, il ferma les yeux et se remémora la prière des morts en pensant aux victimes de Notto et à Notto lui-même. L'adrénaline produisant encore ses effets, il ouvrit le livre de Le Carme trouvé chez Ingrid. Dalmate le feuilleta dans un premier temps, comme si l'odeur et les quelques mots qu'il saisissait au vol lui permettaient d'apprivoiser le livre. Les annotations nombreuses d'Ingrid, au crayon et en marge du texte, ne lui évoquaient rien de particulier. Il les jugea trop hermétiques pour un esprit comme le sien, ignare en magie, même s'il l'admettait sans difficulté. Cependant, elles soulignaient les questionnements de la jeune fille très versée dans le spiritisme. Les références qu'elle y inscrivait montraient cet engagement. Dalmate rajouta un oreiller pour rendre plus confortable sa position assise et démarra la lecture du livre. À ses côtés, un carnet, un stylo-bille et un ordinateur portable.

Calderone, de son côté, fit un détour par son bureau où il déposa, dans le coffre, l'arme, chargeur, brassard, téléphone et tablette, rapportés de chez Ingrid Sainte-Rose. Il fit ensuite un saut à l'état-major de la PJ. L'adrénaline accumulée le maintenait lui aussi en éveil. Il but un café avec Jean-François, le commandant de permanence qui confirma que sa conversation avait bien été enregistrée.

— Pourquoi, il y a un problème ?

— Pas du tout. Tu as la version à chaud de ce qui s'est passé sur le toit de l'immeuble.

Calderone rédigea ensuite à la main un télégramme concernant la disparition inquiétante d'un fonctionnaire de police pour qu'il soit repris par l'état-major. Il mentionna le nom, l'âge et le signalement d'Ingrid Sainte-Rose, susceptible de se trouver à bord d'une BMW série 5 de couleur noire. Il signa Ludovic Mistral.

— Jean-François, prépare ce télégramme pour l'envoyer par Rescom [1]. Au niveau national. Tu le diffuseras sans doute dans la journée, quand tu auras le feu vert de Mistral. Il doit en parler au directeur avant.

— C'est quoi, ce merdier ? demanda Jean-François qui venait de lire le document rédigé.

— Un merdier justement.

À quatre heures et demie, Mistral rentra chez lui, le plus silencieusement possible. Clara alluma aussitôt la veilleuse de la chambre. Mistral ne pouvait dissimuler la pommette enflée qui virait au jaune, sa lèvre entaillée, ni ses vêtements salis. Il se livra à des explications

1. Rescom : Réseau de communication qui permet de diffuser des messages à l'ensemble des services de police et de gendarmerie.

embrouillées qui se voulaient rassurantes, mais qui en fait ne faisaient qu'accroître l'angoisse de Clara. Il prit une longue douche chaude et avala des antalgiques. Sa femme lui badigeonna une partie du visage avec de la crème à l'arnica dont elle se servait pour les contusions des enfants.

— Dis-moi, à quoi ça rime tout ça ? Est-ce que tu en as enfin terminé avec cette histoire ? demanda Clara.

— Pour celle-là oui, dans une certaine mesure. Il en reste une autre. Je voudrais la conclure différemment.

— Je ne sais pas de quoi tu parles, mais je te le souhaite. Sincèrement. Pour nous tous.

52

Ludovic Mistral émergea d'un sommeil agité et peuplé de cauchemars où s'entremêlait un cocktail d'images absurdes, comme seuls les rêves en produisent, en puisant dans tous les recoins du cerveau des bribes oubliées d'information. Le mélange en fut détonant. La nuit de Mistral fut envahie par un film surréaliste mêlant Notto, la Sainte-Victoire, Ingrid Sainte-Rose, des meurtres rituels, le tout dans un maelström de couleurs improbables. Le Carme, défoncé à l'alcool et aux médicaments, traversait le rêve. Il en était la seule touche de réalisme, alors que dans la vie réelle il naviguait à la lisière de la folie. Ce paradoxe des rêves d'inverser parfois la réalité… À un autre moment, cela l'aurait fait sourire.

Mistral n'émergea pas seul de son sommeil. Clara touchait doucement son épaule pour le réveiller. Le radio-réveil indiquait 6 heures. Il mit quelques minutes pour reprendre pied dans la réalité. Les douleurs au visage et au ventre la lui rappelèrent.

— Pourquoi me réveilles-tu si tôt ? s'étonna Mistral. Je me suis couché il y a deux heures à peine.

— Je voudrais que tu partes avant que les enfants ne te voient dans cet état, avec la moitié de ton visage enflé et violacé.

Mistral s'assit sur le lit, parvint à assimiler avec difficulté ce que Clara lui disait.

— Si tu veux, mais ce soir j'aurai la même tête.

— Sans doute. Mais d'ici là j'aurai eu le temps de les préparer, et éviter de leur imposer le visage de leur père amoché au saut du lit.

Quarante-cinq minutes plus tard, douché, mais pas rasé, avec juste un café avalé à la va-vite, Mistral se dirigeait vers le Quai des Orfèvres. Comme la circulation était fluide et qu'il dépassait les vitesses autorisées, il se retrouva place de l'Étoile une trentaine de minutes plus tard. Il arrêta en stationnement interdit la Ford Mondeo grise le long du trottoir face à l'entrée du Drugstore, à une centaine de mètres de l'Arc de triomphe, derrière d'autres véhicules. Personne ne respectait les interdictions de stationner sur les Champs-Élysées. Avant de descendre de voiture, il regarda dans le rétroviseur, afin de pouvoir ouvrir la porte sans risque. Les voitures s'engageaient sur la grande avenue beaucoup trop vite. Il profita des trois secondes que lui autorisaient les feux rouges pour descendre et regagner le Drugstore.

Il s'installa à une table, près de la baie vitrée, d'où il voyait la voiture. Il était sûr à cent pour cent que son véhicule ne serait ni verbalisé ni remorqué en fourrière. N'importe quel gardien de la paix, au premier coup d'œil, aurait vite fait d'identifier la Ford « Police ». S'il avait un doute, un second coup d'œil sur le toit, côté chauffeur ou côté passager, aurait décelé les rayures caractéristiques de l'aimant du gyrophare. Un grand classique que tous les bandits connaissaient pour lever un doute sur une voiture qui attirait leur attention.

Mistral, la tête plongée dans le journal, commanda un petit déjeuner. Quand la serveuse déposa tasse de café, assiette de viennoiseries et serviette, Mistral leva le visage pour la remercier. La jeune fille eut un mouvement de recul, voyant le visage bicolore et tuméfié de Mistral.

— Veuillez m'excuser, murmura-t-elle, je… euh…

— Ne vous fatiguez pas à chercher les mots. Il va falloir que je m'y habitue, cette réaction va durer toute la journée. Vous savez, poursuit-il, je me heurte tous les jours au même mur, forcément, au bout d'un moment ça marque, dit Mistral, pince-sans-rire, désignant du doigt la partie enflée de son visage. Demain, je m'efforcerai de changer de côté.

La serveuse, partie chercher la note, se demandait si ce client plaisantait ou s'il était sérieux. Si elle avait osé lui poser la question, elle aurait sans doute été surprise de la réponse.

À 9 heures, il entrait à la brigade criminelle. Pendant une vingtaine de minutes, il répondit aux questions bienveillantes sur son état de santé et reçut des marques de sollicitude avec plaisir. Puis il appela la secrétaire du directeur. Balme était en réunion chez le préfet de police, la secrétaire rappellerait au retour du directeur.

« Les ambiances ont une odeur », dira bien plus tard Mistral, en reparlant de ces trois affaires. Et l'odeur de l'ambiance qui régnait ce matin-là dans le bureau de Vincent Calderone mélangeait la gravité, la tristesse et les fleurs. Les fleurs que les secrétaires apportaient parfois dans leurs bureaux et dont le parfum se diffusait dans les pièces adjacentes.

Dalmate, José Farias et deux autres lieutenants retraçaient toute la séquence « Ingrid Sainte-Rose », depuis la dernière fois qu'ils avaient été en contact avec elle. Mistral les écoutait. Il nota que son adjoint et les officiers parlaient maintenant d'Ingrid, leur collègue, comme d'un dossier. Ce qui n'était pas bon signe, même si un puissant côté affectif entourait ces recherches. Ils avaient intégré que l'absence de la jeune femme était inquiétante. Les policiers avaient alors rapidement franchi un cap, passant d'une absence injustifiée à une disparition. Les mots avaient un sens. La recherche de leur collègue était devenue le dossier « Ingrid Sainte-Rose ».

Sur de grandes feuilles de papier fixées à un des murs du bureau, Calderone et Dalmate avaient noté en vert ce dont ils étaient sûrs, et en rouge les interrogations. Parmi elles figuraient le départ de la jeune fille sans son « attirail » de policier, la BMW noire sans propriétaire ni conducteur identifiés. Un trait rouge encadrait une question : « Sa disparition est-elle en rapport avec les meurtres rituels ? » Calderone et Dalmate se tournèrent vers Mistral, toujours silencieux, plongé dans la réflexion que lui inspiraient les points soulevés dans le tableau. Ils cherchaient son assentiment.

— Le bornage de son téléphone ? questionna-t-il.

José Farias s'approcha du tableau et inscrivit dans la colonne verte : « Dernier relevé de borne 12e arrdt : 2 h 48, rue du Rendez-Vous. Plus rien après. »

Mistral approuva de la tête.

— Où en sommes-nous sur sa présence dans l'Oise ?

— Je confirme, reprit Dalmate, que nous n'avons strictement aucune enquête, récente ou ancienne, qui justifie un déplacement dans ce département, et de plus c'est en dehors de notre compétence territoriale. J'aurais été impérativement informé d'un tel déplacement.

— Que donnent les recherches techniques ?

Mistral posait cette question qui allait de soi à présent. Il savait d'expérience que le groupe de Dalmate, dans lequel Ingrid était l'adjointe, n'était pas resté l'arme au pied, attendant les instructions du chef de la Crim. José Farias reprit la parole.

— On a un suivi de bornes depuis son domicile jusqu'à Bailly dans l'Oise et retour. Mais j'ai relevé un truc intéressant.

Farias afficha sur l'écran de son ordinateur portable l'application qui couplait le numéro de téléphone d'une personne à celles des bornes des opérateurs de téléphonie mobile. Apparaissait ainsi, sur une carte de l'île de France, le déplacement d'Ingrid le soir où elle s'était rendue à la cérémonie vaudoue dans l'Oise. En agrandissant la carte, les policiers visualisaient même quels types de route avait empruntés la jeune policière. Farias indiqua de son stylo la borne sur laquelle Ingrid avait été enregistrée à Bailly.

— Le relais capte le téléphone d'Ingrid à 23 h 17. Puis plus rien. Son téléphone s'inscrit de nouveau sur la borne à 2 h 34. Pendant pratiquement trois heures, son téléphone a été soit éteint, soit s'est trouvé hors zone du relais. Là, il y a un problème. Et elle se trouvait dans un rayon de trois kilomètres environ autour de la borne.

Silence lourd dans le bureau de Calderone. Mistral reprit la parole.

— Qu'est-ce qu'il y a à Bailly ? Établissements particuliers ? Rassemblements ?

Ce fut cette fois à l'un des lieutenants de prendre la parole, après avoir reçu un accord tacite de Calderone.

À son tour, il pianota sur l'ordinateur portable et le fit pivoter devant Mistral, Calderone et Dalmate.

— C'est une vue d'ensemble sur Google Earth de Bailly et de ses environs, ça donne une idée. Avec Gilles (il désignait son collègue silencieux qui se tenait à côté de lui), on a passé au crible la région. Rien. C'est un endroit tranquille, où rien de ce genre ne se passe. Ce qui nous a été confirmé par la mairie.

Une photo grand format, épinglée à côté du mur tapissé de papiers, montrait la petite ville de Bailly et ses environs, ainsi que les bornes, matérialisées par des pastilles adhésives rouges, qui couvraient la région. Mistral résuma la situation.

— Il y a moins de relais téléphoniques dans les zones rurales qu'en zones urbaines, où les signaux se heurtent aux immeubles, et dans lesquelles la densité de portables est impressionnante. Une borne en zone rurale couvre davantage de territoire et de ce fait est moins précise pour localiser un téléphone.

— J'envoie une équipe sur place, pour savoir si une réunion quelconque s'y tenait, précisa Dalmate. Il n'y a qu'un déplacement sur les lieux qui pourra nous renseigner.

Mistral approuva.

— Que donne le paramétrage sur les numéros d'immatriculation de la BM laissés par Ingrid ?

Calderone prit une feuille sur son bureau.

— Je viens de les recevoir à l'instant. Tous les croisements lettres et chiffres ont été effectués en ciblant en priorité une BM. Il n'y a qu'une seule occurrence. L'immatriculation correspond à une BMW série 5 noire, un modèle de 2014, qui appartient à un médecin de Saint-Mandé, dans le Val-de-Marne.

— Est-ce que le médecin en question est connu des bases de données police et gendarmerie ? interrogea Mistral.

— Totalement inconnu, répondit Dalmate.

— Donc, on risque de s'orienter vers une doublette parfaite. Les plaques correspondent à une BM identique que les types ont repérée dans la rue. La BM qu'ils utilisent est volée, mais ils peuvent rouler sans inquiétude avec. Ils passent au travers d'une simple interrogation de fichier. Une vérification s'impose quand même chez le toubib.

— C'est prévu. Une équipe est partie il y a une vingtaine de minutes à Saint-Mandé. Dans la même idée, je fais effectuer une recherche dans le fichier des véhicules volés pour recenser les BM série 5 noires qui ont fait l'objet d'une déclaration.

Pendant que Calderone ajoutait la réponse du paramétrage sur le panneau réservé au dossier « Ingrid Sainte-Rose », avec la mention « vérification en cours », Dalmate ajouta une précision sur les recherches téléphoniques.

— J'ai lancé une recherche sur les FADET [1] de son téléphone. On saura qui l'a appelé et à qui elle a téléphoné, et si d'autres de ces contacts bornent sur Bailly.

— Vincent, une fois que j'en aurai parlé au directeur, demandez à l'état-major de diffuser le télégramme de disparition avec le caractère d'urgence signalée. Il faut rapidement préparer pour le proc' un rapport sur la disparition d'Ingrid et qu'il ouvre une enquête préliminaire. Pour l'instant nous sommes juridiquement en

1. FADET : facture détaillée d'un téléphone, indiquant les numéros des appels émis et reçus.

dehors des clous. Toutes les recherches que nous faisons doivent avoir une base légale.

Calderone donna des instructions à Farias pour qu'il se charge de régler le problème juridique. Mistral resta songeur pendant quelques minutes.

— Vincent, nous sommes en train de traiter ce dossier comme une enquête criminelle. Alors, allons jusqu'au bout. Demandez à l'IJ de passer chez Ingrid, avec un des officiers de son groupe. Je veux le grand jeu. Relevé d'empreintes, ADN, tout. Si un des types, ou je ne sais trop qui, est passé chez elle, il faut le savoir.

— Et si elle revient ? Elle a peut-être fait une escapade avec un mec, hasarda Calderone.

— Elle vous l'aurait dit, ou à Paul ou à Morin ! Nous sommes tous convaincus que sa disparition est tout sauf rassurante.

Une fois les instructions transmises à l'IJ, Mistral, Calderone et Dalmate s'isolèrent pour s'atteler à la rédaction des différents procès-verbaux et rapports relatifs au décès de Notto. Mistral refusa de prendre Dumont au téléphone, ainsi que des journalistes qui souhaitaient des précisions sur la mort du tueur des parkings, car ils n'avaient qu'un temps limité pour rédiger ces documents. Mistral avala un double café avec deux comprimés de Lamaline ; il sentait une douleur s'installer durablement dans toute la zone de son visage tuméfié.

Les policiers décrivirent avec minutie leurs actions, depuis l'appel téléphonique de l'état-major PJ les envoyant sur la station-service du boulevard Murat, jusqu'à la découverte de la chambre de Notto. Ils s'accordèrent une fois de plus et de façon définitive à ne pas parler de la crise d'angoisse liée à la peur du vide de Mistral. Ce qui n'aurait rien changé au geste intentionnel de Notto de se balancer volontairement du toit. Vers midi, ils avaient pratiquement terminé. En fait, tout débutait maintenant avec l'enquête administrative qui découlait du décès de Notto pendant son interpellation.

La secrétaire du directeur PJ appela, il attendait Mistral dans son bureau.

— À votre retour, je voudrais vous parler du livre de Le Carme, annonça Dalmate. Il va falloir creuser un point, même si c'est compliqué.

53

Stella quitta le grand appartement d'Aubervilliers dans lequel Justina gérait ses affaires. Celle-ci tenait conseil sur la marche à suivre dans le trafic de femmes et le transfert de l'argent, avec Snoop et les hommes de main. Son domicile ressemblait davantage à un capharnaüm qu'à un lieu d'habitation. Une dizaine de personnes s'y trouvaient en permanence, provoquant des allées et venues incessantes. Justina et Snoop possédaient chacun leur chambre. Les autres s'installaient où bon leur semblait quand une place se libérait. L'appartement était situé dans un immeuble de trois étages construit au début du XXe siècle qui montrait des signes de fatigue extrême face à un manque évident d'entretien. Le petit bâtiment était également occupé par des familles africaines dont les enfants servaient de guetteurs occasionnels. Lorsque des policiers s'approchaient de trop près, la nouvelle se répandait, permettant aux habitants de « faire le ménage » des objets ou produits compromettants. Le seul avantage que présentait cet immeuble était sa proximité avec des commerces. Stella n'avait nul besoin de marcher longtemps pour faire les courses deux fois par jour.

Quatre nouvelles jeunes filles en provenance du Nigeria, conditionnées par Justina et le sorcier, étaient arrivées tard dans la nuit. Justina interdit à Stella de leur parler. Elles regardaient avec une certaine appréhension leur consœur couverte d'ecchymoses. Stella les entendait discuter en *pidgin*. Elles étaient persuadées qu'elles débuteraient comme coiffeuses dans les jours à venir. Pour l'instant, les rires fusaient.

Elles sont donc venues par avion, elles n'ont connu ni la traversée de l'Afrique par la route ni le parcours de dressage. C'est maintenant que l'enfer va commencer pour elles, en conclut Stella, devenue fataliste.

La jeune femme quitta l'appartement avec soulagement, en fin de matinée. Elle partageait une pièce où s'entassaient hommes et femmes, dont le nombre variait selon les soirs. Son intimité se résumait à une natte posée à même le sol, avec une couverture.

— N'oublie pas, ma fille, que tout ce que j'dépense à cause de toi, tu me l'rembourseras.

Pas d'inquiétude que Stella l'oublie, Justina le lui rappelait à longueur de journée. La *madam* lui indiqua le premier jour le quartier où se trouvaient installés de nombreux commerces tenus par des Africains francophones. La jeune fille acheta du riz, du poisson séché et des fruits. Depuis peu elle échangeait quelques mots, dans un français approximatif, avec une vendeuse de primeurs, une grosse Africaine volubile riant en permanence. Stella connaissait le numéro de portable de M. Muscle par cœur, mais ne possédait pas de téléphone et ne savait pas se servir d'une cabine téléphonique. Elle joua son va-tout avec l'Africaine rigolarde.

— J'ai perdu mon portable. Je peux appeler Paris pas longtemps ?

— Qui tu veux appeler ? Ton amoureux ? Si c'est lui qui t'a cassé la tête, l'appelle plus jamais. Jolie comme tu es, tu peux t'en trouver d'autres qui te donneront de l'amour sans taper.

— Non appeler une amie, parler un temps court.

— Tiens, ma belle.

Stella se saisit du téléphone et s'écarta du stand de primeurs. Elle regarda en arrière, personne de l'appartement ne l'avait suivie. Elle composa le numéro du portable de M. Muscle qu'elle connaissait sous le seul nom de Massar. Plusieurs sonneries. Elle n'avait pas pensé que Massar ne puisse pas décrocher. Et s'il ne répondait pas, que ferait-elle ? Elle ne pourrait pas redemander son téléphone à la vendeuse. Il faudrait qu'elle trouve une personne qui lui en prête un autre. Mais qui ? Elle en était là de ses réflexions, lorsque Massar répondit d'une voix ensommeillée.

— Allô ? Qui c'est ? J'reconnais pas le numéro.

— Stella qui parle.

— T'étais où ?

C'était trop compliqué pour Stella d'avoir une communication en français et d'expliquer où elle se trouvait précisément, avec qui, pourquoi, ce qu'elle y faisait, ce qui était arrivé, etc. Quand on ne maîtrise pas une langue, c'est toujours plus facile de se faire comprendre avec les mains et des mimiques par la personne que l'on a en face de soi. Stella pensait à peu près à cela quand elle décida de poursuivre en anglais.

— *I was in the hospital.*

— Stella, parle pas anglais, j'pige que dalle. *Hospital*, ça j'comprends. Qu'est-ce tu foutais à l'hôpital ?

— *He beat me !*

— Attends, bouge pas.

Silence. Stella entendait des voix masculines à côté de Massar. Elle jeta un bref coup d'œil autour d'elle. La vendeuse était occupée à rire avec une autre cliente. Massar reprit le téléphone et parla plus lentement.

— Vas-y, répète. J'ai mis le haut-parleur, y a un mec à côté de moi qui s'débrouille en anglais. Ré-pè-te, articula-t-il.

— *He beat me*, répéta Stella.

Elle entendit parler l'autre homme, traduisant pour Massar, et les éclats de sa voix en colère amplifiés par le haut-parleur. Stella s'éloigna de quelques pas par discrétion.

— Qui c'est qui t'a battue ?

— Snoop.

— OK. J'vais m'en occuper d'ce connard ! Où t'es ? Tu comprends ? *Where ?*

— Ober willier.

— Aubervilliers ? Ça va, j'ai percuté ! La place de la Mairie, tu sais où c'est ?

Stella ne comprenait strictement rien. L'ami de Massar prit le téléphone.

— *My name is Rudy, I'm a friend of Massar. Town hall square, you know ?*

— *Sorry. No.*

— *Downtown. Easy, very easy.*

Stella écoutait les deux hommes parlant à toute vitesse. Elle reconnaissait la voix de Massar, mais était dans l'impossibilité de saisir un seul mot de français. Elle jetait des regards inquiets autour d'elle et vers la serveuse, les quinze secondes que dura l'échange entre les deux hommes lui parurent une éternité. Enfin, Rudy reprit le portable.

— *In two days at eleven. OK ?*

— *OK. But, why Rudy ?*

— *We will pick you, OK ?*

— *Yes.*

Stella avait répondu oui sans réfléchir, d'une petite voix, d'instinct. Elle coupa immédiatement la communication et rendit le téléphone à la vendeuse, la remerciant chaleureusement. Elle marcha encore quelques instants, les jambes en coton. Son cœur cognait à lui faire mal. Elle avait rendez-vous dans deux jours à 11 heures avec Massar sur la place de la Mairie, où il viendrait la chercher. Mais où était la mairie ? Demander l'adresse à un policier c'était facile. Mais Stella, dont les papiers d'identité avaient été confisqués par Snoop, croyait qu'elle se retrouverait en prison, si elle était contrôlée par la police. Justina lui avait toujours recommandé de se méfier des policiers parce qu'elle ne possédait plus ses papiers d'identité. Elle choisit d'interroger deux jeunes filles qui ressemblaient à des étudiantes.

— *Please, town hall square ?*

Les deux jeunes filles, d'abord impressionnées par le visage tuméfié de Stella, lui firent répéter la question. Le mauvais anglais des deux étudiantes ne leur permettait pas de se faire comprendre. L'une d'elles, après avoir deviné qu'elle cherchait la mairie, eut la bonne idée de tracer l'itinéraire sur une page de cahier qu'elle arracha. Le plan était sommaire mais facile à lire. Il démarrait depuis l'endroit où elles se trouvaient. Stella plia la feuille le plus possible pour la dissimuler sur elle. Elle regagna l'appartement de Justina avec davantage d'espoir que lorsqu'elle l'avait quitté une heure plus tôt. Sa seule inquiétude résidait dans l'action du sorcier. Lui seul pouvait la frapper à distance et l'entraver ou l'anéantir pour qu'elle ne puisse pas se rendre à la mairie. Deux jours à attendre.

La marchande de fruits ne riait plus. Pendant que la clientèle se raréfiait, elle ouvrit son téléphone mobile et afficha le numéro que Stella avait composé.

54

— Bon, je résume la situation, reprit Balme. Le préfet est soulagé, d'une certaine façon, de la neutralisation de Notto. Mais il aurait préféré une arrestation en bonne et due forme, avec cocorico dans la presse et procès à la suite, et éviter une fois de plus de lire des articles aigres-doux nous concernant.

— Je m'en doute, sauf que parfois tu ne maîtrises pas toute l'action de bout en bout, ajouta Mistral. Quoi que nous fassions, nous aurons toujours des regards obliques portés sur notre travail.

— Pour en revenir au lieutenant Sainte-Rose, reprit Balme d'un air ennuyé, bien évidemment, tu peux diffuser ce télégramme concernant sa disparition inquiétante. D'après toi, faut-il la relier aux enquêtes sur les trois cadavres d'albinos ?

— Sans en être certain, je pense que c'est la seule piste qui tienne la route. Je ne veux pas me répéter sur le spiritisme, la magie, l'occultisme, le vaudou et toutes les croyances qui gravitent autour, je viens de t'en parler pendant presque une heure, mais oui ça existe. J'étais dans le même état d'esprit que toi au début des enquêtes, maintenant j'ai changé d'opinion. La difficulté à laquelle nous sommes confrontés, c'est l'absence de clefs de compréhension. On ne comble pas en quelques dizaines de jours un fossé de connaissances vieilles de plusieurs millénaires.

— J'entends, j'entends... Mais franchement, je t'avoue mon scepticisme. Découper des gens en morceaux pour en faire des porte-bonheur, amulettes, grigris où je ne sais trop quoi, j'ai du mal à l'intégrer. Nous sommes au XXIe siècle, tout de même !

— Pourtant...

— Où en es-tu de l'enquête Sainte-Rose ?

— Je pense recevoir des informations dans l'après-midi, des investigations techniques sont en cours, mais ça ne suffira pas. J'ai donné des instructions pour que l'IJ se déplace et effectue un relevé des traces dans son appartement. Mes empreintes, ainsi que celles de Calderone, Dalmate et Le Carme apparaîtront. Elles seront discriminées. Peut-être qu'il y en a d'autres qui appartiennent aux mecs qui l'ont obligée à les suivre.

— Tu as entièrement raison de mettre tout en œuvre. Qui est Le Carme ?

— Un ami. Un ancien professeur au Collège de France, spécialisé dans l'Afrique. Il est aussi très versé dans la magie. Je voulais son sentiment, parce que Ingrid est manifestement une adepte de haut niveau du vaudou, et possède chez elle quantité d'objets mystérieux à mes yeux.

— Il t'a aidé ?

— Pas vraiment. Le type carbure au cocktail whisky-médocs, et il était défoncé quand je l'ai envoyé chercher.

Balme demeurait songeur.

— Pour l'instant, je vais taire au cabinet du préfet certains aspects de l'enquête, mais pas la disparition du lieutenant. Je ne peux pas faire autrement. J'éviterai juste de la raccorder aux meurtres des albinos, de l'occultisme, etc. C'est prématuré. Et puis, je ne me sens pas d'expliquer quelque chose que je ne maîtrise pas. Un conseil : évite la presse.

— Je l'éviterai d'autant plus facilement si elle n'est pas prévenue.

Le sous-entendu de Mistral était clair. Balme jeta un bref coup d'œil à sa pendule de bureau. Il souhaitait calmer le jeu, et ne releva pas la réflexion de Mistral.

— Déjà 14 heures ! Veux-tu déjeuner vite fait ? Je connais un resto sur l'île Saint-Louis où ils peuvent nous servir rapidement.

— Non merci, il faut que je retourne au service. L'histoire d'Ingrid Sainte-Rose ne me plaît pas beaucoup, et je n'ai pas l'esprit tranquille.

Mistral fit un détour par l'état-major pour donner son feu vert à la diffusion du télégramme signalant la disparition d'Ingrid. Puis, il remonta lentement vers la brigade criminelle. Ses pensées se bousculaient, mais aucune n'émergeait du lot.

Vincent Calderone et Paul Dalmate se trouvaient dans le même état d'esprit que Mistral. Déjeuner à l'extérieur leur paraissait inconcevable. Calderone venait de faire livrer des pizzas. Dalmate étala une grande feuille de papier sur la table de réunion, posa des serviettes en papier, verres et couverts et coupa des parts de pizza. Mistral récupéra une bouteille de vin australien dans son bureau, cadeau de son homologue de Sydney. Les trois hommes échangèrent quelques considérations sur les vins français et australiens, mais le cœur n'y était pas. Après le café, Dalmate sortit le livre d'Hervé Le Carme.

— L'avez-vous lu entièrement ?

— Oui. D'ailleurs je m'apprêtais à le relire dans le train quand je suis rentré de Marseille, mais je me suis endormi. Pourquoi, il y a un problème ?

— Je ne sais pas... Je l'ai lu deux fois cette nuit, et ensuite je me suis baladé dedans, en quelque sorte.

Calderone, qui ne l'avait pas encore lu, feuilletait l'exemplaire d'Ingrid. Paul reprit la parole.

— Il y a, dans ce petit bouquin, une dimension surnaturelle très forte, et j'avoue n'avoir rien compris. En revanche, quand il parle du massacre des albinos, ça ne laisse pas insensible. J'ai fait quelques recherches cette nuit sur Internet et l'on voit des vidéos d'albinos interviewés, morts de trouille. C'est d'autant plus fort qu'on baigne dedans avec nos enquêtes. Le Carme raconte bien tout ça.

Mistral et Calderone écoutaient Dalmate analyser le petit texte de Le Carme. De temps à autre, Mistral hochait la tête.

— Mais, en faisant abstraction du volet très prenant et très étonnant de la magie africaine, j'ai été peut-être plus attentif à tout le reste, surtout quand il cite à quelques reprises Julius Djomo.

— D'après ce que j'en ai déduit, reprit Mistral, Djomo l'a essentiellement renseigné sur l'art des masques en Tanzanie, au Kenya et je crois en partie sur le Cameroun.

— C'est tout ? questionna Calderone.

— Pas tout à fait, poursuivit Dalmate. À mon sens Julius Djomo lui a ouvert les yeux sur pas mal de pratiques de l'occultisme en Afrique. N'oublions pas que, lorsque Le Carme se lance dans cette écriture, il a

25 ans et vient de terminer ses études d'ethnologue. Il ressort de ce bouquin sa fascination absolue pour cette culture qui n'est pas la sienne. Il rédige des pages d'une pertinence vertigineuse, comme s'il avait séjourné plusieurs années en Afrique, alors qu'il n'y a mis les pieds en tout et pour tout que deux ou trois mois pendant son cursus d'étudiant.

— Où as-tu découvert tout ça, Paul ?

— Internet. Il y a quantité de blogs sur le sujet, et Le Carme est cité plusieurs centaines de fois. Il fait autorité.

— Je confirme, approuva Mistral, mais pour être plus précis, je dirais qu'il *faisait* autorité. Cela fait très longtemps qu'il n'a plus rien publié ni donné de conférences.

— Oui, c'est exact, convint Dalmate. D'ailleurs, j'ai pu reconstituer son parcours. J'ai même appris que sa femme avait été assassinée, et qu'il ne s'en était jamais remis. Vous le saviez ? questionna Dalmate en regardant Mistral.

— C'est là l'origine de notre rencontre. Je vous en parlerai ultérieurement, ça n'a aucune incidence sur l'enquête. En revanche, ce fut pour lui le début de la grande glissade vers le néant, sans possibilité d'un stop, avec comme accélérateurs l'alcool et les antidépresseurs.

— Pour en revenir à Julius Djomo, continua Dalmate, je pense qu'il a été davantage que le guide dans la rédaction de passages essentiels du livre. Il a dû souvent aussi tenir la plume. Et pour des raisons qui m'échappent, il n'a pas été cité comme coauteur de ce livre.

— On ira poser ces questions à Le Carme, décida Mistral, en espérant qu'il ne soit pas trop chargé. Mais bon, c'est secondaire dans notre histoire.

— J'ai demandé à Sébastien Morin, ce matin en arrivant au service, de faire des recherches sur Julius Djomo, une « levée de doute » en quelque sorte. Nous pouvons faire confiance à Morin à double titre. D'abord, c'est un bon enquêteur, ensuite il est ultra motivé sur tout ce qui concerne de près ou de loin Ingrid. Comme toute la brigade, d'ailleurs.

Dalmate se leva, fit le tour du bureau de Calderone pour accéder au téléphone de Morin et pressa une touche.

— Tu as fini ton travail ?

Dalmate écoutait Morin. Il se tourna vers Mistral et Calderone.

— Il dit qu'il en a pour une demi-heure, il attend une réponse. Je pense que l'on peut patienter pour avoir une vision plus précise de Djomo avant d'aller chez le professeur.

Mistral profita de cette pause involontaire d'une trentaine de minutes pour téléphoner à Clara. Elle s'inquiétait pour son état de santé, il la rassura. Elle avait commencé à parler aux enfants des contusions de leur père, et contre toute attente, au lieu de les effrayer, ils avaient eu hâte qu'il leur raconte la bagarre. En raccrochant, Mistral réfléchit à la façon de parler à ses fils sans mentir.

55

Un taxi déposa Sylvie Ferrières, non pas sur son lieu de travail habituel, il n'était que 18 heures, mais à proximité de la sortie de métro Château-Rouge. Elle se fit la réflexion, avec fatalisme, que vu les trombes d'eau qui s'abattaient régulièrement sur Paris, ce n'était pas ce soir-là qu'elle allait casser la baraque. Ni les suivants d'ailleurs. Elle haussa les épaules à cette réflexion silencieuse et évidente. Sylvie Ferrières avait décidé d'arpenter le quartier Château-Rouge pour essayer de glaner quelques informations sur « cette ordure de Snoop », comme elle l'appelait à présent.

Pourquoi faisait-elle cela ? Pour la petite Stella. Elle espérait la revoir, même sur le lieu de tapin, toujours préférable à l'hôpital. Au moins, la petite avait la vie devant elle. Elle pourrait se sauver, faire autre chose. En fait, Sylvie Ferrières aurait aimé apporter à Stella ce qu'elle n'avait jamais reçu.

Pourquoi faisait-elle cela ? Pour ce curieux flic, ce Dalmate, avec son visage balafré. Une étrange cicatrice sur ce visage qui n'était pas celui d'un voyou, ni d'un bagarreur, et encore moins d'un flic. Ce type l'intriguait. Il était prévenant, paraissait en quête de quelque chose et portait cette blessure non pas comme un signe de virilité, mais plutôt comme une marque du hasard, et il s'en moquait.

Pour ces deux-là, Sylvie Ferrières arpentait le quartier, perchée sur ses bottes en similicuir blanc, enroulée dans son manteau de faux vison et à l'abri d'un immense parapluie vert de golfeur. Elle ne passait pas inaperçue. Sa première démarche fut d'aller faire un tour dans le périmètre des rues Custine, Doudeauville et Poulet. Elle connaissait une prostituée de son âge, une Parisienne, « une vraie de vraie », comme elle disait, au courant de tous les potins du quartier. « J'fais le travail de ces cons de flics », maugréa-t-elle. Sylvie Ferrières, qui jetait un coup d'œil dans chaque bistrot, repéra enfin sa collègue de travail attablée seule dans un bar de la rue Custine. Elle y entra. Les deux femmes s'embrassèrent. La femme répondait au nom de Ghislaine Vasseur pour l'état-civil, et de Vanessa pour la prostitution. Elles discutèrent de tout et de rien pendant une demi-heure, grillant leurs clopes à tire-larigot, et buvant des guignolets kirsch. Au bout de leur quatrième verre, elles se marraient pour un oui ou pour un non, conscientes que l'alcool leur était monté à la tête.

— J'crois bien que nous sommes les deux gonzesses dans Paris à boire cet alcool qui dézingue en douceur ! déclara Vanessa d'un ton solennel.

Éclats de rire des deux femmes.

— T'as raison ! Et je dirais même les seules en France, renchérit Sylvie, pas qu'à Paris !

Nouveaux éclats de rire des deux femmes qui se terminèrent dans une quinte de toux commune dopée par la cigarette.

— Plus personne ne touche à cette boisson d'un autre âge ! Il faut être immortelle comme nous. Dis-moi, tu ne connaîtrais pas des Africaines qui bosseraient pour un mec qui s'appelle Snoop ?

— Pourquoi qu'tu m'demandes ça ?

— T'occupes, c'est pas important. T'en connais ou pas ?

— Attends un peu, laisse-moi réfléchir. Le Snoop, j'crois l'avoir déjà vu avec sa patronne, une grosse maquerelle avec un maquillage et des fringues de carnaval ! Tu peux pas la louper ! Elle est décorée comme un arbre de Noël, la Justina. Justina, c'est son nom. Elle parle qu'anglais. Snoop c'est un grand balèze, mauvais comme la gale, la Justina aussi d'ailleurs.

— C'est ça, ça correspond à c'que j'ai vu. Dans quel quartier ils sont ?

— Vers le haut de Barbès, j'crois bien. Leurs filles, elles sont là-bas. Y en a une, tu peux pas la rater. Elle a un pantalon comme le drapeau américain, des rayures blanches et rouges sur la jambe droite et les étoiles sur la gauche. Ou l'inverse, j'sais plus.

— T'casses pas la tête. Quand j'la verrai, rayures à droite ou à gauche, à mon avis, ce s'ra la bonne ! C'est pas tous les jours que tu t'balades avec le drapeau américain sur les fesses.

Vanessa rit de bon cœur et descendit le dernier guignolet kirsch.

— Tu vois, avec le temps qu'il fait, j'me demande si j'vais aller bosser !

— Ah ouais ? Toi aussi, le temps, ça t'perturbe ? Y a moins de clients, hein ?

À quelques rues de là, Éric Forest et cinq policiers de son groupe effectuaient la même démarche. Forest avait constitué des binômes qui se déplaçaient dans le quartier, en quête de leurs sources habituelles. Pour l'instant, leurs recherches ne donnaient rien. Les policiers échangeaient régulièrement entre eux par téléphone mobile. Ils firent le constat que les informateurs s'étaient volatilisés.

— La mort de Doucouré y est pour quelque chose, conclut Forest, s'adressant au jeune flic qui marchait à ses côtés. J'en suis sûr. Ils n'ont pas envie de finir avec un couteau planté dans le ventre.

— Que fait-on ?

— J'appelle les autres pour faire le point, mais en dehors du quartier. Ensuite on ira dîner et on reprendra les recherches.

Mistral terminait la signature du courrier, quand Calderone et Dalmate, suivis de Morin, entrèrent dans son bureau. Mistral remarqua immédiatement combien Morin paraissait affecté par la disparition d'Ingrid. Il n'oubliait pas qu'elle avait veillé sur lui. Ils s'installèrent sur la table ronde de réunion de Mistral. Morin ouvrit son bloc, dont plusieurs pages étaient couvertes d'une écriture appliquée.

56

Morin s'éclaircit la voix et parcourut ses notes.

— Julius Djomo est en France, annonça-t-il, mais pas sous cette identité.

Morin avait immédiatement capté l'attention des autres policiers.

— Il est arrivé à Paris, il y a environ dix-sept ans. Les recherches sous ce nom montrent que le type a fait l'objet de plusieurs procédures pour escroqueries. En fait, il arnaquait ses compatriotes. Il payait des gamins qui distribuaient des annonces dans lesquelles il faisait sa pub comme « grand voyant médium qui résout tous les problèmes, chance, désenvoûtement, protection contre les dangers, redonne la puissance sexuelle, bonheur dans le mariage », etc. Des annonces de ce genre, on en a tous reçu sous nos essuie-glaces.

Sourires des policiers qui approuvèrent en silence. Morin continua.

— Il a utilisé plusieurs noms, j'ai relevé : monsieur Mara, monsieur Abdoulaye, monsieur Cissé, etc. Il en changeait régulièrement, et chaque fois il plumait des dizaines de crédules qui payaient pour « ne plus rester dans le malheur », comme il le promettait. Là où ça s'est gâté, c'est lorsqu'il a promis le résultat du loto garanti à cent pour cent. Bien entendu, ça ne marchait pas, des types mécontents lui ont cassé la figure. Police secours est intervenue et, au poste, ça s'est retourné contre lui, quand les types ont expliqué pourquoi ils l'avaient battu. Fin de l'épisode Julius Djomo.

— Des affaires comme ça, il n'y en a plus. Je me demande si les parquets poursuivent toujours ces trucs ? commenta Calderone.

— Mais c'est maintenant que ça devient intéressant, reprit Morin. Plus aucune trace sous le nom de Julius Djomo. On le voit apparaître de nouveau, sous le nom de Paul Sedan, citoyen français, cinq ans plus tard. Pour des raisons que je n'ai pas encore élucidées, il est parvenu à changer de nom et de nationalité. Et là, c'est un tout autre homme qui refait surface. Finis les boubous et les prédictions à deux balles dans des arrière-cours du 18e. Paul Sedan porte beau : costume cravate, il ouvre un cabinet dans le 12e puis quelques années plus tard, promotion oblige, il s'installe dans le 16e.

— Un cabinet de quoi ? s'étonna Mistral.

— Là aussi, le bonhomme entretien le flou, répondit Morin. Il se prétend ethno-psychologue. Je n'ai trouvé trace d'aucun diplôme le concernant. Mais ce n'est pas grave. Sa clientèle accourt de tous les horizons et vient s'allonger sur son divan. Grâce à sa connaissance profonde de l'Afrique, dit-il, il est en mesure d'aborder les questions de l'esprit sous un angle différent. Il travaille sur les émotions. Il faut croire que ça marche pour lui, parce que son cabinet ne désemplit pas.

— Il exerce toujours ?

— Oui, mais uniquement trois jours par semaine. Il est suffisamment riche pour créer l'attente. Il prend aussi le temps de publier des textes assez compliqués à lire. Et d'autres très polémiques, très violents contre un certain Hervé Le Carme.

Sursaut des policiers.

— Le Carme ? s'étonna Mistral.

— Oui, poursuivit Morin. J'ai récupéré quelques papiers que Sedan publie sur son site Internet, je vous les passerai.

— Quel est l'objet de l'attaque ? demanda Calderone.

— Sans entrer dans les détails, Sedan conteste toutes les thèses de Le Carme, le traitant de charlatan du spiritisme africain, voulant faire de l'argent sur le dos des crédules, parce que la magie africaine et le vaudou effraient et fascinent. C'est son argument principal.

— Il est bien placé pour en parler ! commenta Dalmate avec cynisme. Et pourtant, il défendait les thèses contraires dans le petit livre de Le Carme.

— Quel âge a-t-il ? s'enquit Mistral.

— Le même que celui de Le Carme, 67 ans passés. Je vous montrerai une photo, il les porte plutôt bien !

Mistral réfléchissait.

— Voyant la profondeur de ses analyses, je pensais que Djomo était plus âgé que Le Carme, jeune doctorant sans expérience. En fait, Djomo possédait déjà tout le poids de la tradition de ses racines africaines et était sans doute porteur de l'enseignement de ses père, grand-père, etc. Où habite-t-il ?

— Son cabinet se trouve avenue Raymond-Poincaré, je n'ai pas encore localisé son domicile. Il n'a pas de permis de conduire, donc pas de voiture. De ce côté, c'est plié.

Mistral leva la main, mimant un signal d'arrêt.

— Je ne veux pas que l'on s'égare. Le Carme est un satellite de l'affaire des meurtres d'albinos, que je suis allé chercher pour qu'il nous apporte son expertise. Sauf qu'il nous balade en se moquant de nous et de notre ignorance du monde des esprits. Sur ces histoires de meurtres vient se greffer la disparition d'Ingrid qui s'est livrée à une sorte d'enquête *bis*. Elle craignait que l'on n'explore pas assez la piste de la sorcellerie.

Les policiers écoutaient en silence Mistral qui recadrait le débat.

— Fort justement, reprit-il, on relie les deux enquêtes et je fais revenir Le Carme pour qu'il nous aide à décoder les objets africains présents chez Ingrid. Mais ce qui motive sa détermination à se déplacer, c'est la découverte de son premier livre rempli d'annotations. Le Carme, fidèle désormais à son habitude, observe, touche, examine, nous en dit le minimum et s'en va en nous traitant, à quelques mots près, d'incapables. Le bouquin analysé en profondeur par Paul montre l'existence d'un autre personnage en filigrane.

— Julius Djomo, précisa Dalmate.

— Julius Djomo, dont Sébastien nous dresse un portrait intéressant, mais qui nous éloigne juridiquement de l'enquête sur Ingrid. À ce stade de nos réflexions, nous n'avons aucun argument pour explorer officiellement les pistes Le Carme et Djomo.

— Officiellement, confirma Calderone.

— Ce qui ne va pas m'empêcher d'aller discuter avec Le Carme, ajouta Mistral qui rassembla ses affaires.

— Dans les vapes ou pas, il faudra qu'il cesse de parler par énigmes.

57

Mistral devenait de plus en plus agacé par le comportement méprisant et décevant de Le Carme. Arrivés devant l'immeuble de la rue Guersant, les policiers patientèrent quelques minutes, le temps qu'une personne franchisse la porte de l'immeuble pour pouvoir y pénétrer. Aucune sonnette à l'extérieur ne permettait de joindre un locataire. Soit on possédait la clef ou le code de la porte, soit on attendait. Mistral choisit cette solution malgré son mécontentement. Il ne souhaitait pas prévenir Le Carme.

Mistral sonna ensuite à plusieurs reprises à la porte d'entrée de l'appartement. Pas de bruit. Le Carme lui avait dit que la porte était toujours ouverte. Mistral tourna la poignée en cuivre en forme de boule et, suivi de Calderone et Dalmate, pénétra dans les lieux. Même odeur de crasse et de poussière. Aucun éclairage. Mistral laissa la porte d'entrée ouverte pour que la lumière des parties communes lui permette de se repérer. Il actionna enfin l'interrupteur. Une lumière faible et jaunâtre éclaira le couloir. Sans se retourner, il sentit les regards curieux des deux policiers qui découvraient pour la première fois le logement de Le Carme. Silencieux, ils suivirent Mistral quand il entra dans le salon. L'immense pièce était éclairée par une faiblarde lampe de chevet. Il se retourna et vit Calderone et Dalmate interloqués et visiblement mal à l'aise, apercevant les mobiles fixés au plafond, les dizaines de masques et les centaines de livres. Ils diraient plus tard, lorsqu'ils évoqueraient cette affaire avec leurs collègues, *qu'ils naviguaient hors du temps et de tout entendement*. Une expression qu'ils utiliseraient à de nombreuses reprises.

Mistral s'approcha du canapé, où il savait qu'il découvrirait, sous le monceau de couvertures et de draps, Hervé Le Carme. Il secoua ce qu'il pensait être son épaule. L'ethnologue se dégagea lentement de l'amoncellement qui le recouvrait. Toujours vêtu de son pull troué et du pantalon informe et taché, Le Carme s'assit comme au ralenti. Il dévisagea les trois policiers de ses yeux troubles.

— Quand allez-vous m'oublier, toi et tes sbires ?

— Hervé, arrête cinq minutes de jouer les idiots. Je suis là pour avoir une discussion sérieuse et pas pour me laisser balader.

Mistral se tourna vers Dalmate.

— Paul, trouvez-moi l'électricité et éclairez cette pièce, ordonna Mistral.

Quelques secondes plus tard, Dalmate actionna plusieurs interrupteurs, illuminant le salon. Les mobiles et les dizaines de masques s'en trouvèrent d'autant plus présents.

— J'ai mal aux yeux, gémit Le Carme, éteignez, s'il vous plaît.

— Tu éteindras quand on partira, répliqua Mistral d'un ton sec.

Le Carme se leva avec, comme à son habitude, une couverture sur le dos. Il se dirigea dans son labyrinthe de livres vers une table où trônaient deux bouteilles de whisky vides et une de rhum aux trois quarts pleine, ainsi que des plaquettes de médicaments. Très vite, Le Carme se versa un grand verre de rhum et détacha quatre comprimés qu'il mit dans la paume de sa main droite, la gauche tenant le verre. Mistral, d'un geste sec, saisit le verre et arracha les médicaments de sa main.

— Ne me joue pas la comédie du type malade. Quand on sera partis, une fois la lumière éteinte, tu pourras boire toute la bouteille de rhum et avaler ce que tu voudras. Pour le moment, tu restes lucide et tu ne te mets pas volontairement en état de ne pas nous répondre.

— Tu es cruel, Ludovic, je l'ai toujours su !

Le Carme sembla découvrir le visage de Mistral.

— Tiens ! On dirait que tu as rencontré un obstacle. Tu sais, ce genre de coups, c'est moins fort, beaucoup moins fort que ceux occasionnés par les esprits. N'y touchez pas ! hurla soudain Le Carme.

Mistral sursauta, se retourna et aperçut Calderone qui, du bout des doigts, imprimait un mouvement de balancier à l'un des mobiles. Dalmate venait de décrocher un masque. Les deux policiers n'osèrent plus bouger, surpris par la violente réaction de Le Carme.

— Qu'est-ce qui te prends, Hervé, on ne doit pas toucher aux objets magiques, c'est ça ?

— C'est interdit à des gens comme vous, ignorants des choses de l'esprit, d'approcher ces objets sacrés. Posez ce masque ! insista Le Carme.

— Retourne t'asseoir, ordonna Mistral en reposant le rhum et les médicaments.

Dalmate fit tourner entre ses mains le masque de tous les côtés, détaillant la sculpture en bois. Il le leva à hauteur de son visage. Le Carme paraissait pétrifié.

— Vous n'imaginez même pas ce que vous êtes en train de faire ! gémit Le Carme.

Dalmate, très calme, reposa le masque. Calderone balançait toujours le mobile représentant un homme ailé.

— Ce n'est pas de la pacotille d'aéroport pour touristes, concéda Dalmate. Ces masques dégagent vraiment quelque chose. Quand mon visage est masqué, mon identité est supprimée, c'est cela, monsieur le professeur ? Il m'aide à personnifier une force errante. Qu'elle est la force du masque que j'ai pris ?

Mistral et Calderone ne purent cacher leur surprise en entendant s'exprimer Dalmate. Ils avaient envie de lui poser des questions. Mais ils le feraient après être sortis de l'appartement de Le Carme. Le professeur, les coudes posés sur ses genoux, tenait sa tête enfouie entre ses mains.

— Hervé, il est tard. Je vais au plus court, après nous partons. Le sorcier, les albinos, la policière qui a disparu. Voilà pourquoi je suis là. Tu arrêtes de parler par énigmes en te foutant de nous.

Le Carme se redressa, pleurnichant, les joues encore plus creusées que d'habitude. Pitoyable.

— En fait, Ludovic, je suis largué. Depuis que je me laisse glisser vers le fond, je ne vis que sur mes connaissances acquises il y a longtemps. J'essaie de donner le change, c'est tout.

— Tu m'as bien parlé d'un sorcier que je suis incapable de trouver ! Ça, je ne l'ai pas inventé, non plus !

— Je t'ai répondu avec logique, Ludovic ! Oui, bien sûr, il y a un sorcier. Les meurtres perpétrés sur les albinos de cette façon sont tous – tu m'entends ? – tous, commandités par un sorcier. Je te l'ai déjà dit.

— D'accord, mais pourquoi est-il introuvable ?

— Parce qu'il terrifie ceux qui travaillent pour lui, je pense. Ils n'ont pas envie de finir à l'abattoir. Tout le monde se tient.

— Tu sais qui c'est ?

Dalmate se retint de saisir un autre masque, Calderone stoppa le mobile, Mistral attendait la réponse.

— À une certaine époque, oui sans doute, je l'aurais su. Je baignais dans toutes ces choses de l'esprit et du fantastique. Maintenant, tout cela continue, mais sans moi…

— J'aimerais te croire. Parle-moi de l'appartement de la jeune policière et de ton bouquin trouvé chez elle.

— Je n'ai rien à dire de plus. C'est une initiée de haut vol. Il faudrait avoir une longue discussion avec elle. Et les quelques annotations que j'ai pu lire sont pertinentes. D'ailleurs, elle soulève des questions auxquelles j'ai répondu dans mes livres qui ont suivi.

Mistral chercha du regard un soutien auprès de Calderone et Dalmate. Les deux policiers firent « non » d'un léger mouvement de tête accompagné d'une moue signifiant : « Laissez tomber, il n'y a rien à en tirer. » Mistral acquiesça, montrant qu'il avait compris.

— Pour finir, Hervé, parle-nous de Julius Djomo, ou Paul Sedan, appelle-le comme tu veux. Je t'écoute.

Le Carme écarquilla les yeux de surprise. Il observa tour à tour Dalmate et Calderone.

— Cessez de toucher à ce mobile, dit-il d'une voix suppliante.

— Djomo ? Je t'écoute, Hervé.

Silence buté.

— Hervé, c'est très simple. Une absence de réaction de ta part signifie que je dois chercher les réponses par moi-même. Ça va me prendre du temps, mais j'y parviendrai. Je vais faire embarquer tous tes livres, tes masques, tes mobiles, disséquer le tout, les confier à des experts, mais je trouverai ce qui t'oppose à Djomo Sedan.

— Si tu fais ça, tu me tues.

— Je t'écoute.

— Une fois que je t'aurai tout raconté, je ne veux plus jamais te revoir ni t'entendre.

— Je t'écoute, dit Mistral de manière définitive.

— Quand j'en aurai fini, je boirai tout le rhum, gémit Le Carme.

— Arrête de tourner en rond, parle !

Une heure plus tard, Mistral appela Clara pour lui dire de ne pas l'attendre. « Les garçons vont être déçus de ne pas entendre le récit de tes exploits. » Mistral raccrocha, envahi de pensées tristes. Les trois policiers marchaient le long de la rue Guersant, silencieux, les confidences de Le Carme résonnant encore en eux. La Ford Mondeo était garée à l'angle du boulevard Gouvion-Saint-Cyr. De l'autre côté du boulevard, l'auvent rouge du restaurant Le Guersant attira le regard de Mistral.

— Il est 22 heures passées. On va dîner et on réfléchit.

Les trois policiers entrèrent dans le restaurant, dont la cuisine traditionnelle les tentait. L'endroit, manifestement fréquenté par des habitués, était divisé en trois : une petite terrasse fermée par des protections en plastique transparent pour les fumeurs, un comptoir où deux types disputaient une partie de 421 devant des verres de vin rouge et la salle du restaurant avec la dernière table disponible. Ils s'assirent avec plaisir, loin et pourtant si proches de l'appartement angoissant de Le Carme et ses fantômes. À une table voisine, deux hommes parlaient de motos anglaises, de voitures de sport décapotables et de la dernière tournée des éternels Rolling Stones au Stade de France. Posées sur la table, à côté de l'un des types, les clefs d'une moto Triumph accrochées à un porte-clefs représentant le célèbre logo des Stones, avec les lèvres et la langue rouge.

— Je me demande depuis combien de temps je n'ai pas eu une discussion normale, fit remarquer, songeur, Mistral.

58

— Paul, qu'est-ce que c'est que cette histoire de masque que vous avez sortie à Le Carme ? demanda Mistral.

— Trois fois rien, répondit Dalmate en souriant. J'avais un petit peu creusé la question l'autre soir chez moi, et j'en avais marre d'être pris pour un idiot par le professeur. Deux phrases balancées d'un air entendu, rien de plus !

— Bien vu ! admit Calderone.

La patronne posa des andouillettes sur la table, des frites, de la salade verte, une corbeille de pain et une bouteille d'aloxe-corton 2012. Pas d'eau. Ils débutèrent par un verre de vin.

— C'est l'orgueil et l'imposture, déclara spontanément Calderone.

— J'aimerais en être sûr, mais je me méfie du professeur. Pourtant, l'histoire est relativement simple, résuma Mistral. Le Carme, jeune, effectue plusieurs voyages en Afrique, il y découvre un monde magique et en tombe sous le charme. Mais il est incapable de rédiger la moindre ligne. Il rencontre en Tanzanie Julius Djomo, jeune et brillant érudit. Les deux jeunes gens sympathisent. Djomo lui fait lire ce qu'il a écrit sur la magie, les albinos, etc., bref tout ce que l'on connaît.

Le téléphone de Dalmate, posé sur la table, se mit à vibrer. Dalmate regarda le numéro qui s'affichait et décrocha. Il écouta et ne prononça qu'une phrase.

— Dans une heure environ.

Dalmate regarda Mistral en désignant le téléphone du doigt.

— Sylvie Ferrières, la prostituée du 18e. Elle a repéré une fille qui bosse pour Snoop et elle veut me la désigner. J'irai dans une heure.

— Je t'accompagnerai, indiqua Calderone.

— Donc, poursuivit Mistral, Le Carme rentre en France, recopie scrupuleusement les notes de Djomo, cite son nom au compte-gouttes dans le texte et souhaite le publier. Grosse déconvenue, personne ne veut du livre. Djomo est toujours resté en contact avec Le Carme. Les deux hommes s'écrivent régulièrement, et Le Carme, qui interroge adroitement Djomo, profite de ses réponses pour les intégrer dans des textes qui sont enfin publiés. S'ensuivent des livres, conférences, etc. Début de notoriété pour Le Carme, qui va continuer à siphonner les connaissances de l'Africain. Le Carme retourne à plusieurs reprises en Afrique, se montre généreux avec Djomo, en revient toujours avec davantage de matière. Mais quelques années plus tard, Djomo découvre la supercherie. Il débarque à Paris, casse la figure à Le Carme devenu le professeur que l'on connaît et, pour des raisons que tout le monde ignore, reste à Paris. Le Carme est inquiet, il craint que Djomo ne se répande sur la place publique. Mais il a la bonne idée de disparaître.

La patronne déposa une corbeille de pain et un plat de frites chaudes. En souriant, elle s'adressa à Mistral.

— Les vôtres sont froides, vous ne faites que parler.

Mistral remercia. Dalmate, qui avait terminé son assiette, servit du vin et reprit :

— Sauf qu'un certain Paul Sedan débarque, ouvre un cabinet d'ethno-quelque-chose et publie dans des ouvrages spécialisés des articles qui font voler en éclats les thèses de Le Carme sur la sorcellerie africaine. En lisant ces articles, Le Carme comprend que c'est Djomo qui se planque derrière Sedan. La communauté scientifique presse Le Carme de répondre à son détracteur. Mais le professeur en est bien incapable, sachant Djomo bien supérieur à lui. Le Carme bafouille ses réponses que Djomo/Sedan, par articles interposés, explose. C'est la dégringolade de la notoriété de Le Carme, et là, c'est vraiment terrible pour lui, il perd sa femme.

— Et c'est le début de la fin, conclut Calderone.

— En effet, reconnut Mistral. J'aimerais bien entendre la version de Djomo Sedan, un de ces jours. Mais pour cela, il nous faudrait un cadre juridique, et je ne vois pas lequel. Laissons tomber.

— Fin des épisodes Le Carme et Djomo qui nous ont pollué l'enquête, conclut Calderone.

Mistral reçut un appel de Forest, pendant qu'il sortait du Guersant. « Pas de trace de Snoop », résuma le commandant de la BRB. Forest accepta de rester à proximité pendant que Calderone et Dalmate iraient au contact de Ferrières.

De nombreux bureaux étaient encore éclairés à la Crim. Mistral entra dans celui de Farias qui triait toute une série de documents.

— Je viens d'exploiter le retour des premières réponses techniques concernant Ingrid.

Farias étala sur une table les listings de relevés téléphoniques de la jeune femme, les FADET. Un numéro apparaissait plusieurs fois, mis en évidence d'un trait de Stabilo jaune.

— Il s'agit du numéro qui l'a appelée à chaque reprise avant qu'elle ne sorte de chez elle. Quand elle est allée dans l'Oise et avant qu'elle ne quitte son appartement puis monte dans la BM noire.

Farias pointait du doigt la colonne des jours et celle des heures.

— Que donne l'identification ?

— Rien, c'est un numéro prépayé, qui n'a jamais été enregistré. Plus important, on a travaillé sur le bornage de ce numéro. Il n'apparaît que lorsque son utilisateur appelle Ingrid. Avant rien, après rien. La FADET confirme notre analyse. Le téléphone de monsieur X ou de madame Y ne sert que pour Ingrid.

— Un numéro dédié, uniquement pour elle, résuma Mistral.

José Farias sortit d'une chemise cartonnée un rapport qui relatait les investigations poursuivies dans l'Oise.

— Peut-être de quoi gratter, dit-il, mais c'est vraiment maigre. Les deux jeunes lieutenants sont allés à Bailly explorer l'intérieur du cercle de trois kilomètres de rayon autour de la borne téléphonique où le portable d'Ingrid s'était inscrit. Ils sont entrés dans une ferme et ont appris qu'un des bâtiments était loué pour des animations, mariages, fêtes, etc. Le soir où Ingrid s'y trouvait, une soirée organisée par des Haïtiens s'y déroulait. Le type qui loue la salle a été payé en espèces, et n'a eu qu'un numéro de portable pour contact et un prénom, bidon sans doute.

— Je sais ce que vous allez me dire, José, le numéro de téléphone est un prépayé qui n'a servi que pour la location de la salle. Depuis ce numéro n'existe plus. Exact ?

— Exact. Pas de chance non plus pour la BMW noire. Elle appartient bien à un médecin. Nos gars ont pu examiner la voiture. Le toubib a été extrêmement coopératif. R.A.S. Je suis en attente des prélèvements de traces chez Ingrid, mais, vu la prudence des types, je parie qu'on ne trouvera rien.

— Je le crains.

Aux alentours de 23 h 30, Ludovic Mistral regagna son domicile, épuisé, avec une douleur lancinante au visage. Il inséra un CD de David Bowie, quitta lentement le parking du Quai des Orfèvres, longea la palissade qui protégeait le ravalement de façade du Palais de justice, tourna à droite sur le pont Saint-Michel dans la voie réservée aux bus et taxis. Il était seul sur le pont. Au feu vert, il tourna sur le quai Conti. *Tout droit maintenant*, se dit-il.

Life on Mars, porté par la voix de Bowie, envahit l'habitacle de la Ford. Mistral ralentit le mouvement des essuie-glaces, guida la voiture d'une main, et cala l'accélérateur sous la vitesse maximale autorisée.

Sylvie Ferrières accueillit Dalmate avec un grand sourire et ignora Calderone. Elle accepta de monter dans la voiture pour leur indiquer la prostituée « emballée dans un drapeau américain ». Les saillies de la prostituée faisaient sourire les deux policiers. Après plusieurs passages et une heure en surveillance, Dalmate et Calderone ne supportaient plus la fumée et l'odeur des cigarettes mentholées, malgré les deux vitres ouvertes. Dalmate quitta la surveillance et ramena Ferrières à une station de taxis.

— C'est peut-être à cause de la pluie si la fille n'est pas là ce soir, hasarda Calderone.

Dalmate sourit d'avance à la réplique de Ferrières.

— On voit qu't'es nul en météo, toi ! La pluie, ça gêne pas les clients des jeunes ! Faudra trouver autre chose, mon gars, pour expliquer l'absence du drapeau américain.

La jeune Africaine, vêtue du pantalon en question qui moulait ses fesses généreuses, se tenait debout devant Justina et Snoop, dans une pièce de l'appartement d'Aubervilliers, à l'écart des autres. Justina, enveloppée dans un de ses boubous multicolores, et Snoop, les mains dans les poches de son sweat noir et or, se tenaient vautrés dans des fauteuils défoncés.

— Redis-moi un peu les choses, exigea Justina.

— Y paraît qu'on cherche Snoop. Des flics ont posé plein de questions aux filles dans des bars. J'ai préféré ne pas rester ce soir et l'dire.

— T'as bien fait.

Justina regarda, songeuse, la fille.

— Jette-moi ce pantalon. Mets-toi en jupe avec des bottes. Change d'allure.

— Pourquoi ? Tout le monde me reconnaît avec ce drapeau.

— Justement ! Fais c'que j'te dis, après on verra.

Une fois la fille partie, Justina dévisagea Snoop avec acuité.

— Y a trop de monde qui t'cherche. En plus les flics, maintenant ! Qu'est-ce t'as fait ?

— Rien, à part récupérer l'fric. J'fais même pas du business !

— C'est pas possible, Snoop, y a autre chose. Toi, tu m'caches des trucs ! Si ça m'cause des problèmes, ça va mal s'passer ! Moi, j't'le dis !

— Arrête, Justina, tu t'fais des films.

Justina fouilla dans un sac à main noir imitation crocodile avec le fermoir en forme de H, dont le doré cédait la place par endroits au métal. Malgré tout, Justina était fière de son sac Hermès, une mauvaise contrefaçon rapportée d'Italie, un jour où elle convoyait des filles. Elle en sortit un papier sur lequel était inscrit un numéro de téléphone. Elle le montra à Snoop.

— Est-ce que tu connais ce numéro ?

Coup d'œil de Snoop.

— Jamais vu. C'est qui ?

— J'en sais rien. J'ai pas appelé. C'est la marchande de fruits qui me l'a donné. Stella a téléphoné ce matin avec son portable en disant que c'était celui d'une amie.

— Ah ouais, réagit Snoop. Elle connaît une vieille pute qui bosse en bas de son immeuble. J'les ai vues s'embrasser et discuter, le soir où j'ai mis une beigne à c'te connasse de Stella. À tous les coups, c'est ça.

— Tu crois pas que les flics te cherchent parce que t'as démonté Stella ?

— Ils s'en foutent des putes qui s'prennent des tartes dans la gueule, les flics ! Laisse tomber, Justina. Y a rien.

59

Mistral se réveilla vers sept heures et demie après une nuit sans rêve ni cauchemar. Clara avait arrêté le radio-réveil pour le laisser dormir. Mistral bondit du lit, persuadé d'être en retard. Il entra dans la cuisine où les enfants et Clara prenaient leur petit déjeuner. Les garçons dévisageaient leur père, voyant pour la première fois les ecchymoses. Mistral les serra tous les deux contre lui en les embrassant dans les cheveux. Clara s'approcha, toucha doucement le visage de son mari.

— Tu pourras te raser aujourd'hui. Comment vont les douleurs ?

— Léger. Presque rien.

Mistral s'assit et prit le temps de boire une tasse de café. La pluie s'était arrêtée. Les vacances de Noël approchaient.

— Les enfants vont avoir deux semaines de vacances. Ce serait bien que l'on puisse en prendre une tous les quatre ensemble. Qu'en dis-tu ?

Mistral regarda sa femme d'un air surpris. Il avait tout simplement oublié que Noël était dans quelques jours. Sa femme le comprit aussitôt. Mistral s'en excusa.

— Je m'en occupe en arrivant au service. Tu as raison.

— Où allons-nous ?

— Où tu veux.

— Papa, raconte-nous ta bagarre.

Mistral esquissa un sourire crispé.

— Je vous la raconterai ce soir, nous aurons plus de temps. Je vais me préparer et ensuite je vous dépose au collège.

Mistral se dirigeait vers le Quai des Orfèvres. Sous le tunnel de la Défense, complètement encombré, il écoutait d'une oreille distraite la rubrique d'une radio généraliste sur le prix des cadeaux de Noël. *Comment est-il possible d'avoir oublié cette fête ?* se surprit à penser Mistral. À la sortie du tunnel, il prit plaisir à voir enfin le ciel bleu et le soleil. Alors qu'il venait de contourner la place de la Concorde, l'écran de son téléphone de voiture inscrivit « DUMONT ». Mistral, intrigué, prit l'appel. *Quand Dumont se manifeste*, pensa immédiatement Mistral, *ce n'est jamais bon signe*. La voix envahit l'habitacle. Aux premières intonations, Mistral sut que l'ex-commissaire de police devenu avocat avait abandonné les hostilités. Il ne chercha pas non plus à s'excuser, mais fit comprendre de manière définitive à Mistral que leurs rapports resteraient sur un plan professionnel, sans animosité. Il ajouta enfin, en tant que dernier représentant de Serge Notto, qu'il ne demanderait pas l'ouverture d'une enquête administrative sur son décès. Libre au procureur de le faire ou pas.

Mistral entra dans son bureau, une trentaine de minutes plus tard, et démarra le briefing sur les meurtres des albinos. Aucun lien objectif ne les reliait à celui de Madjid Doucouré et à la disparition d'Ingrid Sainte-Rose. D'instinct, les policiers de la Crim les englobaient. Les recherches sur l'un débloqueraient peut-être les autres.

⁂

Le temps ensoleillé, mais froid, décida Maria Marquès à sortir son ULM du garage. La jeune femme adorait survoler les villages, forêts et lacs du Loiret où elle habitait. Les paysages variaient sans cesse, et du ciel elle pouvait se rendre compte du changement des saisons à la couleur des arbres et des champs. Cela faisait plus d'un mois qu'elle n'avait pas fait « un tour en haut », comme elle aimait le dire. Jeune infirmière à l'hôpital d'Orléans, elle évacuait stress, lamentations et agonies des malades, horaires infernaux, en se baladant seule au-dessus des arbres. Elle ouvrit les portes du hangar qu'elle louait, tira sans difficulté l'ULM vers la sortie, et pendant une vingtaine de minutes effectua un contrôle visuel de l'appareil. Enfin, elle grimpa à bord, referma son blouson, ajusta lunettes, bonnet, gants et écharpe, ajusta son casque radio et récita la check-list préalable au décollage en vérifiant ce qu'elle disait. Il était 10 heures quand elle démarra l'engin. Une trentaine de minutes plus tard elle survolait, heureuse, la région de Vitry-aux-Loges. *Et dire que Paris ne se trouve qu'à moins d'une heure à vol d'oiseau*, se dit la jeune femme. À quelques jours de Noël, elle vit comment l'hiver s'installait dans la forêt. Elle saisit son appareil photo qui pendait par la dragonne à son poignet et prit plusieurs vues.

À une heure à vol d'oiseau de Vitry-aux-Loges, à Aubervilliers, département de Seine-Saint-Denis, le fameux 9-3, Stella sortit de l'appartement faire ses courses. Désespérée, elle avait du mal à se retenir de pleurer, ce qu'elle n'avait plus fait depuis la maison d'abattage au Maroc, avant de traverser la Méditerranée. Justina avait décrété que deux de ses hommes de main l'accompagneraient chaque fois qu'elle sortirait, sans lui dire pourquoi. Stella avait appris par cœur l'itinéraire pour aller place de la Mairie retrouver Massar le jour du rendez-vous et détruit la feuille de cahier. Demain. Les hommes qui la suivaient ne s'intéressaient pas à elle. Justina leur avait dit : « Vous restez avec Stella et vous revenez avec elle. » C'est ce qu'ils faisaient sans poser de question. Stella portait les paquets, et les deux types suivaient, plongés dans un jeu sur leur smartphone tout en écoutant de la musique à fond dans un casque vissé sur les oreilles. Stella se rendit rapidement compte qu'ils se moquaient éperdument du trajet qu'empruntait la jeune fille. Elle effectua un repérage de l'itinéraire, bien plus court qu'elle ne le pensait, et rentra à la maison, les deux types dans son sillage.

Stella, sans rien dire, prépara les repas et reprit espoir. Justina interrogea d'un *alors ?* les deux hommes, qui se contentèrent de hausser les épaules. Puis elle repartit dans sa chambre. Snoop, les pieds sur une table basse chargée de cannettes de bière et de paquets de chips vides, téléphonait au Nigeria. Les deux « gardes du corps », casquettes des Red Bull enfoncées jusqu'aux oreilles et lunettes de soleil, continuèrent ce qu'ils avaient commencé dans la rue : ils jouaient et écoutaient leur musique au casque.

Maria Marquès ne se lassait pas d'admirer le magnifique paysage qu'elle survolait à basse altitude et à vitesse réduite. Tout respirait la paix et l'harmonie. Elle tournoyait autour d'un petit lac au milieu d'une forêt. Le soleil de 11 heures éclairait sa surface, légèrement de biais. Un point lumineux attira le regard de Maria. Connaissant l'endroit, elle s'interrogea sur l'origine de cet éclat de lumière. Elle refit plusieurs survols et eut la conviction qu'il s'agissait du toit d'un véhicule. Selon l'angle de passage, le soleil éclairait ou pas le pare-brise de la voiture. Maria descendit le plus possible, à l'altitude autorisée, effectua plusieurs photos et continua son périple, agacée que des gens se débarrassent d'une voiture et polluent un lac à l'eau si claire. *Encore des escrocs à l'assurance !* se dit-elle. Une heure plus tard, elle posa son engin, le remisa dans le hangar, referma la porte à clef et se décida à aller à la gendarmerie la plus proche pour signaler sa découverte, photos à l'appui.

Un maréchal des logis enregistra la déposition de Maria Marquès à midi et demi, fit une copie des photos se trouvant sur la carte mémoire de l'appareil photo et remercia la jeune femme. Une fois qu'elle fut partie, il détailla sur l'écran de son ordinateur la vingtaine de clichés pris par Maria. L'agrandissement ne donnant rien de particulier, il décida d'aller faire un tour sur place. La description précise de la jeune femme aida la patrouille de gendarmerie à retrouver le sentier qui menait au lac. Mais avant de se diriger sur le chemin forestier, le chauffeur arrêta son véhicule en bordure de route.

Les deux gendarmes descendirent du Citroën Berlingo et examinèrent la petite étendue, sorte d'ouverture naturelle entre la route et la voie en terre qui s'enfonçait dans la forêt. La pluie incessante avait rendu le terrain boueux. Sans difficulté ils virent les ornières laissées par les pneus de deux voitures différentes, des traces de pas multiples, mais rien qui n'accrochait leur attention. Ils décidèrent de s'engager sur le chemin avec leur voiture. Arrivés à une centaine de mètres du lac, ils finirent à pied, constatèrent que les traces de pneus d'une seule voiture s'engageaient sur la pente pierreuse de la berge. À cet endroit du lac, la profondeur était d'une dizaine de mètres. En contournant légèrement la berge, ils devinèrent le toit de la voiture, sans doute celui d'une berline de couleur foncée. Il était 13 h 30.

Les deux gendarmes se livrèrent à de sommaires constatations qu'ils notèrent sur un carnet, prirent quelques photos, remontèrent dans leur véhicule et s'arrêtèrent au bord de la route. L'un des deux fit un rapide compte rendu par radio, en sollicitant des instructions. Elles arrivèrent une vingtaine de minutes plus tard. « Vous quittez la zone. Une grue de remorquage et deux plongeurs sont commandés. Sur place demain dans la matinée. »

60

Mistral déjeunait sans entrain d'un sandwich jambon fromage, debout, en lisant le journal distraitement. La secrétaire entra dans son bureau, regarda derrière elle et parla à voix basse.

— Il y a la directrice du labo, Mme Janette Le Naour, qui insiste pour vous voir. Je lui ai dit que je ne savais pas si vous étiez là. Je lui confirme que vous êtes sorti ?

— Nadège, vous êtes trop prévenante. Faites-la entrer. Le sandwich peut attendre, répondit Mistral en souriant.

Dix secondes plus tard, Nadège s'effaçait pour laisser passer la directrice du labo de police technique et scientifique. Elle désigna du doigt le sandwich à demi entamé posé sur une assiette en carton.

— Ce n'est pas bon pour la santé, dit-elle en souriant.

— Ce n'est pas bon du tout ! Vous avez souhaité me rencontrer, nous avons un problème ?

— Moi, non. Mais vous, oui. Nous travaillons depuis hier soir sur les prélèvements opérés dans l'appartement de Mlle Sainte-Rose. Empreintes digitales et traces ADN.

Mistral devint attentif aux propos de la directrice du labo.

— Nous avons relevé quantité de traces, certaines exploitables, d'autres pas du tout. La routine. Nous avons facilement isolé les vôtres, celles du commandant Calderone et du capitaine Dalmate. Elles figurent dans notre base depuis que vous intervenez sur les scènes de crime, c'est plus pratique pour nous !

— Ce qui signifie que ni moi ni mes officiers ne pouvons commettre de meurtre, releva Mistral avec un léger sourire.

— Ou alors, ce serait le crime parfait ! Nous avons également relevé de très nombreuses traces de la personne qui vous accompagnait, et dont le capitaine Dalmate nous a dit qu'elle s'appelait Hervé Le Carme. D'ailleurs les traces de M. Le Carme et les vôtres, ou celles de vos adjoints, parfois se superposent, ou sont proches. Un signe que vous touchiez les mêmes objets.

— En effet, je confirme... J'avais fait venir cette personne à titre d'expert.

Janette le Naour, eut un mouvement de tête signifiant : « Je le savais. »

— Les traces ADN les plus importantes de M. Le Carme ont été prélevées sur les statuettes se trouvant dans la chambre de Mlle Sainte-Rose. Je pense qu'il a dû les avoir longuement en main.

— Oui, je me souviens de lui avoir demandé de m'expliquer à quoi elles servaient. Pour nous, ces objets sont étranges et ont une signification.

— Après les résultats qui m'ont été communiqués, j'ai procédé moi-même pendant une partie de la matinée à une contre-expertise de nos travaux.

Mistral fixait pratiquement sans respirer le médecin biologiste. L'expression « contre-expertise » l'alarmait.

— Les résultats des analyses sont formels, Hervé Le Carme est l'assassin de sa femme.

Silence atterré de Mistral.

— En êtes-vous sûre ?

— Je m'attendais à cette question. C'est pour cela que j'ai pris la précaution de vous dire que j'avais effectué moi-même, j'insiste sur le *moi-même*, toutes les vérifications possibles. Des traces de sang sur le T-shirt que portait Louise Le Carme le jour du meurtre, ainsi que sur ses lèvres et entre ses dents avaient été prélevées avant l'autopsie. Dix-sept ans plus tard, les empreintes ADN laissées au contact des statuettes chez la policière ont fait l'objet de recherches dans le FNAEG. Et là, aucun doute n'est possible. L'ADN extrait du sang trouvé sur Louise Le Carme est strictement identique à celui de l'ADN découvert au domicile de Mlle Sainte-Rose et que l'on attribue à Hervé Le Carme.

Mistral ne savait que dire face à cette révélation qui le sidérait. Il repensa aux heures passées avec le professeur depuis des années pour tenter de le réconforter, ou bien à Le Carme qui l'appelait sans rien lui dire, pleurant en silence, et Mistral n'osant raccrocher. Et à Clara qui se moquait de lui en le surnommant « le bon Samaritain ».

— Cela fait à peu près quinze ans que ce type me mène en bateau ! confia spontanément Mistral.

— Pour que la procédure soit incontestable, je ferai un prélèvement avec un Coton-tige sur les parois buccales d'Hervé Le Carme, pour une ultime comparaison. Mais j'en connais d'avance les résultats. Si l'on regarde les choses de manière positive, on vient de résoudre une affaire criminelle.

— Vu sous cet angle, vous avez raison. Mais l'angle est étroit.

Après le départ de Janette Le Naour, Mistral demeura assis un long moment, sans bouger, abasourdi. Il décrocha son téléphone, appela le service de documentation criminelle et exigea que lui soit apporté en urgence le dossier Louise Le Carme. Une dizaine de minutes plus tard, trois DVD lui étaient remis. Il demanda à Nadège de faire venir Calderone, Dalmate et Farias. Quand il eut fini de relater la teneur de l'information révélée par Janette Le Naour, les trois policiers restèrent silencieux devant l'énormité de la chose. Mistral donna ses instructions.

— Vous allez interpeller Le Carme. Je ne veux plus le voir désormais qu'avec les pinces. La perquisition va être compliquée. Ne vous embarrassez pas de tout son musée. Essayez de mettre plutôt la main sur tous les écrits qui concernent sa femme, agendas, courriers, documents administratifs, photos. De mon côté, je vais relire la procédure, et notamment les actes antérieurs rédigés environ deux ans avant que je reprenne l'affaire.

Une fois les policiers partis, Mistral se fit apporter du café par Nadège. Il inséra dans le lecteur de son ordinateur le premier DVD. À portée de main, un bloc de papier et un stylo.

Pendant quatre heures, Mistral ne décrocha pas de l'écran. Des notes et des questions couvraient quelques feuillets de son bloc-notes. Il estima en avoir terminé pour l'essentiel. Il avait matière à interroger Le Carme de manière précise. Il s'en voulait de ne pas avoir effectué ce travail auparavant, mais se rassura en pensant que cela ne l'aurait pas orienté davantage sur la piste du professeur. La principale faute avait été commise dès le début des investigations, aucun prélèvement sanguin, salivaire ou autre n'avait été effectué sur Le Carme. À cette époque-là, la recherche génétique n'était pas prioritaire dans les enquêtes criminelles.

Mistral se leva de son fauteuil, se massa la nuque en marchant et en s'étirant le dos. Il téléphona à Vincent Calderone.

— Comment ça se passe ?

Il entendit Calderone se déplacer dans l'appartement pour ne pas être entendu de Le Carme.

— Mieux. Quand on est arrivé, il nous a insultés. Mais lorsqu'on lui a dit pourquoi on était revenus, il a piqué une crise de nerfs. J'ai cru qu'il s'étouffait. Le médecin des pompiers est intervenu avec une ambulance. Après l'administration d'un calmant, tout est rentré dans l'ordre. Le médecin a signé un document attestant que l'état de santé de Le Carme était compatible avec une mesure de garde à vue. Il va bien et vous en veut à mort.

— La perquisition ?

— Elle se termine. On a récupéré dans un carton portant les lettres LLC, les initiales de madame, à l'intérieur, tout ce qui concerne le fonctionnement de son compte bancaire, ses agendas, mémos, etc.

— Vous êtes sur la fin ?

— Oui, je pense. On sera au service d'ici un peu plus d'une heure environ. Le Carme ne veut pas d'avocat pendant son audition, mais exige un médecin. Un autre.

La pendule du bureau indiquait 20 h 05. Il devrait avoir Le Carme dans son bureau vers 21 heures. Il appela Balme dans un premier temps. Le directeur PJ encaissa la nouvelle avec stupéfaction et ne parla pas de la presse. « Tiens-moi au courant de ses déclarations. »

Il prit davantage de temps avec Clara et les enfants et promit de leur décrire la bagarre sur le toit avec tous les détails. *On verra bien ce que je raconterai*, se dit-il. Il redécouvrit son sandwich de 13 heures, en avala une bouchée et jeta le reste. Il s'absenta de son service et traversa le pont Saint-Michel. Marcher lui fit du bien. Il s'installa dans le premier bar sur les quais à côté d'une librairie, dîna lentement d'une omelette aux champignons et d'une salade verte avec un verre de bordeaux. La phrase de Janette Le Naour « Hervé Le Carme est l'assassin de sa femme », tournait en boucle dans sa tête.

La nuit était claire et froide. Mistral leva les yeux pour apercevoir les étoiles. Rien. *Trop de pollution lumineuse.* En regagnant le bâtiment de la PJ parisienne, il traversa le parking du Quai des Orfèvres. Près de la barrière venait de se garer la voiture qui ramenait Le Carme. Le plafonnier allumé montrait Calderone, Dalmate et Farias extraire de la Ford l'ancien professeur, les mains menottées dans le dos. Il fit quelques pas, tête baissée, vêtu de ses éternels habits informes. Farias ouvrit le coffre et en sortit un carton contenant vraisemblablement les affaires de Louise Le Carme. Peut-être parce qu'il se sentit observé, Le Carme releva la tête et croisa le regard de Mistral qui se tenait à une quinzaine de mètres devant lui.

— Ludovic, hurla Le Carme d'une voix où perçaient le désespoir et la démence.

Le Carme respirait fort. De sa bouche s'échappaient, en rythme saccadé, des volutes de condensation. Mélange air chaud air froid. Mistral se détourna et se dirigea vers les escaliers du 36. Le Carme devenait un dossier. Un douloureux dossier.

Aux alentours de 22 heures, Precious Johnson, portant un haut noir moulant, une minijupe noire et des bottes noires, faisait la gueule. Elle n'aimait absolument pas cette tenue. D'autres prostituées riaient bruyamment en demandant où était passé le drapeau américain. Precious résista une heure aux moqueries. Elle embarqua un client et, dix minutes plus tard, elle réapparaissait, portant son pantalon à la bannière étoilée. Les filles applaudirent, les types sifflèrent. Elle était heureuse, et aucune chance que Justina ne le sache.

Sylvie Ferrières, obstinée, rôdait dans « le quartier des filles de Snoop », comme elle le disait avec mépris. Elle assista à l'arrivée de la fille avec son célèbre pantalon, appela aussitôt Paul Dalmate qui ne pouvait quitter la Crim, traitant une affaire importante. Ferrières ronchonna. Dalmate trouva une solution. Éric Forest et ses types, ainsi qu'une équipe de la Crim prirent le relais.

Ferrières aurait bien aimé boire une coupette de champagne avec ce drôle de flic balafré.

61

Mistral dévisageait Hervé Le Carme qui venait de s'asseoir. Sans broncher, il se laissa menotter, poignet droit à l'accoudoir droit, poignet gauche à l'accoudoir gauche. Le capitaine José Farias, derrière le clavier de l'ordinateur, regardait Ludovic Mistral et Hervé Le Carme face à face. Il attendait les instructions de Mistral.

— Je t'en prie, Ludovic, regarde comment je suis traité.

Le Carme tirait sur ses poignets entravés qui lui interdisaient tout mouvement.

— Tu es traité comme une personne gardée à vue, rien de plus.

Le Carme pleurnicha. Mistral observait le professeur sans aménité.

— Je me suis apitoyé sur ton sort pendant quinze ans. Considère que c'est terminé. C'est quel bras ?

— Comment ça, quel bras ?

— Celui que Louise a mordu quand elle se débattait.

Silence buté de Le Carme.

— Ne m'oblige pas à venir le vérifier par moi-même.

Le Carme désigna du menton le bras gauche. José Farias contourna le bureau et releva la manche du pull-over. Mistral s'approcha de Le Carme, saisit le bras et distingua une cicatrice sous le biceps.

— Hervé, pourquoi ?

Le Carme pleura beaucoup. Ludovic patienta sans émotion. Il connaissait la capacité du professeur à pleurer. Il stoppa les épanchements de Le Carme.

— Je t'écoute, Hervé.

— Louise avait tout découvert, enfin pas vraiment, c'est ce salaud de Julius qui a tout balancé. Par vengeance.

— Parce que tu l'avais intellectuellement pillé ?

— Oui. Il a raconté ce que je faisais avec lui en Afrique.

— C'est-à-dire ?

— Des meurtres rituels sur des albinos.

Mistral encaissa les énormités révélées par Le Carme.

— Si je me souviens de ce dont tu m'as parlé, sur l'Afrique, la magie, etc., de quelle légitimité te prévalais-tu pour accomplir de telles… pratiques ?

— Aucune. Mais je savais tous les rites par cœur, et je les impressionnais. J'étais le sorcier blanc ! Lorsque Louise l'a appris, elle est devenue hystérique, m'a traité d'assassin. Elle a dit qu'elle me dénoncerait à la police. Elle est partie courir en forêt pour se calmer. Je connaissais son circuit, je l'ai attendue derrière un arbre, et quand elle est arrivée, je lui ai porté un coup à la tête, de face, avec un gros bâton. Mais ça ne l'a pas assommée. Elle est tombée et quand elle m'a vu, elle est devenue enragée, je ne parvenais pas à la maîtriser. Elle m'a mordu. Je l'ai cognée sans m'arrêter. C'est tout.

— Julius Djomo ?

— Disparu du jour au lendemain, un ou deux ans avant la... euh... mort de Louise. Quand il a réapparu sous un autre nom, je me suis douté que c'était Louise qui l'avait aidé.

— Parce qu'elle travaillait au service des naturalisations à la préfecture. Je l'ai compris tout à l'heure en lisant un des procès-verbaux !

— Je pense que c'est ça, aussi.

— C'est Djomo Sedan le sorcier qui fait massacrer les albinos, en ce moment à Paris ?

— C'est bien possible... oui. Je n'en suis pas sûr, tu sais je...

— Connais-tu les types qui sont chargés de tuer et découper les gens en morceaux pour lui ?

— Je n'en sais rien ! Comment veux-tu que je le sache ? Je ne vois plus Julius depuis très longtemps.

— Et la jeune policière ?

— Pareil. J'ignore tout. TOUT, tu m'entends Ludovic ? TOUT. Je suis fatigué, j'ai sommeil.

— Où habite-t-il ?

— Dans le Loiret, une grande maison en lisière d'une forêt domaniale, mais je ne m'en souviens pas exactement. J'avais été voir une fois en me cachant, il y a bien des années. Je l'avais suivi. Qu'est-ce qui va m'arriver ?

— Tu vas répondre à toutes les questions que le capitaine Farias va te poser. Tu as droit à l'assistance d'un avocat pendant toutes tes auditions.

— Je m'en fous de l'avocat. Je n'en veux pas. Finissons-en. Mais après que va-t-il se passer ?

— Tu iras en prison. Le plus longtemps possible, j'espère. Je te promets que je vais tout faire pour.

— Ça m'est égal ! Cela fait dix-sept ans que j'expie le meurtre de Louise. Je passe ma vie entre l'alcool, les antidépresseurs et mon canapé.

— Ton sort ne m'émeut pas. Tu es un salaud.

Mistral rentra chez lui sans musique. Il conduisait de manière automatique sans se rendre compte de l'itinéraire qu'il empruntait. Son esprit analysait dix-sept ans de manipulation. Il réagit tardivement à la sonnerie de son téléphone et prit l'appel *in extremis*, en voyant le nom « FOREST » s'afficher sur l'écran.

— On a logé la fille qui travaille pour Snoop. J'ai failli la louper. Elle faisait ses passes avec son pantalon décoré du drapeau américain. Mais quand elle a quitté son lieu de tapin, elle était habillée différemment. Par chance un de mes gars l'a reconnue à sa coiffure.

— Où êtes-vous ?

— À Aubervilliers. Mais le plus intéressant, c'est qu'il y avait un grand balèze qui clopait sur le trottoir quand elle s'est pointée.

— Snoop ?

— Exact. Je suis resté à distance de l'immeuble, des gamins se baladent dans le quartier. Ils font office de guetteurs.

— Faites-vous relever. Dès 6 heures, on emballe tout le monde. En ce moment, je suis en veine, il faut en profiter.

— Pourquoi dites-vous ça ? Vous avez trouvé votre sorcier ?

— Pas encore, je m'en rapproche. Je viens de résoudre un meurtre commis il y a dix-sept ans.

— Il suffit d'être patient, c'est la force des flics !

Mistral ne répondit pas. C'était la première fois de sa carrière que la résolution d'un homicide le rendait triste.

62

Nuit blanche. Celle que les flics espèrent. Celle qui déclenche tout. Celle qui rend irréversibles les événements. Celle qui transforme le jour d'après en jour nouveau.

Nuit blanche pour Farias, au clavier de l'ordinateur, et pour Dalmate, aux questions. Le Carme passait dans la broyeuse pilotée par les flics. Il pleurnichait. Les flics se montraient insensibles. Le Carme cessa de pleurnicher. Il eut soif toutes les quinze minutes pendant les deux premières heures. Dalmate apportait un verre d'eau, ôtait la menotte droite, Le Carme buvait, puis Dalmate remettait la menotte. Le Carme n'eut plus soif. Dalmate l'interrogeait. Impitoyable. Froid. Minéral. Le Carme était en perdition. Mistral, en le laissant à ces deux flics, avait appuyé sur le bouton de commande : « Essorez-le. »

Dalmate posait des questions. Parfois il s'aidait des nombreuses notes laissées par Mistral. Les réponses de Le Carme, d'abord bafouillées, devenaient claires et précises, rythmées par la frappe du clavier de l'ordinateur. Farias restait silencieux. Le Carme avala l'hameçon jusqu'au plus profond de la gorge. À 5 heures passées, c'en était terminé. Les trois types étaient rincés. L'essentiel de la relation Le Carme/Djomo/Louise tenait en une quinzaine de pages. Autour du cou de Le Carme était accroché un panneau invisible sur lequel était inscrit en lettres majuscules RÉCLUSION CRIMINELLE À PERPÉTUITÉ.

Dalmate détacha les deux poignets de Le Carme et lui tendit les quinze pages de son audition. Coups d'œil échangés entre les deux flics qui signifiaient : « Il faut faire gaffe à ses gestes. » Le Carme posa les feuillets sur le bureau. Dalmate lui tendit un stylo.

— Et si je refuse de signer ?

Dalmate haussa les épaules. Il entendait cette phrase au moins une fois par jour. Il pointa du stylo la webcam fixée au-dessus de l'écran de l'ordinateur, objectif tourné vers Le Carme.

— Aucune importance. Tout ce qui a été dit dans cette pièce a été filmé et enregistré sur un DVD qui partira avec la procédure chez le magistrat.

Le Carme signa. Farias le fit conduire en cellule, menotté serré dans le dos. Les deux hommes prirent conscience qu'ils n'avaient pas affaire à un meurtrier ordinaire, mais à « une putain de machine à tuer sous prétexte de sorcellerie », comme le dirait plus tard Farias à des collègues d'un autre service.

Les deux policiers garderaient longtemps en mémoire l'attitude de Le Carme essayant vainement de se livrer à un rapide calcul du nombre d'albinos que Djomo et lui avaient massacrés. Pour tenter de répondre à la question de Dalmate, Le Carme, les yeux mi-clos, avait lentement bougé ses doigts et remué imperceptiblement ses lèvres, se livrant sans doute à un macabre comptage. Il y avait renoncé, concluant d'un air ingénu : « Beaucoup sur de nombreuses années. Ce n'est pas mathématique comme explication, mais c'est la mienne. » Même chose lorsqu'il raconta la mort de son épouse. Détaché.

Progressivement, Le Carme avait abandonné le personnage pleurnichard et pitoyable qui avait mené en bateau Mistral pendant dix-sept ans, pour révéler sa véritable nature. Un être orgueilleux, froid et simulateur.

Une fois que Le Carme fut reconduit en cellule, Dalmate et Farias avalèrent plusieurs cafés. En silence. Fenêtre ouverte malgré le froid, pour chasser l'odeur de Le Carme. Farias nota les actes de procédure restant à accomplir durant la journée.

Dalmate appela Forest.

Nuit blanche pour Forest.

— On tape à 6 heures. Ils sont une quinzaine dans l'appartement. Ils se sont couchés vers 5 heures, après avoir fait la java toute la nuit !

— Vous êtes en nombre suffisant ?

— Dans une demi-heure, un autre groupe me rejoint, huit mecs. On sera une quinzaine aussi. Pas de problème. On va leur tomber dessus dans le premier sommeil.

— Je te rejoins. J'ai terminé l'audition Le Carme, et je n'ai pas du tout envie de me coucher.

— Qu'est-ce qu'il raconte, le type ?

— Il s'allonge sur tout. Je t'en parlerai tout à l'heure. Mais c'est terrible ! Tout s'enclenche.

Nuit blanche pour Calderone qui rédigea des heures durant le procès-verbal de perquisition. « J'avais l'impression d'écrire l'inventaire des salles d'un musée, dira-t-il plus tard, heureusement qu'on a filmé l'intégralité des pièces, sans quoi je me serais perdu dans mes notes. »

Nuit blanche pour Mistral également, qui resta allongé dans son lit les yeux grands ouverts, refusant d'admettre la manipulation dont il avait été l'objet. Manipulation qui remettait en cause le fondement même de ce en quoi il croyait dans son métier de policier. Balayées les intuitions, les certitudes, les analyses du comportement. Deux phrases prononcées par le professeur, ces derniers jours, revêtaient une coloration particulière, surtout depuis son implication dans le meurtre de son épouse. « Tu ne comprendras jamais rien au monde qui t'entoure », et « Tu ne sais pas chercher en dehors de ton système de pensée. » Des phrases qui devenaient douloureuses et persistantes dans le cerveau de Mistral. Le Carme avait instillé, à distance, un poison qui commençait à produire ses effets. Le policier arriva rapidement à la conclusion que pendant des années il avait entretenu des relations amicales avec un assassin.

Après l'épisode Le Carme, plus rien ne serait pareil.

À 6 heures, il se leva. *Forest doit être en train d'exploser la porte*, se dit-il.

Six heures précises sur les montres des flics et les pendules d'Aubervilliers. Le bélier en acier percuta la porte de l'appartement au niveau de la serrure. Pulvérisée du premier coup. Bruit sec du bois qui explosait. Les flics entrèrent en hurlant « Police », arme au poing. Certains d'entre eux avaient une caméra Gopro sanglée autour de la poitrine, qui filmait et enregistrait tout. « Ça peut servir en cas de contestations », disaient les jeunes flics prévoyants.

« Logement immense. Huit pièces. Un bordel indescriptible. On ne savait pas où on mettait les pieds, d'autant qu'on a mis un temps fou à trouver l'électricité. Des mecs et des gonzesses partout. Les filles hurlaient, hyper agressives, les mecs roulaient des mécaniques, prêts pour la baston. Il a fallu en sécher deux ou trois pour calmer un peu le jeu. T'imagines ? Un début de bagarre générale éclairée à la lampe torche ! La pire, c'était la mère maquerelle, Justina. Elle hurlait dans leur dialecte et ça électrisait tout le monde. J'ai dû l'attacher pour qu'elle se calme. Bien entendu les autres familles africaines nous sont tombées dessus. La BAC est venue en renfort, j'avais prévu le coup, et tout s'est calmé. » Ce fut en ces termes que Forest résuma le début de son intervention.

« Mais le pire, on le doit à Snoop. Dans la baston, je le remarque. Le type fonce vers le fond de l'appartement. Le temps de se repérer et de se défaire des gonzesses qui se jetaient sur nous, je le course avec un de mes gars. On chope Snoop dans une chambre, on lui colle la lampe en pleine tête. Le mec lève les bras, ébloui, mais reste calme. Et là, y a un truc bizarre. On réalise que le Snoop vient de se changer. En dix secondes ! Il porte une sorte de tenue de sport bleue, alors que toute la nuit on l'a vu avec un sweat noir et or et un jean noir. On lui attache les mains dans le dos avec du Serflex et on fouille la piaule. Enfin, on met la main sur l'interrupteur ! La lumière éclaire une pièce qui ressemble davantage à un taudis qu'à une chambre. Sous un tas de fringues, on trouve celles qu'ils portaient et le mec nous dit : "Ce n'est pas à moi." Et là, tu te dis, que forcément y a embrouille ! » Tel fut le récit d'Éric Forest.

Fin de l'opération. Hommes et femmes menottés. Perquisitions dans le capharnaüm. Un des flics, Gopro en marche, terminait de compter l'argent découvert dans le gigantesque désordre de Justina. Quatre-vingt-cinq mille euros, nota-t-il sur la fiche de scellés. Justina, méticuleuse, rendait des comptes de son activité aux proxénètes restés planqués au Nigeria. Elle notait dans un carnet les détails de son business de mère maquerelle sans rien omettre. Une page par jour. Le nom des filles au travail, leurs passes, l'argent gagné, les frais engagés. Un vrai bonheur pour Yann Barthélemy et son service de répression du proxénétisme qui récupéra cette partie de l'enquête. Dalmate échangea longuement avec Mistral pour lui commenter l'arrestation. Réaction immédiate de Mistral : « Dès que vous arrivez au 36, vous amenez les vêtements de Snoop au labo. Je les préviens de l'urgence à les traiter toutes affaires cessantes. Snoop a dû faire un truc avec ses fringues, c'est pour ça qu'il a voulu s'en débarrasser. Mais il l'a fait dans la panique. »

Cars de police en renfort, en attente, pour embarquer Justina, Snoop, les gros bras et les prostituées, vers le Quai des Orfèvres. La procédure classique d'une opération qui se terminait sous la protection d'unités d'intervention qui sécurisaient les lieux, évitant des mouvements hostiles.

Dalmate repéra Stella, à plat ventre, dans la pièce, où toutes les prostituées avaient été rassemblées. Malgré un visage tourné sur le côté, elle ressemblait au portrait décrit par Sylvie Ferrières. La jeune fille portait de nombreuses traces de coups. Dalmate l'aida à s'asseoir. Il s'accroupit près d'elle. Elle pleurait. Dès les premiers échanges, difficiles en français, Dalmate poursuivit en anglais, sur un ton rassurant.

— C'est bien toi, Stella ?

Signe affirmatif et étonné de la jeune fille.

— Je suis un ami de Sylvie, la dame qui était là quand tu as été battue.

Faible sourire de Stella, en repensant à cette femme, la seule visite amicale qu'elle ait eue à l'hôpital.

— Je dois aller, dit-elle. Quelle heure est-il ?

Coup d'œil de Dalmate à sa montre.

— 9 h 20. Tu ne peux pas partir tout de suite. D'abord, on doit prendre ton témoignage, il faut nous expliquer comment tu as été recrutée au Nigeria, raconter ton voyage jusqu'en France, à qui tu remets l'argent de la prostitution, et répondre à plusieurs autres questions. Après tu seras libre.

— Ce n'est pas possible, le sorcier va me tuer.

— Stella, le sorcier, on va bientôt l'arrêter. Tu n'as plus rien à craindre.

Stella secoua la tête, entêtée.

— Où dois-tu aller ?

— On vient me chercher, je vais me sauver d'ici.

— Qui vient te chercher ?

— Un ami, un homme gentil. Il me paye à manger, à boire, je n'ai pas d'argent. Je donne tout pour rembourser la dette. Il va m'aider.

— Tu le rejoindras après. Dans l'après-midi, ce sera terminé. Tu seras libre. Un policier va s'occuper de toi. Il t'expliquera ce que tu dois faire.

Forest, pour éviter toute concertation entre les personnes arrêtées, isola Justina et Snoop qui furent embarqués séparément dans deux véhicules. Les gros bras rassemblés dans un car, et les prostituées, victimes des réseaux, dans un autre fourgon. Seules les filles n'étaient pas menottées.

Les cars et voitures de police prirent la direction du Quai des Orfèvres, gyrophares et deux-tons en action.

⁂

Vers 10 h 30, Massar et son ami anglophone Rudy se garèrent discrètement à proximité de la place de la Mairie. Par prudence, les deux hommes arrivèrent bien en avance pour s'assurer qu'il n'y avait pas de piège. Tout était calme. 11 heures, rien. À 11 h 45, ils quittèrent Aubervilliers en colère.

— Elle nous a baladés, la gonzesse ! Elle a pas voulu venir, à tous les coups !

— Ou alors, c'est ce gros connard de Snoop qui la bloque. Ç'ui là, il faut s'le faire !

Massar poursuivit, songeur :

— Tu sais combien de fric tu peux t'faire avec son cul ?

— Ouais, tu m'l'as déjà dit, un paquet de billets.

— Pourquoi qu'tu crois qu'on est là comme deux abrutis ? Pour jouer les sauveurs ? Stella, j'avais idée de la coller en Belgique, en limite avec la France. T'as plein de Français qui viennent se taper des gonzesses. La frontière, elle existe plus, tu sais même pas qu't'as changé de pays, et en plus c'est la même monnaie ! Et là-bas, la prostitution, c'est pas défendu. Un vrai bonheur ! J'me serais fait un max de fric avec cette déesse.

— Allez, on s'tire ! Si elle t'appelle, on verra, sinon on l'arrachera quand elle sera sur son lieu de tapin.

À 11 h 45, un camion-grue, treuil en action, extirpait du fond vaseux du lac la BMW noire. Les gendarmes et les deux plongeurs observaient depuis la berge la voiture sortir lentement de l'eau. L'un d'eux filmait. Le camion remorqua la voiture sur une trentaine de mètres, pour la dégager des abords boueux du lac. La berline continua de laisser échapper toute l'eau et la vase qui s'y étaient engouffrées. Une fois l'eau évacuée, les gendarmes s'approchèrent de la BMW. Les portes s'ouvrirent avec difficulté. Rien dans l'habitacle. Impossible d'ouvrir le coffre. Le chauffeur du camion apporta une sorte de démonte-pneu, qui servit de levier. Le coffre s'ouvrit brutalement. À l'intérieur, de l'eau, de la vase, un fusil et le corps d'une femme recroquevillée, l'arrière du crâne arraché. Silence des hommes.

— Appelle la brigade. Dis-leur qu'on est sur une scène de crime, fit laconiquement un des gendarmes à son collègue.

63

15 h 05. Trois voitures de la brigade criminelle stationnèrent sur le terre-plein entre la route et le chemin de terre. Plusieurs véhicules de la gendarmerie et d'autres banalisés s'y trouvaient déjà. Mistral, visage fermé, suivi de Calderone, Farias et des enquêteurs parcoururent les quatre cent cinquante mètres qui les séparaient du lac.

Autour de la BMW noire, des spécialistes de la police technique et scientifique, reconnaissables à leur combinaison blanche, de la direction interrégionale de la police judiciaire d'Orléans qui avait été saisie de l'affaire, le procureur d'Orléans, des flics de la PJ, des gendarmes. En tout, une bonne vingtaine de personnes. Mistral reconnut le chef de la PJ d'Orléans, un Basque, René Inchausti, qu'il rencontrait de temps à autre dans des réunions. Dès que Inchausti aperçut Mistral, il se dirigea vers lui. L'homme était chaleureux et avait un accent très prononcé. Les deux hommes se serrèrent longuement la main.

— Bonjour, Ludovic. Mauvaise nouvelle. Je crois bien que la fille qui est dans le coffre, c'est ton lieutenant, Ingrid Sainte-Rose. On a fait le rapprochement avec votre diffusion et les caractéristiques du véhicule.

— Comment la voiture a-t-elle été retrouvée ? demanda Mistral.

— Par une jeune femme qui a l'habitude de survoler la région en ULM. C'est un éclat brillant dans le lac qui a attiré son attention.

Mistral salua le procureur, les gendarmes. « L'ambiance de la scène avait l'odeur de la gravité et de la mort », dirait-il bien plus tard quand il évoquerait – rarement –, ce moment. Mistral sentait que tous les regards convergeaient vers lui. Tous étaient liés par le cadavre silencieux de la jeune policière exécutée dans le dos. Les hommes en combinaison blanche sortirent le corps d'Ingrid et le posèrent sur une couverture. La blessure dans le dos et l'arrière du crâne arraché furent d'autant plus visibles. Chacun mesura la brutalité avec laquelle la vie de la jeune femme avait été stoppée net. Émotion partagée. Tristesse infinie et goût de vengeance chez les policiers de la brigade criminelle. Paul Dalmate ferma les yeux et récita en silence la prière des morts. Ce texte appris il y a fort longtemps au séminaire s'imposa immédiatement dans ces circonstances. Mistral ferma les yeux, les larmes lui brûlaient les paupières. Un silence insoutenable envahit la clairière. Plus personne n'osait bouger. Et puis certains se mouchèrent, d'autres essuyèrent discrètement leurs larmes, tous se remirent à respirer. Un des techniciens se livra à des constatations sur le corps, Mistral se détourna et s'éloigna. Son téléphone le ramena à la réalité extérieure. « BALME ».

— Alors ?

— C'est Ingrid. Exécutée de deux charges de chevrotines au vu des blessures.

— Je sors de chez le procureur. Je viens. Tu as l'adresse exacte où tu te trouves ?

— Rejoins-moi plutôt au siège de la PJ d'Orléans.

Quand Mistral revint, Calderone, les yeux rougis, tendit la carte d'identité de la jeune femme. Identité confirmée, même s'il n'y avait jamais eu de doute.

— Elle était dans la poche arrière de son jean. Les gendarmes ont commandé un camion-plateau pour charger la BMW. Elle va être transportée dans le garage de la police. Ce sera plus facile pour effectuer tous les prélèvements. Mais son séjour dans l'eau risque d'avoir effacé toutes les traces.

— Ingrid à la morgue de l'hôpital pour l'autopsie, je présume ?

— Oui. Il va falloir aussi trouver des membres de sa famille. Elle n'en parlait jamais. Je crois bien qu'elle n'avait personne en France.

Mistral, le procureur d'Orléans, et René Inchausti s'isolèrent pour régler les détails juridiques. La brigade criminelle de Paris était saisie de l'enquête portant sur la disparition d'Ingrid et les meurtres des albinos. Son corps venait d'être retrouvé dans un département en dehors de la juridiction parisienne. La PJ d'Orléans était, quant à elle, chargée des recherches sur l'assassinat d'Ingrid Sainte-Rose. Après un bref coup de fil au parquet de Paris, les deux services furent saisis ensemble des investigations.

Un véhicule des pompes funèbres emporta le corps d'Ingrid vers l'institut médico-légal d'Orléans. Dès que la BMW fut embarquée sur le camion et transportée vers Orléans, policiers et gendarmes quittèrent progressivement les lieux. Sur le terre-plein, seuls Mistral et les policiers de la brigade criminelle, Inchausti et ses types restèrent à discuter malgré la nuit tombée, le froid et la brume qui s'installaient. La plupart des flics fumaient. Mistral fit un point rapide de l'enquête à René Inchausti, lequel ponctuait par moments, les propos de Mistral de jurons en basque.

— Et donc, reprit-il, tu fais le lien entre la mort d'Ingrid et sa recherche sur le sorcier qui a commandité le meurtre des albinos.

Mistral approuva d'un signe de tête, marqua une pause puis poursuivit :

— Le Carme nous balance du bout des lèvres un type qu'il a longtemps fréquenté, qui s'appelle Julius Djomo, qui a changé son nom en Paul Sedan. Il nous dit que le gars habite dans le Loiret, près d'une forêt domaniale. Et on retrouve le corps d'Ingrid dans une BMW dans le département du Loiret. Je fais naturellement le lien entre les deux informations. Coïncidences ou hasard, je n'y crois pas un seul instant. Deux mots qui n'existent pas dans notre vocabulaire de flics.

René Inchausti approuva vigoureusement.

— On va faire des recherches sur ce type dans le département. On ne lâche rien, Ludovic, compte sur nous.

Calderone, téléphone en main, s'approcha de Mistral et Inchausti.

— Morin. Il veut vous parler, il dit que c'est urgent.

Mistral colla l'appareil à son oreille.

— J'ai localisé le sorcier, dit Morin.

Mistral appuya sur la touche HP. La voix de Morin fut audible de tous.

— J'ai localisé le sorcier, répéta Morin. Grâce aux fichiers des finances publiques. C'est un peu compliqué, mais je vais au plus court. Je suis parti des impôts fonciers que paye Sedan pour son cabinet, avenue Raymond-Poincaré, et on a tout passé au crible. Le type a enregistré une SCI baptisée MDPS, les initiales de ses deux noms et prenoms ! L'adresse de la SCI correspond à une maison dans le Loiret près de la forêt domaniale de Montargis.

Les policiers écoutaient attentivement.

— Sébastien, avez-vous l'adresse précise ?

— Je vous l'envoie par SMS. C'est compliqué pour y aller. Je l'ai localisée sur Internet, sur Maps. Vous devez utiliser un GPS pour le guidage, sinon c'est la galère.

Mistral regarda Inchausti.

— René, il est 19 h 20. Il faut qu'on trouve cette maison avant 21 heures. Impérativement. Sinon nous sommes bons pour passer la nuit dehors en attendant 6 heures.

Les chauffeurs conduisaient vite, gyrophares en action. Mistral, passager de la deuxième voiture, derrière celle d'Inchausti qui pilotait le convoi, téléphona à Balme.

— C'est inutile que tu viennes à Orléans, on a localisé la maison de Paul Sedan, le sorcier. On fonce pour les interpellations. Je te rappelle dès qu'on a fini l'opération.

— Tant mieux, Ludovic, c'est une bonne nouvelle, et euh...

Balme ne raccrochait pas, manifestement il voulait ajouter quelque chose, mais n'y parvenait pas ou n'osait l'exprimer.

— Je vais t'aider, reprit Mistral d'une voix dure. Quoi qu'il arrive, quoi qu'il se passe dans la maison du mec, celui qui a assassiné ou fait assassiner Ingrid sera menotté vivant et présenté devant un juge. Tu m'as bien compris ? J'ai été clair ? Personne de mon service ne balance les assassins du toit des immeubles ou ne leur colle une balle dans la tête.

Mistral raccrocha sans attendre la réponse de Balme. Calderone et Dalmate respectèrent le silence de Mistral.

64

20 h 40. Cinq voitures de police pénétrèrent dans l'allée bordée d'arbres qui conduisait à la maison de Djomo Sedan. Un élégant portail en chêne clair barrait le chemin. Un des policiers manœuvra la porte qui n'était pas fermée à clef. Il ouvrit en grand les deux battants donnant sur une large cour où se trouvaient un fourgon et un coupé Mercedes noirs. Deux véhicules neufs. Les voitures de police pénétrèrent en trombe et pleins phares. Coups de frein sur les graviers. Portes qui claquent, les flics jaillissent des voitures. Intervention frontale, brutale. Pas de fioritures. L'éclairage extérieur automatique de la maison s'allume, cavalcade arme au poing, ils se ruent sur toutes les issues de la maison, grand bruit de vitre pulvérisée, une porte-fenêtre descendue, des cris, deux coups de feu tirés très rapidement. *Un tir de riposte*, pensa spontanément un des flics. Silence. Situation figée.

Les policiers de la brigade criminelle et ceux de la PJ d'Orléans achevaient de menotter Paul Sedan et un jeune type, qui portait autour du cou et des poignets de nombreux colliers et bracelets fins. Assis sur un siège, un grand Africain, élégant, tout de noir vêtu, tenait son bras droit en se tordant de douleur. Deux balles de 9 mm lui avaient explosé l'épaule. À ses pieds, une hache fine, au tranchant très affûté, qu'il s'apprêtait à lancer, quand le tir de riposte avait stoppé net son geste.

Mistral s'attarda sur Paul Sedan, LE sorcier. Le personnage avait de l'allure. Svelte, la taille d'un joueur de basket, l'élégance naturelle de ceux qui pouvaient se dispenser de passer des heures à choisir leurs vêtements. Tout lui allait parfaitement.

Mistral détaillait la salle sans grande surprise. Immense, très haute de plafond. Se balançaient lentement, sous l'effet de l'air déplacé par les va-et-vient des policiers, des mobiles métalliques, dont l'un, un homme ailé, apportait une touche de beauté et de malaise. Des masques ornaient les murs, éclairés indirectement par des spots. Ils installaient, par leur présence muette, une sorte de sérénité et de beauté à la pièce. Les policiers étaient impressionnés. Excepté Mistral, Calderone et Dalmate qui se regardèrent. Dans cet échange muet se lisaient les mêmes mots : « Une pièce qui ressemble en tout point à celle de Le Carme, mais en plus grand, plus majestueux et d'une propreté méticuleuse. »

Mistral rompit le silence et ordonna :

— On isole les trois types. Un par pièce. Paul Sedan, vous restez ici. Mais avant je veux que l'on vérifie les identités des deux autres personnes.

— Vous êtes ? demanda Mistral à l'homme menotté.

— Benson Dénoyer, répondit-il.

— Vous le mettez dans une autre salle.

Trois policiers transférèrent Benson Dénoyer dans une pièce attenante. Mistral interrogea l'Africain blessé.

— Félix Touré. J'exige un médecin, tout de suite. Je suis blessé. Un flic m'a tiré dessus. Je vais déposer plainte.

Un des policiers, par gestes, montrant son téléphone et le type blessé, fit comprendre à Mistral qu'il s'en était occupé. Un autre officier de la brigade criminelle, les pièces d'identité des trois types en main, téléphonait à l'état-major de la PJ parisienne pour les passer aux fichiers et faire un point rapide sur l'intervention.

Sur la table basse du salon, en verre, deux douilles vides et trois cartouches de fusil de chasse. Mistral s'approcha de la table et les désigna du doigt. Paul Sedan était mal à l'aise.

— Calibre 12. Chevrotine. Je prends les paris. Les plombs qui seront retirés du corps de la jeune femme proviennent de ces deux douilles et seront identiques à ceux de ces trois cartouches. Avec un peu de chance, l'assassin aura même laissé son ADN. Le lien entre le meurtre et vous vient d'être fait. Vous vouliez dire quelque chose, Sedan ?

Légère dénégation du visage de Paul Sedan. Mistral entreprit de faire le tour de l'immense maison avec Calderone, Dalmate et le commissaire Inchausti. Le sorcier, les bras ramenés en arrière par les menottes et encadrés par deux flics, suivait Mistral. De temps à autre, Dalmate filmait les pièces. Tout respirait le luxe et le bon goût. Ils arrivèrent devant une porte métallique, dont la fermeture était assurée par un code. Mistral interrogea Sedan pour l'ouverture de la porte.

— Et si je vous disais, répondit Paul Sedan, narquois, que j'ai un trou de mémoire.

— Facile, j'appelle nos services techniques. Un type viendra avec une lance thermique et découpera la porte, ou la fera sauter. Au passage, je lui demanderai qu'il découpe vos mobiles pour les embarquer. Ils prendront moins de place, répondit Mistral d'une voix calme.

— 280 296.

Mistral composa le code indiqué par Sedan. La porte coulissa sans bruit. Elle ouvrait sur une pièce de taille modeste qui s'éclaira automatiquement quand ils y entrèrent. Propre. Carrelée de mosaïques blanches et bleues. Paisible. Une sorte de cuisine. De jolis pots de verre vides. Des statuettes africaines, *des fétiches*, aurait repris Le Carme d'un ton dédaigneux, témoins silencieux des pratiques de Sedan, montaient la garde sur des étagères. Un plan de travail assez haut, avec des tabourets. Une grande glacière, couvercle ouvert. Propre. Vide. Un imposant réfrigérateur américain à deux portes. Dalmate enfila une paire de gants en latex, saisit la porte du frigo à deux doigts et la tira. Des membres humains découpés, ordonnés sur des étagères ajourées. Des flacons de sang étiquetés et rangés. Dalmate se signa et referma porte. Calderone prit des mains la caméra de Dalmate, ouvrit le frigo, filma et referma les portes. Les deux flics qui tenaient Sedan avaient les jambes en coton après la vision du contenu du réfrigérateur. Sidération des policiers. Silence de Sedan. Calderone se tourna vers Mistral.

— Comment va-t-on faire pour emporter tout ça ?

— Je n'en sais rien. C'est la première fois que je suis confronté à ce genre de découverte. Je pense qu'on va devoir faire l'inventaire du frigo avec M. Sedan, mettre les scellés sur le réfrigérateur et la porte de cette pièce, faire garder la maison. Ensuite, tout ça partira à l'incinérateur une fois les prélèvements effectués, et les comparaisons avec l'analyse des tissus cellulaires des troncs. Il faut être sûr que les membres qui sont dans le frigo ne proviennent pas d'autres corps d'albinos dont nous ignorons les meurtres.

Les policiers regagnèrent en silence la grande pièce, Sedan fut attaché, debout, à un montant d'une bibliothèque métallique. Le commissaire Inchausti trouva le bar et se servit un grand whisky. Abasourdi, il ressassait ce qu'il venait de découvrir.

Mistral s'approcha de Paul Sedan. Voix froide.

— Vous êtes le commanditaire de trois meurtres d'albinos. Je n'aurai aucune difficulté technique à démontrer vos pratiques. Votre labo, boucherie, appelez ça comme vous voulez, regorge de vos traces. Pour moi, cette question est réglée.

Sedan scrutait Mistral, il s'attendait à autre chose.

— Et vous avez assassiné ou fait assassiner une jeune femme, lieutenant de police de mon service que l'on vient de retrouver dans une BMW noire au fond d'un lac à quelques dizaines de kilomètres de chez vous. Une charge de chevrotine dans le dos, l'autre derrière la tête.

Pour la première fois, Mistral vit Paul Sedan avoir un léger recul. Il comprit que la foudre venait de s'abattre sur lui. Les meurtres des albinos, pour horribles qu'ils soient, auraient pu trouver un semblant d'explication. Un avocat se serait engouffré dans la brèche du surnaturel, du monde de la sorcellerie. Mais le meurtre d'une policière n'était pas prévu.

— Vous ignoriez que la jeune femme était policière, c'est ça ?

Léger mouvement de tête de Sedan.

— Lequel de vous l'a abattue ?

— Il n'est pas ici. C'est un type qui s'appelle Snoop. C'est son surnom. Je ne sais pas où il se trouve. Je dois avoir son numéro de téléphone quelque part dans mon bureau.

Aucun des policiers ne broncha quand il prononça le nom de Snoop. Paul Sedan était mûr pour répondre aux questions essentielles. Les auditions ultérieures suivraient pendant quatre-vingt-seize heures à la brigade criminelle, tarif de la garde à vue pour le meurtre en bande organisée.

— Lequel d'entre vous a massacré les albinos ? poursuivit Mistral.

— Snoop a tué le dernier. Le couple, c'est Massar, un type qui travaille pour moi. Pour lui aussi, j'ai un numéro de portable. Son surnom c'est M. Muscle.

— Ce sont Snoop et Massar qui ont découpé les albinos ?

— Non, c'est Félix, le gars sur qui vous avez tiré. Son surnom, c'est M. Mince.

— Benson, quel est son rôle ?

— Il m'a parlé d'une journaliste curieuse, d'une Haïtienne. C'est la jeune femme... ils se sont rencontrés, il y a quelques mois de cela, dans une église et ont sympathisé. La fille parlait sans cesse d'albinos, de sorcier. J'ai voulu la voir. Benson l'a conduite dans une cérémonie où j'étais le prêtre.

— À Bailly.

Le ton affirmatif surprit Sedan, étonné que les policiers aient retrouvé l'endroit.

— J'ai tout de suite compris que c'était une initiée, et qu'elle découvrirait tôt ou tard mon existence. C'est pour ça que...

— Vous avez décidé de l'assassiner.

Silence tendu.

— Comment êtes-vous arrivé ici ?

— Le Carme, répondit Mistral.

Paul Sedan réfléchissait.

— Ce type m'aura nui toute ma vie. Je n'ai pas le souvenir de l'avoir invité.

— Il vous a suivi, il y a quelques années de cela.

Mistral inclina la tête, perdu dans ses pensées, silencieux, regardant sans le voir Paul Sedan. Le policier toucha sa montre.

— Hervé Le Carme est en garde à vue pour quelques heures encore. Il a tué sa femme après vos révélations. Louise s'apprêtait à tout dévoiler. Scandale monstrueux en perspective. Le grand déballage ! Je pourrais organiser une confrontation entre vous.

Paul Sedan ne bougea plus d'un millimètre.

— Je n'y tiens pas.

— Ce n'est pas à vous d'en décider.

Deuxième nuit blanche. Inévitable. Celle qui pompe définitivement les énergies. Celle qui nécessite que les mecs tournent la poignée « réserve », comme sur les motos, pour faire les quinze bornes jusqu'à la station.

Une ambulance évacua Félix Touré vers l'hôpital d'Orléans sous la garde de policiers. Mistral appela Balme vers 23 heures, son message se résuma à un laconique : « Tout le monde est vivant et il y a de la viande dans le frigo. » Balme bredouilla quelques mots de félicitations que Mistral interrompit en coupant la communication.

Paul Sedan tenait à jour un carnet de commandes avec des noms cachés sous des pseudonymes en lien avec des sommes vertigineuses. À la question « Qui se dissimule derrière ces pseudos ? », Paul Sedan haussa les épaules et répondit : « Tous ceux qui vont me payer les meilleurs avocats de la planète si je la ferme. C'est ce que je compte faire à partir de maintenant. »

Mistral reçut un message de Clara : « Tout va bien ? Tu rentres ? » Il s'isola et, fidèle à son habitude, ferma les yeux pour s'extraire de la nef des fous dans laquelle il naviguait. Il parla longtemps avec son épouse. Les yeux fermés, il devinait son parfum. Un parfum qui n'existait pas dans le commerce, qu'elle n'avait conçu que pour elle, en parlant avec son mari, si sensible aux odeurs.

Mistral ouvrit les yeux, interrompit la communication et mit quelques secondes à se replonger dans l'univers hallucinant de la maison du sorcier. SMS de Calderone : « On est avec Sedan dans son bureau au premier étage. » Mistral en les rejoignant pensa : *C'est tellement grand qu'il faut échanger par SMS pour savoir où on se trouve.*

Bureau classe. Acajou et cuir. Cigares et whiskies. Livres rares et masques africains majestueux. Paul Sedan assis dans un fauteuil club, plus que jamais menotté. Sur une table, de petits sacs en cuir. À l'intérieur de la poudre. Calderone en tient un entre les mains. Dalmate a ouvert le sien. Regards interrogatifs de Mistral.

— Monsieur Sedan, pouvez-vous nous redire ce que contiennent les sacs ?

Soupirs agacés de Paul Sedan.

— C'est une commande de Snoop *via* sa patronne, une certaine Justina. C'est de la poudre pour assurer la protection des filles qui... euh... travaillent pour Justina. Elle me l'a demandé. C'est un secret qui se transmet entre sorciers.

— C'est de la poudre de perlimpinpin que vous vendez cher, en quelque sorte, ironisa Mistral.

— Pensez ce que vous voulez.

— On les embarque ? (Dalmate désignait les sacs de poudre.)

— Oui, je les joindrai à la procédure de mon collègue Barthélemy de la BRP. Une illustration de la contrainte morale des prostituées africaines.

En redescendant, il appela l'état-major PJ, pour faire le point sur l'ensemble des arrestations et des découvertes. Il insista pour que le labo traite les vêtements de Snoop en priorité : « Il doit y avoir des résidus de poudre quand il a fait feu sur Ingrid. » Il téléphona à son collègue de la brigade du proxénétisme pour lui dire que Snoop était l'assassin d'Ingrid et de faire attention au type.

Quand il revint dans le salon, le cliquetis des claviers d'ordinateur avait pris possession des lieux. Les flics rédigeaient. Mistral, Calderone et Dalmate conduisirent Sedan dans la pièce à digicode. Ils traitaient la partie la plus terrible de la perquisition, celle de l'inventaire du frigo. Service minimum de Sedan qui assistait à l'opération et qui répondait du bout des lèvres. Dans la nuit, deux camions-plateaux embarquèrent le fourgon et le coupé Mercedes. Les labos s'activeraient dès la première heure pour passer au microscope les deux voitures et déterminer qui, à un moment ou un autre, s'était trouvé à l'intérieur. La perquisition se poursuivit toute la nuit en présence de Paul Sedan et de Benson Dénoyer, mutiques.

Vers huit heures du matin, exténués, les policiers rentrèrent les uns à Paris, les autres à Orléans. Sedan et Benson séparés, chacun dans une voiture de la Crim, assis à l'arrière, menottés dans le dos, encadrés par deux flics. Autant limiter les actes de bravoure des deux types.

Mistral s'endormit une fois le portail de la maison de Sedan Djomo franchi. Les voitures de la brigade criminelle coupèrent leur moteur sur le parking du Quai des Orfèvres vers 10 heures. Mistral se réveilla.

Fin de la deuxième nuit blanche. Celle qui transforme le jour d'après en jour nouveau. Pas forcément plus beau.

65

Inévitable briefing dans la salle de réunion à la brigade criminelle. Silence pesant malgré la résolution des massacres. Présence invisible d'Ingrid, palpable. Gueules des flics démontés de fatigue, mais propulsés par le pire des moteurs, celui de la rage. Sur un tableau mural à gauche, la liste des opérations terminées. Sur un autre à droite, les opérations à poursuivre, la liste des courses. Au centre, Mistral. Debout. Face aux flics assis. Mistral termine. Extinction des lumières de la salle de briefing. Écran qui descend. Calderone diffuse des extraits des enregistrements vidéo de la BMW qui sort de l'eau, ne montre pas Ingrid. Images de la maison de Le Carme et de celle de Paul Sedan. Murmures devant les cinq secondes de la vision apocalyptique de l'intérieur du frigo.

Lumière de nouveau dans la pièce. Les flics sont motivés pour essorer les mecs arrêtés. Cinq d'entre eux sont chargés de retrouver Massar avant la fin des quatre-vingt-seize heures.

Les flics assis. Balme entre dans la salle, massif, puissant, le menton en avant. L'allure d'un chien d'attaque. Discours bref sur fond de : « Bravo les mecs, un jour de grande tristesse pour la Crim, mais aussi un jour de victoire » ; des phrases creuses aussi : « Le crime ne reste jamais impuni, la justice est passée » ; les éternelles déclarations grandiloquentes : « Vous faites honneur à la PJ, Ingrid serait fière de vous. » Silence assourdissant. Balme se retire, livide. Les flics se lèvent, se remettent à parler. Transition café avant de repartir.

Mistral fit signe à Farias de patienter quelques instants.

— Votre groupe a tiré tout ce qu'il était possible de Le Carme, je présume ?

— Oui, le gars n'a plus rien à dire. Ses répliques tournent en rond.

— Combien lui reste-t-il d'heures de garde à vue ?

— On a jusqu'à 14 h 50. Moins de deux heures. Le type est dans les vapes.

— Je vais le voir.

Le Carme, allongé sur un banc scellé dans le local de garde à vue, paraissait somnoler. Mistral l'observait depuis quelques secondes à travers la vitre épaisse. Il fit un signe au gardien pour qu'il déverrouille la porte. Le bruit des loquets tira de son sommeil Le Carme qui s'assit brutalement, les yeux hagards. Les regards des deux hommes se télescopèrent ; haine contre pardon. La haine l'emporta, le pardon baissa les yeux. Le Carme prit sa tête entre ses mains.

— Je ne sais plus quoi te dire, Ludovic.

— Moi, oui. Je viens d'arrêter Julius Djomo. J'ai imaginé qu'une petite discussion entre deux vieux amis qui ne se sont pas vus depuis tant d'années s'imposait. Qu'en penses-tu ?

— Ne me fais pas ça, Ludovic. Je suis sûr que ni lui ni moi n'avons envie de nous parler.

— Cette confrontation aura lieu dans quelques mois, dans le bureau d'un juge d'instruction, Hervé. Et là, une nouvelle fois tu te feras défoncer.

⁂

Snoop attaché. Menotte main gauche et anneau scellé dans le mur, dans une salle d'audition de la brigade criminelle. Snoop s'expliquait sur les meurtres qu'il avait commis. Mistral avait interdit à Morin d'aller voir Snoop. Message passé dans tout le service. Tous connaissaient les liens Ingrid/Sébastien. Autant éviter les conneries.

Mistral observa l'assassin d'Ingrid, et son avocat qui notait, en silence, les questions des flics et les réponses de Snoop, qui répondait au nom de Loseke Peter. Il ne se souvenait plus de la date où son nom d'état civil avait été prononcé pour la dernière fois. Snoop restait évasif dans ses réponses. Snoop jouait au con. Les flics l'emmerdaient sérieusement à lui servir à toutes les sauces du M. Loseke par-ci, M. Loseke par-là. Bordel ! S'entendre appeler Loseke le dépersonnalisait !

Snoop faisait gaffe aux flics qui l'emmenaient progressivement vers la nasse. Ne pas se laisser endormir. Être vigilant. Quand viendraient les questions problématiques, il dirait : « Je ne comprends pas bien le français. » Prévu par Snoop, anticipé par les flics. Un interprète en langue anglaise, dans un bureau à côté, se creusait les méninges sur des mots croisés, attendant que Snoop ne se souvienne plus du français. Mistral quitta la salle.

Dans l'après-midi, Janette Le Naour commenta les derniers résultats des prélèvements à Mistral. Le style direct et sans fioriture de la directrice du labo plaisait à Mistral. Elle allait à l'essentiel.

— L'analyse des vêtements de Peter Loseke indique deux choses, dit-elle. Il y a de très nombreux résidus de poudre sur la manche droite et la poitrine. Ce qui indique qu'il s'est servi d'une arme à feu récemment. Autre chose… nous avons relevé des traces de contact sur les épaules, la poitrine et le pantalon qui coïncident avec celles prélevées sur les habits de Madjid Doucouré.

— Ce qui laisse à penser que Doucouré, lorsqu'il se fait planter par Snoop, s'accroche à lui, exact ?

— Oui, c'est comme cela que nous voyons la chose. De l'ADN de transfert.

Mistral transmit les conclusions du labo aux deux policiers chargés de l'interrogatoire de Snoop, qui se trouva collé au mur par les bilans scientifiques. Snoop ne comprit soudainement plus le français. Son avocat souligna que c'était inadmissible dans une procédure criminelle de ne pas avoir d'interprète. L'interprète ferma son magazine de mots croisés et entra aussitôt dans la salle d'audition. Snoop et son avocat firent la gueule, ils espéraient obtenir au moins trois heures de répit.

Mistral appela également Éric Forest pour lui indiquer le nom de l'assassin de son informateur. « Je comprends mieux pourquoi Snoop a tenté de se débarrasser de ses vêtements. Ils possèdent la signature de deux meurtres », répondit Forest.

En fin d'après-midi, Massar, localisé par son téléphone, fut difficilement neutralisé dans un bar de la rue Dejean. Tables et chaises éclatées, bouteilles et verres pulvérisés. Son surnom de M. Muscle se vérifiait.

⁂

20 h 15. Le portable de Dalmate vibra sur son bureau. Sylvie Ferrières.

— Y paraît qu'vous avez arrêté la Justina, sa bande de crétins et c'connard de Snoop, c'est c'qui s'dit dans l'quartier. C'est vrai ? En tout cas, on n'parle que d'ça.

Dalmate confirma.

— Et Stella, qu'est-ce qu'elle devient dans ce concerto de cymbales ? Pas question qu'elle se fasse écraser par vos conneries de procédure. Elle a rien fait, la môme !

Dalmate réfléchit quelques instants.

— Madame Ferrières, pouvez-vous venir quai des Orfèvres ? Maintenant ? Je sais que ce sont vos heures de... euh... travail.

— Ben oui, répondit-elle, moi, quand j'suis convoquée par les flics, j'viens. Et vous fatiguez pas, y aura pas de mot à rédiger pour mon employeur.

Voix à la Jeanne Moreau. Rire de la dame.

Sylvie Ferrières siffla entre ses doigts pour stopper un taxi. Dans la voiture, elle se mit à réfléchir. *À quand remonte la dernière fois qu'on m'a appelée madame Ferrières ?* se dit-elle. Impossible de s'en souvenir. *Ce flic balafré vient d'un autre monde.*

Ludovic Mistral signa les procédures judiciaires. Une cohorte d'assassins et de proxénètes prit la direction du dépôt. Il mit de l'ordre dans son bureau. En sortant, regard nostalgique pour la photo des trois enfants qui s'apprêtaient à cavaler sur les sentiers de la Sainte-Victoire. Regard perplexe sur la photo de la voiture saisie par Helmut Newton qui fonçait vers *je ne sais où.* Regards amusés sur le dessin de Miss-Tic, un cadeau de son épouse, qui représentait le visage d'une belle femme brune avec comme légende sous forme de jeu de mots « Femme de l'être ».

Le procureur de la République tint une conférence de presse. Balme à ses côtés essayait de se grandir, torse bombé. En arrière-plan, le drapeau tricolore et le drapeau européen. Questions-réponses pour le procureur et pour Balme. Télés, radios et presse écrite. « Avez-vous des photos des masques ? Des mobiles ? Du sorcier ? Du frigo ? On a besoin d'images pour illustrer le sujet, réclamaient les journalistes télé. Et la maison du sorcier, où est-elle ? Quel est le portrait du tueur de la policière ? » Tantôt le procureur, tantôt Balme répondaient aux questions. Balme s'exprimait en se mettant inconsciemment sur la pointe des pieds. « Ce n'est pas ça être un grand flic », aurait dit, narquois, Mistral qui n'avait pas voulu participer à la conférence de presse. Plus d'une heure d'interview. Projecteurs éteints. Caméras, magnétophones, carnets, stylos, remisés. Fin.

Épilogue

Stella marchait à côté de Sylvie Ferrières. Elle leva la tête et demanda, étonnée :

— Qu'est-ce que c'est ?

— Quoi donc ?

— Ça !

Rire long et puissant de Mme Ferrières.

— T'en as d'bonnes, toi ! ça ? C'est la tour Eiffel ! C'est vrai qu'tu connais rien ! On monte, et tu admireras tout Paris d'en haut. C'est beau ! Et après, on verra c'qu'on f'ra.

⁂

Mistral et Calderone dégustaient un vieux whisky au Harry's Bar, rue Daunou, à deux pas de la place Vendôme. Discussion paisible et complice entre deux hommes qui se connaissent et s'apprécient depuis bien des années. Calderone tourna son verre entre ses mains, il avait envie de poser une question. Mistral sourit.

— Je vous écoute, Vincent.

— Que devient la mallette qu'il y a dans votre coffre ?

— Jetée avec son contenu, éparpillé, et les souvenirs qui vont avec.

— Loin ?

— Profond, je dirais, une crosse d'un côté, la culasse de l'autre, le canon ailleurs.

— Il y a longtemps ?

— Deux jours.

— Vous avez bien fait. Un beau Colt 45, historique, paraît-il, mais comme nous n'en sommes pas sûrs, on ne dira pas à quel homme d'État il appartenait.

Sourire complice de Mistral.

— À mon avis, ce n'est jamais bon d'avoir une arme en *off*. On ne sait pas quel message un diable peut vous souffler aux oreilles.

Silence songeur de Mistral.

— Et les souvenirs qui l'accompagnaient, que sont-ils devenus ?

— Oubliés. Pour cette raison je n'en parle pas.

Calderone, souriant, approuva d'un signe de tête. Les deux hommes dégustèrent deux autres whiskies. Des whiskies japonais. Extraordinaires.

— Votre décision est prise ?

— Mon rapport est sur le bureau du directeur. Il en a pris connaissance à son retour de la conférence de presse. Il ne m'a pas encore convoqué.

— Pas de regret ?

— Aucun.

— C'est l'histoire Le Carme et le meurtre d'Ingrid qui vous ont décidé ?

— Non. Le rapport était prêt depuis plusieurs mois. Il manquait uniquement la date.

— Donc là, vous jetez définitivement l'éponge ?

— Je ne sais pas. Temporairement pour l'instant. Ma demande de mise à disposition est pour trois ans, dans un premier temps. Après je verrai.

— Les directions n'apprécient pas que les chefs de service prennent des années sabbatiques, paraît-il. Votre retour se fera par la petite porte… si vous revenez.

— Je n'y songe pas, Vincent. En ce moment, je pense aux fêtes de Noël, j'ai deux jours pour acheter mes cadeaux. C'est la première fois que je vais prendre le temps de m'attarder dans les boutiques.

Mistral regarda sa montre.

— Il est 20 heures. On finit nos verres et on file au Monteverdi. La dernière fois où nous nous apprêtions à y aller, l'affaire Notto venait de se déclencher. Je mangerais bien de la charcuterie italienne, des pâtes aux légumes et un mille-feuille. Avec un bon vin. Je fais confiance à Claudio pour nous en dénicher un qui vaille le détour. Passez un coup de fil à Dalmate, qu'il nous rejoigne.

Remerciements

Le très beau livre *Vaudou*, publié à l'occasion de l'exposition en 2011 à la fondation Cartier pour l'art contemporain, ainsi que le film de Jacques Kerchache, spécialiste des arts premiers, ont été sources d'inspiration pour l'écriture de ce roman.

Les nombreuses visites au musée du Quai-Branly m'ont permis de découvrir le monde fascinant des masques africains de ce continent magique.

Du même auteur
disponible chez
POCKET

Le vent t'emportera

Paris étouffe sous la canicule. Le commissaire Mistral ne parvient pas à trouver le sommeil. Peut-être à cause de la moiteur, sûrement en raison des séquelles laissées par sa dernière enquête.
Un autre homme ne dort pas plus. Terrassé par de violentes migraines. Hanté par des cauchemars récurrents. Et les miroirs qui lui parlent. Les mêmes qu'il brise avant d'en planter les morceaux dans la bouche et la gorge de ses victimes. Sur les corps, il dépose une phrase, tirée de l'Ecclésiaste.
Si la scène est horrible, pour Mistral le crime est signé et l'ADN a parlé. Mais ce qu'il révèle est absolument impossible...

Du même auteur disponible chez

POCKET

Le Magicien

Emprisonné depuis onze ans suite à la violente agression d'une vieille dame, Arnaud Lécuyer est un détenu modèle. Personne ne sait qu'il a tué trois de ses codétenus.
Personne ne sait qu'il est le Magicien, ce tueur d'enfants qui, des années plus tôt, avait semé la terreur dans Paris en attirant ses proies par des tours de magie.
Libéré pour bonne conduite, le petit homme reste discret. Jusqu'à ce que ses démons reviennent lui parler, jusqu'à ce que sa « collection » revienne le hanter. Jusqu'à ce que des enfants croisent sa route…
L'agression d'un jeune garçon relance la piste du Magicien. Le commissaire Ludovic Mistral, de retour des États-Unis où il a rencontré des profilers du FBI, est chargé de l'affaire. Avec des techniques psychologiques bien différentes de celles utilisées lors de la première enquête, il n'hésitera pas à s'exposer personnellement pour faire sortir le monstre de sa tanière, sans se douter un seul instant qu'il met en danger ce qu'il a de plus cher…

Imprimé en France par CPI
en octobre 2015
N° d'impression : 130822

Composé par Facompo
187, rue Calmette-et-Guérin, 14100 Lisieux

MIXTE
Issu de sources responsables
FSC® C003309
FSC
www.fsc.org

Fleuve Éditions, une marque d'Univers Poche,
est un éditeur qui s'engage pour
la préservation de son environnement
et qui utilise du papier fabriqué à partir
de bois provenant de forêts gérées
de manière responsable.

Fleuve Éditions
12, avenue d'Italie
75627 Paris Cedex 13

Dépôt légal : novembre 2015
R09930/01